Die Engländerin Amy hat das Lesen verlernt, obwohl sie Literatur studiert hat. Jetzt lebt sie mit ihrer kleinen Tochter auf einem Campingplatz und scheint eine tragische Geschichte hinter sich zu haben. Und wo ist Ash, die Frau, die einmal so wichtig war für sie? Allein in Schottland, denkt Ash, inzwischen Fimschauspielerin, an den Sommer zurück, in dem sie fünfzehn war und sich in Amys kühle englische Stimme und ihre blitzenden Augen verliebte …

Ein ungewöhnlicher Liebesroman voller Rätsel: Die Geschichte von Amy und Ash, deren Begegnung in jungen Jahren so intensiv ist und so dramatisch endet, dass sie ihr ganzes späteres Leben bestimmt.

ALI SMITH wurde 1962 in Inverness in Schottland geboren und lebt in Cambridge. Sie hat mehrere Romane und Erzählbände veröffentlicht, ist Mitglied der Royal Society of Literature und Commander of the Order of the British Empire. Ihr Werk wurde mit zahlreichen renommierten Preisen ausgezeichnet.

ALI SMITH BEI BTB

Die Zufällige. Roman (73869)
Die erste Person. Erzählungen (74421)
Im Hotel. Roman (71311)
Freie Liebe und andere Geschichten (71355)
Ganz andere Geschichten (7135)
Die ganze Geschichte und andere Geschichten (71354)
Beides sein. Roman (71600)
Es hätte mir genauso. Roman (71752)

Ali Smith

Von Gleich zu Gleich

Roman

Aus dem Englischen
von Silvia Morawetz

btb

Die Originalausgabe erschien 1997 unter dem Titel »Like«
bei Virago Press, London.

Dieses Buch ist auch als E-Book erhältlich.

MIX
Papier aus verantwortungsvollen Quellen
FSC® C014496
FSC
www.fsc.org

Verlagsgruppe Random House FSC® N001967

1. Auflage
Genehmigte Taschenbuchausgabe April 2020
btb Verlag in der Verlagsgruppe Random House GmbH,
Neumarkter Straße 28, 81673 München

Umschlaggestaltung: semper smile, München,
nach einem Entwurf von buxdesign | München
Covermotiv: Illustration von © Carla Nagel
Druck und Bindung: GGP Media GmbH, Pößneck
CP · Herstellung: sc
Printed in Germany
ISBN 978-3-442-71904-4

www.btb-verlag.de
www.facebook.com/btbverlag

Für Sarah Wood
von ganzem Herzen

und für Don Smith
allzeit guten Fang

Gerade, was heißt das schon? Eine Linie ist gerade
oder eine Straße, aber das menschliche Herz, oh, nein,
seine Wege sind gewunden wie ein Pfad durchs Gebirge.
Tennessee Williams

Meine Geschichte hat eine Moral –
mir ist ein Freund abgängig –
Emily Dickinson

Exegi dies, *exegi* das. Mal angenommen,
ich bin verliebt, erdrückt von der Liebe Wucht
oder beschwingt von ihrem Hauch.
Nicht nur angenommen. Ich bin es wirklich.
Vergebens drängen Horden, Nachgebor'ne, Richter
sich dahin, wo ich mit meiner Liebe gestern ging.
Edwin Morgan

Budding trees, autumn leaves,
a snowflake or two –
all kinds of everything
remind me of you.
Dana

Alle Archetypen sind zweifelhaft,
aber einige sind zweifelhafter als andere.
Angela Carter

Amy

Amy steht an der Bahnsteigkante und sieht hinunter auf die Gleise. Sie sind sauber und silbern, es sind wohl die Räder der durchfahrenden Schnellzüge, von denen sie so glänzen. Stumpfe Holzschwellen liegen zwischen den Gleisen wie die Sprossen einer Leiter. Über Amys Kopf zanken sich Spatzen in den Dachsparren des Bahnhofshäuschens. Holzrauch liegt in der Luft, oder irgendwo verbrennt jemand Laub.

Solche Städte sind die besten. Züge halten hier nicht immer. Manchmal fährt einer durch und vorbei, ohne auch nur seine Geschwindigkeit zu verringern, so schnell, dass die Lautsprecherstimme die Leute ermahnen muss, von der Bahnsteigkante zurückzutreten, damit sie nicht mitgerissen werden.

Amy dreht den Kopf in die eine Richtung, wo sie weit in die Ferne sehen kann, so als führte sie direkt in den Himmel. Auf der anderen Seite erstreckt sich die Ferne in die entgegengesetzte Richtung, durchschneidet mit einer geraden Linie aus Licht und Raum die künstlich errichteten Ränder der Stadt. Sie stellt sich den tunnelförmigen Raum vor, der an den Wohnungen und Häusern und den nur aus Fenstern bestehenden Bürotürmen vorbeiführt, durch das heruntergekommene Gewerbegebiet, wo es nach brennenden Reifen riecht, und hinaus in schäbiges offenes Land.

Sie hat die Füße so weit über die Bahnsteigkante hinausgeschoben, wie es geht. Wippt auf den Fersen, testet sich. Aber es werden schon Leute auf sie aufmerksam, es könnte sie jemand erkennen, und wegen Kate tut sie deshalb so, als suche sie unter der Bahnsteigkante nach etwas, das sie fallen gelassen oder verloren hat. Nein, nichts zu sehen. Ist es das? Na schön, dann ist es eben weg. Sie gibt auf, tritt zurück und geht unter der viktorianischen Uhr durch, die über der Automatiktür zur Eingangshalle hängt. Ein Blick zur Uhr. Sie darf nicht zu spät zu Kate kommen. Das muss aufhören.

Amy Shone. So ein Nachname verfolgt dich dein Leben lang. Bei allem wähnst du, damals, früher, in den strahlenden Tagen, hättest du das besser hingekriegt. Natürlich nur, wenn du dir es gestattest.

Amy Shone und Kate Shone. Wenn Amy etwas unterschreiben muss, sieht es aus, als habe sie Amy Shore geschrieben. Es sind die einzigen Wörter, die Kate Amy je hat schreiben sehen, und sie findet das lustig, wo sie doch jetzt direkt am Meer wohnen. Kate mag es, dass sie Shone heißt. Kate Shone, Kathleen Shone, Kate Shone, spricht sie sich vor. (Kathleen Räbchen kommt eher hin, sagt Amy und stupst sie mit dem Wattepäckchen in die Rippen, als sie sie nach dem Duschen abtrocknet.) Kate Shone klingt wie aus einer Geschichte, sagt Kate. Als käme ich in dieser Geschichte in ein Zimmer voller Leute, und in dem Moment muss der, der die Geschichte erzählt, das sagen – Kate Shone, Kate leuchtete –, denn was Besseres fällt dem dazu nicht ein.

Nicht dem, ihm fällt nichts ein – oder ihr, verbessert Amy sie, während sie ihr die Haare durchkämmt. Aber eigentlich kommt's darauf nicht an, sagt sie noch. Darauf kommt es überhaupt nicht an.

Die Leute drehten sich alle um, sagt Kate, als die Tür aufging. Kate Shone. Sie machte ihrem Namen die ganze Nacht alle Ehre.

Das Licht, das sie ausstrahlte, war so hell, dass man damit sehen konnte, es hat den Palast so hell erleuchtet, dass Leute, die meilenweit entfernt wohnten, sich fragten, was los war, und Vögel, die meilenweit entfernt in ihren Nestern schliefen, aufwachten und dachten, es sei Tag, und zu singen anfingen. Sie strahlte, weil sie ein wunderschönes Ballkleid anhatte, das allerschönste im ganzen Ballsaal.

Kate hat es momentan gerade mit Ballsälen und Ballkleidern. Vor einer Woche hat sie bei einer Freundin zu Hause Disneys *Cinderella* gesehen, und wenn Amy jetzt im Wohnwagen aus dem Fenster sieht und Kate allein in den Dünen spielt, kann sie vermuten, dass Cinderella eines dieser Spiele ist, dass Kate umringt ist von hilfsbereiten Tieren, die ihr aus den am Strand gefundenen Sachen ein schönes Kleid machen.

Kates neuester Witz ist: Warum haben sie Cinderella aus der Fußballmannschaft rausgeschmissen? Sie ist vom Ball weggerannt. Den hat sie in der Schule gehört. Diese Schule gefällt ihr viel besser als die letzte, in die sie gegangen ist, als sie in dem Hotel, in dem Amy gearbeitet hat, im Kellergeschoss gewohnt haben, wo die Flecken an der Wand wie Farn aussahen und von der Feuchtigkeit kamen. Die anderen in ihrer Klasse vergessen allmählich, sie wegen ihres Akzents zu hänseln und weil sie in einem Wohnwagen statt in einem richtigen Haus wohnt; ab und zu kommen inzwischen sogar welche und klopfen leise an die untere Hälfte der Tür, damit Kate zum Spielen rauskommt. *Kate fügt sich gut ein. Kate hat diese Aufgabe sehr gut gelöst. Kate hat sich spürbar gesteigert. Kate ist ein vielversprechendes Kind.* Sie wohnen jetzt so lange hier, dass Kate schon mehrmals Zeugnisse bekommen hat, Blätter, die Amy faltet und in den Schrank legt, wenn Kate sie ihr vorgelesen hat. Außerdem wird Kates Stimme hörbar voller, sie spricht die Vokale klarer, es klingt mehr nach Schottisch. Vor zwei Wochen hat sie Amy auf die Hauptpost mitgeschleppt und ihr eine Postkarte gezeigt, eine Ansicht des Spielplatzes in der Nähe des Strands, und obwohl man nicht richtig erkennen kann, wer auf dem Foto drauf ist – dafür sind sie zu weit entfernt –, sieht es ein bisschen aus wie sie beide, wie Amy (dunkles Haar), die Kate (helles Haar) auf einer Schaukel anschiebt. Sie haben sich die Karte gekauft und mit Klebestreifen an die Schranktür im Schlafraum des Wohnwagens geklebt.

Amy nennt den Wohnwagen einen Glückstreffer. Als sie hier ankamen, taten sie, was sie an einem neuen Ort immer tun: Sie schauten sich den Campingplatz an, was gut ist, wenn man sich nützliche Dinge borgen will, ein Seil oder Wasser in Plastikbehältern oder Sachen von einer Wäscheleine. Sie kamen genau in dem Moment am Büro des Platzbetreibers vorbei, als Angus den Zettel anbrachte. Kate las vor, damit Amy kapierte, was da stand. Helfer gesucht. Amy hat Kate gefragt, ob es ihr hier gefällt. Dann hat sie sie über die Straße zum Strand geschickt und kurz gewartet. Sie ist hinter dem Büro herumgegangen und hat sich gründlich umgesehen. Hat sorgfältig so lange am Dichtungsring eines außen angebrachten Wasserhahns herumgefingert, bis kaltes Wasser unter der Tülle hervorquoll und in den Abfluss sickerte. Hat dann den Kopf durch die offene Luke am Vordereingang zum Büro gesteckt. Der Mann, der an seinem Schreibtisch saß, Angus, stand überrascht auf, schob den Stuhl zurück; der wäre beinahe umgekippt. Entschuldigen Sie, sagte Amy. Da hinten ist einer ihrer Wasserhähne nicht ganz dicht. Wenn Sie einen Schraubenschlüssel haben, kann ich das bestimmt für Sie reparieren.

Das Gute an dem Job ist die kostenlose Unterkunft, der Glückstreffer, und das sogar über den Winter, wenn der Campingplatz geschlossen ist. Amy muss den Platz trotzdem weiter bewachen, die älteren, fest abgestellten Wagen auf Schäden durch Witterung oder Vandalismus kontrollieren und sich um den Anrufbeantworter kümmern, auf dem Leute Buchungswünsche für den nächsten Sommer hinterlassen; um die Post kümmert sich Angus selbst. Es ist Amys leichtester Job seit Jahren, und die zwei großen möblierten Räume, ein Schlafzimmer und eines, das Küche, Esszimmer und Diele ist, sind inklusive. Sie haben Strom- und Gasanschluss, müssen zur Toilette und zum Duschen allerdings in den Toilettenblock gegenüber gehen. Im Sommer ist es schwierig, zur gewünschten Zeit unter die Dusche oder an eine Waschmaschine zu kommen. Im Jahr zuvor war der Winter kalt, aber mit dem Calor-Gasofen erwärmt es sich hier drin schnell. Kate mag diese Heizöfen, sie riechen warm und orange. Zu Weihnachten waren sie voriges Jahr den ganzen Nachmittag über die Einzigen an ihrem Strand, und bis es zu dunkel wurde, um noch etwas zu sehen, haben sie vom Pier bis zu den Felsen mit Treibholz Bilder in den Sand gemalt, und als es richtig dunkel wurde, sind sie den ganzen Strand abgelaufen und haben alle Weihnachtslieder gesungen, die sie kennen. Wenn ihnen ein Text nicht eingefallen ist, hat Amy etwas erfunden. Wir sind die drei Könige aus dem Morgenland. Das Autofahren ist uns unbekannt. Wir sind ziemlich dick, das ist unser Missgeschick, denn die Autos sind so klein, in die passen wir nicht rein.

Kate kommt aus dem Wind herein und bringt einen Stoß kalter Luft mit. Sie trägt den Sand über die Teppichreste von der Tür bis zur Frühstückstheke. Amy schlägt vor, dass sie noch mal rausgeht und sich richtig schüttelt. Aber selbst danach sind ihre Sachen und ihr Scheitel noch mit Sand besprenkelt. Winzige Körnchen kleben ihr im Gesicht.

Amy brät Speck und kocht Kartoffeln und grüne Bohnen.

Pfui Spinne, sagt Kate.

Du wirst es schon essen, Kate. Was anderes hab ich nicht bekommen, sagt Amy.

Kate lässt sich auf die Couch plumpsen, schiebt ein dickes Stück Treibholz weg und übermalt die alten Gesichter am beschlagenen Fenster mit neuen.

Amy, was haben wir für eine Postleitzahl?

Keine Ahnung, sagt Amy. Das musst du Angus fragen.

Wir haben gerade Alte Grabstätten gespielt, sagt Kate.

Ich glaub, das kenn ich gar nicht. Du und wer noch?, fragt Amy.

Roddy und Catriona. Kate stützt die Ferse auf das alte Buch, das unter dem Tischbein liegt, damit der Tisch nicht mehr wackelt. Auf dem Buchrücken steht ein langes Wort in Gold. HERAKLIT. Das Buch sieht zu nett und zu alt aus, als dass man den Fuß draufstellen sollte.

Du kennst doch Miss Rose?, sagt Kate. Wir nehmen in der Schule gerade Skara Brae durch, weißt du.

Der Speck spritzt. Ihr nehmt was durch?, fragt Amy.

Das ist auf den Orkneys, da hatte ein Sturm den ganzen Sand weggeweht, und dann haben die Archäologen es gefunden, stell dir vor, die haben ein komplettes altes Dorf gefunden, das hat da druntergelegen.

Kate formt das Wort Archäologen stumm mit den Lippen, kontrolliert, ob sie es richtig ausgesprochen hat, bevor sie weitererzählt.

Unser Projekt, wie wir uns das Leben damals vorstellen, weißt du, wie wir das machen?

Ein Ort auf den Orkneys, ja, ich glaub, davon hab ich schon mal gehört, sagt Amy.

Jedenfalls, sagt Kate vor dem Fenster, auf das sie stark geschwungene Linien gemalt hat, Vögel über die Gesichter, Alte Grabstätten spielen geht so: Du legst dich in den Sand, und du musst dich wirklich richtig flach hinlegen, so flach, als ob 'ne Tonne Sand auf dir drauf wär und du dich nicht bewegen kannst. Und dann liegst du, und der Sturm kommt und bläst den ganzen Sand über dir weg, und du wachst am Strand auf, wo du eingeschlafen bist, und wenn du aufstehst, bist du ganz woanders, wo du vorher noch nie gewesen bist, auch wenn du dich da ja hingelegt hast und die ganze Zeit da warst. Und dann erforschst du diesen Ort. Amy?

Kate nennt Amy beim Vornamen, auch wenn sie auf der Straße oder in Geschäften mit ihr spricht oder wenn sie auf dem Pausenhof der Schule von ihr erzählt, und das ist einer der Gründe, warum manche Leute hier nicht begeistert sind, wenn ihre Kinder sich mit Kate Shone abgeben, die sich zwar nicht wie ein Kesselflicker anhört, aber schließlich nicht besser wohnt.

Wusstest du zum Beispiel, dass vierhundert verschiedene Insekten oder Lebewesen auf einem einzigen Baum, auf dem sie wohnen, ihr Auskommen finden?, sagt Kate, und sie spricht das Wort Auskommen, als sei es ein sehr wichtiges Wort, eines, das sie gerade gelernt hat. Und wusstest du, dass dieser eine Baum so viel Luft produziert, dass es, glaub ich, für zehn Leute für ein ganzes Jahr reicht?, sagt sie. Und, Amy?

Ja, was?

Kate hat sich den ganzen Nachmittag überlegt, ob sie das fragen soll. Können wir eine Katze haben?, sagt sie.

Noch nicht, sagt Amy.

Kate weiß, was das bedeutet. Sie schiebt ihre grünen Bohnen mit der Gabel auf dem Teller hin und her. Das ist nicht fair. Es gefällt ihr hier.

Was möchtest du nach dem Essen machen?, fragt Amy. Rausgehen, einen Spaziergang?

Im Dunkeln spazieren gehen kann ich nicht leiden, sagt Kate mürrisch. Ich geh zu Angela, *Byker Grove* angucken. Alle haben einen Fernseher. Angela hat sogar einen Fernseher in ihrem Zimmer.

Herbstgeruch liegt in Kates Haar. Hier oben riecht man sogar den Wechsel der Jahreszeiten. Amy erinnert sich nicht, dass sie das früher schon mal erlebt hätte.

Einmal, es dürfte ungefähr drei Jahre her sein, etwa um dieselbe Jahreszeit, hat sie sie vor einem der großen Warenhäuser, den British Home Stores, vor den Schaufenstern mit der Weihnachtsdeko stehen lassen, war das in Birmingham?, sie ist sich nicht sicher. Als sie vier Stunden später wiederkam, bloß um nachzusehen, für alle Fälle, hatte sich das Einkaufsgewühl aufgelöst, und Kate war noch da, saß, in ihren Fleece-Anorak eingemummt, vor der Tür des geschlossenen Ladens auf der Erde.

Das Meer ist eine schwarze wogende Masse, rollt seinen Schaum vor ihren Füßen hin und her. Weit draußen sieht sie kleine Lichter im Dunkeln. Kate saß immer noch vor der Kaufhaustür, ein kleines Häufchen Münzen zu ihren Füßen. Sie lächelte, verschlafen von der Kälte, öffnete ihre kleine Hand über dem Silber und dem Kupfer. Ich hab gesagt, dass ich kein Geld will, sagte sie. Ich hab gesagt, wir haben genug Geld.

Das war das letzte Mal, dass sie Kate irgendwo zurückgelassen hat. Das erste Mal, da war sie noch sehr klein, hat zum Verrücktwerden gebrüllt und konnte nicht sprechen, hat Amy Kate, als sie eingeschlafen war, gegenüber einer Polizeiwache neben einem Abfallkorb ins Gras gelegt. Sie selbst hat sich auf eine Bank gesetzt und zugesehen. Eine Frau ist stehen geblieben.

Sie sah aus, als ob ein Kind bei ihr gut aufgehoben wäre. Sie hat Kate mit dem Fuß angestupst. Die Frau hatte die Tür zur Polizeiwache noch nicht aufgedrückt, da waren sie schon weg. Sie waren schon weg, da war die Frau noch nicht mal halb über die Straße.

Das Meer, wie es heute ist, dick und dunkel und Salz, schiebt den Abfall und den groben Kies in glatten Schichten übereinander. Die harten Kanten der Felsen pieksen durch die Kleider hindurch in die Haut. Unter den Fingern fühlt Amy Kratzer auf dem Stein: unleserliche Graffiti.

Sie hat sich dabei ertappt, dass sie wieder die sinnlosen Sachen macht. Oben in einem mehrgeschossigen Parkhaus, außer Atem nach der Betontreppe, im vierten Stock, wo die Stufen im Freien enden. Wenn du da runtersiehst, steigt dir die Luft zu Kopf. Die kleine Stadtfläche vor dir, die Berge im Norden. Du sitzt auf einem harten Erdbuckel im Stechginster und dem hohen gelben Gras, im Geröll und Müll einer verwahrlosten Baustelle hinter einer Zeile aus Wohnhäusern und Läden, die mit Brettern vernagelt und mit Farbe besprüht sind. Drei kleine Mädchen schauen aus sicherer Entfernung herüber. Eines schwingt einen Stecken durch das Gras, ruft, alles in Ordnung mit Ihnen? Du streckst dich rücklings im Gras aus. Hast Stechginster vor grauem Himmel über dir. Konzentrierst dich darauf.

Vor dem Einkaufszentrum, wo du verfolgst, wie sich die Zeit von Sekunde zu Sekunde ändert, die Temperatur auf der Digitalanzeige im Fenster der Baugesellschaft aber gleichbleibend 8 Grad beträgt. Du lässt den Kopf nach hinten auf die Banklehne fallen, kaltes Metall in deinem Nacken; Passanten sehen dich im Vorübergehen an. Auf dem Bahnsteig, wo du über die Kante hinweg auf die Gleise schaust. Die vielen Leute dort, weil sie sich mit jemandem treffen oder irgendwohin fahren, die Fahrkarten in den Händen, in den Manteltaschen, in den Handtaschen. Du hast keine Fahrkarte. Das ist dein Geheimnis.

Sie denkt an die drei Mädchen, die sie angestarrt haben. Das große hat etwas zu seinen Freundinnen gesagt, es sah aus wie verrückt und Scheiße. Sie denkt an das Dach des verlassenen Parkhauses. Sie könnte jederzeit noch weiter nach Norden gehen. Die Gipfel der Berge da sind schon mit Schnee bedeckt.

Oder unter Wasser. Sie könnte geradewegs ins Meer laufen und spüren, wie der Grund mit Freuden unter ihr nachgibt und die Kälte sich um sie legt, bis sie es nicht mehr spürt und das Wasser sich über ihr schließt, als wäre nichts geschehen.

Kein Mensch käme da und fände dich.

Dann lacht sie und hört sich gegen den Lärm des Meeres anlachen. Kate kommt zur Tür hereingestürmt und sagt, ist das windig, es ist windiger als sonst was; sie zeigt am Fenster auf die Bäume zwischen Campingplatz und Hauptstraße und sagt: Guck mal, siehst du, immer, wenn die ihre Blätter schütteln, kommt der Wind wieder. Die Bäume müssten *aufhören*, ihre Äste so zu schütteln. *Dann* wäre es auch nicht mehr so windig. Kate hat einmal zugesehen, als sich der Nebel über die Berge senkte, als sie gerade hier angekommen waren, und kam gleich angerannt und hat zu ihr gesagt: Das ist Geschichte, komm mal Geschichte angucken.

Always something there to remind me
always something there to remind me
I was born
to love you
and I will ne
ver be free
you'll always be a part of me

Immer wieder derselbe Text mit denselben kurzen Aussetzern. Die Zeilen purzeln übereinander wie Geschirr beim Polterabend. Amy ist gereizt, dann gegen ihren Willen belustigt. Wie vulgär das ist. Die Plattennadel in ihrem Kopf hängt.

Kate rennt vorneweg, als sie von Angela zum Campingplatz zurückgehen. Angela McEchnie ist das eher langweilig aussehende Mädchen aus Kates Klasse, mit dem sie sich angefreundet hat. Gut möglich, schätzt Amy, dass das Satellitenfernsehen bei Angela zu Hause etwas damit zu tun hat. Sie wird sich daran gewöhnen müssen, abends länger ohne Kate auszukommen.

Angela McEchnies Mutter weiß nicht recht, was sie von Kate Shone halten soll. Sie weiß nicht recht, ob es ihr passt, dass sie dauernd herkommt. Das sagt sie zu ihrem Mann, als die Shones zur Tür hinaus sind. Die hausen auf einem Campingplatz. Ein Vater fehlt in der Gleichung komplett. Es klingt so englisch, wie sie reden. Gut, sie will fair sein, so englisch wie die Theatertruppe mit den Ziegen, die bei Patersons auf dem Bauernhof eingezogen ist, diese Jongleure, die auch Massage machen und mit ihrem Gemüse reden, sind sie nicht.

Aber Angela stellt neuerdings alle möglichen Fragen, und das kommt bestimmt davon, dass sie mit der kleinen Shone zusammen ist. Zum Beispiel warum sie sonntags in die Kirche gehen, wozu das gut sein soll. Und warum Leute in Häusern wohnen, wenn sie in einem Wohnwagen wohnen und überall hinfahren könnten, wo sie wollten. Sie haben Eintrittskarten für den Zirkus, der nächste Woche in die Stadt kommt. Als sie in Angelas Alter war, hat Mrs. McEchnie den Zirkus geliebt. Sie hat ihre Brüder gebettelt, sie mitzunehmen. Die Löwen und die Seehunde und alles. Aber Angela sagt jetzt, sie will nicht mitgehen, weil dreimal darfst du raten, wer ihr gesagt hat, Zirkus wär den Tieren gegenüber gemein.

Die schnappen untereinander die erstaunlichsten Sachen auf, was?, sagte sie, als Amy kam, um Kate abzuholen.

Amy bedachte Mrs. McEchnie mit einem offenen Lächeln.

Wie neulich, redete Angelas Mutter weiter. Neulich hat Angela mir erzählt, Kate hätte ihr gesagt, es gäbe zwei Sorten Einkaufszentren. Die eine Sorte, das wären die üblichen mit den Läden und den Pflanzen und den Fahrstühlen, aber es gäbe noch eine ganz besondere Sorte, die bestünde halb aus Läden, halb aus Pferden.

Amy guckte perplex. Dann lachte sie. Oh, verstehe, sagte sie. Einkaufszentauren. Verstehe.

Oh, haha, natürlich, sagte Mrs. McEchnie verdattert.

Kate und Angela saßen und sahen Angelas Vater zu, der in seinem Sessel lag und herumzappte. Eine Musiksendung aus den Sechzigern blieb einen kurzen Moment länger auf dem Bildschirm als die anderen Kanäle; er tastete an den Seiten des Sessels nach seinen Zigaretten. Kate und Angela lachten über die auf dem Kopf der Sängerin sich türmenden Haare. Sie machten nach, wie sie bei jeder neuen Phrasierung dramatisch die Arme ausstreckte. Nicht lange, und die zwei kugelten sich vor Lachen auf dem Fußboden.

Lacht ihr zwei nur, sagte Angelas Mutter, aber so eine Frisur war damals der allerletzte Schrei. Wenn ihr ein bisschen älter geworden seid, denkt ihr bestimmt genauso.

Ich nicht, sagte Kate.

Ich auch nicht, sagte Angela.

Ich jedenfalls hab mir die Haare gerne so hoch toupiert, als ich ein Mädchen war, sagte Angelas Mutter. Deine Mutter wahrscheinlich auch, Kate.

Niemals, sagte Kate.

Mrs. McEchnie warf ihrem Mann einen Blick zu. Dann sah

sie Amy an. Die wird ihrer Mutter jeden Tag ähnlicher, sagte sie laut und lächelte.

Ja, stimmt, sagte Amy, ja. Stimmt wirklich, dachte sie. Es traf sie immer noch wie aus heiterem Himmel, war jedes Mal eine Überraschung. Sie sah auf den Fernsehschirm: Sandie Shaw ging barfuß über eine Bühne, davor, weiter unten, die Köpfe der sich wiegenden Teenager. Sandie Shaw blieb am Bühnenrand stehen, würde gleich einen neuen Song anfangen.

Nein, dafür sind Sie wahrscheinlich zu jung, Mrs. Shone, sagte Angelas Mutter freundlich. Sie hatten vermutlich grüne Haare und Sicherheitsnadeln, oder wie diese Mode damals war, was?

Amy lächelte höflich, machte ein verbindliches Geräusch. Komm jetzt, Kate, sagte sie und zog sie am Kragen ihres Pullovers. Wo ist dein Mantel?

Sie hatte keinen an. Als sie kam, hab ich noch gesagt, stimmt's, Kate, ohne Mantel ist es aber heute schrecklich kalt, sagte Mrs. McEchnie.

Mir ist nicht kalt. Ich brauch keinen Mantel, sagte Kate.

Danke, dass sie es mit ihr ausgehalten haben, sagte Amy. Sie ist ein Rabauke.

Na, wenigstens holt sie ihr Kind ab, sagte Angelas Mutter zu ihrem schlafenden Mann, als sie gegangen waren. Wenigstens braucht das Kind nicht allein im Dunkeln auf dieser Straße am Meer nach Haus zu gehen, das rechne ich ihr schon an. He, Stuart. He!

Schnee ist eine gute Idee. Schnee deckt gnädig alles zu. Legt sich leise über alles, lässt alles still werden, kühlt alles bis auf Stillstand herunter, weht in die Ritzen der Borke an den Bäumen, füllt die Zwischenräume zwischen den hellen kurzen Grashalmen, biegt sie um und hält sie nieder, setzt sich fraglos auf alles, was kalt genug und im Freien gelassen worden ist. Guter trockener Schnee fällt lautlos und macht alles weiß. Hier oben hält er sich manchmal tagelang an den Häusern und auf Mauern und Zäunen, je nachdem, aus welcher Richtung der Wind kommt.

Für Schnee ist es noch nicht kalt genug. Amy schaltet das Licht aus, geht ans Fenster. Der Mond steht am Himmel. In Nächten wie dieser sieht man, wie das Meer hinter dem Parkplatz und den Dünen aufleuchtet und pulsiert.

Zwei Tropfen Kondenswasser laufen innen langsam über die Scheibe; bevor sie auf dem Fensterbrett ankommen, hält sie den einen mit dem Finger auf, damit der andere hineinlaufen kann. Sie lehnt sich auf der Couch zurück und trocknet sich den nassen Finger an der Reisedecke, die ein billiges Karomuster in einem grässlichen Blau hat, mit Rot und Gelb und Weiß und Schwarz gekreuzt wie auf dem Stadtplan einer Alptraumcity. Feine Sandstreifen liegen in den Falten der Decke wie Strände oder wie Wüsten auf dem Atlas.

Es ist sehr spät, viel zu spät, als dass Kate noch wach sein dürfte. Amy steht auf, als sie es hört, stellt sich an die Tür zum Schlafraum, linst an der Stelle, wo die Tür nicht richtig schließt, durch den schmalen Spalt. Im Schlafraum ist es dunkel, nur ein rückwärts aus dem Parkplatz setzendes Auto leuchtet kurz herein. Es kommen gern mal Leute aus der Stadt hierher und lassen vor lauter Liebe die Scheiben im Auto anlaufen.

Die Lichtkegel schwenken über Kate hinweg, die auf dem Rücken liegt, die Arme über der Decke, und die Hände hochhält. Sie spielt anscheinend ein Abzählspiel, biegt die Finger um und sagt leise murmelnd etwas auf. Amy versteht nicht genau, was sie spricht. Es klingt rhythmisch wie ein Fahrplan oder wie ein Gedicht.

Amy lehnt sich gegen die Tür und geht behutsam und leise

hinein. Kate spricht die Namen von Straßen und von kleinen und großen Städten. Einen nach dem anderen zählt sie die Orte auf, an denen sie schon gewohnt haben. Als sie bei der Stadt ankommt, in der sie jetzt wohnen, kehrt sie an den Anfang zurück und geht die Liste von vorn durch.

Kathleen Shone, du solltest eigentlich schlafen, sagt Amy sanft. Setzt sich auf das Bett. Kate legt den Kopf auf ihren Schoß. Welche Geschichte möchtest du heute Abend hören?, sagt Amy und zieht die Decke über sie beide.

Die von dem Mädchen, das aus dem Berg fliehen kann, du weißt schon, welche ich meine, murmelt Kate schläfrig in Amys Strickjacke.

Also gut. Die geht folgendermaßen. Es war einmal ein Mädchen, das wanderte um den Berg herum auf die andere Seite, weil es dachte, dort schmecken die Brombeeren süßer und die Welt sei voller Wunder und ganz anders als auf dieser Seite des Berges, wo sie wohnte. Das Mädchen wanderte und wanderte, aber es bekam nicht heraus, wo seine Seite des Berges aufhörte und wo die andere Seite des Berges anfing. Es setzte sich auf einen Stein und ruhte sich aus, wischte sich mit dem Taschentuch die Stirn ab und aß die Brote, die es mitgenommen hatte. Da öffnete sich unter ihm der Berg, die Wiese und die Erde teilten sich und verschluckten es und schlossen sich über ihm, und als das Mädchen die Augen aufmachte, war es in einer düsteren feuchten Kammer gefangen, tief im Innern des Berges, und die Mauern der Kammer waren aus Stein und Erde und Felsen und so dick, dass das Mädchen weder Vögel noch Schritte hörte, sondern überhaupt nichts, keinen Piep.

Amy braucht nicht nach unten zu sehen, um zu wissen, dass Kate, die warm in ihren Armen liegt, schläft.

Alles weiß von dieser Küste bis zur anderen, von Ost bis West und bis ganz nach Norden und ganz nach Süden. Weiß bis unten ans Ende des Blatts. Am unteren Rand, an der Ecke, mit groben Strichen in allen Farben gemalt, ein flaches eckiges Haus mit vier Fenstern und einem Schornstein. In orangen Kringeln steigt Rauch aus dem Schornstein auf. Im Garten Blumen, fast so groß wie das Haus. Ein Gartenweg, ein Zaun, ein Tor. Grün für das Gras. Eine rote Haustür, eine schwarze Katze. Über dem Haus, in dickem, leuchtendem Wachsmalkreidengelb, die Sonne: lächelnd.

Rutsch rüber, du dickes träges Murmeltier.

Wenn du dich daran erinnerst, erinnerst du dich auch noch an die richtige Reihenfolge der Farben. Kates Lieblingsfarbe ist Indigo. Obwohl sie, als sie überlegt, nicht mehr genau weiß, wie Indigo aussieht. Ihr Lieblings*wort* für eine Farbe ist Indigo, aber ihre Lieblingsfarbe ist Türkis. Indigo. Indianer. Türkis. Purpur. Miss Rose hat das von dem Murmeltier an die Tafel geschrieben. Träge bedeutet faul. Billy Jamieson wollte wissen, ob ein Murmeltier mit Murmeln spielt. Miss Rose hat sich das Lachen verbissen und gesagt, nein, damit habe das nichts zu tun. Dann hat sie ihnen das mit dem Regenbogen beigebracht. Rot, dann Orange, dann Gelb, dann Grün, dann Blau, dann Indigo, dann Lila.

Im Toilettenblock auf dem Campingplatz, dem für Frauen, riecht es feucht und in Türnähe nach Desinfektionsmittel. Als es im Sommer richtig heiß war, hat es dort nach den Kulturbeuteln der Mütter und der alten Frauen gerochen, die mit unter den Morgenmänteln rausguckenden Schuhen oder Pantoffeln im Tau Fußspuren im Gras hinterlassen haben; in der Luft hing der Geruch der vielen verschiedenen Zahncremes. Aquafresh heißt die, die sie und Amy haben, die hat den besten Geschmack. Im Toilettenblock für die Männer riecht es immer nach Desinfektionsmittel, egal, ob es Sommer ist oder nicht.

Einmal ist im Sommer diese Sache passiert. Rachel und Nicky

haben hinten aus ihrem Auto gewinkt, als ihre Mutter und ihr Vater mit ihnen und dem Wohnwagen nach Hause gefahren sind, und Kate hat auch tschüs gewinkt, und im selben Moment kam eine andere Familie auf den Platz gefahren, und bei denen saß Sandy hinten im Auto, der Junge aus Dundee, den sie später am Souvenirladen getroffen hat, und als sein Auto reingefahren kam, hat er zu winken angefangen, weil er dachte, Kate winkt ihm! Aber das waren Ferienfreunde, und die sah man nicht wieder, wenn sie weggefahren waren. Das eine Mal mit Rachel und Nicky auf dem Feld, das war echt schrecklich: Die Mädchen aus der Siedlung waren gekommen, die großen, und die eine hat Rachel geschubst, bis auf die Steine rauf, und die eine Gemeine, die große Schwester von Jackie Robertson aus Kates Klasse, hat gesagt, sie müssten alle das grüne Zeug essen. Na los, wird's bald! Wenn nicht, setzt es Ohrfeigen. Na los! Das schmeckt gut, da machen sie Vivil draus. Iss das jetzt, du, hat sie gesagt und Kate in die Schulter geboxt, und Nicky hat geweint, und deshalb hat Kate bloß dagestanden und die Gemeine genauso angestarrt, und als die ihr das Zeug in den Mund gestopft hat, ist sie weiter stehen geblieben und hat bloß geguckt, und dann hat eine Mutter sie zum Abendbrot gerufen, und die andere, nicht Jackies Schwester, hat Nicky noch mal geschubst, und sie sagten, wehe, ihr seid nicht da, wenn wir wiederkommen, wir verdreschen euch, und sie und Rachel und Nicky rannten zurück und versteckten sich hinter dem Toilettenblock, aber sie waren in Sicherheit, denn auf den Campingplatz hätten sich die Mädchen nicht getraut. Den ganzen Nachmittag hatte Kate den fiesen grünen Geschmack im Mund. Vielleicht konnte man sich einfach vorstellen, dass Grün halt so schmeckte. Wenn Grün so schmeckte, würde Blau nach Salz schmecken wie das Meer. Aber in Wirklichkeit war das Meer grau. Weiß würde nach Sahne oder

Milch schmecken. Aber Weiß war keine richtige Farbe. Orange würde nach Orangen schmecken. Wonach würde Indigo schmecken? Amy weiß das bestimmt. Im Sommer war es dieses Jahr so heiß, dass manches in der Ferne wellig wurde, wenn man hinsah. Hitzeflirren hieß das und war eine optische Täuschung. Der eine Junge, Sandy, hat ihr die Postkarte mit der Burg drauf geschickt. Der war ewig da, fast zwei Wochen. Angus brachte ihnen die Postkarte aus dem Büro rüber. Wir sind jetzt in Fort William, stand darauf, da ist Jahrmarkt.

Kate klettert auf das geschlossene Campingplatztor, springt von oben runter und rennt über die Straße und runter zum Strand. Wo gestern Abend das große Feuer war, ist jetzt ein schwarzer Ring an einer Stelle, bis zu der die Flut nicht steigt. Abgebrannte Feuerwerkskörper liegen überall im Sand, es ist noch früh, die hat noch niemand anders gefunden. Kate ist selig. Schnell hebt sie einen auf, einen zweiten. Obwohl sie nach der Nacht im Freien feucht und kalt sind, riechen sie noch verbrannt. Sie schüttelt den Sand von einem ab, er ist schwarz um die Öffnung, aus der die Farben und Funken herausgesprüht sind, das Papier ist bunt, wo es nicht verbrannt ist und abblättert. Das schwarze Zeug geht ab, sie hat es an den Fingern.

Sie bückt sich schnell und hebt einen Feuerwerkskörper auf, der neben ihrem Fuß liegt. Wirft ihn hoch und sieht ihm beim Fallen zu. Wirft einen anderen hoch, bis über ihren Kopf, sieht zu, wie er in den Sand plumpst. Sie stopft sich die Feuerwerkskörper mit dem wenigsten Schwarz vorn unters Kleid und den Pullover und sieht sich um. Meilenweit entfernt ist ein Mann mit einem frei laufenden Hund am Strand unterwegs, Jungs fahren auf einem Fahrrad am Wasser entlang, Kate hört sie brüllen und sich streiten. Sie zieht den Kopf ein, hält die abgebrannten Feuerwerkskörper mit dem Kinn und den Armen fest und rennt über den Sand rauf zu den Steinen, zwischen denen Pfützen sind, bemüht sich, ganz leise zu sein.

Auf den meisten Feuerwerkskörpern kann man die Namen noch lesen: Blütenrausch. Feuervogel. Römisches Licht. Kometenrohr. Vulkan. Shooting Star. Mondrakete. Kate reiht sie vor dem großen Stein auf. Das Römische Licht, der Shooting Star und die Mondrakete haben unten Plastikspitzen dran, damit man sie in die Erde stecken kann; Kate steckt sie in den Sand. Dann klettert sie auf den großen Stein und beugt sich in den Spalt. Die Plastiktüte ist noch da; vorsichtig zieht sie sie heraus.

Bis zu dem großen Stein kommt das Meer nicht, und in der Plastiktüte bleiben das Buch aus der Bibliothek und die Tiere trocken. Sie greift hinein, tastet nach dem Känguru. Das gefällt ihr von den Tieren, die sie sich genommen hat, am besten. In der Pfütze am Stein tunkt sie seine Nase ins Wasser. An einer Stelle, wo der Sand trockener ist, legt sie sich auf den Bauch und drückt mit den langen Beinen und dem Schwanz Känguruspuren in den Sand.

In ihrer Tüte hat sie auch das Clydesdale-Pferd mit den Löchern in der Seite und den Plastikwagen, dessen Geschirr in diese Löcher eingehakt wird, außerdem das Löwenjunge und den sitzenden Schäferhund mit den aufgestellten Ohren. Das Löwenjunge ist viel größer als die anderen Tiere, sogar größer als das Wagenpferd, der Löwenschwanz allein ist schon fast so lang wie das Pferd. Kate baut sie alle zusammen am Pfützenrand auf. Dann setzt sie den Hund hoch oben auf einen Felsvorsprung. Sie stellt das Känguru in den Pferdewagen und zieht so weit um die Pfütze herum, wie ihr Arm reicht, einen Weg. Sie hängt das Pferd aus und schiebt statt seiner das Känguru in das Geschirr, dann zieht das Känguru das Pferd an den Ausgangspunkt zurück. Das Löwenjunge schwimmt auf der Seite, sein Kopf und eine große Tatze ragen aus der Pfütze heraus. Kate nimmt es und probiert, ob sie mit seiner Tatze die Napfschnecken von den glitschigen Steinen unter Wasser abkratzen kann.

Ihre anderen Tiere hat sie im Wohnwagen, aber die hier sind ihr am wichtigsten. Eins nach dem anderen sind sie in ihrer dunklen Tasche heimlich zu den Steinen gewandert, niemand weiß es. Eins nach dem anderen hat sie beim Morgengebet im Klassenzimmer eingesteckt, hat es leise von dem schmalen Fensterbrett neben ihrer Schulter gezogen, auf dem Zoo- und Hoftiere in einer Reihe stehen. Kate kann ihre Augen zumachen und durch einen schmalen Schlitz trotzdem noch sehen, und so passt sie auf, dass niemand sie beobachtet und dass Miss Rose gerade woanders hinguckt, meist zum Fenster hinaus, während die Stimmen die Wörter sprechen. Man braucht bloß den richtigen Moment abzuwarten. Man braucht bloß rüberzulangen. Sie denkt daran, die Abstände zwischen den übrigen Tieren im Lauf des Tages auszugleichen, damit niemand etwas merkt. Nur noch einmal wird sie das Böse machen. Von all den auf dem Fensterbrett stehenden Tieren möchte sie bloß noch den Affen unbedingt haben.

Sie weiß, dass sie die Tiere nicht hätte nehmen sollen. Andere Kinder aus der Klasse mögen sie vielleicht auch und freuen sich über sie. Sie weiß das, möchte die Tiere aber trotzdem haben, mehr als die anderen. Weil sie die Tiere nicht alle für sich haben darf, hat sie ja überhaupt nach dem orangen Känguru gegriffen. Manchmal aber, wenn sie nachts noch wach ist, hat sie bei dem Gedanken an die Tiere ein schlechtes Gefühl im Bauch. Sie hat sie gestohlen, das ist wie lügen oder anderen wehtun. Das soll man nicht.

Roddy erzählt dauernd Lügen. Nicht der Lehrerin oder anderen Erwachsenen, aber wenn man draußen mit ihm spielt.

Der erzählt ständig Geschichten, sagt Angela dazu. Sein Vater ist beim Fischen auf See. Oder sein Vater ist Skipper auf einem neuen Boot und musste nach Neuseeland fahren. Oder sein Vater ist nach Aberdeen gefahren, einen neuen Caravan kaufen, und kommt Weihnachten mit einem brandneuen Auto wieder, einem silbernen Vauxhall, designt für das neue Millenium. Dabei weiß doch jeder, dass sein Vater mit auf dem untergegangenen Fischerboot war, einige aus den Klassen über und unter ihnen hatten Väter und Brüder, die auch ertrunken sind. Amy sagt, Roddy tut mit seinen Geschichten niemandem weh. Ist mein Vater auch tot?, hat Kate sie gefragt. Ich weiß es nicht, hat Amy gesagt, ich weiß nicht, ob er lebt oder nicht, Kate, ich weiß nicht einmal, wer er ist, ist das wichtig? Und Kate hat dann beim nächsten Mal zu Roddy gesagt, es ist nicht wichtig, wenn man keinen Vater hat. Da ist Roddy weinend nach Hause gelaufen und wollte nicht mehr mit Kate sprechen und wollte auch nicht zum Spielen rauskommen und nichts, aber jetzt sind sie beste Freunde, sogar bessere als Kate und Angela, obwohl Roddys Mutter Kate nicht mehr bei sich zu Hause haben will, nicht zum Computerspielen und noch nicht mal zum Fernsehen, darum muss Kate zu Angela gehen.

Bevor es Fernseher und Radios und so was gab und in anderen Jahrhunderten, als es noch keine Thermometer gab oder nur selten und bloß reiche Leute welche hatten, haben Minister und Lords und solche Leute in speziellen Wettertagebüchern notiert, wie das Wetter ist. Sie haben festgehalten, wann das Getreide reif war, an welchen Tagen es richtig heiß und kalt war, haben notiert, wie lange der Schnee liegengeblieben ist. Miss Rose sagt, dass die Erde sich erwärmt und dass wir dieses Jahr den fünftheißesten Sommer überhaupt hatten, aber vielleicht nicht überhaupt, sondern seitdem Leute so was aufzeichnen. In der Schule sitzt Kate jetzt zwischen Catriona und Angela, und Catriona hat zu Hause eine riesige Sammlung von Puppen, aber die gehören ihrer Mutter, und Catriona und ihre Freundinnen dürfen sie nicht anfassen. Einige sind noch nie aus ihren Schachteln herausgekommen, und einige stehen in einem großen Glasschrank in der Diele. Diele. Kate sagt das Wort laut, spürt ihm mit dem Mund nach, überlegt, wie es wäre, wenn sie und Amy eine Diele hätten, eine Diele und ein Wohnzimmer und eine Küche, und alles verschiedene Zimmer. Zum Beispiel ist es bestimmt echt gut, ein eigenes Schlafzimmer zu haben. Bei Angela zu Hause sind das Wohnzimmer und die Diele ein einziges großes Zimmer, weil Angelas Vater eine Wand herausgerissen hat. Die Wände im Wohnwagen sind dünn, es würde nicht lange dauern, eine rauszureißen. An windigen Abenden fallen die Sachen im Wohnwagen von den Regalen und aus den Schränken. Losrennen und sie auffangen, bevor sie auf dem Boden landen, ist ein schönes Spiel. Am Freitag hatte Kate ihr Projekt schnell fertig, und sie hätte sich in die Bestenecke setzen und ein neues Projekt anfangen oder Angela helfen können, ihres fertig zu machen. Aber dann hätten Catriona und Gemma gemerkt, dass Angela noch weit zurücklag, deshalb nahm sich Kate lieber ein Buch aus dem Bücherregal und las still für sich.

Sie setzt sich in den Sand und betrachtet den Buchumschlag. *Hundertundein Weltwunder*. Das Buch ist voller Schwarzweiß- und Farbfotos. Kate sieht die Pyramiden und die Sphinx; aus dem Text unter dem Bild der Sphinx erfährt sie, dass ein französischer Soldat ihr bei Schießübungen die Nase abgeschossen hat. Sie blättert weiter. Da ist das von einem Künstler gemalte Bild eines Orts unter dem Meer namens Atlantis mit Fischen und Pflanzenteilen zwischen den eingestürzten Mauern, und da ist, von einem anderen Künstler, ein Bild von Gärten in der Antike.

Die Fotografie einer riesigen Mauer. Kate liest, dass das ein Staudamm ist, mit dem Strom erzeugt wird. Ein Krater in einer Wüste, so groß wie zwanzig Fußballfelder, heißt es in dem Text. Der Krater stammt von einem kleinen Meteor. Da ist das erste Telefon, daneben Zeichnungen von Höhlenmenschen. Es gibt Fotos von Bergen. Einer sieht aus wie ein dicker Backenzahn: das Matterhorn, Schweizer Alpen, 4478 Meter. Der Berg ist schwarz und riesig und hat steile Klippen, unter denen Schnee liegt, sein Gipfel hängt in den Wolken.

Warum stei gen Menschen auf Berge? heißt es unter der Abbildung. *Von Anbeginn seiner Ex ist enz an hat sich der Mensch aus tief stem Herzen danach gesehnt, die natürliche Welt zu er obern. Vielleicht kannte der eng lische Dichter Rud yard Kip ling die Antwort, als er schrieb:*
Das Verborgne – geh es suchen
Geh und such hinter den Bergen,
Das Vergessne hinter den Höhen,
Vergessen, wartet es auf dich – geh!

Sie steckt sich eine Haarsträhne in den Mund, wischt den Sand ab, der von ihrer Hand auf das Buch gekommen ist, hält es so, dass sie auch den Sand aus der Ritze zwischen den Seiten pusten kann. Nicht weit von hier sieht man auch Berge. Rud. Yard. Ob dieses Sehnen aus tiefstem Herzen etwas ist, was nur Männer machen? Das kann nicht sein. Im Sommer kam in den Nachrichten was über Kinder, deren Mutter Bergsteigerin war und auf einem oben im Schnee verschollen ist. Kate und ihre Klasse haben gebetet, auch für die Tochter und für den Sohn, als die Suche nach der Frau eingestellt wurde. Aber es war nicht der Berg von dem Foto, auf den sie gestiegen war. Welcher es war, ist nicht wichtig. Als Kate das denkt, fällt ihr Roddy ein.

Man könnte es vielleicht aber Ruth Yard aussprechen. Lustig, was manche Wörter für Geräusche machen, manchmal sind die ganz anders, als sie aussehen. Lustig ist auch, dass die Buchstaben, aus denen die Wörter bestehen, wie Menschen aussehen können. Je nachdem, in welchem Buch sie drin- oder auf welchem Schild sie draufstehen, je nachdem, wie sie geschrieben oder gemalt sind, sehen sie wie verschiedene Menschen aus. In dem Buch hier sehen die kleinen a aus wie nette kleine Leute mit dicken Bäuchen. Wenn die a anders geschrieben sind, so rund, sehen sie aus, als hätten sie lange Gesichter. Das große M bei Matterhorn sieht aus, als hätte es seine Spitzen für einen Kampf geschärft. Die e sehen manchmal aus, als lächelten sie, meistens aber bloß wie die hier, ganz gemein, so als lachten sie über etwas Grässliches. Kleine d sehen immer aus, als seien sie hellwach, und kleine g so, als wollten sie dir die Hand geben oder, wenn Kringel drunter sind, als staunten sie einen mit offenem Mund an.

Kate steht im Zeitungsladen gern hinten in der Bücherecke, wo man das Papier von den dicken Taschenbüchern riecht. Es wäre bestimmt nicht schlecht, mal über Nacht in dem Zeitungsladen eingeschlossen zu sein. Mit Seiten aus Büchern stopft Amy manchmal Löcher in der Wandverkleidung oder im Dach oder an der Tür des Wohnwagens, oder sie zündet am Strand das Feuer damit an, und wenn sie umziehen, wickelt sie die zerbrechlichen kleinen Sachen in Bücherseiten ein. Kate passt bei Büchern, die sie gerade liest, immer auf und versteckt sie vor Amy, damit die sie nicht einfach wegwirft. Wenn es sich um Schulbücher handelt, muss man dann jemandem erklären, wo die hin sind oder warum man eine Seite, die alle anderen haben, in seinem eigenen Buch nicht hat. Wenn Amy wüsste, was für gute Sachen in Büchern stehen, würde sie die nicht wegwerfen.

Aber Amy kann nicht einmal die Wörter lesen, die an Geschäften oder Bussen dranstehen, sie sieht sie sich zwar genau an, schüttelt aber den Kopf und muss Kate fragen. Amy kann keine Geschichte in einem Buch lesen. Sie sagt, sie braucht das nicht, sie weiß genug über alles Mögliche, ohne sich Wörter oder Bilder in Büchern anzusehen. Das stimmt, denn Amy weiß tausenderlei Sachen. Amy sagt, man kann mehr Zeug im Kopf haben, als man je auf dem Rücken tragen kann, deshalb muss man sich entscheiden, was man mitschleppen will und was man am Straßenrand liegenlässt.

Kate lässt trotzdem keine Bücher im Wohnwagen herumliegen, wenn sie nicht da ist. Am sichersten sind die *Hundertundein Weltwunder* in dem sicheren Versteck am Strand oder in der Schublade unter ihrer Seite des Bettes, in die guckt Amy nie rein.

Kate hält sich das Foto des Berges dicht vors Gesicht. Es sieht aus, als habe das Matterhorn gerade ausgeatmet, habe seinen Atem in den eiskalten Himmel entlassen.

Die guten Verstecke sind alle unten zwischen den Steinen. Kate klappt das Buch zu und springt auf. Sie schüttelt das Clydesdale-Pferd, damit das Wasser aus den Löchern herausfließt, reibt die Tiere eins nach dem anderen an ihrem Ärmel und unten an ihrem Pullover trocken und steckt sie wieder in die Plastiktüte. Sie packt die leeren Feuerwerkskörper dazu, rollt die Tüte zusammen und schiebt sie zwischen die Steine. Steckt sich das Buch, groß und eckig, unter den Pullover. Mit Bedacht häufelt sie Sand über ihre Fußspuren, schlurft rückwärts und zieht dabei einen Fuß nach, so lange, bis sie an der Stelle ankommt, wo neben den Steinen der übrige Strand anfängt und ihre Fußspuren an alle anderen Fußspuren stoßen und nicht mehr auffallen. Pfeifend drückt sie sich ihr Buch an die Brust und rennt los, jagt wie die Möwen durch die klare kalte Luft.

Angus liegt auf dem Rücken, die Hände unter dem Kopf verschränkt, streckt sich. Seine Schlafanzugjacke ist offen. Nachdenklich betrachtet er seine Brust. Unten macht Avril ihm seinen Kaffee und klappert mit Tassen und Tellern. Er dreht sich, seufzt, streckt sich noch einmal. Ganz tief in seinem Hinterkopf läutet eine Kirchenglocke.

Angus, der tapfere Angus ist da, wie geht's, Mann? Donnie legte seinen Arm um Angus' Hals, zwinkerte Linda hinter dem Tresen zu. Ein Glas für unseren tapferen Angus bitte, Linda. Bei solchen Ahnen, sagte er zu Bill und Willie und Hughie in dem Samstagsgewühl im Pub, was soll er da machen? Über Jahrhunderte hinweg, sprach Donnie weiter, dringt der Ruf dieser stolzen Highlander an sein Ohr, durch den Lehm der Erde vernimmt er ihn, ist doch so, Angus, oder? Donnie klatschte sein Geld auf den Tresen, schlug einen Westküsten-Ton an. Jetzt sei auch hier ein tapferer Mann, Angus Mhor, winselte er, das liegt in der Familie, das liegt im Blut. Tapferkeit bis in den Tod!, so lautet das Motto. Legen wir uns bloß nicht mit ihm an!, sagte Donnie, und alle lachten. Aber Angus brachte sie noch mehr zum Lachen, denn er verzog keine Miene und sagte: Ja, Donnie, ich und meine Vorfahren aus dem Norden, wir danken dir alle für das Kompliment, so viele Vorfahren, wie heut Abend im Geiste bei mir sind, das reicht für mindestens dreihundert Jahre, und wir gedenken alle einen Kurzen und ein Halbes zu uns zu nehmen und danken dir auch recht schön, vielen herzlichen Dank.

Kam selten vor, dass Donnie den Kürzeren zog, wirklich selten.

Als Angus den langen Weg durch den Dunst heimwärts schwankte, fiel ihm am Hafen auf, dass die Boote Nase an Nase, wie große Pferde, im leichten Wellenschlag der Flut lagen. Weiter, an der Pommesbude vorbei, an der Autowerkstatt, vorsichtiges Navigieren durch die dicht an dicht und Haube an Stoßstange parkenden Autos, dann über die Straße und durch das Gras, am Zaun des Campingplatzes und an dem dunklen Abschnitt entlang, auf dem sich die Mietwohnwagen drängten. Am Tor blieb er stehen. Nahm das kalte Schloss in die Hand. Zog daran, prüfte die Festigkeit der Kette.

Ich muss öfter herkommen und nachsehen, dachte er. Jedenfalls kann ich hier stehen. Ich kann hier stehen, so lange ich lustig bin. Ich kann die ganze Nacht hier stehen, wenn ich lustig bin. Das ist mein Recht. Es ist mein Platz.

Er beugte sich über das Tor, spähte ins Dunkel. Sah nichts. Singend fuhr der Wind durch den Drahtzaun. Er stieß sich vom Tor ab und wankte in die Richtung, wo er hinsollte, zu den Häusern mit den erleuchteten Fenstervierecken auf der anderen Seite des Parks; der über den Winter geschlossene Platz lag schwer und still und dunkel hinter ihm.

Angus wälzt sich gerade wieder herum, da kommt Avril herein. Sie sieht müde aus. Allmählich sieht sie aus wie ihre Mutter. Unten am Küchenschrank klemmt das Foto, auf dem sie alle zusammen vor der Kirche stehen. Sein Kragen ist groß und flatterig, er hat sich das Hemd mit der Rüsche an der Brust in den Kilt gesteckt, damals sah das nicht schwul aus, solche Hemden haben damals alle angehabt. Die Haare trug er wie Kevin Keegan. Ihre Haare waren, wie nannte sich das damals, ganz aufgeplustert, so als hätte jemand mit der Fahrradpumpe Luft reingedrückt.

Er setzt sich im Bett auf, greift nach seiner Tasse. Schaut zu, als sie ihre Haarspitzen mit der Bürste nett nach innen dreht.

Wie nannte die sich eigentlich, sagt er, die Frisur, die du hattest, als wir geheiratet haben?

Was?

Was hattest du damals für eine Frisur? Ich weiß nicht mehr, wie die sich genannt hat, sagt Angus.

Fedrig meinst du?, sagt Avril, vor dem Spiegel beschäftigt.

Angus rutscht im Bett wieder nach unten, betrachtet die Lampenfassung an der Decke.

Komisch, was, sagt er, wenn man sieht, wie man selber damals war. In der Zeit stehen geblieben wie ein alter Cortina.

Avril knöpft etwas Schickes zu. Sie zieht die Luft durch die Zähne.

Ich sag's dir nicht noch einmal, sagt sie. Wir sollen zum Mittagessen da sein.

Angus ist jetzt schnell hinausgeschlüpft, damit er sich, bevor sie gehen, noch Papers zum Drehen holen kann. Aber er macht den Umweg durch den Park und die Straße am Strand entlang. Unten bei den Steinen entdeckt er Kate, er glaubt zumindest, dass es Kate ist, sieht ganz danach aus. Er sieht sich gründlich um, aber sonst ist da niemand, es ist niemand bei ihr. Als er wieder dahin schaut, wo Kate war, ist sie weg, und er muss die ganze Küste absuchen, um sie wiederzufinden; da ist sie jetzt, rennt zum Wasser.

Am Tor setzt er den Fuß auf ein Querholz und schwingt sich schwerfällig darüber. Sind bloß ein paar Kleinigkeiten, die er kontrollieren muss. Er kontrolliert sie schnell. Dauert keine Minute. Er schließt das Büro auf und geht hinein, lässt die Tür hinter sich offen. Keine Nachrichten auf dem Anrufbeantworter. Er bleibt kurz stehen. Dann sperrt er die Tür wieder ab, blickt zu ihrem Wohnwagen hinüber. Sieht auf die Uhr. Geht über den Platz, geschäftsmäßig flott, klopft zweimal an und bleibt stehen, wartet.

Als er sie schließlich findet, ist sie im Waschhaus und nimmt Wäsche aus der Maschine, legt sie in einen Wäschekorb. Sie hat ihm den Rücken zugekehrt, bückt sich vor der Maschine, will dann den Wäschekorb mit den nassen Sachen hochheben.

Ich mach das, sagt er, das ist zu schwer für Sie.

Oh!, sagt sie, Sie haben mich erschreckt. Nein, ich schaff das schon ...

Aber Angus hat ihr die Last schon entrissen und ist von dem einen Ende des Raums zum anderen, von den Waschmaschinen zu den Trocknern gegangen.

Amy lächelt. Danke, sagt sie.

Angus steht da, tritt von einem Bein aufs andere. Schon gut. Auf dem Weg zur Tür geht er dicht an ihr vorbei. Alles klar bei Ihnen?, sagt er.

Ja, vollkommen. Vielen Dank, sagt Amy.

Kein Problem. Jederzeit. Wenn Sie etwas brauchen, wissen Sie ja, einfach fragen.

Mach ich, danke, sagt Amy und dreht sich um, steckt das Kleingeld in die Maschine. Angus hört es durch den Schlitz fallen, als er geht.

Am Tor hält er sich wieder am oberen Balken fest und überwindet es mit einem Satz, landet breitbeinig, ein wenig schmerzhaft, auf den Füßen. Na also, sagt er sich im Stillen. Das hat er immer gekonnt, schon seit seiner Kindheit.

Auf dem Weg zum Kiosk denkt er darüber nach, dass Engländer ganz nett sein können, wenn man sie persönlich kennenlernt. Nicht dass er diese Frau kennt. Eigentlich ist das doch erstaunlich: Da arbeitet man seit über einem Jahr mit jemandem zusammen und weiß von demjenigen nichts, außer dass er seinen Lohn bar ausbezahlt haben, nicht so viel Milch in seinen Tee und nicht dauernd mit Fragen belästigt werden will und solche Sachen. Sie mag den roten Lolli mit dem Eis drin am liebsten, er hat ihr einen gekauft und konnte sie sogar überreden, das Portemonnaie dieses eine Mal steckenzulassen; sie brauchte ihm die 57 Pence, die der gekostet hat, nicht wiederzugeben, er wollte sie nicht. 57 Pence, um Gottes willen. Seltsam ist das, da kennt man jemanden gar nicht und weiß trotzdem, dass derjenige anders ist als alle anderen. Angus nimmt ihr die Briefe und die Zeitungen ab, er sagt, da kümmern Sie sich jetzt mal nicht darum, das erledige ich, Amy. Er sagt ihren Namen gern. Er achtet darauf, ihn nicht zu oft auszusprechen, damit es, wenn er es tut, wirklich etwas bedeutet. Bestimmt ist sie einem Mann fortgelaufen, einem Mann, der sie geschlagen hat, sie oder das Kind. Da ist er sich sicher. Einem, der einmal zu oft die Hand gegen sie erhoben hat, da würde schließlich jeder abhauen. Oder einem Mann, der sie um ihr ganzes Geld gebracht hat, so etwas. Oder sie hat ihn um sein ganzes Geld gebracht. Sie wird ihre Gründe haben, welche es auch sein mögen. Manchmal sieht Angus im Geiste einen schick gekleideten, aalglatt redenden Kerl am Tor stehen, andere Male ist es ein fast kahler, stämmiger Gangster mit einer Statur wie ein Boxer, der fragt, ob sie da ist. Mit seinem East-End-Akzent oder seiner Schickimicki-Restaurant-Stimme, an der alles abperlt, sagt er etwas Hässliches über sie. Angus mustert ihn von oben bis unten, und seine Nasenflügel blähen sich höhnisch, als er ausholt und ihm einen saftigen Hieb verpasst, ihn niederstreckt, und alle beide, der Gangster und der Aalglatte, tasten auf dem Boden ihr Kinn ab, während Angus wieder die Faust spannt. Wehe, ich höre dich noch einmal so über die Dame reden, sagt er. Und lass dich hier ja nicht mehr blicken. Wenn ich dich hier noch einmal sehe.

Hughie, voriges Jahr im Pub: Ich hab gesehen, du hast eine neue Helferin auf dem Campingplatz, Angus.

Donnie: Ist Engländerin, was? Steckt in der Klemme, wie?

Hughie: Noch nicht, aber bald, was, Angus? Was, Donnie? Hm?

Angus saß reglos mit Blick zur Bar, betrachtete die Rauchkringel, die von der Zigarette in seiner Hand aufstiegen, sagte nichts.

Als er, im Kiosk angekommen, die Hand aus der Jackentasche zieht, findet er darin zu seiner eigenen Überraschung ein zusammengedrücktes weißes Söckchen, feucht und warm. Ein Söckchen, wie es ein Kind in die Schule anzieht, er betrachtet es verwundert. Streicht die Knitterfalten glatt. Er geht für die junge Frau hinter der Ladentheke das feuchte Kleingeld durch, faltet das Söckchen noch kleiner als zuvor zusammen und lässt es in die Innentasche seines Jacketts fallen. Er entscheidet sich für ein Päckchen der Sorte Pfefferminz, die Avril besonders gern hat. Trabt nach Hause, nimmt die Abkürzung, trällert leise vor sich hin.

Amy öffnet die Tür zu einem Raum, der schwarz verkohlt ist. Die Tür schwingt hinter ihr zu und schlägt dumpf gegen den Rahmen; Rahmen und Tür sind von der Hitze verzogen. Aber wenigstens gibt es noch eine Tür. Alles, was vorher in dem Zimmer war, ist Schutt, ist zerbröckelt, ist nichts. Sie tritt einen Schritt voran. Weit hineingehen in das Zimmer kann sie nicht, der Boden ist geborsten, wenn sie nach unten blickt, sieht sie direkt in das Zimmer darunter. Über ihrem Kopf ist auch ein Loch: die durchgebrannte Decke. Ringsherum sind die Wände schwarz. Vorsichtig geht sie zurück, hält sich, um das Gleichgewicht nicht zu verlieren, an der Tür fest. Der Türlack ist rissig und voller Blasen. Als sie die Hand wegzieht, sind ihre Finger mit Ruß beschmiert, und die Falten in ihrer Haut stechen weiß ab.

Sie hat keine Ahnung, wo sie ist. Kann sich nicht denken, was das bedeuten soll. Es ist, als wäre plötzlich genau so ein Feuersturm durch ihren Kopf gefegt, alles darin ist porös und verzogen, und als hinge der Rauch noch da, während der Himmel durch ihre weiche Schädeldecke kracht.

Amy Amy Amy.

Kate weckt sie, ruft aus dem anderen Zimmer.

Was ist?, ruft Amy, was ist los?

Sie sieht nach unten auf ihre Hände, in denen sie einen Pullover, eine Nadel und Wolle hat. Sie schiebt die Nadel in die Richtung, in die sie wohl möchte, von der einen Seite des Risses in der Wolle auf die andere.

Wusstest du das?, ruft Kate. Wir bestehen bloß aus Wasser und Stein, ich meine, unser Körper? Wusstest du, dass wir die ganze Zeit Steine essen?

Ja, ruft Amy, ja, wusste ich. Ich schick dich nachher zum Strand rüber, einen Eimer Steine sammeln. Ich dachte mir, vielleicht möchtest du heute welche zum Abendbrot.

Sie hört Kate hinter der Wand lachen.

Sie lacht ebenfalls. Willst du sie kurzgebraten oder geschmort?, ruft sie. Gebacken wär vielleicht auch nicht schlecht. Oder wie wär's denn zur Abwechslung mal mit Pommes? Falls uns jemand einen Meißel borgt.

Oh, ruft Kate wieder. Wart mal, das hab ich dir noch gar nicht erzählt. Welcher Berg – nein. Warte. Was hat ein Horn und ist kein Tier? Passt du?

Ich passe, sagt Amy.

Das Matterhorn! – nein, falsch. Was hat ein Horn und kann es nicht blasen?

Ich glaub, du hast es schon verraten, ruft Amy. Ist dir nicht kalt da drüben? Hör auf zu schreien. Komm rüber.

Kate kommt rüber. Sie lässt sich neben Amys Füßen auf den Boden plumpsen und schlägt ein großes Buch auf.

Das Matterhorn hat ein Horn und ist kein Tier und kann es nicht blasen, sagt sie. Kapierst du's? Kapierst du's?

Hier hast du deinen Pullover wieder, sagt Amy. Er ist schmutzig. Den muss ich waschen. Der sieht aus, als ob du Kohle darin herumgetragen hättest.

Sie sieht auf Kate hinunter. Komm mal her, sagt sie. Steh auf, komm her. Wie hast du es geschafft, so einen schwarzen Hals zu kriegen?

Sie befeuchtet sich den Finger im Mund, reibt über Kates Schlüsselbein oberhalb des Kleids.

Darf ich ein Tagebuch schreiben?, sagt Kate.

Ein Tagebuch?

Da schreib ich das Wetter rein, sagt Kate. Heute war es sonnig *und* regnerisch.

Sie hebt ihren Pullover hoch und besieht sich die Stelle, die Amy eben gestopft hat. Es ist ziemlich gut geworden, die Wolle hat fast dieselbe Farbe wie der Pullover.

Miss Rose sagt, die Winter werden immer kälter, und die Sommer werden immer heißer, sagt Kate. Es gibt neue Insekten und alles, neue Spinnen entstehen dadurch auch.

Solange du sie nicht nach Hause mitbringst, sagt Amy. Die Wasserpumpe ist anscheinend wieder kaputt; Amy gießt Wasser aus dem großen Plastikbehälter ins Spülbecken.

Es gibt auch lauter neue Pflanzen, sagt Kate. Auf Teichen und Flüssen entsteht so neues grünes Zeug, und wenn Hunde da drin schwimmen, können sie sich vergiften und sogar sterben.

Zieh den Pullover aus, Kate, sagt Amy.

Aber ich hab ihn gerade erst angezogen.

Und bring mir deinen Waschlappen her, sagt Amy.

Kate lässt das Buch verkehrt herum aufgeschlagen auf dem Boden liegen und tritt an die Spüle. Sie steht still, während Amy ihr den Hals abrubbelt. Glaubst du, Menschen können sich an dem grünen Zeug vielleicht auch vergiften?, sagt Kate.

Ich krieg dieses schwarze Zeug nicht ab, sagt Amy. Als ob du dich in Öl gewälzt hättest. Warte …

Au!

So. Schon besser. Dann sagt Amy: Kate, sieh dir das an, das ist überall innen an deinem Kleid. Wo bist du gewesen?

Bloß unten am Strand, sagt Kate.

Zieh das aus, das muss ich einweichen. Dabei hab ich eben erst die Wäsche gemacht. Du Dreckspatz, sagt Amy, ich weiß genau, wo du warst.

Wo denn?, sagt Kate. Bei dem Wort Spatz muss sie gleich an die Plastiktüte mit den Tieren darin denken, im Dunkeln unter die Steine geschoben. Da war ich nicht, sagt sie.

Du bist in einem Schornstein herumgeklettert, sagt Amy. Du hast Ich-wälz-mich-da-rum-wo-es-am-dreckigsten-ist-damit-Amy-alles-waschen-muss gespielt.

Kate schrickt vor dem kalten Waschlappen zurück. Wenn ich in einen Schornstein geklettert wäre, sagt sie, wären meine Sachen außen schwarz und nicht innen.

Du hast sie von innen nach außen gedreht, um mich an der Nase rumzuführen, sagt Amy und gibt ihr einen Klaps mit dem Waschlappen. Und dann hast du dem Kohlenmann gesagt, er hätte eine neue Gehilfin. Das Kleid ist verdorben, das krieg ich nie raus.

Sie wirft das Kleid in die Ecke mit der Schmutzwäsche. Was ist ein Kohlenmann?, sagt Kate und hockt sich in Unterhemd und Hose vor den Heizkörper, kuschelt sich in ihr Buch. Sie singt: Das bläst kein Horn, das bläst kein Horn.

Amy geht den Kleiderschrank durch, zieht das grüne Kleid heraus.

Wie wär's, wenn du dein Lieblingskleid anziehst?, sagt sie.

Kate sieht wieder in ihr Buch. Nein, das will ich heute nicht anziehen, sagt sie.

Normalerweise ist es für Kate etwas Besonderes, dieses Kleid anzuziehen. Sie haben es in einem Secondhand-Shop in Aberdeen gefunden; ein Kleid, das ein Kind bei einer Hochzeit oder einer besonderen Familienfeier angehabt hat, die Kleinausgabe eines Abendkleids: elegant, schwerer Satin, grün und an allen richtigen Stellen mit Volants besetzt, mit Liebe von Hand gefertigt. Amy ist überrascht. Nicht das?, sagt sie. Du darfst. Du darfst, wenn du willst.

Kate hebt den Kopf nicht. Das letzte Mal, als ich das anhatte, haben Jungs über mich gelästert.

Amy sieht in dem langen Türspiegel, dass Kate am Fußboden herumzupft. Jungs? Was haben die gesagt?

Na ja, ich hab am Strand Killerkommando gespielt …

Du alleine?, sagt Amy.

Ja. Wenn man es alleine spielt, kann man sich selber aussuchen, wie man sterben will, und man gewinnt immer. Und dann sind Jungs vorbeigekommen …

Was für Jungs?, sagt Amy.

Ich kenn die nicht, die waren ziemlich groß, vielleicht welche aus der sechsten Klasse, sagt Kate, und einer hat zu mir gesagt: Du gehst wohl auf eine Party, aber das gibt bestimmt Ärger, wenn du so viel Sand auf deinem Partykleid hast. Und ich hab gesagt, nein, geh ich nicht. Und dann haben sie über mich gelacht, und einer hat gesagt: Die hat ein blödes Partykleid an und geht noch nicht mal auf eine Party.

Oh, sagt Amy, verstehe.

Sie macht die Schranktür zu, kommt herüber und setzt sich auf die Couch.

Komm her, sagt sie, wärm dich auf.

Kate nimmt ihr Buch und kriecht unter Amys Arm, legt ihn um sich herum und schmiegt sich an Amys Seite. Sie schlägt das Buch bei dem Abschnitt über Berge auf und liest weiter, formt stumm die schwierigen Wörter mit den Lippen.

Ist das das Matterhorn?, fragt Amy und guckt auf die Seite.

Ja, sagt Kate und ruckelt noch näher heran. Hier.

In dem Buch sind mehrere Aufnahmen von Bergen; sie zeigt auf die mit den Wolken. Lies mir das vor, sagt Amy.

Während Kate den Text und das Gedicht vorliest, wird Amys Arm um ihren Hals unangenehm steif. Amy scheint sich am ganzen Körper zu versteifen. Kate sieht hoch. Amy starrt auf das Buch.

Kate blättert um.

Nein, warte, sagt Amy. Blätter noch mal zurück.

Kate schlägt die Seite um.

Ist das der – Vesuv?, fragt Amy mit dünner Stimme.

Kate sieht in der Bildunterschrift nach. Sie liest sie still. Ja, sagt sie, der hier, und zeigt auf das Farbfoto des grünen Hügels mit der gespaltenen Spitze hoch über einer Stadt und dem Meer.

Nein, sagt Amy.

Amy zeigt auf ein Wort in der Bildunterschrift auf der gegenüberliegenden Seite.

Ja, sagt Kate verblüfft. Ja. Sie zeigt auf ein anderes Wort. Kannst du das lesen?

Amy antwortet nicht.

Kate zeigt auf ein drittes. Kannst du das sagen?

Amy steht auf.

Warum kannst du bloß das eine Wort lesen? Wenn du ein

Wort lesen kannst, kannst du auch andere Wörter kennen. Du musst es können.

Amy geht zu dem großen Fenster hinüber und sieht hinaus. Kommt wieder zur Couch. Nimmt Kate das Buch aus der Hand und schaut sich die Seite noch einmal prüfend an.

Wenn du einige Buchstaben lesen kannst, musst du auch noch andere lesen können, sagt Kate. Zieht ein finsteres Gesicht. Als Amy ihr das Buch wiedergibt, dreht sie es richtig herum und liest vor, was unter dem Foto steht: *Im August 79 v. Chr. begann in (schweres Wort) im Süden von Ita lien die Erde zu beben, und das Meer um den Ve suv begann zu kochen. Am 24. August brach der Vul kan aus, und der Berggipfel brach auseinander und wurde weg gesprengt. Brennendes Gestein, Rauch und rotglüh ende Lava wurden hoch hinauf in die Luft geschleudert und fielen, kilo meterweit verstreut, zu Boden, wobei die Städte (schweres Wort) und (schweres Wort) kom plett verschüt tet wurden.*

Soll ich weiterlesen, was da steht?, fragt sie Amy.

Amy geht immer noch hin und her, hat jetzt beide Hände vors Gesicht geschlagen. Nein, nein, sagt sie. Sie dreht sich um, und als sie die Hände von den Augen wegzieht, sieht ihr Gesicht wild aus.

Hör zu, sagt Amy. Such alle Sachen zusammen, die du brauchst, und pack sie in die große blaue Reisetasche.

Kate wird ganz kalt. Sie klappt das Buch langsam zu. Sieht sich den Umschlag an. Er besteht aus Fotos der Weltwunder. Mit dem Zeigefinger fährt sie die Zwischenräume zwischen den Fotos entlang, erst von oben nach unten, dann von einer Seite zur anderen. Jetzt kramt Amy im Nebenzimmer herum. Kate drückt sich das Buch fest an die Brust. Es ist so groß, dass es von unter ihrem Kinn bis zu ihrem Bauch reicht.

Amy kommt mit schwerem Schritt zurück. Sie hat die blaue Reisetasche in der Hand. Sie geht zum Schrank und beginnt

Sachen herauszunehmen und in die Tasche zu stecken. Komm schon, Kate, sagt sie.

Als sie rüberschaut, was Kate macht, hält sie inne, stellt die Tasche auf den Boden. Sie geht zu Kate hinüber und hockt sich neben sie. Zieht die Hand in den Ärmel ihrer Strickjacke und wischt Kate mit dem Ärmelumschlag das Gesicht ab.

Wir gehen nicht weg von hier, sagt sie. Ist ja gut.

Kate verschluckt den Schluchzer in ihrer Kehle, die rau ist, schließt die Augen. Nein?, sagt sie.

Nein. Jetzt hör mir mal zu. Ich muss dich was fragen.

Kate schnieft feucht, öffnet die Augen.

Wenn du etwas haben möchtest, sagt Amy, wenn du etwas wirklich haben möchtest, aber nicht weißt, wie du es bekommen kannst, wenn du etwas brauchst, aber zum Beispiel nicht genug Geld hast, um es zu bezahlen, was würdest du dann machen?

Kate weiß nicht, was sie darauf antworten soll. Es klingt wie eine Fangfrage.

Was wäre das Beste, was du da machen kannst?, fragt Amy. Unter den gegebenen Umständen?

Kate wischt sich die Nase am Ärmel ab, vergisst, dass sie ja weint. Könnte man sich das, was man braucht, einfach nehmen?, fragt sie.

Amy lacht. Nein. Diesmal nicht. Was würdest du machen?

Kate denkt angestrengt nach. Ihr fällt nur eine Antwort ein. Ich würde dich fragen, sagt sie.

Richtig, sagt Amy und springt auf. Richtig.

Die richtige Antwort; Kate ist erleichtert. Amy geht zum Kleiderschrank, holt Kates Lieblingskleid wieder heraus. Hält es hoch, und das Kleid schimmert auf dem Bügel. Zieh das an, sagt sie.

Kate sieht zu Boden. Wo gehen wir denn hin?, fragt sie.

Wir fahren in Urlaub, sagt Amy.

In was?

Ich bin gleich wieder da, sagt Amy.

Und die Schule?, sagt Kate, als die Tür zuklappt. Sie schaut zum Fenster hinaus, will sehen, wohin Amy geht, aber draußen ist es so dunkel, dass sie nichts erkennt.

Ich hab doch morgen Schule, hört Kate sich sagen.

Sie sitzt in der plötzlichen Stille, drückt sich weiter das Buch an die Brust.

Kate macht die Augen zu und macht sie auf, macht die Augen zu und macht sie auf, macht die Augen zu und macht sie auf. Jedes Mal sieht sie beim Aufmachen etwas anderes vor dem Fenster. Wenn ihre Augen zu sind, hört sie das Zugfahrgeräusch und die Stimmen der Leute noch lauter, aber vor allem riecht sie das Essen; fast alle in dem Wagen essen irgendetwas, dabei ist es noch lange nicht Mittag. Wenn sie die Augen auf hat, merkt sie nicht so sehr, wie es riecht oder wie der Zug sie auf ihrem Platz hin- und herschaukelt. Ängstliche Schafe rennen vor ihr weg. Dann ein unbestelltes Feld. Dann stehende Kühe. Dann Bäume. Dann Felder und Hügel. Dann das feuchte Gewirr von Buschwerk auf der Böschung neben den Gleisen. Je dichter etwas vor dem Fenster ist, desto schneller verschwindet es. Nur die Berge und der Himmel im Hintergrund bewegen sich in dieselbe Richtung wie sie.

Sie schließt die Augen und hält sich die Hände auf die Ohren. Du kannst stillsitzen und bewegst dich trotzdem, so wie jetzt. Noch besser ist es aber, wenn du stillsitzt und dich nicht bewegst, so wie zu Hause. Aber auch wenn du dir zu Hause einbildest, vollkommen still dazusitzen, bewegst du dich, weil sich die Erde genau genommen ja immerzu dreht, obwohl du das nicht merkst.

Durch ihre Hände hindurch hört sie die Leute immer noch. Sie spürt die Geschwindigkeit, riecht die ausgeatmeten Chips und Hamburger. Etwas berührt sie leicht am Kopf; sie macht die Augen auf. Als sie hinsieht, ist es Amys Hand, und sie duckt sich darunter weg, obwohl es sich ganz nett anfühlt, macht die Augen wieder zu, drückt ihre Fäuste darauf und beugt den Kopf zum Tisch herab. Eigentlich möchte sie Amy das mit dem Stillsitzen und der gleichzeitigen Bewegung sagen, aber andererseits möchte sie auch die Augen so zulassen und gar nichts zu Amy sagen.

Amy legt ihre Hand noch einmal leicht auf Kates Kopf, kratzt sacht mit einem Finger. Kate drückt ihre Fäuste noch fester in die Augenhöhlen, zieht diesmal den Kopf aber nicht weg.

Jetzt haben sie Mathe, sagt sie. Wir wollten heute mit einem neuen Modul anfangen.

Ich dachte, du kannst Mathe nicht ausstehen, sagt Amy.

Wenn du dir die Fäuste so fest in die Augenhöhlen drückst, kannst du dich fast zum Weinen bringen. Kate spürt ihre Tränen kommen, hält sie mit den Fäusten zurück.

Stimmt, sagt sie. Das kann ich wirklich nicht ausstehen.

Als sie ein Auge über feuchten Knöcheln wieder aufmacht, schwimmt die ganze Welt unter Wasser, und die vielen einzelnen Dinge laufen zusammen, der Himmel und das Land, das Fenster und das Draußen, alles bewegt und verändert sich. Kate gibt nach. Sie dreht sich und schiebt den Kopf unter Amys Arm, wischt sich die Augen an Amys Pullover ab. Jetzt sieht sie bloß die feinen Härchen schwarzer Pulloverwolle ihre dünnen geringelten Hälse recken, und das über die ganze Fläche von Amys Brust und Bauch hinweg. Die sind das Getreide auf einem breiten schwarzen Feld, befindet sie. An den Haarwurzeln leben kleine Tiere, eine Feldmaus mit ihrer Familie, schlafend in ihrem Nest. Kleine Wildkaninchen wie in der grasbewachsenen Böschung am entfernten Strandufer, die beim Grasen alle ein wolliges Ohr nach oben halten, auf die Turmfalken horchen.

Heute kriegt Amy ein paar Wörter mehr heraus. Sie kann ein Wort aus der Schlagzeile der Zeitung lesen, die jemand gefaltet auf dem Tisch gegenüber liegengelassen hat. FRIEDEN. Sie kann zwei Wörter aus der Unterzeile lesen. PROZESS und GEFAHR. Als sie sich hinüberbeugt und Kate dabei mit sich mitzieht, lösen sich einige Wörter aus den Blocks aus schwimmender Druckerschwärze und schießen ihr in den Kopf: Theater politischer Schaden Israel. Sie steigen so unvermittelt, so wahllos und deutlich aus dem Durcheinander auf, dass es wehtut, wie zu grelles Licht dem Auge wehtut. Sie sieht weg, sieht ins Dunkel unter dem Tisch. Dort liegt eine weggeworfene Essenstüte neben ihrem Fuß auf dem Boden, sehr verlockend; sie versucht zu lesen, was auf dem Papier steht. Kann aber keins der Wörter entziffern. Das kommt wieder, denkt sie, und der Gedanke erfüllt sie mit Erregung und dumpfer Furcht. Es ist schon so lange her. Über die ihr abhanden gekommenen Gestalten der Wörter, deren Verlust sie dankbar für selbstverständlich gehalten hat, grübelt sie jetzt fast acht Jahre, ein kurzes Leben lang.

Einer der Sitze Kate und Amy gegenüber ist kaputt, dort sitzt niemand. Die Frau auf dem Fensterplatz Kate gegenüber liest eine Illustrierte, hält die Zeitung breit ausgefaltet vor ihnen hoch. Klar und hart bricht noch ein Wort in Amys Kopf auf: WESTEN. Aus Versehen sagt sie es laut.

Wo?, nuschelt Kate und hebt den Kopf.

Nichts, sagt Amy. Ich hab nur mit mir selbst gesprochen. Wirklich anders, wirklich schwierig wird es erst, denkt sie, wenn die Wörter wieder im Zusammenhang mit anderen auftauchen, wenn sich ein ganzer Satz zeigt. Oder auch eine Wendung, nur eine Wendung.

Westen ist dort, wo sie die eine Brücke gebaut haben, denkt Kate, die Brücke, die die Leute, die da wohnen, nicht mal haben wollen, und jetzt müssen sie fürs Drübergehen sogar Geld bezahlen. Dort drüben haben sie sogar ein McDonald's auf Gälisch. Als ob Amy einem erlauben würde, was bei McDonald's zu essen.

Fahren wir dahin, nach Westen?, sagt sie.

Nein, sagt Amy, heute fahren wir in den Süden.

In Schottland in den Süden?

Südlicher als Schottland, sagt Amy. In den Süden außerhalb von Schottland.

Kate legt den Kopf auf den Tisch. Ich will gar nicht so gern aus Schottland weg, sagt sie. Ich will gar nicht so gern wieder nach England. Mir gefällt's jetzt in Schottland besser.

Oh, wir fahren nicht bloß bis nach England, sagt Amy. Wir fahren in kein langweiliges altes Land, sondern viel weiter. Wir – und sie beugt sich hinüber und flüstert, so dass nur Kate es hört – sitzen in einem Zug, der rückwärts fährt bis in den Nebel der Zeit.

Kate sieht aus dem Fenster. Es ist kein Nebel, sagt sie.

Den siehst du bloß nicht, weil wir so schnell durchfahren, sagt Amy. Während sie das sagt, rauscht der Zug durch einen Bahnhof durch. Kate will den Namen lesen, aber die Schilder sausen zu schnell vorbei.

Siehst du?, flüstert Amy. Hast du die Leute gesehen, an denen wir vorbeigefahren sind, eben auf dem Bahnsteig? Wir konnten ihre Gesichter nicht erkennen, aber nicht bloß, weil wir so schnell fahren, sondern weil wir uns in einem anderen Zeitkreislauf bewegen als sie. Von dir und mir kriegen die ihr ganzes Leben lang nur diesen einen Moment zu sehen, den Bruchteil eines Bruchteils einer Sekunde unserer Zeit. Und die Leute um uns herum, schau sie dir an. Die sehen zwar auch alle echt aus. Aber in Wirklichkeit sind sie alle nichts anderes als schwache

Schatten von Menschen, die mit Hunderten von Stundenkilometern durch die Zeit rasen.

Kate ist gegen ihren Willen interessiert. Was meinst du damit?, sagt sie.

Ich meine, sagt Amy, das ist ein Geisterzug.

Amy weist Kate mit ihrem Blick auf die Zeitung hin, die die Frau über dem Tisch hält. Siehst du das hinter der Zeitung?, sagt sie Kate ins Ohr. Da ist niemand. Es sind Geisterhände, die die Zeitung hochhalten.

Nein, da ist eine Frau, flüstert Kate.

Es sieht aus wie eine Frau, wenn wir es sehen. Aber jetzt ist nichts als Luft dahinter, sagt Amy leise.

Es gibt keine Geister, sagt Kate. Sie weiß schon, das ist eine von Amys Geschichten, damit sie nicht mehr schmollt. Sie weiß, es ist ein Witz. Achtet unweigerlich aber trotzdem auf die Hände und die Zeitung; man kann ja nie wissen. Die Hände rütteln die Zeitung zurecht, halten sie fest vor dem, was dahinter sein mag.

Amy dreht den Kopf, weist mit diskretem Nicken auf einen Jungen mit rundem Kopf, der auf der anderen Seite des Gangs auf seiner Tasche liegend schläft. Solltest du ihn anfassen, sagt sie, würde deine Hand glatt durchgehen. Und so wäre es bei allen anderen Leuten in diesem Zug auch, solltest du sie anfassen. Außer bei uns natürlich, fügt sie hinzu.

Weiter hinten schreit ab und zu ein Säugling, wenn der Zug sein Tempo beschleunigt oder verlangsamt. Bei dem Baby auch?, sagt Kate.

Bei dem Baby auch.

Jetzt, da sie Kates Interesse geweckt hat, macht Amy die Augen zu und rückt sich so zurecht, dass sie ein bisschen schlummern kann. Kate sitzt kerzengerade auf ihrem Platz, damit sie so viel wie möglich von dem Wagen im Blick hat. Den schlafenden

Jungen. Die Frau, der das Baby gehört, ein Baby, das süß-milchig nach Erbrochenem riecht, Kate riecht es bis hierher. Zwei Frauen, die sich unterhalten. Leute, die mit Plastikgabeln essen und aus deren Plastikbehältern Dampf aufsteigt.

Hinter Kate liest eine junge Frau mit langem schwarzem Haar und Pony eine Zeitschrift und knabbert an ihren Fingernägeln. Die feuchten Finger benutzt sie zum Umblättern. Der Frau gegenüber isst ein Mann im Anzug ein Sandwich und telefoniert mit vollem Mund. Ja, sagt er, wir sind gerade durchgekommen. Der Mann schüttelt sein Handy und spricht noch lauter. Hallo?, sagt er, schüttelt sein Handy noch einmal und drückt Knöpfe, die piepsende Geräusche machen. Hallo, das war ein Tunnel, sagt er. Hörst du mich? Die Verbindung war weg. Ja, da sind wir gerade durchgekommen, und dann sind wir durch einen Tunnel gefahren.

Kate lehnt sich auf ihrem Sitz zurück. Unter dem Tisch, unter den die Zeitung haltenden Händen sieht sie Beine in dicken Strumpfhosen und Füße in Schuhen.

Sie bringt sich in Position und tritt kräftig auf die Schuhe.

Bei dem Aufschrei öffnet Amy die Augen. Die Frau gegenüber hält die zerknitterte Zeitung in einer Hand, während sie sich hinabbeugt und unter dem Tisch fühlt.

Sie ist mir auf den Fuß getreten, sagt die Frau. Ihre Tochter. Mir auf den Fuß getreten. Sie sieht Amy an, im Gesicht pure Entrüstung; sie tut so, als wäre Kate gar nicht da.

Es tut mir sehr leid. Es tut mir außerordentlich leid, sagt Amy. Kate, entschuldige dich bei der Dame. Was für ein schreckliches Missgeschick. Sag, dass es dir leidtut.

Es tut mir furchtbar leid, sagt Kate. Ich wollte nicht, dass es so wehtut.

Die Frau rückt mit ihren dicken Beinen unter dem Tisch woandershin, hebt sich raschelnd wieder die Zeitung vors Gesicht. Amy sieht Kate streng an und dreht sich dann zur Seite. Sie denkt an das Gesicht der Frau, das vor Überraschung lebendig wurde. Nicht lange, und ihre Schultern beben vor stummem Gelächter.

Kate legt den Kopf auf die Arme. Betrachtet im Fenster ihr Spiegelbild, während Bäume und der Himmel vorbeiziehen. Sie hat die Beine weit unter den Sitz gezogen, ganz aus dem Weg.

Wir haben mit der schriftlichen Division angefangen, denkt sie im Stillen.

Zehn nach neun am Vormittag stürmte Angus mit schnellen Schritten über die Wiese. Stand atemlos vor der Tür des Wohnwagens. Amy öffnete die obere Hälfte, beugte sich über ihm heraus.

Ich hab's doch noch geschafft, damit müssten Sie zwei Monate hinkommen, sagte er, als er wieder Luft bekam. Der Automat war kaputt, ich musste warten, bis sie aufgemacht haben, aber die haben zu spät aufgemacht. Man möcht es nicht glauben! Sind Sie spät dran für Ihren Zug? Für zwei Monate, reicht das? Also, wenn ich Ihnen einen Rat geben darf, es ist besser, mehr zu haben, als man braucht. Sie brauchen sich keine Sorgen zu machen, es ist langfristig, ich dachte mir, wir werden uns schon einig. Sie müssen nicht knapsen. Einen Zehner pro Monat weniger, dachte ich mir, so ungefähr. Wenn es Ihnen recht ist, nur wenn es Ihnen recht ist. Jetzt mal was anderes, soll ich Sie irgendwohin fahren? Ich hab das Auto am Tor stehen. Ich könnte Sie zum Bahnhof bringen. Ich könnte Sie sogar in die Stadt bringen, falls das nötig ist.

Er hielt inne, holte Luft. Mann, sagte er und lächelte, lächelte unwillkürlich.

Zum Bahnhof bringen wäre eine große Hilfe, vielen Dank, sagte sie. Sie nahm die Geldscheine und faltete sie in der Hand, steckte die Hand in ihre warme Tasche.

Schön, sagte Angus. Schön. Ich warte im Auto.

Er räumte den Beifahrersitz leer, stopfte die Sachen, die auf dem Boden lagen, ins Handschuhfach und kurbelte das Fenster herunter. Wer war das?, hatte Avril gestern Abend gefragt, als das Telefon läutete.

Niemand, sagte Angus. Diese Amy vom Platz.

Er hob den Hörer ab, horchte auf den Wählton, legte wieder auf. Er fühlte sich großartig.

Alles in Ordnung?, fragte Avril. Sie sah sich eine Fernsehsendung an, in der zwei Paare in aufeinander abgestimmten Sweatshirts auf der Jagd nach einem Stück, das man trotz geringstem Einkaufspreis mit dem größten Gewinn wieder losschlagen konnte, gegen die Uhr auf einem riesigen Antikmarkt herumrannten.

Ja, ja, alles ist gut. Kein Grund zur Beunruhigung, sagte Angus. Er ging in die Küche hinüber, öffnete die Hintertür und trat in die jähe Dunkelheit.

Was wollte sie denn?, rief Avril.

Angus schritt durch das kleine Gartenviereck und ging in den Schuppen, und sein Herz barst und barst in seiner Brust. Er machte kein Licht, damit Avril, falls sie ans Küchenfenster kam und hinaussah, nicht mitbekam, was er sich zu denken erlaubte.

Am nächsten Vormittag fuhr er sie und das Mädchen zum Bahnhof, und alle Fragen, die ihm in den Sinn kamen, ließ er mit Bedacht unausgesprochen. Wo fahren Sie hin. Was wollen Sie dort. Wie lange werden Sie wegbleiben. Wann kommen Sie wieder.

Als die Autotüren zugeschlagen waren, als das Winken vorbei war und er sie am Ticketschalter durch die Windschutzscheibe nicht mehr ausmachen konnte, wendete er und fuhr davon. Aber als er einen Kilometer gefahren war, merkte er, dass er nicht wusste, wo er hinwollte, und so fuhr er rechts ran und stellte den Motor ab. Lang und breit lag der Tag vor ihm, voll von nichts. Er saß in dem parkenden Auto und betrachtete den in der Zündung schaukelnden Schlüssel. Als er ein paar Minuten später wieder aufblickte, lagen feine Regentropfen auf der Windschutzscheibe.

Angus ist in mich verliebt, denkt Amy träge.

Sie sieht zu Kate, die auf dem schmutzgeränderten Tisch etwas spielt, ihre Finger über die Tischplatte spazieren lässt und in verschiedenen Stimmlagen leise vor sich hin spricht. Amy ist das Spiel unverständlich. Kate hat auf die Fahrt unbedingt ihre Schulsachen anziehen wollen. Amy tut so, als wolle sie den Kragen an Kates Bluse richten, und fährt mit dem Zeigefinger über die mit hellem Flaum bedeckte Haut an Kates Hals. Zieht sacht an den Strähnen im Nacken.

Die muss ich dir bald mal schneiden, sagt Amy. Du siehst schon richtig verwildert aus.

Amy, was bekommt man, sagt Kate, ohne aufzublicken, wenn man eine Dose Bohnen über einen Geist schüttet.

Ich passe, sagt Amy.

Nein, du musst es ganz sagen.

Ich passe. Was bekommt man denn, wenn man eine Dose Bohnen über einen Geist schüttet?, sagt Amy.

Nicht Bohnen auf Toast, sagt Kate. Sie konzentriert sich auf ihre Finger, die zwischen den klebrigen Stellen herumspazieren, die vom Kaffee, dem Plunder und dem restlichen Mittagessen der Frau mit der Zeitung zurückgeblieben sind.

Immer noch essen welche, obwohl die Mittagszeit inzwischen lange vorbei ist; es ist fast vier. In stetigem Strom wandern Leute durch den Wagen zum Buffet und kaufen sich die Sachen, von denen ihnen der Mann, dessen Stimme durch den Lautsprecher kommt, erzählt. Amy sagt, sie haben nicht genug Geld, um sich hier etwas zu holen. Wir kaufen uns was, wenn wir aussteigen, versprochen, sagt sie.

Kate beobachtet die Leute, die mit kleinen, prall mit Essen gefüllten Tragetaschen durch den Wagen zurückkommen. Sie passt auf, was sie aus ihren Tragetaschen herausholen. Überlegt, wie es wäre, sich am Buffet Sachen auszusuchen. Es ist inzwischen fast dunkel, und im Fenster spiegelt sich nur noch das Innere des Zuges. Die Stimmen um sie herum klingen jetzt meist englisch. Schottland ist vorbei, irgendwo weit hinten am Meer zurückgeblieben. Schottland war schon so gut wie vorbei, als sie in Edinburgh ankamen. Hinter Edinburgh hat Kate im Fenster nach der Grenze Ausschau gehalten; als sie sie das letzte Mal überquerten, war sie noch zu klein, um was zu merken. Und diesmal hat sie aufgepasst und aufgepasst und sie trotzdem nicht gesehen. Sie hat nichts gesehen, was auch nur annähernd eine Grenze hätte sein können, und als sie dann Amy gefragt hat, hat Amy gesagt, sie hätten sie wohl schon überquert. Kate war bestürzt. Sie hatte sich durchs Fenster England angesehen, als ob es noch Schottland wäre.

In Darlington müssen Kate und Amy umziehen, die Plätze, auf denen sie gesessen haben, sind reserviert. Weil der Zug so voll ist, müssen sie sich mit Klappsitzen außerhalb des Wagens bei den Toiletten und dem Abfalleimer begnügen. Sie sitzen in Toiletten- und Essensgerüchen. Eine Toilette ist kaputt. Die ganze Zeit gehen Leute mit Essen in Tragetaschen an ihnen vorbei.

Ich hab der Schule Bescheid gesagt, hab erzählt, du hättest Mumps, sagt Amy.

Wem hast du das gesagt, meiner Lehrerin, hast du mit Miss Rose gesprochen?

Ich hab mit einer Dame gesprochen, sagt Amy, ich weiß nicht, wer es war, die Sekretärin, vermute ich. Ich hab gesagt, du hättest Mumps, und der Arzt hätte gesagt, du kannst erst in zwei oder drei Wochen wiederkommen. Die Frau hat sich schrecklich aufgeregt, sie wollte wissen, in welche Klasse du gehst und alle möglichen Einzelheiten.

Es könnte Mrs. MacInnes, die Sekretärin, gewesen sein, und Billy MacInnes ist in meiner Klasse, sagt Kate. Ihre Miene hellt sich auf. Wenn sie bisher irgendwo weggegangen sind, hat Amy nie in der Schule angerufen und etwas erklärt, nicht dass Kate sich erinnerte. Zwei oder drei Wochen, sagt sie sich. Das macht vierzehn Tage. Oder einundzwanzig Tage.

Amy stellt sich vor, wie sich die Angst vor Mumps in der Schule von Raum zu Raum und zur Mittagszeit von Haus zu Haus durch die ganze Nachbarschaft ausbreitet, immer weiter, wie Keime.

Hab ich schon mal Mumps gehabt?, sagt Kate.

Ja.

Wo haben wir damals gewohnt?, sagt Kate.

Von dort, wo sie jetzt sitzen, sehen sie den Säugling, der Stunden vorher so geschrien hat. Jetzt schläft der Kleine in den Armen seiner Mutter. Die Mutter schläft ebenfalls, ihr Kopf sinkt immer tiefer, bis sie plötzlich ruckartig aufwacht und nach ihrem Kind sieht, verschlafen wach zu bleiben versucht, aber die Augen fallen ihr wieder zu, und ihr Kopf sackt herab.

Erzähl mir von der Zeit, als ich so klein war, sagt Kate.

Nein.

Erzähl mir, wie ich geboren wurde, sagt Kate.

Du wurdest nicht geboren. Ich hab dich gefunden.

Jeder wird geboren, sagt Kate.

Du nicht. Ich hab dich unter einem Stachelbeerstrauch gefunden. Eines Tages hab ich dich gefunden, du hast unten in meinem Bett gesteckt.

Das ist nicht wahr.

Nein, du hast recht, sagt Amy, das ist nicht wahr. Die Wahrheit ist, ich hab dich aus einem Loch gefischt.

Als Amy *Loch* sagt, hört es an wie *Lock*. Nein, hast du nicht, sagt Kate. Sag mir die echte Wahrheit.

Ein großer weißer Vogel ist mir über den Kopf geflogen und hat aus seinem Schnabel etwas fallen lassen, das hab ich aufgefangen, und das warst du, sagt Amy. Eines Morgens hab ich die Augen aufgemacht, und du warst da. Ich hab in mich reingesehen, da lagst du zusammengerollt drin, hast die Hände vor dich hingestreckt, als würdest du an einer Rose schnuppern.

Kate steht von dem Sitz auf und drückt die Nase an die Scheibe in der Tür, will ins Dunkel hinaussehen.

Ich bin in den großen weißen Raum gegangen, in dem du mit den ganzen anderen neuen Babys warst. Ich musste nachsehen, welches du bist. Ich hab es gleich gewusst, schon als ich dich angesehen hab. Dann hab ich dich einfach hochgenommen, und du bist mit mir nach Hause gekommen.

Kates Name an ihrem Fußknöchel und auf dem Schild am Ende des Plexiglasbettchens. Die letzten geschriebenen Wörter, die eine Bedeutung hatten.

Kate betastet die Plastikknöpfe, die man zum Öffnen und Schließen der Wagentür drücken muss. Amy weiß nicht mehr genau, was sie sich nur still gedacht und was sie laut gesagt hat. Kate, sagt sie, und es klingt sehr laut. Das ist ein bisschen gefährlich, was du da machst. Was, wenn die Tür aufgeht und du rausfällst? Was dann?

Was dann, sagt Kate im selben Moment. Dann bin ich draußen, und du bist drin. Schon gut, die sind sowieso nicht eingeschaltet oder so was.

Aber sie tut, wie ihr geheißen, kommt wieder zurück, klappt ihren Sitz herunter, setzt sich mit dem halben Po darauf. Wenn ich groß bin, sagt sie, erfinde ich diese eine Maschine. Du trägst sie in den Schuhen und schaltest sie an, und wenn du irgendwohin gehst und die Maschine anschaltest, sagt sie dir, wo du schon gewesen bist. Wenn du zum Beispiel an einen bestimmten Ort gehst, kannst du deine Fußabdrücke irgendwie beleuchtet auf der Erde sehen, wenn du schon mal da gewesen bist.

Genial, sagt Amy. Dann kann ich, wenn du aus dem Zug fällst, deine Spur verfolgen und finde dich wieder?

Nein, nein, sagt Kate, die Fußabdrücke von anderen Leuten sieht man nicht, nur seine eigenen.

Verstehe. Und wozu soll das gut sein?, fragt Amy.

Na, dann wüsste man, wo man schon mal gewesen ist und wo nicht. Man könnte nach unten sehen, sagt Kate, und wüsste, ob man schon mal mit diesem Zug gefahren ist, denn man sähe ja die eigenen Fußabdrücke drin, auf dem Teppich.

Aber das ist ein neuer Zug, sagt Amy. Mit so einem sind wir noch nie gefahren.

Ja, aber wenn das zum Beispiel die *Rückfahrt* wäre, sagt Kate gereizt und rudert mit den Armen. Dann wüssten wir, ob es derselbe Zug ist, mit dem wir schon mal gefahren sind.

Zwei Haltestellen später lässt Amy Kate den beleuchteten Knopf drücken, und sie steigen aus. Bevor sie auf dem Bahnhof mit Kate etwas essen geht, bleibt Amy an einer Fotokabine stehen, sieht in den außen angebrachten Spiegel und fährt sich mit den Fingern durch die Haare. Sie ruft Kate in die Kabine, wo sie sich für zwei Fotos auf ihren Schoß setzen soll.

Die Fotos kommen glänzend aus dem Schlitz heraus, und Amy wedelt damit in der Luft, um sie zu trocknen, bevor Kate sie anfassen darf. Halt sie am Rand, sagt sie. Beim Abendbrot biegt sie den Falz ein paarmal hin und her und reißt ein Foto ab, das sie Kate gibt. Kate ist begeistert. Sie hat noch nie zuvor ein Foto von sich gehabt, auf dem Amy mit drauf ist. Sie hält das Foto an den Rändern, lehnt es gegen ihren Kaffeelöffel. Gibt sich das ganze Abendbrot hindurch große Mühe, keine Spaghettisauce draufzuspritzen.

Angenommen, du raubst ein kleines Kind und vergräbst es unter Erde und Laub, und es schläft ein oder stirbt, was immer. Angenommen, es liegt die sonnigen und feuchten und eisigen Herbstmonate hindurch so zugedeckt, und es fällt noch mehr Laub auf die Stelle, und die kleinen Tiere und die Insekten, die ihre Eier in den von den Bäumen gefallenen Äpfeln oder in den spät blühenden Pflanzen oder den alten Ecken im Schuppen abgelegt haben, sterben, wie es ihnen bestimmt ist, entleeren ihren einen Sommer in die mürben Hüllen leerer Materie. Und angenommen, die Äpfel verschrumpeln und das Laub vertrocknet und gefriert und zerfällt und das Kind vereist wie ein harter Winterstein oder eine harte, fest verschlossene Nuss tief unter der Erdoberfläche. Dann fällt Schnee und Graupel, und die Sonne kommt heraus, blendend, keine Wärme darin; angenommen, die Erde ist nach dem zu warmen Herbst so kalt, dass der Frosch, der im Oktober in der Gießkanne gelaicht hat, weil er den Oktober für den Frühling gehalten hat, der noch ein halbes Jahr entfernt ist, sich im Eis eingeschlossen wiederfindet und die Beine nicht mehr bewegen kann, während das Wasser rings um sein kaltes Herz steinhart wird. Die Telegrafenmasten sind mit Eis überzogen, die zwischen ihnen aufgespannten Telefonleitungen sind eingefroren und reißen schließlich unter der Schneelast, das Gras knackt wie Zweige unter den Füßen, und die verkümmerten Äste der kahlen Pflanzen und Bäume ragen starr, mit stachligem Eis bedeckt, in die Luft.

Angenommen, das Kind unter der Erde, unter den dürren Blattskeletten, unter dem Tau und den zu Mulch werdenden Blättern, unter dem allmählich weiter werdenden Himmel und der immer noch kalten Luft und dem verfaulenden feuchten Laub, bricht auf, und aus seinen Fingern und Zehen, aus seinen Augen, seinem Mund, seiner Nase, unter seinen Achseln und hinter seinen Knien, durch seinen kleinen Bauch und seine harten harmlosen Genitalien sprießen Ranken, drücken unbedacht die alte verrottete Erde Millimeter um Millimeter beiseite und brechen zur Oberfläche durch, schieben sich blind hinauf und nach oben auf der Suche nach, getrieben von dem Versprechen: Wärme.

Es kommt wieder, denkt Amy. Es geht nur ums Wiederkommen.

Hast du das von dem Trampeltier gehört, das sein Busgeld verloren hatte? Es musste nach Hause trampeln. Was für Musik mögen Gespenster am liebsten? Melodien, die einen verfolgen. Was bestellen Gespenster im Restaurant? Ghoulasch. Als was kam die Kuh aus dem Urlaub nach Hause? Als Roastbeef.

Ich war mal ein Gespenst, doch jetzt geht es mir gu-hut. Kate stiefelt an dem schmalen Seitenstreifen entlang, kickt in das Laub, hält Amy an der Hand und erzählt in der Dunkelheit schreckliche Witze.

Kate, sagt Amy, spar dir deine Kräfte. Du wirst sie noch brauchen, wenn ich dich die schwere Tasche schleppen lasse. Dann sagt sie: Kennst du den, kennst du den, kennst du den.

So hat man früher Witze eingeleitet. Erzähl schon, erzähl schon, sagt Kate.

Wer war der erste weibliche prähistorische Romancier?, sagt Amy.

Ich passe, sagt Kate. Wer war der erste prähistorische – wie was?

Charlotte Brontesaurus, sagt Amy.

Das klingt lustig, gehört aber wohl zu den Dingen, von denen Kate noch nichts weiß. Sind wir bald mal da?, fragt sie.

Bald.

Auf dieser langen dunklen Straße herrscht wenig Verkehr, ab und zu aber saust doch ein schnelles Auto an ihnen vorbei, leuchtet die Straße vor ihnen aus oder blendet sie mit seinen Scheinwerfern so sehr, dass sie kurz stehen bleiben und die Augen abwenden müssen.

Sind wir jetzt bald da?, fragt Kate.

Kate, wenn du mich das noch einmal fragst, bring ich dich um, sagt Amy.

Komisch, wie Amy spricht, es hört sich ganz anders an, denkt Kate. Das erste Mal aufgefallen ist es ihr, als sie Abendbrot gegessen haben, und dann wieder, als sie den Bus schaffen wollten, der nicht mehr fährt. Die Frau hinter dem Computer sagte, die meisten Leute haben Autos, und als die Busgesellschaft vor fünf Jahren wechselte, hat sie die Linie, die sie brauchten, eingestellt. Amy hat sich eine Weile mit der Frau unterhalten, das hat sich für Kate angehört, als verstelle sie ihre Stimme. Kate ist sich nicht sicher, ob es eine schickere Stimme oder eine weniger schicke Stimme ist. Sie klingt irgendwie härter. Catriona aus ihrer Klasse sagt, ihre große Schwester Cheryl spricht mit einer

Stimme, wie Amy sie hat oder wie Kate sie mal hatte, wenn sie aus Spaß so tut, als wäre sie ein Snob oder ganz reich. Nachdem sie Kate das erzählt hatte, hat Kate genau aufgepasst, ob Amy so klingt, wie Catriona behauptet hat. Aber Amy hat einfach wie Amy geklungen. An manchen Tagen ist es gut, dass Amy anders klingt als die anderen Mütter. An anderen Tagen ist es nicht so gut.

Im Moment sagt Amy aber gar nichts, und als Kate wissen möchte, ob sie in dieses erleuchtete Dorf gehen, antwortet sie nicht.

Sie gehen jetzt eine Straße mit kleinen Landhäusern entlang. Hier ist kein Mensch unterwegs, obwohl in manchen Häusern Licht brennt und Autos davor geparkt sind. Sie kommen an einem Postamt und an einem Laden vorbei, die beide geschlossen sind. Sie sehen aus, als wären sie vielleicht schon seit Jahren geschlossen.

Manche Häuser sind mit Stroh gedeckt wie Pseudohäuser oder Häuser in einem Film. Wo die Straßenlaternen aufhören, fangen die breiten Tore und die Einfahrten aus Eisen an, und überall hängen Schilder, die Kate im Mondlicht lesen kann. ACHTUNG! ALARMGESICHERT. PRIVATGRUND. An einem Tor hängt ein Bild eines Schäferhunds, daneben die zornigen Worte: HIER WACHE ICH.

Kate denkt an zu Hause und an die verrückten Mackays, die ein Pferd haben, das auf der Straße herumläuft oder mit der Nase im Gras auf der Wiese vor dem Haus der Mackays steht, und die haben kein Tor und keinen Zaun auf ihrem Feld. Deswegen werden sie auch von allen die verrückten Mackays genannt, aber die Leute sagen das so, als mache es sie stolz, dass die Mackays ihr Pferd so leben lassen, und als sei es echt gut, dass das Pferd eben nicht wegläuft. Roddy sagt, das Verrückte ist von der Inzucht, und das Pferd wird irgendwann mal von einem Auto angefahren. Kate hat Amy schon fragen wollen, was Inzucht ist. Aber jetzt ist kein guter Zeitpunkt dafür. Ihr fällt das eine Mal ein, als der Polizist in die Schule kam und die Klassen sich alle in den Speisesaal setzen mussten, damit sie sich den Film über Diebstähle ansehen konnten, und hinterher hat der Polizist ihnen eingeschärft, sie müssten ihren Eltern und vor allem betagteren Großeltern, wer welche hatte, sagen, dass sie zum Schutz vor Kriminellen unbedingt Türe, Toren und Fenster nachts schließen und absperren sollen.

Sie hat jetzt Mühe mitzukommen. Amy fasst sie an der Hand, und sie überqueren eine Straße. Sie haben die Hälfte eines von Bäumen gesäumten Graswegs, zu schmal für Autos, hinter sich, da bleibt Amy vor einem dunklen großen Tor stehen. Das Tor befindet sich in einer Mauer aus Stein, viel zu hoch, als dass man drübersehen oder drüberklettern könnte. Amy probiert die Klinke aus.

Siehst du den Löwen auf der Säule?, sagt sie zu Kate. Ich heb dich hoch, und dann fühlst du da drunter mit den Händen, vielleicht ist er noch da.

Sie bückt sich so tief, dass Kate sich auf ihre Schultern setzen kann. Kate hält sich, als es nach oben geht, an der Mauer fest und ist schließlich auf gleicher Höhe mit einem Steinbrocken; es bröselt, als sie ihn anfasst. Ob das der Löwe sein soll?

Fühl mal am Rücken entlang, wo sein Schwanz ist, da müsste eine Kante sein, sagt Amy gedämpft unter Kates Anorak.

Kate findet etwas Spitzes unter einem Rand, zieht es hervor und hebt es hoch, hält es fest, als sie sich an der Mauer abwärts tastet. Wieder auf der Erde angelangt, öffnet sie ihre Hand, guckt und gibt Amy den Schlüssel.

Amy muss lange mit dem Schlüssel ruckeln, bevor das Schloss

sich bewegt. Sie und Kate drücken fest gegen das Tor. Es ist, als drückten sie gegen wucherndes Buschwerk, aber dahinter ist keines, als sie durchgehen und das Tor wieder zumachen. Sie ersteigen eine grasbewachsene Anhöhe und überqueren eine, wie es sich anfühlt, Wiese, bis sie auf einen Kiesweg stoßen. Der Kies knirscht unter ihren Füßen wie ein zu dicker Teppich; nicht leicht, darauf zu gehen. Kate kann nichts von dem, was ihr durch den Kopf geht, fragen, damit Amy nicht zornig wird. Ihre Hand riecht und schmeckt nach Metall; sie reibt ihre Finger an der Handfläche.

So, sagt Amy.

Unter Knirschen sind sie am Rand eines anderen glatten schwarzen Rasens angekommen. Vor ihnen zeichnet sich ein Haus gegen den Himmel ab, ein Gebäude, so groß wie Kates ganze Schule. Ein Fenster ist erhellt und sieht mit dem zwischen den Vorhängen gehaltenen Licht in der Dunkelheit aus wie eine Kinoleinwand oder eine Bühne. Eine Frau geht von rechts nach links vorbei. Sie hält eine Vase voller Blumen in den Händen. Als sie von links nach rechts geht, hat sie dieselbe Vase in den Händen.

An der Haustür stellt Amy sich hinter Kate. Kommst du hoch zur Klingel?, fragt sie.

Kate langt hinauf und drückt fest, hört aber nichts.

Ich glaub, die geht nicht, sagt sie.

Sie geht, sagt Amy.

Weit hinten im Haus klappt eine Tür. Plötzlich geht das Außenlicht an, zu grell. Kate sieht auf ihre Hand; von dem Rost des Schlüssels unter dem feuchten Stein hat sie auf der ganzen Hand braunen Gries. Sie wischt sie schnell an ihrem Bein ab. Jemand zieht hinter der schweren Tür einen Riegel zurück. Als die Tür aufgeht, steht da die Frau, die sie am Fenster gesehen haben. Sie mustert sie von oben bis unten. Die Frau guckt böse, sie holt Luft, als wolle sie sie energisch fortblasen. Dann macht sie die Augen zu und wieder auf. Ihre Kinnlade klappt herunter, als ob sie ein Gespenst gesehen hätte.

Amy hat die Hände auf Kates Schultern. Kate, sagt sie. Diese Dame ist meine Mutter. Sag guten Tag.

Kommt rein, sagt Amys Mutter und reißt die Tür weit auf. Ihr habt mich vielleicht erschreckt! Im ersten Moment hab ich euch für – wir haben hier Protestierer, die protestieren – klar, was auch sonst, wenn sie doch Protestierer sind – gegen British Rail oder wie sich das jetzt nennt, die die Bäume und Büsche an der Brücke fällt, ich dachte, da gehört ihr dazu, manche von denen haben, wo es nun kälter wird, ob ihr's glaubt oder nicht, ihre Zelte in den Gärten von Leuten hier aufgeschlagen, ich wollte euch schon einen Vortrag über Privateigentum halten. Die schleppen sogar ihre Kinder mit, manipulieren mit allen Mitteln. Ich dachte, ihr wärt in den Garten eingedrungen und an die Tür gekommen, um mich um Geld zu bitten.

Amys Mutter, Patricia Shone, sagt das alles lachend und in einem Atemzug, während sie die Tür weit öffnet. Kommt schnell rein, das ist ja eine schreckliche Kälte, sagt sie, dabei sind sie schon drin, schon durch den halben Flur durch.

(Als Patricia Shone klein war, noch Patricia Williams war und zehn Jahre alt und mit ihrer Mutter und ihrem Vater in einem Nebengebäude auf der Farm ihres Großvaters wohnte, hat sich der Junge, der dort Handlangerdienste verrichtete, mit dem Traktor herumfuhr und die Schweine fütterte, eines Tages im Herbst in einem Stall eingeschlossen, sich das kalte Ende einer doppelläufigen Flinte unters Kinn gehalten und sich erschossen. Angeblich hat er sich das ganze Gesicht weggeschossen. Angeblich, so hat sie es beim Lauschen hinter der Küchentür gehört, als sich ihr Vater und ihr Großvater unterhielten, hatte man ihn dabei erwischt, dass er etwas Unaussprechliches mit einem anderen Mann gemacht hatte, einem älteren, einem Offizier aus der Kaserne. Er hatte einen knubbeligen Wanderstecken gebraucht, um den Abzug zu betätigen; er war siebzehn und recht schmächtig. Der Schuss war über das Gelände der Farm gehallt, hatte die Pferde unruhig gemacht und die Raben in den Bäumen aufgescheucht, die mit klagendem Gekrächz eine Runde drehten, bevor sie wieder landeten. Ihr Großvater und ihr Vater murmelten wissend und waren sich offenbar einig, dass er das Richtige getan hatte, dieser Tom, der gelacht hatte, als er Patricia Williams hochgehoben und herumgewirbelt und auf den breiten, glatten Sitz des Traktors gesetzt und sie das Lenkrad hatte halten lassen, sie hochgehoben, fest auf seinen Schoß gesetzt, den Arm um sie gelegt und sie das Lenkrad des Traktors hatte halten, ihn über den Hof steuern lassen.

Warum sie jetzt, als sie in dem Flur steht, daran denken muss, warum ihr das nach so vielen Jahren plötzlich einfällt, weiß sie nicht. Ein Rabe landet wieder auf dem Baum, bricht einen alten toten Ast ab, der sich neigt, fällt, trocken von anderen Ästen abprallt und schließlich im Gras bei den dicken knorrigen Wurzeln landet. Amy, die Fremde, ihre Tochter, taucht aus dem Nirgendwo wieder auf, trägt den Geruch von Laub und Feuchte ins Haus, als sie sie leicht streift. Sie muss sofort an das Kind Amy denken: Für den Sommer nach Hause gekommen, steht sie auf der Wiese und betet vor aller Welt, so als sei das ein Test, eine Litanei der lateinischen Namen aller Blumen her, die sie sieht. Sie steht vor der Mauer des ummauerten Gartens und schert sich schon gar nicht mehr um die Kamera, so als stünde dahinter gar niemand.

Wie geht's, Amy? Man könnte sie fragen: Wie geht's?, als ob das eigene Kind eine flüchtige Bekannte wäre, die man auf der Straße getroffen hat oder die man nach einiger Zeit beim Aperitif vor dem Essen im Haus von irgendwem wiedersieht. Wie geht's, wie ist es dir ergangen? Typisch für sie, für das verschlossene, kühle Kind, das sie ist, nach acht Jahren im Nichts einfach so hereinzuspazieren. Typisch schon, wie sie verschwand, so gefühllos, und typisch, wie sie jetzt wieder auftaucht, als wäre nichts gewesen – wie aus der Sammlung von Fotos, aus dem zugeklappten Buch auf dem Nachttisch, aus der Frage, die du dir gerade so gut wie aus dem Kopf geschlagen hattest, wieder der Mensch wird, so real, dass er eine Schlammspur aus dem Garten in deinen Flur zu tragen vermag. Patricia Shone will den Blick abwenden, aber als sie sich umdreht, sich vergewissern will, ob Amy noch da ist, ist da außerdem noch dieses Kind, das mit großen aufgerissenen Augen schaut. Ungepflegt sind sie alle beide; ihre Kleidung ist ungepflegt, ihre Haare und ihre Haut sind ungepflegt. Dem Mädchen sind seine Sachen zu klein, die Hände ragen so weit unter den Manschetten hervor, dass es fast anstößig ist. So etwas hättest du von Amy nicht erwartet. Und trotzdem, wie typisch für sie, dir so die Stirn zu bieten, nicht wiedererkennbar zu sein.

Patricia Shone hat einen Kurs besucht, in dem eine junge Frau namens Michelle, entsetzlich dünn und mit einer entsetzlichen Akne, ihr und zwanzig anderen erklärte, wie man mit bestimmten Dingen umgeht. In drei Schritten zu emotionalem Wohlbefinden, hieß es in der Broschüre. Michelle hat die Wörter mit grünem Filzstift an die Flipchart gekritzelt: Zurückhalten – Loslassen – Befreien = Wohlbefinden. Und darunter, in Klammern: (relevantes Szenarium – alternative Phantasie). Stellen Sie sich vor, etwas hat sich lange aufgestaut, sagte sie, und dann stellen Sie sich vor, Sie lassen es los, befreien sich davon. Sie denken an ein relevantes Szenarium aus Ihrem Leben und stellen sich eine

Alternative dazu vor, einen Ablauf, wie Sie ihn sich wünschen, wenn Sie sehr zornig sind. Ich persönlich, sagte Michelle, stelle mir immer vor, dass ich richtig ausraste, mir in einem Raum voller Frauen auf Plastikstühlen die Seele aus dem Leib brülle. War ein Scherz!, sagte sie, und alle lachten nervös.

Patricia Shone hat den Kurs nach der ersten Woche nicht weiter besucht, die Methode muss aber gut gewesen sein; sie hat sie nicht vergessen. Sie stellt sich vor, wie die Crew in ihrer Küche aufmerksam ihre Hände filmt (manche Fernsehköche lassen ihre Hände tatsächlich doubeln, aber sie nicht, ihre Hände sind eine Zutat, ohne die ein Rezept unvollständig wäre), während sie Gemüse mit der ihr eigenen Präzision – und einem wirklich scharfen Messer – zerkleinert und in den Mixer gibt. Sie viertelt die roten Bete und überbrüht die Tomaten im Topf mit heißem Wasser. Die Schale immer abziehen, spricht sie in die Kamera, sagt es noch einmal, die Schale immer abziehen, und die Kamera filmt ihre Hände, die Wasser zugießen, während Dampf aufsteigt. Bis die Tomaten weich werden, sagt sie in die Linse: Benötigte Mengen immer genau abwiegen, nicht zu wenig und nicht zu viel, anders lässt sich geschmackliche Verbesserung nicht erreichen. Sie zerteilt und enthäutet die Tomaten, schneidet sie in Würfel, gibt sie in den Mixer. Sie entfernt den Schraubverschluss des Tomatenmarks und spritzt es hinein, drückt, fest mit beiden Händen streichend, die ganze Tube aus – das obszöne Rot ringelt sich heraus –, dasselbe wiederholt sie mit einer zweiten Tube, während sie von hinten gefilmt wird. Ein ordentliches Stück rohes Fleisch wird gewürfelt und gewürzt. Sie zerkleinert eine rote Paprika, schiebt sie hinein und gibt eine halbe Tasse Sherry dazu, gießt sich nebenher auch ein Gläschen ein, als Aperitif natürlich, sagt sie strahlend, hält es hoch und trinkt es in kleinen Schlucken, während die Kamera um sie herumfährt und ihr Mmm-Gesicht abfilmt. Sie drückt den Deckel eines Glases mit körnigem Senf auf, hält es sich unter die Nase und schnuppert daran, gibt einen ordentlichen Klecks hinzu. Eine feingeschnittene rote Chili. Einen Teelöffel Cayennepfeffer. Einen Teelöffel Zucker. Vollkornweizenmehl, sagt sie, zwei Teelöffel, zum Andicken. Und jetzt die Zutat, die mein Geheimnis ist, sagt sie und hebt die Serviette von der Schüssel mit den Erdbeeren. Sagt es noch einmal, in die andere Kamera. Und jetzt die Zutat, die mein Geheimnis ist. Das sieht schon sehr gut aus, sagt sie und schüttet sie unzerkleinert in den Mixer. Salz und Pfeffer nach Belieben und einen Spritzer Tabasco. Wie im schnellen Vorlauf sieht sie alles schon vor sich, als sie den Deckel auf den Mixer aufsetzt, den Einschaltknopf drückt und die im Gerät sich drehende Masse betrachtet, bis sie mitten in der Bewegung den Deckel herunterreißt und das Rot in alle Richtungen fliegt, sich aus dem Mixer schraubt und an die glänzenden Oberflächen klatscht, über Wände, Schranktüren und die an Haken hängenden Pfannen und Becher läuft, über das Equipment und die Lampen, über die Kleider und Haare der Crew und über sie selbst, über ihr Gesicht, ihre Haare und ihre Sachen. Die Maschine bleibt stehen. Die Zeit bleibt stehen. Das Soundgirl zupft ungläubig, in Zeitlupe an den getränkten Fasern des Mikros. Der Kameramann schaut, seine Lippen bewegen sich, aber es kommt kein Ton heraus. Der jungen blonden Produzentin fehlen ausnahmsweise mal die Worte, ihr Clipboard ist unleserlich, und ihr französisches Kostümchen ist ruiniert; sie steht da, die Hände von sich gestreckt. Die Kamera, von der es rot tropft, läuft noch. Sie blickt ihr ins Auge, leckt sich den Mund ab. Köstlich, sagt sie und setzt ihr Kameralächeln auf, nicht zu kurz, nicht zu lang. Dann schaltet sie das Lächeln ab, sieht die Produzentin an und sagt: Sally, soll ich das noch mal machen?

Süß und heiß und ekelhaft, und im ganzen Land schreiben Leute mit oder nehmen alles auf Video auf, um es später in ihrer eigenen Küche nachzumachen. Überall in Englands Vororten rinnt in Küchen blutrotes Püree über Laura-Ashley-Tapetenbordüre und zitronengelbe matte Wände. Manchmal denkt sie, am besten wäre es, wenn sie es für sich allein machen, es für sich behalten würde, so dass niemand sonst davon erfährt: alles vorbereiten und mixen und dann die Küche und sich selbst damit zudecken, sich hinsetzen, ohne dass irgendjemand davon weiß, die Hände an den Mund führen und es schmecken, es sich vom Ärmel lecken, aus dem Kragen saugen, dann aufstehen, es mit den Schuhen bis zum Telefon tragen und Wendy anrufen, damit die kommt und es wegmacht: Hallo, Wendy, diese Woche wartet eine ziemliche Herausforderung auf dich, dann nach oben gehen unter die Dusche, zusehen, wie es ihr aus den Haaren und von der Haut läuft und mit dem Wasser im Abguss verschwindet, bis das Wasser an ihren Füßen schließlich wieder klar ist.

Klar, mit Mixern geht so etwas nicht. Aber es einfach machen, eine unbändige Freude.

Du bist nach Hause gekommen, und du hast mir so gefehlt.

Du bist nach Hause gekommen, ich hab es immer gewusst.

Du darfst nie wieder fortgehen.

Denk immer daran, du kannst uns alles sagen.

Denk immer daran, wir sind für dich da.

Denk immer daran, du kannst jederzeit jemanden mitbringen, den du magst, das Gästezimmer steht immer zur Verfügung, wir sind tolerante Menschen, das weißt du.

Du musst wissen, wir sind stolz auf dich.

Du musst wissen.

Du hast es nie gewusst.

Du hast es nie wissen wollen.

Du hast mich nie geliebt.

Du hast mir nie auch nur den mindesten Respekt erwiesen.

Deinetwegen bin ich jetzt alt.

Deinetwegen war ich krank, und zwar seit dem Moment, da ich dich empfing.

Du bildest dir ein, du könntest wiederkommen, einfach so.

Du bildest dir ein, du hättest dich verändert, hast du aber nicht, du hast dich nicht verändert.

Du bildest dir ein, du wärst jetzt anders, aber du bist noch genauso wie immer.

Patricia Shone – erfolgreicher Fernsehstar nach vier Staffeln von *Abendessen mit Shone*, anfangs im terrestrischen Fernsehen ausgestrahlt, danach auf angesehenen Kabelkanälen europaweit, erfolgreiche Autorin der großformatigen Paperbacks *Sommerküche mit Shone* und *Jahreszeitenküche mit Shone*, beides Supermarkt-Bestseller, die jetzt mitten in den Vorbereitungen zu ihrem neuen *Vegetarisch mit Shone* steckt, glücklich verheiratet mit einem weltweit anerkannten Wissenschaftler und zu Hause in einem der schönsten restaurierten Landgüter aus dem sechzehnten Jahrhundert, die der Süden Englands zu bieten hat, einem Gemäuer, das schon mehrfach Gegenstand von Zeitschriftenartikeln und Exklusivberichten im Fernsehen war – ist ein kleines Mädchen und steht an einer Tür, hinter der sich die Welt verändert hat, hinter der etwas ist, wovon sie nichts wissen soll und was zu verstehen ihr nie erlaubt sein wird.

Nichts von alledem wird ausgesprochen. Nichts von alledem ist ihr auch nur auf die Lippen, in die Augen gekommen; es hat nur einen Moment gedauert. Patricia Shone hält immer noch die Tür fest, hält sich und ihren Ton, um der Frau zu entsprechen, die im Begriff war, auf Leute zu reagieren, mit denen sie höflich hätte sympathisieren und die sie genauso höflich hätte auffordern können, ihr Grundstück zu verlassen.)

Ich hoffe, ihr könnt zum Essen bleiben, sagt sie.

Kommt rein, sagt Amys Mutter. Ich dachte, ihr hättet geklingelt, weil ihr Geld von mir wollt.

Will ich auch, sagt Amy.

Kommt schnell rein, das ist ja eine schreckliche Kälte. Wie geht's? Wie ist es dir ergangen? Ich hoffe, ihr könnt zum Essen bleiben, sagt Amys Mutter.

Genau genommen bleiben wir drei oder vier Tage, sagt Amy.

Sie lässt die Reisetasche im Flur auf den Boden fallen und hilft Kate, den Mantel auszuziehen, hängt ihn neben ihren eigenen an den Kleiderständer und lotst Kate in die Küche. Beugt sich hinab und sagt Kate etwas ins Ohr. Erinnerst du dich noch daran, sagt sie, dass wir schon mal hier waren?

Nein.

So ein süßes Kind, sagt Amys Mutter. Die süßen Augen, das Gesichtchen. Was isst sie denn gern? Ich glaub, von dem, was Kinder ihres Alters gern essen, hab ich gar nichts da.

Ich hab's auch nicht vermutet, sagt Amy, du warst damals noch ein Baby. Du warst gerade erst geboren.

Sie zieht einen der hohen Stühle unter dem großen neuen Arbeitstisch in der Mitte der Küche hervor und hilft Kate hinauf. Beim Hinaufsteigen schabt Kate mit dem Schuh am weißen Unterbau des Arbeitstischs. Wirft Amy einen bestürzten Blick zu. Amy lächelt und zuckt mit den Achseln, schüttelt den Kopf.

Kate hat schon gegessen, sagt sie. Und ich ess später was mit euch mit, wenn ihr beide Abendbrot esst; ich muss sowieso mit euch sprechen.

Ihre Mutter sagt irgendetwas, das Amy akustisch nicht mitbekommt. Die Küche ist mittlerweile entkernt worden. Wo der Kaminvorsprung war, ist alles weg und bis oben aufgemauert, als wäre da nie etwas gewesen. Wo früher der Durchgang zum Arbeitszimmer ihres Vaters war, ist jetzt eine weiße Wand. Amy geht hin, folgt mit dem Blick der über der alten Tür noch sichtbaren Linie des ehemaligen Bogens. Sie tippt mit den Fingern an die Stelle, die vorher offen war, und lauscht dem Geräusch von dünnem Gips.

Das haben wir vor etwa drei Jahren machen lassen, sagt ihre Mutter. Es entspricht auch der ursprünglichen Anlage des Hauses besser. Wir haben es überprüfen lassen. So ist es wärmer. Dein Vater hat seine Haushälfte, und ich hab meine.

Amy dreht sich zu ihrer Mutter um, sieht sie zum ersten Mal an.

Wir bevorzugen es so, sagt ihre Mutter. Alle beide. Es ist im Grunde sehr rücksichtsvoll. Es ist möglich, Amy, obwohl du das vielleicht nicht verstehen wirst. Es ist möglich, dem Wesen von jemandem treu und gesonnen zu bleiben, auch wenn man es vorzieht, nicht bei jeder Routinemahlzeit auf dasselbe Profil schauen zu müssen.

Nein, ich finde, das ist leicht zu verstehen, sagt Amy und gestattet sich zu lächeln.

Ihre Mutter sieht jünger aus, als sie es erwartet hat, sogar jünger als in Amys Erinnerung. Jetzt errötet sie, als könne sie jeden Moment in Tränen ausbrechen, und Amy bereut sofort, dass sie etwas gesagt hat, was man als nett auffassen könnte. Sie geht wieder zurück, um nach Kate zu schauen, die ganz still und brav dasitzt und keine Beaufsichtigung braucht. Von hier sieht Amy Kates Mantel, an der Kapuze am Kleiderständer aufgehängt, die Ärmel, noch gerundet, bewahren sogar leer die Form ihrer schmalen Arme.

Ich beantworte dir alle Fragen beim Essen, sagt sie, ihr den Rücken zukehrend, zu ihrer Mutter. Wo kann Kate schlafen? Ich bring sie erst ins Bett. Sie ist erschöpft.

Ich bin nicht erschöpft, sagt Kate. Mir geht's prima.

Kate kann im Gästezimmer schlafen, sagt Amys Mutter. Dein Zimmer ist für dich hergerichtet. Wir essen in einer Stunde. Ich ruf deinen Vater an.

Sie greift nach dem Telefon.

Er arbeitet noch, sagt Amy.

Er ist drüben in seiner Hälfte, verbessert Amys Mutter sie und drückt Knöpfe auf dem Apparat.

Oben liest Amy das Wort Gästezimmer an dem Täfelchen, das an die Tür des überzähligen Zimmers geschraubt ist. Auf halber Länge des Flurs sieht sie wieder eine ihr neue weiße Trennwand; die andere Hälfte des Flurs und die anderen Räume befinden sich dann wohl in der Haushälfte ihres Vaters. Auf einem der Betten zieht sie den Reißverschluss der Tasche auf, lässt sie offen liegen und setzt sich auf den Quilt. Ihre Hände fallen nutzlos neben ihr herab. Mit einem Mal kleben ihr die Sachen an den Schultern und am Rücken.

Sieh dir mal das Zimmer an, das ich gefunden hab, sagt Kate. Das ist echt phantastisch. Wenn du das siehst!

AMYS und ZIMMER. Die Täfelchen mit der Aufschrift sind neu, aber durch den Flur riecht Amys Zimmer noch wie früher, ist genau so, als wäre es erst gestern gewesen, nein, heute Vormittag, dass sie die Reißzwecken durch das ausgeschnittene Bild der Schauspielerin im Nonnenkostüm in die Wand gedrückt hat, die Hälfte einer Weihnachtskarte, ein Engel, der in einem Rosengarten eine Rose hält, die Schwarzweißpostkarte, jemand vor fünfzig oder noch mehr Jahren, als Johanna von Orleans gekleidet. Wenn sie nicht aufpasst, schießt es ihr jeden Moment in den Kopf, wer die Schauspielerin ist, welcher Künstler im Mittelalter die winzigen goldenen Plättchen an den Flügeln des Engels gemalt hat, wer sich als Johanna verkleidet hat und wann und warum. Ihr Kopf und ihre Augen und Schultern sind schon von den drei Karten müde, und es gibt noch Hunderte mehr. Sie stellt die Wand auf unscharf, richtet den Blick auf nichts. Trotzdem sieht sie noch, dass die aus Zeitungen ausgeschnittenen Fotos vergilbt und wellig sind und dass das Bett mit dem Laken über der Decke im süßlich-starken Geruch der Möbelpolitur wartet. Die Haarbürsten auf der Frisierkommode liegen gleichmütig an ihrem Platz. Direkt unter dem Fenster weht es Blätter leise hin und her. Amy schließt die Augen.

Darf ich hier schlafen?, will Kate wissen. Da ist sie, betrachtet die hohe Bücherwand und reißt beim Blick auf die Collage an der anderen Seite den Mund auf.

Nein, sagt Amy, es ist zu staubig. Zu feucht.

Dann sieht Amy auf dem Stuhl in der Ecke, unter der großen weißen Plüschkatze mit dem unauffälligen Reißverschluss im Bauch für das Nachthemd, den Stapel Briefe. Sie hebt die hohle Katze hoch, lässt sie auf den Boden fallen und hält sich die Umschläge vors Gesicht. Besieht sich ein paar Briefmarken, lässt die Umschläge wieder zu den anderen ungeöffneten auf dem Stuhl fallen.

Auf dem Fußboden steht unter den kleinen Päckchen, die sie aussortiert hat, ein großer, mit Klebeband verschlossener Karton. Sie reißt das Band herunter und klappt ihn auf. Schiebt die Hand in den Spalt zwischen den Büchern darin und fischt den Brief heraus, reißt ihn auf. Hält sich die Unterschrift nahe vors Gesicht. Dann hält sie den Brief auf Armeslänge vor sich, um sie richtig zu sehen.

Sie faltet den Brief wieder zusammen, stopft ihn in den Umschlag, wirft den Umschlag wieder in den Karton. Nimmt das oberste Buch heraus, dreht es um, streicht über den ihr vertrauten Deckel. Schlägt es auf, hält es, senkt die Nase über die Seiten. Trocken und mürbe, der Geruch von altem Papier, weiter nichts.

Sie schließt das Buch mit einer Hand. Legt es in den Karton zurück und macht den Pappdeckel zu. Dies alles tut sie mit der Bestimmtheit, dem emotionalen Ausdruck von jemandem, dem ein Publikum zusieht, das still auf seinen dunklen Samtstühlen unterhalb der Bühne sitzt, dabei ist gar kein Publikum anwesend, nur Kate, die aber nicht auf sie geachtet hat und sich jetzt auf dem Bett aufsetzt, eins nach dem anderen die Bilder an der Wand durchgeht, die Lippen bewegt und der Reihe nach alle berührt.

Wenn Kate hier schläft, denkt Amy, brauche ich es nicht.

Unten im Wohnzimmer ist niemand, aber auf dem Tisch steht Geschirr mit Bergen von dampfendem, schimmerndem Essen. Als Amy sich auf ihren alten Platz setzt, liegen dort neben ihr zwei großformatige Bücher, schimmernd wie das Essen. Glänzende Wörterlisten und Fotografien von prächtigen vielfarbigen Speisen, in einem dem Auge wohltuenden Licht eingefangen.

Ihre Mutter eilt mit weiteren Speisen in Schüsseln rein und raus. Du siehst, ich hab viel gemacht, seit du weggegangen bist, sagt sie. Ich bin nicht gerade untätig gewesen, was? Jetzt kennst du das alles selbst, wo du jetzt ein eigenes hast; als ich mit dir schwanger war, ging es mir so schlecht, dass ich fast gar nichts essen konnte. Nach sechs Monaten Schwangerschaft hab ich weniger gewogen als zuvor, dein Vater war begeistert, er besaß den guten Geschmack, die einzige Frau auf der Welt geheiratet zu haben, die keine dicken Knöchel bekam, die nach acht Monaten Schwangerschaft immer noch elegant und ungewöhnlich aussah, weht ihre Stimme von der Küche herüber. Vielleicht könntest du, während du hier bist, sagt sie über Amys Schulter, einen Blick auf meine Ideen für das vegetarische Buch werfen, das ist für Vegetarier, bist du noch Vegetarierin? Warst du doch, soweit ich mich erinnere. Vielleicht könntest du die Fahnen lesen, wenn du Lust dazu hast; es wäre eine große Hilfe.

Seite um Seite schlägt Amy geschmackvoll arrangierte Farben um; sie klappt das Buch zu und sitzt in den Düften der echten Speisen, die geschmackvoll rings um sie aufgebaut sind. In ihrem Hals wird es eng. So viel Hunger hab ich eigentlich gar nicht, vielen Dank, denkt sie. Ich werde deine Fahnen nicht korrigieren können, ich kann schon lange nicht mehr lesen, denkt sie. Wörter lesen ist wie Hieroglyphen an den Wänden dunkler Grabkammern lesen. Bestimmt könntest du einen Therapeuten für mich auftreiben, der mich mit sechs Sitzungen schnell wieder auf Vordermann bringt, aber ich hab mich für den langsamen Weg entschieden. Ich habe jetzt andere Pläne, vielen Dank, denkt sie. Und Kate lasst ihr alle beide hübsch in Ruhe. Sie hat nichts mit euch zu schaffen.

Erst als sich ihre Mutter an den Tisch setzt, den Kopf auf die Hand stützt und sagt, sie solle doch zulangen und nicht warten, ihr Vater komme heute Abend nicht zum Essen, sagt Amy überhaupt etwas. Wie ist seine Nummer?, fragt sie ihre Mutter, und als sie sie in den Apparat in der Küche tippt, hört sie durch die Wand irgendwo ein Telefon läuten.

Hallo, ich bin's, Amy, sagt Amy. Es gibt da ein paar Sachen, die ich euch fragen muss, dich und Patricia.

Sie hat die Atemgeräusche ihres Vaters im Ohr.

Ich brauche Folgendes, sagt sie, und vergewissert sich mit einem Blick, dass ihre Mutter ebenfalls zuhört.

Ich brauche ein bisschen Geld von euch. Nicht sehr viel, ich möchte Urlaub machen und hab nicht genug. Aber vor allem sollt ihr euern Freund in der Passstelle anrufen, diesen jovialen Menschen mit dem Bart, ich erinnere mich nicht an seinen Namen, der, mit dem ihr in der guten alten Zeit zusammen am College wart. Ich habe ein Kind bei mir, aber ich habe keine Geburtsurkunde, und wir brauchen einen Pass. Der einfache für ein Jahr reicht. Fotos habe ich. Und je schneller, desto besser, wir möchten in den nächsten Tagen reisen, sobald wir einen Flug bekommen.

Am anderen Ende der Leitung wird geschwiegen. Dann wird die Verbindung mit einem Klick getrennt.

Amy legt den Hörer auf und wartet darauf, dass ihre Mutter Fragen stellt. Ja, hat sie sich im Geiste schon sagen hören, das ist richtig, Kates Geburt wurde nie beurkundet. Nein, ich habe Kates Geburt nie beurkunden lassen. Nein, sie hat keine, weil ich die Geburt nicht habe beurkunden lassen. Nein, das ist eigentlich nie ein Problem gewesen, wir sind immer zurechtgekommen, so oder so. Weil mir nicht danach war, sie beurkunden zu lassen. Ich will mit ihr ins Ausland. Weil sie noch nie woanders war. Zwei Wochen oder eine Woche, ich weiß nicht. Ach, unser Leben ist sehr glücklich. Nein, viel brauchen wir nicht. Nein, ich möchte dir nicht sagen, wo wir wohnen.

Sie sitzt da und wartet auf die Fragen. Das perfekte Essen auf dem Tisch zwischen ihnen wird kalt.

Dann steht ihre Mutter auf. Tja, sagt sie, ich weiß nicht, wie's dir geht. Aber ich bin ziemlich erschöpft.

Ihre Mutter beginnt das Geschirr in die Küche zu tragen. Sie sagt, sie brauche keine Hilfe, sie hoffe, Amy werde gut schlafen, sie solle sich wegen des Aufstehens keine Gedanken machen, sie sehen sich dann ja am Morgen, nicht.

Jetzt ist es still im Haus. Die Zentralheizung hat sich selbsttätig abgeschaltet. Amy liegt auf dem Gästebett und sieht ins

Dunkel. In der geschmackvoll sparsamen Möblierung des Zimmers verstärkt sich das Geräusch, als sie sich auf dem Bett dreht.

Sie hat sich praktisch offenbart, und es ist folgenlos geblieben.

Sie starrt ins Dunkel. Bald wird Kate ankommen. Kate schläft nicht gern allein, sie mag die Dunkelheit nicht und wird an diesem für sie neuen Ort wohl Angst kriegen. Sie wird aus dem Bett in Amys altem Zimmer taumeln und, noch im Halbschlaf, über den Flur gehen, ein Auge zu, das andere mit dem Handballen bedeckt, wird instinktiv den Weg finden wie ein Tier, das noch zu klein ist, um zu sehen, wird nach Wärme riechen und sich neben Amy unter die Decke schieben und sofort weiterschlafen, als hätte sie die ganze Nacht hier gelegen. Sie wird nicht mitten in der Nacht allein sein wollen in einem Haus, das sie nicht kennt.

Das Haus knarrt, kommt schließlich zur Ruhe. Hinter den doppelt verglasten Fenstern ist ein sachtes, gedämpftes Geräusch; es könnte dürres Laub sein, das auf dem Kies raschelt, oder das Gras oder ein Schauer, der auf dürres Laub niedergeht. Im Zimmer Dunkel, ein Dunkel, das sich über das Hausdach wölbt und das ganze Dorf erfüllt, über seine Graswege und Gassen und schmalen Straßen fließt; Straßenlaternen und das Licht von der Fernverkehrsstraße drängen es ein wenig zurück, darüber aber liegt kilometerweit nichts als Dunkelheit, kaum gestört von den kleinen Lichtern größerer Städte weit unten. Dunkel über dem Land, über den Küsten, über den anderen Ländern, die sich hinter diesem ballen. Die alte Geschichte, die Oberfläche der Welt schlingert abermals durch ein Dunkel, das immer da sein wird, dreht sich mit einer Hälfte durch Dunkel, mit der anderen durch Licht, bis das Licht langsam wieder ins Dunkel vorrückt.

Die Umrisse der Möbel im Zimmer sind kaum zu erkennen. Amy liegt auf dem Bett und wartet. Schon bald wird das Universum handeln, bestimmt kommt das moralische Universum bald ins Spiel. Was für eine Ironie, denkt sie, ich hab so viele Hinweise gegeben. Hab meine Spuren am Schauplatz des Verbrechens hinterlassen und mich jetzt praktisch ausgeliefert. Und nichts geschieht. Keine Hand, die sich auf die Schulter legt und nein sagt oder halt oder auf frischer Tat ertappt. Nur ein hohles Mittelschichtsdrama, ein Mittelschichtsdilemma, weiter nichts. Mir wird nichts geschehen. Niemand wird auch nur ein Wort sagen.

Für einen Augenblick ist das aufregend, ist es der freie Fall, atemlos, kräftezehrend. Gleich darauf überlegt Amy, ob nichts den Fall beenden wird, ob da nur endloser Raum und endlose Luft sein werden, durch die sie fällt. Dann kommt es ihr so vor, als gäbe es auf der Welt nichts außer dem Dunkel und dem tosenden Lärm in ihren Ohren, das sich als das Holpern ihres Herzens entpuppt und sie wach hält, sein Wort wieder und wieder spricht wie ein Hammer, der auf Stein schlägt.

Sie liegt im Dunkeln und wartet.

Fragt sich, wann sie kommt.

Komm rein!, sagt die Dame. Die Dame ist Amys Mutter. Sie sieht sehr zufrieden aus und hat immer noch die Vase mit den großen Blumen in der Hand. Die schwanken vor ihr hin und her, während sie spricht und lacht. Ein Schwall heißer Luft kommt Kate und Amy aus der Tür entgegen, genauso wie an den Türen mancher Läden in Aberdeen.

Die Dame lacht immer noch. Sie hat die Haare kurz geschnitten, wie ein Helm. Ihre Stimme klingt ein bisschen wie die Amys, wenn sie spricht. Zur Sicherheit prüft Kate das leise nach, als sie und Amy in das große Haus gehen.

Ist die Dame eine Omi?, fragt sie leise. Ich meine, ist sie meine Omi?

Amy lächelt über Kates Kopf. Wenn du möchtest, sagt sie.

Es ist unglaublich heiß in dem Haus, das so etwas wie ein Hotel ist. Kate spürt an der Hand immer noch das körnige braune Zeug. Sie lässt die Faust zu. Amy erzählt ihr, sie seien schon mal hier gewesen, aber Kate erinnert sich nicht daran. Die Omi, die Großmutter, trägt die Blumen vor ihnen her in die Küche, die noch größer ist als die Küche von Angelas Mutter und Holzbalken an der Decke hat. Die Omi wirkt sehr nett. Sie sieht aus wie eine Frau aus dem Fernsehen oder aus der Reklame. Auf dem Tisch mit der weißen Tischplatte steht eine Maschine, die Kate aus Angelas Fernsehwerbung kennt und die ewig zwischen den Sendungen kommt. Mit der Maschine kann man Sachen in Plastiktüten verpacken. Im Fernsehen tut eine amerikanische Frau (anders als die Großmutter) ihre Erdbeeren in die Tüte, steckt dann die Tüte in die Maschine, und die saugt die ganze Luft heraus und versiegelt alles luftdicht. Die Frau im Fernsehen versiegelt auch Suppe und Huhn und sogar Kleider in ihren Tüten.

Kates Großmutter lächelt ihr zu. Kate lächelt höflich zurück. Sie möchte wissen, was Kate essen möchte. Stellt die Blumen ab und macht den Kühlschrank auf, der größer ist als sie selbst. Da drin sieht Kate das versiegelte Essen.

Unter der Tischkante öffnet sie die Faust und sieht nach. Der braun-orange Dreck ist innen überall an ihrer Hand dran. Sie will die Hand nicht in die Nähe des Tischs bringen, denn der ist so weiß. Sie will sich die Hand aber auch nicht an ihrem Schulrock abwischen. Sie macht sie wieder zu und legt sie vorsichtig auf ihr Bein.

Wo kann Kate schlafen? Sie ist erschöpft, sagt Amy.

Ich bin nicht erschöpft. Mir geht's prima, sagt Kate. Wenn sie ins Bett muss, sieht sie nicht, was passiert, wenn man in so eine

Tüte wieder Luft lässt. Oder sie spielen vielleicht was ohne sie; bei Angelas Omi zu Hause spielen sie am Kamin Mikado, da muss Angela hin, wenn ihre Mutter nachmittags arbeitet. Kate war einmal dabei, sie haben Scones gekriegt. Aber diese Großmutter ist ganz anders als die von Angela und sogar die von Roddy, obwohl ihre Haare ziemlich grau sind. Kates Großmutter geht von einer Seite der riesigen Küche zur anderen, die Blumen in der Hand, diese großen, gelben, die solche Zungen haben und auf den Zungen leuchtende orange Pollen, die die Bienen sammeln und die Flecken machen können.

Kates Hand, die auf ihrem Bein liegt, tut ihr langsam weh, weil sie dauernd eine Faust ist.

Als sie zu Amy guckt, merkt sie an ihrem Gesicht, dass Aufstehen nicht drin ist. Sie bereitet sich darauf vor, gute Nacht zu sagen, aber ihre Großmutter geht in ein anderes Zimmer. Während Amy im Flur die Tasche auspackt, leckt sich Kate die Handfläche ab. Der Geschmack ist derselbe, wie wenn man die Finger in den Mund steckt, nachdem man auf den großen Pollern im Hafen gesessen hat, um die die Bootsseile gewickelt werden; es ist ein schrecklicher Geschmack. Sie schiebt ihre nasse Hand in die Manteltasche und rubbelt fest über das Futter. Als sie sie wieder herauszieht, ist das meiste von dem braunen Zeug ab.

Die Treppe ist schmal und aus Holz; sie geht hinter Amy hoch, nimmt immer zwei Stufen auf einmal. Dafür muss sie sich so strecken, dass ihr die Beine wehtun. Es ist die Treppe ihrer Großmutter. Es ist das Haus ihrer Großmutter, und sie wusste nicht einmal, dass sie eine Großmutter hat. Omi. Großmutter. Omi zum Beispiel klingt netter als Großmutter, aber Großmutter klingt besser, wenn es ums Haben geht.

War die Frau hier, als wir schon mal hier waren?, fragt Kate Amys Rücken.

Nein, sagt Amy. Da war niemand hier, bloß wir. Sie waren in Amerika.

Kate sagt es nicht, denkt es aber: Es gibt auch einen Großvater.

Amy hat die Tür zu einem Zimmer aufgestoßen; Kate sieht sich um, geht dann im Flur weiter und steckt die Nase durch die halboffene Tür eines anderen Zimmers am Flurende. Darin steht ein großes weißes Bett, und an den Wänden hängen überall Spiegel. Auf dem Rückweg durch den Flur dreht sie am Türknauf eines weiteren Zimmers.

Sie ruft Amy.

In dem Zimmer sind mehr Sachen als in einem Laden. Bücher stehen hier fast so viele wie im Zeitschriftenladen. Sie reichen eine ganze Wand hinauf, die Buchrücken alle in verschiedenen Farben. Und, noch besser, dieses Zimmer hat ein schräges Dach, und fast über die ganze Schräge sind Bilder angeheftet, bis rauf an die Decke und bis runter zum Fußboden und bis zur nächsten Wand hinter dem Bett: wie ein Wandfries, bei dem derjenige, der es gemacht hat, nicht aufhören konnte. Kate klettert auf das Bett, um sich die Fotos anzusehen. Manche sind schwarzweiß, manche farbig. Es sind Fotos von Vögeln, ein paar auch von Blumen und ein richtig schönes, so groß wie die zwei mittleren Seiten einer Zeitschrift, von einem riesigen Baum. Eins zeigt eine Frau, die neben einem Picknickkorb auf dem Rücken liegt, eins eine Frau auf einem Pferd, eins eine mit viel Lippenstift dran und mit einer Kristallkugel in der Hand, in der eine Rose ist. Leute auf Fahrrädern. Eine Frau in der Uniform eines Ritters, ein Bild von jemand, der ein Bild von jemand zeichnet, der durch die Luft fliegt, und eins mit Tigern, die um eine Frau herumliegen, der das Haar aus dem Kopf schießt, als stünde es in Flammen. Eins zeigt eine alte Frau, die den Schädel eines Schafes oder von etwas ähnlichem Toten hochhält. Auf einem spielen

Mädchen in altmodischen Badeanzügen an einem Strand Kricket. Ein Mädchen hat ein Buch in der Hand und steckt sich einen Stift in den Mund, das Bild sieht sehr alt aus, so als sei da etwas abgeblättert wie bei historischen Bildern. Es ist nicht das alte Bild selber, sondern ein Foto davon. Eins hängt mit an der Wand, da ist das Mädchen aus dem Film über den Zauberer und die Vogelscheuche drauf, ein anderes zeigt Frauen mit Cowboyhüten, die in einer Reihe stehen. Jedes Mal, wenn Kate die Augen bewegt, sieht sie ein neues Bild. Manche sind Postkarten, andere sehen aus, als stammten sie von Weihnachtskarten, vor allem die mit den Engeln. Manche sind sogar aus Zeitungen oder Zeitschriften ausgeschnitten, und ringsherum und in den Lücken dazwischen sind Sticker, die aussehen, als wären sie schon hundert Jahre alt, aber man kriegte sie immer noch zu kaufen. Ein Bild ist eine richtige Fotografie von zwei Mädchen unter einer Statue. Die Statue hat einen Hund, und das eine Mädchen hat die Hand hochgehoben, als schirme es die Augen gegen die Sonne. Die beiden Mädchen sind ganz klein unter der Statue. Das eine sieht ein bisschen aus wie Amy. Kate hält das Gesicht dicht vor die Wand, aber wenn man mit den Augen fast auf dem Foto drauf ist, sieht man es nicht richtig; es ist ziemlich weit weg.

Hier ist kein Staub, sagt Kate. Hier ist nicht mal hinter dem Bett Staub. *Bitte*, darf ich hier schlafen?

Amy seufzt. Sie sieht sich am Fenster Briefe und Sachen an. Auf dem ganzen Fensterbrett stehen wunderschöne feine Porzellantassen auf Untertassen. Amy kommt herüber und schiebt die Hand zwischen das Bettzeug, prüft, ob es feucht ist.

Ja, okay, wenn du dich gleich fürs Bett fertigmachst, sagt sie.

Es ist wie Zauberei. Das war einmal Amys Zimmer. An der Tür steht sogar noch ihr Name. Als Amy klein war, hat sie hier geschlafen. (Wenn ich mal hier *war*, sagt Amy.) In den Zimmern sind sogar Waschbecken. Kate dreht einen Hahn auf, wieder zu, wieder auf. Als sie sich die Zähne putzt, sieht sie die Uhren, die, an ihren Lederarmbändern mit Nägeln an der Wand befestigt, nebeneinander unter dem Waschbecken hängen. Eine Uhr hängt an einer Kette und ist so etwas wie eine Taschenuhr, die anderen sehen aus wie Armbanduhren; die Bänder haben verschiedene Farben. Es sind insgesamt fünf, und die Zeiger sind zu verschiedenen Zeiten stehengeblieben. Auf der Taschenuhr ist es Viertel nach sieben. Auf der mit dem roten Armband ist es XI vor V. Auf den zwei braunen ist es elf Uhr fünfundzwanzig und zehn nach acht, und die kleine mit dem goldenen Zifferblatt steht auf fünf vor acht.

Kann ich eine Uhr kriegen?, sagt Kate zu Amy, als die sie zudeckt. Das Bettzeug sind Decken, kein Federbett, und Kates Arme sind neben ihrem Körper eingeklemmt.

Nein, sagt Amy und setzt sich auf die Bettkante, aber du kannst eine Geschichte kriegen. Was für eine möchtest du denn?

Ich glaub, heute möchte ich mal eine neue Geschichte, sagt Kate.

In Ordnung. Was für eine?

Eine, die ich noch nicht gehört habe, sagt Kate. Sie hat die Decken lockerer gezogen, sich herumgedreht und liegt jetzt auf dem Bauch. Was ist das hier?, sagt sie, als sie genau vor ihrem Kopf die beiden Mädchen vor der Statue wiedersieht.

Amy beugt sich hinunter.

Das, sagt sie, setzt sich wieder auf die Bettkante und streicht die Decke über Kate wieder glatt. Das ist ein Foto deiner Mutter und ihrer Freundin, sagt sie.

Kate dreht sich wieder auf den Rücken. Ich möchte bitte diese Geschichte.

Wie wär's mit der hier? Amy zeigt auf die Frau auf dem Pferd, die wie ein Ritter gekleidet ist, eine Lanze mit flatternden Bändern hält und hinter der Leute stehen, die sie fotografieren. Das wäre eine gute Geschichte. Oder das hier? Sie zeigt auf ein Bild, das Kate nicht sehen kann.

Kann ich nicht die erste hören?, sagt Kate.

Die erste, sagt Amy, die erste. Also schön. Warte, ich muss überlegen. Richtig. Bist du so weit? Wie wär's damit? Es war einmal eine Frau, die an einem wunderschönen Frühlingstag in den Wald ging. Sie kam an einen Fluss und setzte sich an seinem Ufer nieder und sah aufs Wasser.

Und sie sah sich in dem Wasser, ihr Spiegelbild, sagt Kate.

Hm, ja, stimmt, das ist richtig. Aber sie sah noch etwas anderes. Unter ihrem Spiegelbild bewegte sich etwas. Es war ein Fisch, der glänzte silbern und golden und glitt durchs Wasser. Die Frau hatte Hunger und dachte, sie würde diesen hübschen kleinen Fisch zu gern fangen und nach Hause mitnehmen und zum Abendbrot essen. Sie zog also einen Faden aus ihrem Pullover, band ihn fest um eine Beere, die sie von dem Ast des Baums, der über ihrem Kopf hing, gepflückt hatte, und warf ihn ins Wasser und fing den Fisch. Aber als sie ihn aus dem Wasser zog, als sie ihn an Land zog, sprang er am Ufer hin und her und verwandelte sich vor den Augen der Frau in ein wunderschönes glänzendes Mädchen, das in dem hohen Gras stand und lächelte. Die Fischerin wusste nicht, was sie machen sollte. Und während sie sich den Kopf darüber zerbrach, nahm die andere die Beere aus ihrem Mund, flimmerte in dem vom Fluss kommenden Licht, und weißt du was?

Was denn?, sagt Kate.

Und verschwand, sagt Amy. Dünne Luft, mehr war von ihr nicht geblieben. Die Frau stand allein am Ufer des Flusses.

Was ist dann passiert?, sagt Kate.

Tja, sie hat hinterm Ufer im Gras gesucht. Hat ringsherum alles abgesucht. Überall hat sie hingeguckt. Sie hat sogar ihr Gesicht ins Wasser gesteckt und ganz nasse Haare gekriegt, als sie unter der Wasseroberfläche gesucht hat. Aber sie konnte das Mädchen nicht finden. Da hat sie die Beere in die Tasche gesteckt, den nassen Faden um den Finger gewickelt, einen Knoten gemacht und bei dem Knoten geschworen, dass sie ihr ganzes Leben lang suchen wird, falls es so lange dauert, bis sie das Mädchen, das sie geangelt hatte, wiederfindet.

Warum?, sagt Kate.

Ich weiß nicht. Um es zum Abendbrot nach Hause mitzunehmen vermutlich, sagt Amy.

Hätte sie die Beere nicht einfach noch mal reinwerfen und jemand anders fischen können?, fragt Kate.

Nein.

Warum?

Sie war wie du. Sie wollte die erste, sagt Amy, stellt die Füße auf den Boden und steht von der Bettkante auf.

Das ist nicht der Schluss, sagt Kate. Es hat keinen Schluss gehabt! Und überhaupt, was ist mit der Statue? Mit dem Foto? Das war nicht die Geschichte, die ich wollte.

Tja, eine andere Geschichte gibt's aber nicht, sagt Amy und zieht noch einmal die Decken glatt, küsst Kate auf die Schläfe, macht das Licht aus und zieht die Tür nur so weit zu, dass noch ein Spalt Licht aus dem Flur hereinfällt.

Es ist seltsam: Vom Meer ist nichts zu hören. Nach ihrer Erinnerung ist es das erste Mal, dass sie in einem eigenen Zimmer allein schlafen soll. In dem spärlichen Licht sieht sie die dunklen Striche der Dachkanten und das Schimmern der an der schrägen Wand angebrachten Fotos. Es ist sehr heiß. So heiß, dass das Atmen schwerfällt. Sie zwängt sich aus dem Bett. Sie passt auf, dass sie nicht an die Tassen auf dem Fensterbrett stößt, reckt sich und zieht am Fenstergriff. Aber als sie das Fenster oben hat, ist draußen eine zweite Scheibe, die sich nicht öffnen lässt.

Sie traut sich nicht, das Porzellan anzurühren, das so fein auf den Untertellern steht, als könnte es schon bei der bloßen Vorstellung von Berührung zerbrechen. Im Kleiderschrank sieht sie nach, ob die Sachen auch in versiegelten Tüten stecken, aber die hängen alle an Bügeln. Sie bückt sich vor dem Waschbecken, will sich die Zifferblätter der Uhren ansehen. Überlegt, ob eine davon geht. Überlegt, was passieren würde, wenn man sie aufziehen wollte. Sie hört ein Geräusch und klettert wieder aufs Bett, rutscht in die Wärme zurück, die sie bereits erzeugt hat. Schließt die Augen. Will sich schlafend stellend, bis es wieder still ist.

Als sie die Augen wieder aufmacht, ist es hell, die Fotos sind alle im Licht, hinter dem Fenster singen Vögel. Es ist noch sehr früh und wieder sehr heiß in dem Zimmer.

Kate niest, und aus der Nase gerät etwas auf ihre Hand. Sie weiß nicht, wohin damit. Hält es auf dem Finger. Denkt daran, es sich in den Mund zu stecken. Aber bei den vielen Sachen in dem neuen Zimmer, die sie ansehen, lässt sie das bleiben. Was Schwarzes ist dabei, das muss von der Eisenbahn sein, so was kriegt man manchmal, wenn man in einen Zug oder Bus einsteigt. Man kann es auch von Strandfeuern kriegen, wenn Leute Reifen verbrennen oder den Abfall, der von Schiffen kommt, wenn da Plastik dabei ist. Einmal wurde eine Computertastatur angespült mit einem Kabel an der Rückseite wie ein Schwanz. Die war richtig schwer vom Wasser und voller Sand, deshalb ließ sich keine Taste mehr drücken.

Es wäre grässlich, wenn das Zeug ans Bett käme, und so schlängelt sie sich unter den Decken hervor, ohne sie zurückzuschlagen, und dreht den Hahn am Waschbecken so auf, dass nur wenig Wasser herauskommt, gerade genug, um das Zeug durch den Abfluss zu spülen.

Atmen gehört zu den Dingen, die man fast nicht mehr fertigbringt, sobald man darüber nachdenkt. Sie merkt, dass sie noch mehr Zeug in der Nase hat, das herauswill. Sie fühlt es, wenn sie atmet. Es ist wie das Zeug, das aus ihren Ohren kommt, wenn Amy ihr die saubermacht, Zeug, von dem man nicht wusste, dass es da ist, und das furchtbar schmeckt, genauso wie das Zeug, das man zwischen den Zehen kriegt, obwohl das einen Geruch hat, den man manchmal gern riecht.

Kate nimmt eine Bürste und bürstet sich die Haare. Amy hat diese Bürste benutzt, als sie klein war. Die Bürste muss echt alt sein. Kate fährt mit den Armen wieder in ihre Schulbluse. Für das Sweatshirt ist es zu heiß. Amy hat ihre Sachen zusammengefaltet auf einen Karton gelegt, und eine ihrer Socken ist dahintergerutscht.

Unter dem Deckel liegen Bücher. Kate nimmt eins heraus. Es ist ziemlich groß und schwer, wie ein Notizbuch oder eine dicke Kladde, und sein schöner Umschlag sieht aus, als sei er in Ölfarben getaucht worden. In das Buch hat jemand mit der Hand geschrieben. Es ist wie ein Tagebuch. Kate nimmt das nächste heraus. Es hat einen grünen Umschlag mit rosa und hellblauen Ölfarbenkringeln darauf. Da ist auch wieder Geschriebenes drin. Die Seiten in dem Buch haben Druckstellen, derjenige, der hier reingeschrieben hat, hat richtig mit dem Stift aufgedrückt, wie man es macht, wenn man sauber schreiben möchte. Die Blätter hängen aneinander, sie muss beim Umblättern ein bisschen ziehen.

Kate fällt die Socke aus der Hand und in den Karton. Zwischen zwei Bücherstapeln fischt ihre Hand unten ein Stück Papier oder Pappe heraus, eine Karte, die aus einem Umschlag hervorlugt.

Auf dem Umschlag steht Amys Name, und die Karte hat ringsherum schwarze Ränder. Darauf steht: *Wir reichen dieses Eigen tum zurück, das wir, be reits ad ressiert, im Haus unseres kürz lich ver stor benen Vaters Ken neth William McCar thy gefunden haben. Wenn Sie etwas über den Ver bleib unserer Schwester Ai A is A is ling (schweres Wort) McCarthy wissen, wären wir sehr dankbar, wenn Sie Kon takt mit uns aufnehmen würden, damit wir*

Kate muss sich die Nase schnäuzen. Sie lässt den Brief wieder in den Karton fallen. Als sie auf dem Rückweg vom Bad durch den Flur geht, sieht sie ihre Großmutter in den Spiegeln des großen Schlafzimmers schlafen. Sie hat den Kopf auf die andere Seite gedreht, aber Kate hört sie atmen. Kate steigt von Dielenbrett zu Dielenbrett, bis ihre bloßen Füße auf dem Bettvorleger angekommen sind und ihre Zehen in der roten Farbe versinken. Vielleicht kann sich ihre Großmutter keinen ganzen Teppich leisten. Kate streicht mit dem Zeigefinger über den geschnitzten Nachttisch; ein Vogel aus Holz, Blätter aus Holz, aus denen sich Stiele ringeln. Auf dem Nachttisch stehen Fläschchen aus der Apotheke neben ein paar Zeitschriften und einem Buch. Sie liest, was auf der Rückseite der Zeitschriften steht: *Dezember 1995 Ich glaube es, wenn ich es in Good House Kee ping sehe November 1995 Vog ue A Con de Nast Pub lic at ion Woman and Home Dezember 1995 Die Zeitschrift, die Sie sich immer ge wünscht haben.*

Auf dem Buch steht in goldenen Lettern Kates Nachname: *Shone*. Vorsichtig nimmt sie es in die Hand. Die Wörter auf der Titelseite lauten: *A. Shone Schmerz und Lust des Tex tes.* Textes, wie bei Teletext am Fernseher, den man reinkriegt, wenn man die eine Taste auf der Fernbedienung drückt. Sie schlägt das Buch auf, da fallen zwei Fotos auf den Bettvorleger. Kate erstarrt, aber ihre Großmutter wacht nicht auf. Kate bückt sich und hebt sie auf; auf beiden ist ein Kind in einem Garten. Die Fotos sehen alt aus, aus der Zeit, als die Farben immer so blass waren, vor ihrer Geburt. Sie legt das Buch wieder an seinen Platz auf die Zeitschriften, an die Uhr gelehnt, die gleichzeitig ein Radio ist. Das ist eine gute Idee: eine Uhr, die auch ein Radio ist.

Ihre Großmutter hat den Mund offen und macht ein Geräusch in der Kehle. Wenn Kate sich auf die Zehenspitzen stellt, sieht sie ihre oberen Zähne. Sie sind sehr weiß. Catrionas Omi hat falsche Zähne, die sie mit der Zunge herausschieben kann. Diese Zähne hier sehen aus, als ob sie noch echt wären. Kates Großmutter hat Falten neben den Augen und eine Falte auf der Stirn, über der Nasenwurzel, als habe die jemand hingemalt. Ihre Lider zucken über den sich darunter bewegenden Augen.

Unten in der Küche dreht Kate an dem Türknauf aus Metall, bis die Tür aufgeht. Was gestern abend Dunkelheit war, ist jetzt eine Wiese, die überhaupt nicht aufhört. Die Sonne scheint. Dunst steigt vom Rasen auf. Jedes Mal, wenn Kate den Dunst einholen will, ist er weg und entweder hinter oder vor ihr. Als sie sich nach hinten umdreht, sieht sie hinter sich im nassen Gras eine geschwungene Linie von Fußabdrücken.

Es ist, als hätte man in der Schule einen ganzen Sportplatz nur für sich. Kate schlägt einen Purzelbaum, wie sie das auf dem Sportplatz machen, und hat hinterher ein Blatt am Gesicht kleben. Hier liegt überall Laub. Als sie es aufrührt, bleiben Blätter an ihren bloßen Füßen kleben, und es sieht aus, als ob sie Schuhe aus Blättern anhätte. Hinter einer Ecke wird die Wiese zu Gestrüpp und Büschen, durch die schmale Wege hindurchführen. Kate sieht ein Eichhörnchen. Sie will ihm nach, aber es rennt einen Baumstamm hinauf, und sie sieht nicht mehr, wo es hin ist.

Dann ist da ein Zimmer aus Glas an einer Seite des Hauses. Kate steht auf der Wiese und betrachtet im schwachen Sonnenlicht den Garten und ihr Spiegelbild in dem Glas. Hinter dem

Glas ist kein Gewächshaus, denn es gibt keine Pflanzen. Vorsichtig geht sie über den Kies und drückt das Gesicht an die Scheibe.

Bücher. Nichts als Bücher. Mehr als in der Schulbibliothek, mehr als in der Stadtbücherei, bevor die geschlossen wurde. Mehr Bücher als in zehn Bibliotheken, so viele Bücher, dass sie gar nicht geglaubt hätte, dass es so viele auf der Welt gibt. Der Raum hinter dem Glas besteht aus Büchern statt aus Wänden wie ein normaler Raum.

Eins der Fenster wird dunkel und verwandelt sich in eine Tür, die aufgeht. Ein ziemlich alter Mann sieht Kate an. Er hat einen Bart und ist bis auf ein paar lange Haarsträhnen, die an einer Seite seines Gesichts herabhängen, kahl. Der Mann merkt, dass Kate die Haare anguckt, und wirft sie sich über den Schädel.

Kate tritt auf den Kiesweg zurück. Das tut ihr an den Fußsohlen weh. Der Mann sieht sie an, als ob sie etwas falsch gemacht hätte.

Da war ein Eichhörnchen, sagt sie. Ich hab nichts angefasst. Ich hab nur geguckt.

Der Mann blickt sie finster an.

Du, ich glaube, du sollst mein Großvater sein, sagt sie.

So, sagt der Mann, und aus seinem Mund kommt Atem, der in der Kälte wie Rauch aussieht. Soll ich das?

Ich glaube ja, sagt Kate. Ich bin durchs Gras gerannt. Meine Füße sind nass geworden.

Der Mann sagt nichts. Er hat Socken an. Seine Hose ist offen, und sein Hemdkragen ist ganz verbogen.

Ich bin Kathleen Shone, sagt Kate.

Es heißt *schoun*, nicht *schonn*, sagt der Mann. Es wird *schoun* ausgesprochen.

Wir sagen *schonn*, sagt Kate.

Wir, ach ja?

In dem Raum riecht es nach Zigaretten. Der Tisch in der Mitte ist ein Chaos aus Büchern, Papier und Aschenbechern. Über dem Kamin hängt ein großes Bild von einem Mann und einem Drachen; der Mann hat dem Drachen seine Lanze direkt ins Nasenloch gespießt. Als Kate noch weiter nach oben sieht, erkennt sie, dass das Zimmer wie zwei Räume übereinander ist, doppelt so hoch wie ein normales. Es gibt eine Treppe, so dass man um die höchsten Bücher herumgehen kann. Unter der Treppe ist ein Becken voller Fische. Drei Skalare, so groß wie Kates Hände, mit dunklen Augen und flach wie Spatel, wenn sie sich gleichzeitig im Wasser drehen, schwimmen durch Horden kleiner weißer Fische und kleiner goldener mit einem roten Streifen in der Mitte. Am Grund des Aquariums sind schwarze Welse mit Barthaaren und Fängen, die sich im Wasser herumwerfen.

Die großen Fische fressen gern die kleinen, ruft der Mann zu Kate herüber.

Ich weiß.

Sie fressen sie lebend, sagt der Mann. Und die Skalare fressen sich anscheinend sogar gegenseitig, von ihrem Nachwuchs ganz zu schweigen, wenn sie sich um Territorien streiten.

Kate beobachtet ein winziges, total durchsichtiges Tierchen, das unsicher über die Steine auf dem Grund des Aquariums geht.

Wo wir wohnen, gibt es bunten Kies für Aquarien, sagt sie. Es gibt Schädel aus Plastik, da können sie durch die Augen durchschwimmen, die kleinen zumindest. Es gibt einen Taucher aus Plastik, sogar mit Blasen, die aus seinem Helm kommen, so als würde er atmen.

Der Mann liegt auf der Couch, die Füße mit oben. Auf dem Boden neben der Couch ist ein zerwühlter Haufen aus Laken und Decken. Er sieht hinauf zur Decke oder vielleicht zu den

Büchern ganz oben. Er bläst seinen Rauch über den Kopf. Auf einem Stapel verschieden großer Bücher auf dem Boden neben ihm steht ein voller Aschenbecher.

Wusstest du, dass Rauchen deiner Gesundheit schadet?, sagt Kate.

Also, Kathleen *Shonn*, sagt er. Den Taucher und den Schädel und den bunten Kies, den man käuflich erwerben kann, wo um alles in der Welt sollte das sein?

Käuflich was?, sagt Kate.

Ich meine, wo bekommt man diese Wunderdinge zu kaufen?, sagt der Mann.

Die gibt's bei uns zu Hause in der Zoohandlung, sagt Kate. Aber die sind ziemlich teuer.

Und wo soll das sein?, sagt der Mann.

In Schottland. Wir haben kein Aquarium, Amy sagt, wir brauchen keins, weil wir vom Wohnwagenfenster aus Seehunde sehen können.

In Schottland, sagt der Mann. Ein Wohnwagen in Schottland, das ist ja richtig naturnah.

Ja, sagt Kate, und manchmal kommen auch Delphine, man muss nur lange genug warten.

Delphine, sagt der Mann. Kate ist nicht sicher, ob es sich verblüfft oder gelangweilt anhören soll. Und in diesem Wohnwagen, wer wohnt da?

Wir, sagt Kate. Ich und Amy. Deine Tochter, fügt sie noch hinzu.

Du bist also Kathleen, sagt er. Er blickt immer noch zur Decke, sieht sich an, wie sein Rauch aufsteigt und verblasst.

Ja, aber meistens werde ich Kate gerufen. Ich bin bald acht. Ich wurde am zwanzigsten Februar 1988 geboren. Nächstes Jahr werde ich acht, in vier Monaten, nein, in drei.

Ich, sagt der Mann, bin dreiundsechzig. Mein Geburtstag ist im April. Im April werde ich vierundsechzig Jahre hinter mir haben, du, Kate mit acht.

Kate setzt sich auf den schmutzigen Teppich neben der Vase. In die hat sie schon reingelinst, es sind hauptsächlich Zigarettenstummel drin. Sie zählt mit den Fingern ab. Du bist achtmal älter als ich, sagt sie zu dem Mann, ihrem Großvater. Mein Sternzeichen ist Fische. Was bist du für eins?

Stier, sagt der Mann. Dann brüllt er wie einer. Das soll komisch sein. Kate lacht.

Kennst du die Geschichte über den Fisch, der sich in ein Mädchen verwandelt?

Der Mann antwortet nicht. Seine Augen sind zu.

Kennst du die über die zwanzig Katzen, die alle zusammen in das eine Zimmer kommen, wo der Mann schläft, und er wacht auf und sieht, wie die sich vor seinem Kamin alle die Pfoten wärmen, und dann geht eine von ihnen ans Fenster und ruft: Hoch lebe England!, und – nein, eine Katze hat einen Hut auf, und die springt zum Fenster raus und ruft: Hoch lebe England! und wirft den anderen Katzen ihren Hut zu, und eine hebt ihn auf, setzt ihn sich auf den Kopf und springt zum Fenster raus und ruft auch: Hoch lebe England!, und alle machen es so, bis nur noch eine da ist, und die macht es auch und wirft den Hut auf den Boden, und da steht der Mann aus dem Bett auf und setzt sich den Hut auf den Kopf und ruft: Hoch lebe England! und springt zum Fenster raus, und als er die Augen aufmacht, ist er in England, an einem, diese Dinger, wo sie Leute aufhängen –

Einem Galgen, sagt der Mann.

Ja, an einem Galgen, und sie legen ihm das Seil um den Hals, weil sie ihn hängen wollen, und er fragt, ob er einen letzten Wunsch frei hat, und sagt, er möchte noch mal seinen Hut aufsetzen, bevor er stirbt, und sie lassen ihn, und er setzt ihn auf und sagt ganz, ganz schnell und ganz laut: Hoch lebe Schottland!, und als er die Augen aufmacht, ist er wieder in seinem Zimmer bei sich zu Hause und liegt in seinem Bett, und seine Freunde sind alle da, die haben sich nämlich schon gefragt, wo er hin ist, und staunen nicht schlecht, als er aus dem Nichts wieder auftaucht. Kennst du die?

Der Mann starrt sie wieder an.

Die gefällt mir ganz toll, sagt Kate.

Du bist also, sagte der Mann, als habe er sie nicht gehört, die Sternzeichen-Fische-Kate, die acht ist und in Schottland in einem Wohnwagen wohnt, offenbar mit Amy, meiner Tochter.

Ja, sagt Kate. Vielleicht ist der Mann ja ein bisschen dumm. Vielleicht kennt er Schottland nicht, vielleicht ist er noch nie dort gewesen. Kennst du's nicht?, sagt sie. Es hat die Highlands und die Lowlands. Es hat Berge und seine eigenen Lieder und alles.

Kate erklärt ihm, dass das ein ganz anderes Land ist, es hat zum Beispiel eine Grenze, die gibt es schon seit der Geschichte, und die könnte Schottland zu einer getrennten Insel machen, wenn sie dafür stimmen, die auszugraben, damit das Meer reinfließen kann. Das dauert nicht mehr lange, teilt sie ihm mit.

Der Mann streckt aufs Geratewohl die Hand aus, sucht in der Luft nach dem Aschenbecher. Er klopft auf seine Zigarette, und eine Aschesäule rieselt zu Boden.

I'll take you home again, Kathleen, singt er. Dann sagt er, weißt du, Kathleen, Kate, dass ich nicht mal nachts, wenn es ruhig ist, ganz ruhig, Schlaf finde?

Kate guckt betrübt, aber der Mann sieht es nicht.

Weißt du, dass ich, wenn ich esse, nichts mehr schmecke? Und wenn ich nachts die Augen zumache und schlafen will, fangen in meinen Ohren Telefone zu schrillen an, und es ist ein Lärm wie von einer ganzen Stadt voller Autos, die alle gleichzeitig hupen.

Kate schielt an den Wänden des hohen verräucherten Zimmers hinauf. Da ist es bestimmt gut, dass du die vielen Bücher hast, sagt sie.

Der Mann starrt sie an. Bricht in Gelächter aus.

Wahrscheinlich hat er hier auch das Buch über die Berge. Wahrscheinlich hat ihr Großvater unter seinen vielen Büchern welche, die einem von den anderen großen Weltwundern erzählen, die in das Buch, das Kate gelesen hat, nicht mehr reingepasst haben.

Hast du das Buch mit den Bildern über die hundertundein großen Weltwunder?, fragt Kate.

Nein, sagt der Mann, der immer noch lacht. Ich glaube nicht, dass ich das habe. Aber sag mal, Kate, große Schottin und hundertzweites Weltwunder, hast du Hunger? Möchtest du was frühstücken, Toast und Marmelade, wäre das was? Gut, dann mach ich das jetzt für uns zwei, was meinst du?

Ja, bitte. Vielen Dank, meint Kate.

Als er weg ist, geht sie geradewegs zu dem offenen Kamin. Das Feuer darin ist klein und warm, prasselt und kriecht in sanftem Rot, so als lägen glühende Federn darunter, durch die Holzscheite. Kate langt nach oben und tastet den Kaminaufsatz ab, bis sich ihre Hand um eine Schachtel Streichhölzer mit den rauen Seiten schließt. Küchenzündhölzer. Sie schiebt die Schachtel auf. Sie ist ganz voll, mit braun angemalten Köpfen liegen die Hölzer darin.

Kate wirft ein einzelnes Streichholz in die Flammen und beobachtet die kleine Explosion, beobachtet, wie das Wasser moussierend über das Holz kriecht, während die Flammen es verzehren und es schwarz wird und erlischt. Sie wirft noch eins rein. Dann sieht sie sich um, vergewissert sich, dass niemand guckt. Wirft die ganze Schachtel hinein.

Jeden Moment, wenn sich das Feuer durch die Schachtel gebrannt hat, werden die Hölzer darin zischend und funkelnd auflodern wie lebendig. Kate spitzt die Ohren, ob jemand kommt, und hockt sich, die Hände auf den Knien, vor das Feuer, hält gespannt den Atem an und wartet auf die besondere Farbe dessen, was sie eben getan hat, auf das Licht, das gleich aufblitzt.

Sagen wir, du hättest ein Kind genommen. Sagen wir, du hättest einfach ein Kind genommen.

Na los. Sag es.

Amy ist mit Kate bis an den Kraterrand gegangen. Sie sehen sich an, wie im Innern des Vulkans Rauch aufsteigt. Den ganzen Weg über den rotbraunen Schotterweg, der, um den Vulkan herumführend, für die Touristen angelegt worden ist, hat die Wolke sie umwabert, so dass sie nichts sehen konnten, nicht einmal gesehen haben, dass sie in einem Bogen gegangen sind, sondern nur den Pfad, Gewölk unter ihnen und Gewölk über ihnen, bis sich der wunde Kratermund vor ihnen auftat und es nicht mehr weiterging.

Jetzt ist die Sonne durchgekommen, brennt die Wolke weg. Sie schwebt, löst sich auf, treibt dahin wie Rauch. Die Luft ist tot und rein, angenehm schweflig. Eine einsame Wespe schaukelt zwischen dem Gestrüpp und ein paar Brocken Moos auf dem Rand hin und her; davon abgesehen ist es fast still, man hört nichts als das feine Brummen dieser Wespe, das Dröhnen eines weit entfernten Flugzeugs und die leisen Wortwechsel und Kameraklicks der beiden Männer weiter hinten auf dem Pfad.

Es ist fast niemand hier, bloß Amy und Kate und die beiden jungen Männer, die Arm in Arm dastehen und sichtlich grollen, weil sie auf diesem bestimmten Gipfel der Welt nicht allein sind.

Ist spät für Touristen, hat der Taxifahrer gesagt, der sie vom Bahnhof in Ercolano so weit den Berg hinaufgefahren hat, wie es ging. Sie wollen auf den Gipfel steigen. Ist das was Neues? Es gibt nichts Neues auf der Welt, sagte er auf Italienisch zu den Leuten, denen das Restaurant am Parkplatz gehört; sie saßen draußen an einem der Bartische, und er hielt an, um ein paar Worte mit ihnen zu wechseln. Gute Preis. Gute Preis, wiederholte er und streckte, nachdem Amy ihm die vereinbarte Summe gegeben hatte, noch einmal die Hand aus. Ich warte, sagte er. Sie haben fünfundvierzig Minuten.

Amy ermahnt Kate: Wenn sie noch einmal unter der Absperrung durchgeht, gibt es Ärger. Dann reckt Amy den Kopf über das Seil, damit sie auch etwas sehen kann. Unten im Krater wachsen Bäume aus den verschiedenen Gesteinsschichten. Sie sehen winzig aus; man kann nicht sagen, wie groß oder klein sie sind. Die Größenverhältnisse sind schwer zu schätzen, obwohl er da ist, sie ihn klar und deutlich vor Augen haben: den Vesuv. Amy geht in die Hocke, lässt sich etwas von dem roten Geröll, dem bröseligen Niederschlag großer Hitze zu ihren Füßen, durch die Finger rinnen. Scharfkantiger Staub. Der Vesuv. Sie siebt das Wort in ihrem Kopf; das Wort und das Ding, für das es steht, das schartige Dunkel zwischen Wort und Welt; nichts als eine Seilbrücke, die an Knoten eine Schlucht überspannt und von der lose Bretter herunterfallen, sobald man sich mit dem ganzen Gewicht daraufstellt. Ein Weg um einen Abgrund, mehr ist nicht da.

Von unten, fast von der ganzen Küste sieht es aus, als sei der Vesuv überall, egal, wohin man blickt. Er beherrscht die Stadt, in der sie übernachten; blauschwarz, nicht bedrohlich, als erhebe er sich aus dem Meer, schnappt er mitten in der Aussicht, die sie von ihrem Hotelzimmer haben, nach Wolken. Die Zeichnungen an den Wänden ihres Zimmers zeigen auch alle den Vesuv. Wenn man sich dem echten Berg nähert, sieht man, wie grün er ist. Grün kriecht ringsum an seinen Seiten hinauf, so weit es kann, fast bis zum Gipfel. Den Vesuv, über den Wolkenschatten hinwegziehen, haben sie immer vor oder hinter sich in den Fenstern, als der Zug in Schleifen auf ihn zu- und wieder von ihm wegfährt. Und jetzt sind wir hier, gleich kehren wir um und steigen wieder hinunter, und das war's dann, denkt Amy, das wird es dann gewesen sein: der Vesuv, erledigt.

Ihr Wohnwagen zu Hause mit den Eisenstufen und der Fußmatte innen hinter der Tür ist abgesperrt und leer hinter den zugezogenen Gardinen. Vielleicht regnet es ja, ist windig und kalt, und Regen trommelt aufs Dach, malt Muster auf das Dachfenster. Sie erhebt sich. Die Wolke hat sich komplett verzogen. Unten sieht sie das Miniaturnetzwerk kleiner Städte und Straßen, die nach Neapel führen und sich regellos neben einem Meer ausbreiten, dessen Oberfläche reines Licht ist wie eine Platte aus kostbarem Metall. Ein Grüppchen schon älterer Touristen kommt an, verschwitzt und außer Atem nach dem Aufstieg. Ihr Führer erläutert ihnen auf Französisch, dass sie hier einen Schauplatz der Geschichte besuchen. Amy sieht sich nach Kate um, die verschwunden ist.

Kate steht direkt vor dem Kraterrand, hinter dem Sicherheitsseil. Sie hat das Kinn auf die Hand gestützt, die andere Hand hält einen Stein hoch ins Licht.

Kate, sagt Amy. Komm sofort weg von dem Krater. Ich sage es dir nicht noch einmal.

Was für eine Sprache sprechen die Leute?, fragt Kate.

Französisch. Weg von dem Krater, sagt Amy.

Weißt du, was wir sind? Und die Männer eben? Und diese Franzosen alle?, sagt Kate.

Kate, sagt Amy noch einmal und packt jahrelang praktizierte letzte Warnung in die eine Silbe.

Wir sind lauter Lavalümmel, sagt Kate.

Amy kann nicht anders, sie lacht laut heraus. Kate sieht zufrieden aus. Sie kriecht unter dem Seil durch über die bröselige Erde auf die sichere Seite.

Sie sind hier, um sich den echten Vesuv anzusehen, nicht bloß den in dem Buch. Der echte Vesuv ist ein bisschen langweilig. Es ist, als besuche man einen Steinbruch, nur dass niemand darin gräbt. Außer alter harter Lava ist hier nichts, und obwohl aus dem Vulkaninnern immer noch Rauch aufsteigt, ist es nicht gerade viel Rauch. Die Mitte, wo eigentlich die Lava herauskommen müsste, ist ganz von Steinen verschüttet. Der Vulkan ruht jetzt. Das bedeutet, er schläft. Siebenschläfer. Anscheinend ist der Vulkan bei seinem letzten Ausbruch zerbrochen und in sich zusammengefallen, und die Steine liegen inzwischen schon so lange drin, dass auf manchen sogar Gras und Moos wächst. Man kann nicht hinuntersteigen, es ist zu tief, obwohl es nicht so aussieht. Man könnte den Berg am Kraterrand umrunden. Es gibt einen Weg. Aber Amy lässt einen nicht, denn ihr müsst gleich gehen, damit das Taxi nicht ohne euch in die Stadt zurückfährt.

Kate setzt sich hin. Sie hat lauter Steinchen in den Schuhen, kleine Lavabröckchen, staubig und rot. Die Steine riechen nach Erde. Genau genommen riecht es überall feucht. Amy hat Kate erklärt, wie Vulkane ausbrechen: Es gibt Platten in der Erde, die aneinander reiben und stoßen, und darunter baut sich Druck auf, bis es zu einer Explosion kommt, bei der Lava, also geschmolzener Stein, aus dem Innern der Erde in die Luft geschleudert wird und an den Berghängen hinabfließt. Bei so einem Ausbruch hat dieser Vulkan einmal zwei ganze Städte voller

Menschen unter sich begraben, die alle umgekommen sind, wie die Frau aus Schottland es ihnen im Bus erzählt hat. Aber heute ist es, als ob hier nie was passiert wäre, und der Vesuv ist bloß ein großer feuchter Berg mit einem Loch an der Spitze. Das könnte überall sein. Das hier ist Italien. Aber es könnte Schottland sein, wenn es in Schottland heiß wäre und im November sonnig.

Am Kraterrand sammelt Kate Steine in den verschiedenen Farben. Die roten sind löchrig und wiegen nicht viel. Sie sind so ähnlich wie die Knochenreste, die die Hunde zu Hause auf dem Feld liegenlassen, oder wie das Innere von Hühnerknochen. Kate überlegt, ob ihre Knochen innen auch so aussehen. Sie betrachtet ihre Hand. Da sind Knochen drin. Man sieht sie zwar nicht, kann sie sich aber vorstellen. Bei ihren Großeltern kam in den Nachrichten im Küchenfernseher, als bloß Kate geguckt hat, etwas über ein Mädchen, das im Garten eines Hauses vergraben wurde, als es noch klein war. Es waren wohl bloß noch seine Knochen, was die Polizei in einem Sack weggebracht hat. Es war ein Skelett. Dort waren viele Skelette vergraben, aber nur ein Kind. Seit sie das gesehen hat, beunruhigt Kate der Gedanke, ob die Polizei die Knochen der verschiedenen Skelette vielleicht durcheinandergebracht hat. Was, wenn die Knochen von jemand anders in den Sack mit deinen kommen? Aber das hier sind keine Knochen, sondern bloß Steine. Es gibt eine Sorte graue, eine Sorte, die ist rosa, eine Sorte rote und eine Sorte weiße. Die weißen sind wie Beton. Der Vesuv. Das Gute ist, wenn sie das nächste Mal das Bild vom Vesuv in dem Buch sieht, weiß sie, dass sie oben war. Wenn eins der Flugzeuge jetzt ein Foto machen würde, zum Beispiel für ein Buch, wäre sie mit drauf: auf dem Foto *und* in dem Buch.

Auf dem Rückweg über den steilen Pfad hat sie bloß Amy zum Festhalten. Man könnte wirklich leicht den Hang runterfallen, man könnte bis runter purzeln. Amy will Kate nicht auf der Seite gehen lassen, an der man runterfallen kann. Sie singen das Lied über den Bären, der über den Berg geht und einen anderen Berg sieht und den hochsteigt und wieder einen anderen Beg sieht. Als sie da ankommen, wo die Bäume und die Pflanzen anfangen, sind da überall Schmetterlinge.

Das Hotel, in dem sie übernachten, ist in eine Klippe gehauen, unten in der Stadt, wo das Hafenbecken ist und von wo aus Tragflügelboote zu Inseln fahren, die aussehen wie ins Meer geplumpste Felsen. Amy sagt, mit dem Tragflügelboot können sie später in der Woche fahren. Direkt neben dem Hotel steht eine Kirche auf der Klippe, als sei sie ein Teil desselben Gebäudes. Vor der Kirche steht eine Marienstatue, und Marienstatuen gibt es auch in den Geschäften weiter oben in der Stadt zu kaufen; wenn man die in die Steckdose steckt, leuchtet ihr Heiligenschein. Kate hat zum ersten Mal in einem Hotel übernachtet, in dem sie nicht sowieso wohnt. Zum Abendbrot gibt es immer zu viel zu essen: Erst kriegt man Suppe, dann Spaghetti, und dann kommt sogar noch ein Teller mit Essen, man braucht nicht mal danach zu fragen, die bringen es einfach, und zuletzt kriegt man noch Obst oder Eis. Der Kellner ist nett. Der Besitzer des Hotels ist nett, er möchte immer, dass Amy in seinem Restaurant auch zu Mittag isst wegen des Fischs, aber Amy sagt, Mittagessen muss man extra bezahlen. Es gibt keinen Strand, bloß Steine, die zu steil sind, um darauf zu sitzen, und zu groß, um darüber zu laufen. Am Hafen leben drei Hunde. Die gehören anscheinend niemandem. Sie riechen nach Fisch. Kates Hand hat auch danach gerochen, nachdem sie einen getätschelt hat, deswegen redet sie jetzt bloß mit ihnen und tätschelt sie nicht. Ein Hund ist neben ihr und Amy hergelaufen, als sie die Treppe über die Klippe zu den Geschäften und in die Stadt hochgegangen sind.

Die eine Frau ist aus einem Geschäft herausgekommen und hat gesagt, das ist Vena, die ist ein sehr netter Hund. Ein anderer Hund, der kleine braune, hat ein bestimmtes Spiel, das er immer auf der Straße spielt. Er sitzt auf der Treppe und passt auf, wenn Autos kommen, und dann sucht er sich eins zum Verfolgen aus. Neben dem rennt er dann her, bellt und beißt in die Räder.

Man kann die Treppe hinaufsteigen in die Stadt und zu den Geschäften, oder man kann die Straße raufgehen. Die Straße rauf ist ein bisschen gefährlich, vor allem im Dunkeln. Da kommen die Autos ziemlich schnell runter. Die Treppe riecht nach Toiletten. Die Leute hier hängen ihre Wäsche einfach zum Fenster raus. Sie haben keine Gärten, und ihre Fenster haben Fensterläden. Amy sagt, im Ausland, so wie hier, ist so viel Sonne, dass die Leute sie draußenhalten müssen. In der Toilette am Flughafen waren rote Ameisen auf dem Boden und haben eine Erdnuss geknackt. Sie sind alle darüber weggekrabbelt. Kate hat gesehen, wie sie Stücke der Nuss zwischen den Füßen getragen haben und unter der Tür durch sind. Gatwick war ganz anders als der italienische Flughafen. Kate ist zum ersten Mal auf einem Flughafen gewesen. Da gab es ein Geschäft mit Comics, ein Geschäft mit Starsymbolen und Imbissstände, die hatten alles: Spaghetti oder Sandwiches oder Kentucky Fried Chicken. Es war wie ein Einkaufszentrum, von dem aus man in die ganze Welt fliegen kann. Da gab's auch einen Laden, in dem man Virtuelle Realität kriegte.

In der Stadt oben an der Treppe gibt es Postkarten von früher, als der Vesuv ausgebrochen ist. Meistens sind die in Schwarzweiß, einige aber auch in Bunt. Der Rauch auf den bunten Postkarten ist in leuchtenden Farben wie Orange und Pink, man sieht richtig, wie die glühende Lava den Berg runterfließt. Amy sagt, die Farbe wurde erst nachträglich hinzugefügt. Bei den

Schwarzweißen gibt es welche von bevor der Berg innen eingestürzt ist. *Napoli Vesuvio in eruzione 1944*. Das ist Italienisch. Die Wörter sind ähnlich, aber nicht alle. Ausbruch des Vesuv in Neapel 1944. Auf der Postkarte sieht man die Tragfläche des altmodischen Flugzeugs, aus dem der Fotograf seine Aufnahme gemacht hat, und man sieht, dass das Innere des Vulkans wie ein zweiter kleinerer Vulkan ist – das ist der, der ausbricht. Die Karte wird sie Roddy schicken und die farbige ihrem Großvater und ihrer Großmutter in England. Sie hat auch eine gekauft, die sie Angela schicken will, ein Cartoon, wie sie dachte. Aber als sie sich in ein Café gesetzt haben, um etwas zu trinken, und die Karten aus der Papiertüte genommen haben, war es eine Zeichnung eines Mannes mit einem riesig großen hochstehenden Pimmel und mit Hörnern neben einer Frau, der etwas aus dem Kopf kommt, was wie ein Pilz oder eine Wolke aussieht, in Wirklichkeit aber Blätter sein sollen. Amy hat die Rückseite gelesen. Es ist gut, dass Amy jetzt lesen kann, sie kann sogar Sachen lesen, die in der italienischen Sprache geschrieben sind. Das auf dem Bild, sagt sie, ist der Gott Pan, der vergeblich versucht, eine Frau zu vergewaltigen, die sich in einen Baum verwandelt hat. Auf dem Bild hält der Gott sich seinen Bart und guckt zu. Seine Beine sind dicht behaart. Die Beine der Frau verwandeln sich in einen Baumstamm. Amy sagt, das ist aus einem Mythos. Ein Mythos ist wie eine Legende. Es gibt ein Buch, das heißt *Mythen und Legenden des antiken Griechenland*, und in der Soap über die Australier gibt es jemanden, der vergewaltigt worden ist. Das Bild des Gottes besteht aus winzig kleinen Steinchen oder Kacheln, das nennt man Mosaik. Amy sagt, Angelas Mutter wird die Karte nicht gefallen, darum kann Kate Angela die nicht schicken. Amy fällt niemand ein, dem Kate sie schicken könnte. Sie sagt, Kate sollte gar keine Karten schreiben, wenn sie doch angeblich

Mumps hat. Sie kauft Kate einen Kaffee, der fast ganz aus Milch gemacht wird und aussieht, als würde er richtig gut schmecken. Er schmeckt auch besser als normaler Kaffee, aber trotzdem noch ein bisschen grässlich. Ich hab's dir vorher gesagt, das wird dir nicht schmecken, sagt Amy, sie sagt, Kaffee wird Kate erst schmecken, wenn sie älter ist, aber das glaubt Kate nicht. Amy kauft ihr statt dessen einen Milchshake. Zu essen brauchen sie nichts, weil sie im Hotel schon so viel umsonst bekommen.

Amy erstickt die Wörter, füllt den Raum, den sie in ihrem Kopf eingenommen haben, mit anderen Dingen. Italienischer Staub. Italienischer Rost. Kaffee mit dampfendem Schaum, an den Ständern im Hintergrund Postkarten, von deren Vulkankratern Rauch aufsteigt. Es ist heiß, aber der Winter ist im Anmarsch; das Laub an den Bäumen ist alt und hinüber, so gut wie tot, fällt jeden Augenblick ab.

Sie sieht den Passanten zu. Die Italiener sind hübsch. Fast alle Männer sind hübsch. Die Busfahrer, die Männer vor den Geschäften oder Verkaufsbuden, die Männer, die neben der Straße am Krankenhaus oder in Pompeji Gräben ausheben, die Männer, die in Herculaneum die hoch aufragende Mauer aus purem Schlamm ausgraben. Rundliche kleine Männer mit dunklem, lockigem, ihnen bis in die Augen fallendem Haar, die sich bemühen, ihren Blick einzufangen, jungenhaft und höflich, wenn sie sehen, dass sie ein Kind bei sich hat, aber keinen Mann; die Männer lächeln, sind umgänglich wie die Hunde, auf die sie und Kate in der Stadt immer wieder stoßen. Keine gemeinsame Sprache ist überzeugender als die freundlich bekundete Bereitschaft, jemandem Gesellschaft zu leisten. Amy lächelt höflich, genießt die Sonne, hält den Blick gesenkt und distanziert. Der Mann, der am Abend ihrer Ankunft den Bus zum Hotel fuhr, wirkte zu schmächtig für das große Lenkrad; klein und muskulös-kompakt, hatte er zuvor mit den anderen Fahrern zusammen vor dem Bus geraucht, sich, eine Hand in die Seite gestemmt, an die Tür gelehnt. Man stelle sich vor. Amy führt das Glas mit Kates Kaffee zum Mund. Italienischer Kaffee. Ob Italiener bei ihrer Ankunft in England die Engländer auch attraktiv finden, einfach deshalb, weil sie neu und fremd sind, weil sie anders sind?

Zwei Mädchen im Teenageralter fahren auf einem Moped vorbei, die eine stützt das Kinn auf die Schulter der anderen und hat die Arme locker um die Taille der Freundin geschlungen. Die Mädchen und Frauen sind auch wunderschön. Als sie gestern an der Hafenmauer saßen, hat Amy die Leute beobachtet, die Leute von den Booten abgeholt haben. Ein Mann kam den Kai entlang. Eine junge Frau, schmal, dunkelhaarig, hübsch, war ihn mit einer kleinen Vespa abholen gekommen, und als er daraufsaß und beide wegfuhren, wirkten die Frau und das Mofa zwergenhaft gegen ihn; sie drückte die Wange gegen seinen Lederrücken. Am Café hat sich ein Mädchen gerade mit seiner Freundin getroffen; die Freundin rutscht wortlos auf den Rücksitz ihrer Honda. Sie brausen vorbei; Mund an Ohr, blicken beide nach vorn.

An ihrem ersten Abend fielen die Scheinwerfer des Busses im Straßentunnel einmal auf eine Inschrift in großen weißen Buchstaben: LAURA AMORE MIO OSCAR. Das konnte sie lesen. Sie stellt fest, dass sie jetzt fast alles lesen kann, worauf ihr Blick fällt. Im Bus fuhr eine Fremdenführerin aus Glasgow mit, Kate war begeistert. Sie fragte die Frau, von wo in Schottland sie ist, und erzählte ihr, von wo sie sind. Die Fremdenführerin saß vorn im Bus und erzählte ihnen über Lautsprecher, dass der Vesuv bei seinem Ausbruch an dem berühmten Tag im August 79 v. Chr. von viertausend Metern auf etwa eintausenddreihundert Meter geschrumpft und in zwei Teile zerbrochen ist. Durch die Teilung des Vesuv sind zwei Berge entstanden, erklärte sie ihnen, und zwar mit einer Kraft, die ungefähr dreimal so groß war wie die der über Hiroshima abgeworfenen Atombombe. Zwei verschüttete Städte sind bis heute nicht freigelegt worden, und es könnte sogar Ortschaften geben, von denen noch niemand etwas weiß. Die berühmten Städte jedoch sind Herculaneum, das vollkommen mit Schlamm zugedeckt, und Pompeji, das unter Asche und glühender Lava begraben wurde.

Asche, sagte die Fremdenführerin noch einmal. Vulkanerde ist fruchtbar, sagte sie dann, wegen des Kaliums. Die Region hier, Kampanien genannt, wie Sie vermutlich wissen, ist berühmt für ihre Früchte und ihre Blumen, die sie dem Vulkan verdankt. Es gibt einen Beobachtungsposten, sagte sie, in dem die Wissenschaftler einen Ausbruch eine Woche im Voraus erkennen können und wo immer detaillierte Evakuierungspläne bereitgehalten werden.

Und es ist die Küste, an der die größte Verführung überhaupt stattgefunden hat - richtig, Ulysses, auch unter dem Namen Odysseus bekannt, der von den Sirenen verführt wurde, die, wie Sie vermutlich wissen, mit ihrem wunderschönen Gesang Männer dazu verleiteten, mit dem Schiff von ihrem Kurs abzuweichen, wobei sie zu Tode kamen. Nehmen Sie deshalb, wenn Sie in der Woche, die Sie hier verbringen, mit Ihrem Boot einmal die Amalfi-Küste entlangfahren, unbedingt einen Freund mit, der Sie am Mast festbinden kann!

Der Bus war voller alter Leute auf Winterurlaub; sie lachten alle. In Wirklichkeit, sprach die Fremdenführerin in das hallende Mikrofon, soll es sich bei dem weltberühmten Lied der Sirenen eigentlich um das Geräusch handeln, das Ziegenhirten machten, wenn sie ihr Vieh abends von den Klippen zurückriefen. So wurde es überliefert. Lassen Sie sich also nicht verwirren, wenn Sie schöne Lieder hören, denn die sind nicht für Sie gedacht, sondern wahrscheinlich eher für die Ziegen.

Das Hotel, das man ihnen zugewiesen hat, ist wie die meisten Hotels; alle sind sehr freundlich, solange es nicht um Geld geht. Die Großmutter, die mit ihrem Lottoschein in der Hand vor dem Fernseher sitzt; die Ehefrau, grau und müde geworden vom jahrelangen Nettsein zu Leuten, die sie nicht kennt und die ihr auch egal sind; der Besitzer mit dem umfänglichen Bauch und dem großen Schnurrbart, der stumm darauf beharrt, dass man tut, was er vorschlägt. Am ersten Abend haben Amy und Kate beim Essen den Tisch mit einem Paar mittleren Alters geteilt. Die Frau hatte ein altes Gesicht und Kinderhaar; sie hat sich und ihren Mann vorgestellt. Ich bin Thelma, und das ist Clifford. Sie fand Kate ganz bezaubernd. Hielt Kate für ein sehr hübsches Kind. Mit dem Aussehen, fand sie, könnte Kate wahrscheinlich im Showbusiness Karriere machen. Thelma hatte gesungen und getanzt, als sie in dem Alter war, und war in allen Theatern und Konzertsälen in Nordengland aufgetreten. Sie sind eine ganz Stille, Sie reden nicht viel, was?, sagte Thelma, sich zu ihr beugend, zu Amy. Als Amy etwas erwiderte und sie ihren Akzent hörte, wurde Thelmas Gesicht hart, ihr Ton wurde bestimmt und ehrerbietig, und sie sagte mehrmals, ihre Tochter, mittlerweile erwachsen, wohlgemerkt, habe auch einen Abschluss, einen Universitätsabschluss, von einer guten Universität, nicht von einer dieser neuen, in Theater und Philosophie. Ihre Tochter sei ihr Stolz, ihr ganzer Stolz, wolle das anscheinend aber nicht weitermachen, obwohl sie mit berühmten Schauspielern zusammen aufgetreten sei, darunter diesem einen ganz berühmten, der so sehr gut aussieht, Thelma fällt der Name jetzt nicht ein, er ist immer in der BBC in Serien zu sehen, er hat dieses lange Kinn, Sie wüssten gleich, wen ich meine, wenn Sie ihn sehen, und als Thelma sich im Theater die Kostümprobe angesehen hat, ist dieser Schauspieler zu ihr in die Reihe gekommen und hat gesagt, ihre Tochter sei eine der besten Ophelias gewesen, mit denen er je gespielt hat. Aber sie will das trotzdem nicht weitermachen. Im Moment tut sie gar nichts, bleibt nur den ganzen Vormittag im Bett. Thelma schüttelte den Kopf. Ihr Pony vollzog die Bewegung leicht verzögert nach. Sie begreift das einfach nicht, sagte sie. Sie erzählte Amy und Kate, sie und Clifford seien von Accrington auf die Isle of Man gezogen, aber jetzt habe Thelma dauernd ein Summen im Ohr – nicht hier, nicht in Italien und auch nicht in England, aber *dort*. Außerdem hat man dort keinen guten Fernseh- und Radioempfang. Und es ist komisch, dauernd verliert man etwas und muss sich eben damit abfinden, und ob ihr's glaubt oder nicht, Mädchen – sagte Clifford jetzt, das einzige Mal, dass er den Mund aufmachte, er, ein großer, kräftiger Mann, attraktiv und barsch und ungestüm mit seinem vielen Gold, dem Armband, das hin und her rutschte, als er den Zeigefinger erhob, und der dicken Goldkette, die unter dem offenen Kragen seines Seidenhemds schaukelte und sich mit dem Verschluss in seinen Brusthaaren verfing –, es stimmt, sagte er. Wenn du über die Brücke gehst, ohne den blöden Feen hallo zu sagen, ist der Tag, kein Witz, garantiert versaut.

Kate interessierte Thelmas summendes Ohr mehr. Dein Vater hat dieses Ding mit den Ohren, sagte sie später in ihrem Zimmer zu Amy. Dein Vater, ich meine mein Großvater.

Amy wusste bis jetzt noch gar nicht, dass Kate ihren Vater gesehen hatte.

Wo?, sagte sie. Wann? Was hat er zu dir gesagt?

Er ist nett, sagte Kate. Aber ganz schön alt. Er hat das Sternzeichen Stier. Wir haben uns in seinem Zimmer Toast gemacht.

Vor ihrem geistigen Auge sieht Amy das Zimmer ihres Vaters.

Sie steht auf der Wendeltreppe, unten liest ihr Vater ein Buch. Sie weiß, dass sie ihn nichts fragen soll, während er liest. Mit einem Finger kippt sie ein Buch aus dem Regal, auf sich zu. Es ist Sommer, und sie liest sich eins nach dem anderen durch die Bücher ihres Vaters. Sie kommt gut voran, ist schon fast zu einem Viertel um das Zimmer rum. Sie freut sich schon darauf, wenn sie ihm sagen kann: Ich bin beim Buchstaben J angekommen. Eines Tages wird sie ein Buch schreiben, und ihr Vater wird es lesen müssen.

Kate tritt jetzt gegen den Stuhl; sie hat ihren Milchshake ausgetrunken, sie langweilt sich. Ein Schmetterling, dessen Flügel die Farbe von fleckigem Pergament haben, fliegt trunken über den Platz des Cafés im Freien. Amy sieht ihm nach, bis er zwischen den Menschen und dem Verkehr unkenntlich wird.

Ich könnte mit Kate ins Museum gehen, denkt sie. In dem großen Garten dort stehen Obstbäume. Wir könnten ein paar Orangen pflücken, wenn niemand aufpasst.

Oder sie könnten, wenn die Zeit es hergibt, am Nachmittag noch einmal nach Pompeji fahren. Man stelle sich vor. Von dir bleibt nichts als die leere Hülle, wo du warst, ist bloß noch Luft. Deine zufällige letzte Bewegung, das ist die Gestalt, in der du endest. Als man flüssigen Gips in die Hohlräume spritzte, die die Archäologen immer wieder in der Lava fanden, bildete der ausgehärtete Gips Türknaufe, Türen, Möbel, hölzernen Zierrat und Menschen ab. Das Holz und die Menschenleiber hatten sich zersetzt, geblieben waren nur ihre Umrisse, Lufträume. In den Kammern rings um die Gladiatorenkaserne wurden achtzehn Leichname gefunden, siebzehn davon große, kräftige Männer, und eine nicht mehr junge Frau, mit Schmuck behängt. Siebzehn Gladiatoren konnten sie nicht retten.

Amy fragt Kate, was sie lieber machen möchte. Fragt den

Kellner nach der Uhrzeit. Der Kellner zeigt gen Himmel. Es wird regnen, sagt er.

Sie zuckt mit den Achseln und lächelt, legt das Geld auf die Untertasse. Die Kellner hinterm Tresen blicken zum Himmel, sehen der Frau und dem Mädchen nach, die die Straße zum Bahnhof überqueren, schütteln den Kopf über all die leeren Stühle des Cafés. Ein Sturm ist im Anzug. Sieht doch jeder.

Obwohl das Hauptmuseum in Pompeji, in dem die meisten Gipsabdrücke ausgestellt werden, wegen Renovierungsarbeiten geschlossen ist, hat man für die Touristen andere Gipsabdrücke strategisch über die Anlage verteilt. Auf dem Getreidemarkt liegt ein kleiner Mann wie eine Steinfigur auf einem Grabmal, nur dass seine Toga ihm, als es ihn niederriss, auf die Hüfte gerutscht ist. Das Haar ist ihm aus der Stirn gefallen. Er sieht aus, als schliefe er. Hinter ihm, zwischen dem Geröll der Fundstücke, sitzt ein anderer Mann mit angezogenen Knien und in die Hände gestütztem Kopf, als hätte er eine kurze Pause eingelegt und sich bequem auf den Boden gesetzt, um über etwas nachzudenken. So zwischen den Amphoren und Tonkrügen und Teilen einer zerbrochenen Statue sitzend, ist der Mann ebenfalls zu einer Statue geworden.

Man erwartet, dass es hier traurig ist, denkt Amy, aber das ist es nicht. Wenn etwas traurig daran ist, dann sind es die Hände, die, über Köpfe erhoben oder auf Bäuchen ruhend, in den Boden gekrallt oder vor Gesichter geschlagen, vergeblich versuchen, giftige Gase abzuwehren. Die öffentlichen Bäder sind wunderschön, die Wände verziert mit kunstvollen Sternen, in Stein gemeißelten feingliedrigen Männern und Pferden mit kräftigen Hinterbeinen; Licht fällt durch sinnreich placierte Oberlichte ein und vergoldet den Raum. In eingestaubten Glasvitrinen liegen zwei Tote. Einer hat seine Hand an die Stelle gehoben, wo der

Gips umschließt, was seine Genitalien waren. Das Gesicht des Mannes ist schmerzverzerrt. Er sieht aus, als lächle er.

Amy sitzt neben Säulenstümpfen auf einer Mauer und sieht Kate zu, die im Gras spielt, wo einmal der Hauptraum eines schönen Stadthauses mit gelb und rot getünchten Wänden war. Eigentlich ein heiterer Ort, an dem freundliche Menschen lebten, die ihre Häuser farbenfroh ausgestalteten und ihren Alltag mit Bildern von Delphinen und Ebern, von Bären, geflügelten Fabelwesen und geflügelten Menschen schmückten; ein Ort, an dem sie Abbilder ihrer glücklichen Familien direkt an die Wände ihrer Häuser malten; schöne Frauen, schöne Kinder, schöne Männer, die nach Jahrhunderten der Dunkelheit jetzt wieder alle das Licht erblicken; ruhig sehen ihre alten Augen den Arbeitern zu, die ihre Häuser wieder zusammensetzen. Eine lebendige, kultivierte Stadt, die schönen Dinge der Zivilisation, mit wohlhabenden Menschen, die ihre Götter ehrten, die Mosaiken grimmiger Hunde an ihren Haustüren anbringen ließen, um Diebe abzuschrecken, die das Böse zu bannen suchten mit Bildnissen von Männern, deren Phalli so lang sind, dass sie damit, ob erigiert oder nicht, nicht hätten gehen können, sie wären umgefallen. Das hat auch etwas Optimistisches, denkt sie.

Die Tempel hier sind jetzt wirklich heidnisch, mit Bäumen, Büschen und Blumen bewachsen, die Altäre von Gras überwuchert. Kate spielt im Haus des Fauns unter einer Palme. Sie hebt einen auf der Erde liegenden riesigen Wedel hoch, der doppelt so groß ist wie sie und von den an der Spitze des Baums sprießenden frischen Wedeln abgestoßen wurde. Sie schwenkt das große trockene Blatt in der Luft wie einen riesigen Fächer.

Das Haus der Keuschen Liebenden ist geschlossen. Genauso wie das Bordell und das Haus der Venus. Im Amphitheater, wo zwischen den steinernen Sitzreihen für das Publikum Butterblumen und Kräuter wachsen, lässt ein Mann, deutlich jünger als Amy, seinen Rucksack neben ihr zu Boden fallen und setzt sich zu ihr. Das ist ein sehr schöner Ort, sagt er auf Deutsch zu ihr. Vielleicht könnten wir ihn zusammen genießen? Vielleicht möchtest du mit mir in mein Hotel kommen? Es ist nicht weit. Magst du mich nicht? Bin ich nicht dein Typ? Welcher Typ Mann gefällt dir? Woher kommst du? Warum sprichst du nicht mit mir? Kannst du kein Deutsch? Ich bin deshalb kein schlechter Mensch, weißt du. Ich habe diese schrecklichen Dinge nicht getan. Es ist nicht meine Geschichte. Warum soll ich mich schuldig fühlen für Dinge, die ich nicht getan habe? Du bist sehr nett. In meinem Hotelzimmer hab ich Kondome. Ich bin gesund. Wir müssen nicht vögeln, wir könnten uns bloß unterhalten. Urlaub haben ist schön, aber es ist auch ein bisschen einsam. Wir brauchen im Urlaub nicht allein zu sein. Du hast wunderschönes Haar.

Zum Glück beginnt es zu regnen. Amy tut so, als habe sie nichts verstanden, und als der junge Mann die Hand ausstreckt und ihr Haar berühren will, lächelt sie verständnislos, steht auf und streckt die Hand aus zum Zeichen, dass es regnet, winkt zum Abschied.

Kate hat einen streunenden Hund aufgelesen, und eine Weile stellen sie sich mit dem Hund in einer Arkade am Eingang unter. Der Regen wird stärker. Donner zieht über den Himmel, der Regen trommelt auf die Straßen, schießt durch die Furchen, die vor Tausenden von Jahren verschwundene Karren mit ihren Rädern in den Stein gegraben haben. Arbeiter rufen Amy und Kate zu, sie sollen herüberkommen und sich in einem der Häuser unterstellen, aber Amy winkt lächelnd und geht weiter. Kate hat sich ihr T-Shirt über den Kopf gezogen, guckt durch den Halsausschnitt. Der Hund, mit dem sie sich angefreundet hat, trottet ihr patschnass und knochig im Regen hinterher, der Regen tropft ihm von der Schwanzspitze. Als sie an eine nichtssagende Kreuzung kommen, bleibt der Hund stehen und wedelt mit dem Schwanz, will nicht weitergehen.

Es wird jetzt dunkel. Sie kommen abermals am Forum vorbei, dessen Boden schwarz ist vom Regen. Blindlings gehen sie eine Straße entlang, von etwas gesäumt, was wie Grabmale aussieht. Am unteren Ende sehen sie ein erleuchtetes Fenster, ein warmes Büro, leer, und dorthin flüchten sie vor dem Regen und stellen sich neben ein Heizgerät, doch dann kommt ein Mann herein und bedeutet ihnen freundlich, wieder in den Regen hinauszugehen, zeigt auf ein anderes Haus weiter oben in der Straße. Sie treffen auf vier andere Touristen und wandern im Dunkeln an Geländern über Schlamm von einem leeren Zimmer zum nächsten. Ein Mann mit nasser Mütze tritt hinter Amy, und der Regen über ihrem Kopf hört auf; der Mann hält einen großen Schirm über sie. Er hat eine Taschenlampe bei sich und sagt auf Italienisch, sie sollen ihm folgen, führt sie durch ein Gewirr von Räumen und Korridoren, steigt über eine Absperrung in ein für Touristen gesperrtes Zimmer, stellt sich mitten darin im Dunkeln auf und leuchtet mit seiner Lampe rote Wände an. Lebensgroße Gestalten erscheinen für einen Moment. Amy weiß, wo sie ist. Sie hat diese Bilder schon gesehen, kennt sie gut. Sie hat sie genau betrachtet, kennt sie auswendig. Es ist die Mysterienvilla.

Die anderen Touristen sind zurückgeblieben. Der alte Mann mit der Taschenlampe ist entzückt, dass Amy Italienisch kann; er führt sie und Kate durch das ganze restliche Gebäude. Zeigt ihnen die im Haus gefundenen Leichname. Einer ist grotesker als alles, was Amy bisher gesehen hat: sein tönerner Torso schmerzverzerrt. Die Frau nicht, sagt der Mann, die Hausherrin hat man hier nicht gefunden, man nimmt an, sie ist vor der Katastrophe weggezogen. Viele Menschen haben die Stadt vor der Katastrophe verlassen. Nur die Bediensteten sind hier zurückgeblieben, die Frau hatte vielleicht noch andere Villen wie diese.

Er sieht Amy mit vielsagendem Lächeln an, so als werde er ihnen gleich etwas zeigen, was sonst niemand zu sehen bekommt, und schließt eine Tür auf. Der kleine Raum dahinter ist so ausgemalt, dass es scheint, als befänden sich hinter der Wand noch weitere Räume. Sehen Sie?, sagt der Mann. Sehen Sie? Er führt sie wieder hinaus in den Garten und zeigt ihnen dort eine riesige Presse, für Öl oder Trauben, sagt er. Die originale ist es nicht, sagt er, aber eine getreue Kopie. So wird es gewesen sein.

Draußen vor dem Postkarten-Verkaufsstand tollt ein junger Hund mit Kate herum, hinterlässt mit seinen schmutzigen Pfoten überall auf ihren bloßen Armen Kratzer. Amy gibt dem alten Mann etwas Geld, er schaut zufrieden und schüchtern. Sie fragt ihn nach dem Weg zum Bahnhof. Einen Augenblick, sagt der Mann. Zieht unter dem Tresen der Verkaufsbude eine Plastikmappe voller Postkarten hervor und gibt sie ihr.

Amy öffnet die Mappe am Bahnhof, zieht die Karten mit ihren kalten Händen heraus. Kate, durchnässt und durchgefroren, hat sich unter Amys nasse Jacke gekuschelt, während sie auf den Zug warten; ihre Haare riechen nach feuchter Erde.

Was sind das für welche?, fragt Kate.

Es sind Fotografien der Fresken in dem roten Zimmer, die wir nicht richtig sehen konnten, weil es so dunkel war.

Was ist denn da drauf?, will Kate wissen. Sie sieht sich ein Bild nach dem anderen an, hinterlässt mit ihren nassen Fingern auf allen Abdrücke, obwohl sie, wie Amy sieht, sich Mühe gibt, vorsichtig zu sein. Ich verstehe die nicht, sagt sie. Sind die wie ein Puzzle?

Die Bilder zeigen, was vermutlich in dem Zimmer stattgefunden hat. Es war ein Raum, in den die Leute andere Leute mitgenommen haben, um ihnen etwas beizubringen, sagt Amy.

Was denn?

Die Mysterien.

Kate sieht sich die Karten noch einmal an. Die Tiere, die hier drauf sind, gefallen mir, sagt sie schließlich und gibt Amy die Karten zurück.

Amy dreht sie um. Sie wurden von einem einheimischen Maler im ersten Jahrhundert v. Chr. geschaffen, bilden einen Zyklus; ein kleiner Teil der Fresken fehlt. Eine Bildergeschichte nimmt alle Wände des Zimmers ein. Eine Frau kommt an einer Tür an, wird von einem nackten Kind empfangen, einem Knaben, der mit ernster Miene ein Ritual vorliest. Eine andere Frau trägt auf einer Platte Essen zu anderen, die gerade den Schleier vor einer verborgenen Opferung beiseiteziehen. Ein Satyr stillt einen Faun, einige andere Gestalten musizieren, und eine Frau, vielleicht dieselbe von der Tür zu Beginn, wendet sich ab, als habe sie Angst und wolle vor etwas fortlaufen, was sie vor sich sieht. Schmausende und trinkende Männer umringen eine Gestalt, die Dionysos repräsentiert, und eine demütig kniende Frau entblößt das Geschlechtsorgan eines hermaphroditischen Engels (Hermaphrodit, nach dem Kind des Hermes, des Gottes der Künste, der Redekunst, der Diebe, und der Aphrodite, der Göttin der Liebe, der seinen Körper mit dem einer Nymphe namens Salmakis verschmolz und zum zweigeschlechtlichen Wesen in einer Person, zum Zwitter wurde). Der stehende Engel geißelt ausdruckslos eine Frau, die ihren Kopf im Schoß einer anderen Frau vergraben hat; eine Nackte neben ihnen hält zwei Zimbeln hoch und tanzt einen bezaubernden Tanz, während die erste Frau angekleidet und für die Initiation vorbereitet wird; Cupidos sehen schüchtern zu und warten, halten einen Spiegel hoch, in dem sie sich sieht. Die Bildergeschichte endet mit der Hausherrin, die die Tür bewacht, gleichmütig betrachtet sie, bequem gelagert, die Szene. Sie kennt das alles schon, hat das alles schon gesehen. Zweitausend Jahre lang beobachtet sie dieses Geschehen inzwischen; zweitausend Jahre lang schon schreiten die Personen auf diesen Bildern an den Wänden des roten Zimmers in dieser Vorstadtvilla entlang, verborgen, verschüttet, wieder ausgegraben, feucht und dunkel und leer.

Amy steckt die Karten in die Plastikmappe zurück. Legt die Mappe neben sich auf den Sitz. Dann greift sie wieder danach und wirft sie in den Abfallbehälter neben dem Sitz.

Willst du die nicht?, sagt Kate.

Nein, eigentlich nicht, sagt Amy. Für heute hab ich genug von der Zivilisation. Warum? Willst du sie?

Nein. Na ja, nur die eine mit dem kleinen Hirsch, sagt Kate.

Amy sucht mit spitzen Fingern zwischen den Chipstüten und Dosen nach der Mappe, blättert sie durch, sucht die Karte mit den Faunen. Auf dem Bild ist gleichzeitig die entsetzte Frau zu sehen, deren Umhang hochfliegt, als sie, die Hand furchtsam ausgestreckt, fortlaufen will. Amy reißt die Postkarte durch, reißt den Teil mit den Faunen ab und wirft den Rest wieder in den Abfall. Sie steckt die halbe Karte in ihre Jackentasche, greift unter die Jacke und fasst nach Kates Hand.

Ein Stück der Karte klebt auf dem feuchten Zement unter der Bank. Es ist ein abgerissenes Stück des Frauenkörpers: ein Fuß. Er ist gemalt, als stecke er in einer Sandale von der Art, wie sie bis heute getragen werden. Er ähnelt einem echten Fuß sehr. Ähnelt einem echten Fuß so sehr, dass Amy schockiert ist. Sie beugt sich hinab, kratzt das Stück Karte mit dem Nagel vom Boden. Sie kennt diesen Teil der Wand ziemlich gut. Hat ihn sich in düsteren Bibliotheken genau angesehen, hat Bücher darüber gelesen und Artikel, sie hat sogar einen längeren Aufsatz darüber geschrieben und bei Vorlesungen in halbdunklen Hörsälen Lichtbilder davon gezeigt. Erst jetzt, erst als sie den Fuß so sieht, vom Körper abgerissen auf dem nassen Boden eines lauten Bahnhofs, auf dem sie sitzt, während bei ihr, durch den Donner ausgelöst, ein Kopfschmerz anhebt und ein durchnässtes, durchgefrorenes Kind unter ihrem Arm langsam wieder warm wird, geht ihr auf, mit wie viel Sorgfalt der Maler ihn einem Fuß quälend ähnlich gemacht hat.

Fische, das ist Kate. Amy ist die, die Wasser trägt. Pompeji ist eine gute Stadt. Sie ist fast zweitausend Jahre alt, also fast so viele Jahre wie n. Chr. Als erstes ging eine Schicht Lapilli, so steht es in dem Buch, auf die Stadt nieder. Danach folgte eine Schicht weißer Bimsstein, danach eine aus grauem Gestein, danach eine aus grünem, dann Sand, danach wieder Lapilli, danach Sand und Asche, und schließlich obendrauf noch mehr Asche. Das alles musste weggeschaufelt werden, bevor man wieder an die Stadt und an die Menschen herankam. Die Straßen und Wege sind bis heute mit Asche bedeckt, wie schwarzer Sand. In einem Haus war das Bild eines als Soldat gekleideten Mannes, dessen Pimmel so groß war, dass er ihn mit einer Art Waage halten musste, so als wiege er ihn. Und es gab das Bild eines Mannes mit zwei Pimmeln, in jeder Hand einen. Eine noch bessere Darstellung zeigte Herkules, der als Kleinkind zwei Schlangen erwürgt. Man hat sogar einen Teller mit Essen gefunden, das zweitausend Jahre alt war, es waren Pasta und Bohnen. Als sie das erste Mal nach Pompeji gefahren sind, hat Kate sich von Amy an einem Stand vor dem Bahnhof ein Buch kaufen lassen, und die Frau hat ihnen kostenlos ein Bild von jemandem dazugegeben, einem Heiligen.

Das Buch ist voller Bilder. Einige zeigen die mit dem Gips abgebildeten Leichname von Leuten, die weg waren, eigentlich aber die ganze Zeit da, die meisten sind aber Fotos von Bildern und Gebäuden.

In Herculaneum war es anders. Herculaneum, Hercules. Dort, nahm man an, wären alle entkommen, fand dann aber ein zerschelltes Boot und viele Skelette im Schlamm. Man fand massenhaft Schmuck und Ringe. Herculaneum war so etwas wie ein Seebad für Reiche. Der Mann hatte ihnen erzählt, Pferden mussten dort Socken übergestreift werden, damit das Klappern ihrer Füße auf dem Pflaster die Reichen nicht störte. Arme durften in die Stadt nicht hinein. Noch immer ist vieles von dem, was damals verschüttet wurde, nicht ausgegraben, weil es Lebende gibt, die ihre Häuser auf dem alten Grund errichtet haben. An einer Stelle hat man sogar richtiges Glas, fast zweitausend Jahre alt, in einem Fenster gefunden. Der Mann, der sie herumgeführt hat, ist mit ihnen auch in ein Haus gegangen, wo sie ein Bett und eine Tür anfassen durften, obwohl die Tür sich in einer Glasscheibe befand. Einmal ist eine Wespe auf Amys Brust gelandet, die hat der Mann mit den Fingern heruntergehoben, nicht mal mit einem Stück Holz oder so, und fortfliegen lassen. Das Bett, das sie gesehen haben, war sehr klein. Die Menschen waren damals kleiner als heute.

Bei einem Toten in Pompeji spießen Knochen aus der Gipshand heraus, man sieht sie. Als sie das zweite Mal hinfahren, schlüpft Kate noch mal in den Raum und guckt sich die Knochen an. Es ist, als endete die Hand in Knochen statt in Fingern. Sie ist sich nicht sicher, ob die Schädeldecke Knochen ist oder Gips. Denkt schließlich, dass es Gips ist. Guckt sich noch einmal die Hand an. Als ob der Mann Klauen hätte.

Im Amphitheater, wo die Leute Sport getrieben haben, kommt

ein Hund auf Kate zugesprungen. Er ist riesig und legt die Vorderpfoten an Kates Beine, lehnt sich mit seinem ganzen Gewicht an sie. Es ist eine Hündin, sie hat lauter Brustwarzen unten am Bauch, und ihre Füße sind ein bisschen wie Vogelfüße. Die Hunde hier sind richtig toll. Als sie das letzte Mal da waren, hat ein Hund sie zu einem Haus mit Gemälden darin geführt; er ist unter dem Seil durchgegangen und hat sie in einen Garten geführt, den Besucher eigentlich nicht betreten dürfen und in dem Bilder von Leuten aus Mythen waren. Kate hat dem Hund aus einem Wasserhahn zu trinken gegeben, er hat das Wasser mit seiner Zunge aus ihrer hohlen Hand geschleckt.

Als sie das zweite Mal dort sind, gießt es so sehr, dass sie auf den großen Trittsteinen in der Straßenmitte gehen, um nicht durchs Nasse zu patschen. Im Regen Fotos zu machen geht nicht so gut, aber Kate knipst trotzdem ein paar, bloß um zu sehen, wie sie werden. Amy hat ihr eine Kamera gekauft, eine von der Sorte, die man, wenn man alles geknipst hat, im Geschäft abgibt und bloß seine Fotos wiederkriegt, nicht die Kamera, mit der man sie gemacht hat, denn die ist wiederverwertbar, eine gute Sache. Kodak FUN Camera. Kamera, das Wort verwendet auch der andere Mann in dem ganz dunklen Raum, in den sie gehen, als er die Tür zu dem Zimmer mit dem bloß angemalten anderen Raum aufmacht. Camera heißt auf Italienisch nicht Kamera, sagt Amy, es heißt Raum oder Schlafzimmer. Es sind Fresken da drin. Fresko reimt sich auf Tesco. Die Mysterienvilla ist total langweilig, da drin ist es so dunkel, dass man nichts erkennt. Die Gipsmenschen da drin sind grässlicher als die anderen, die Kate gesehen hat.

Amy, sagt Kate, als sie die Mysterienvilla im Regen verlassen. Warum hat Gott nicht gemacht, dass die Lava keine Menschen umbringt?

Ich weiß es nicht, sagt Amy. Außerdem ist unser Gott, der, zu dem du in der Schule betest, nicht derselbe Gott, zu dem die meisten Leute hier gebetet haben. Hier hatten sie mehrere andere Götter.

Ja, aber diese Götter sind bloß so was wie Geschichten, sagt Kate.

Der, von dem du sprichst, ist auch so etwas wie eine Geschichte, sagt Amy.

Kate geht durch den Regen. Sie ist inzwischen so nass, dass es egal ist, ob sie durch Pfützen läuft oder nicht, und deshalb macht sie es, platscht durch die Lachen neben dem mit Asche bedeckten Pflaster.

Außerdem, sagt Amy über ihr, wenn das nicht passiert wäre, könnten wir nicht herkommen und es uns ansehen. Wir wüssten nicht, wie es war, damals zu leben.

An dem Postkartenstand, wo Kate mit dem Hündchen des Mannes gespielt hat, gab es eine Karte von einem Hund, der umgekommen und jetzt ein Gipshund war, zusammengerollt lag er da, als würde er von jemandem geschlagen. Kate will nicht an dieses Foto denken. Gott ist eine Geschichte, Gott ist eine Geschichte, sie sagt sich diese Worte still im Kopf auf, damit sie nicht an etwas anderes denkt, immer wieder diese Worte, fast rhythmisch, und kickt beim Gehen ins Wasser.

Der nächste Tag ist ihr vorletzter in Italien, und sie fahren mit dem Tragflügelboot. Das fühlt sich an, als würde es auf dem Wasser hopsen, und genau das tut es auch, sagt Amy. Ihr wird richtig übel, sagt sie. Sie fahren an einen Ort, an dem viele Reiche wohnen, und steigen in einen besonderen Zug ein, mit dem sie zu einem Haus hinauffahren, das besuchenswert ist, sagt Amy. Seilbahn bedeutet, dass sie direkt am Felsen entlangfahren kann. Der Mann unten, der die Seilbahn betreibt, fragt Kate, wo sie herkommt. Er lacht. Ich bin Otto, sagt er. Ich bin Otto, du bist Schotto. Er lässt Amy und Kate umsonst fahren. Amy macht einen guten Witz und sagt, das war zum Schottenpreis.

Sie müssen sogar noch weiter den Berg hinaufsteigen und an einer Mauer vor dem Haus warten, das so etwas wie ein Museum ist, denn es sind schon Besucher drin, und es wird nur eine bestimmte Anzahl von Leuten hineingelassen. Als sie warten, ertönt aus dem Busch neben Kate ein komisches hohes Geräusch. Als sie nachsehen will, hört es auf. Sie sieht eine Spinne, die ihr Netz um eine Biene wickelt, die an den Beinen herumwirbelt. Anscheinend hat die Biene das Geräusch gemacht. Als Kate wieder hinguckt, hat die Spinne die Biene weggebracht, um sie zu fressen.

Kate überlegt, ob dieser Berg auch lebendig ist wie der Vesuv. Sie will Amy fragen, vergisst es aber, weil sie da gerade in das Haus reingelassen werden. Es ist voller Statuen und Kunstgegenstände, und sie gehen gleich durch nach draußen in den Garten und am Rand des Gartens herum, der genau genommen der Felsrand ist, kilometerweit darunter das Meer und Boote. Wenn man hier runterfiele, würde man sterben. Man würde sich alle Knochen im Leib brechen. Amy geht Kate voran nach oben; der Weg führt bergauf und endet an einer Holzhütte mit Glasdach.

Man würde annehmen, dass es in der Hütte etwas Gutes gibt, wenn man so weit den Berg hinauf und herumlaufen muss. Aber es ist bloß eine Sammlung toter Schmetterlinge in Glaskästen. Es ist dumm, Schmetterlinge zu töten, die man ja lebendig sehen kann. Wenn man im Sommer das Licht anhat, breiten sie ihre Flügel an der Fensterscheibe aus, das sind eigentlich aber Motten und nicht dasselbe wie Schmetterlinge. Kate geht um die Glaskästen herum und spaziert ins Freie und geht langsam, mit kleinen Schritten, noch einmal um den ganzen Garten herum, und als sie wiederkommt, sieht sich Amy immer noch die toten Insekten an.

Kate liest ein Stück von dem, was über die Schmetterlinge geschrieben steht; an einer Stelle sind die Erläuterungen auf Englisch. *Schmetterlinge auf Ca pri. Schmetterlinge sind eine der arten reichsten In sekten gruppen. Es gibt über (Zahl) beschrie bene Arten auf der Welt. Von diesen sind ungefähr (Zahl) tag aktiv, die anderen sind nacht aktiv. Sie er nähren sich von Nek tar und Pflanzen säften. Die unzu gäng lich*

Sie guckt sich Exemplare ganz vorn an. Der eine Schmetterling hat auf den Flügeln Zeichnungen, die wie Augen aussehen, und die Ränder seiner Flügel sind geformt, als seien da kleine Teile rausgebissen worden. Die Nadel steckt mitten in seinem Leib. Das ist das Allergrässlichste. Seine Füße sieht man nicht. Damit schmecken Schmetterlinge. Es wäre richtig gut, wenn Menschen mit ihren Füßen schmecken könnten. Dann wüssten sie, wie Italien schmeckt und ob es anders schmeckt als Schottland und England, wenn sie dort gehen. Oder wenn man das mit den Händen könnte. Dann wüsste man, wenn man etwas anfasst, gleich, wie es schmeckt.

Können wir jetzt gehen?, sagt Kate. Gehen wir bald? Fahren wir wieder mit der Seilbahn? Fahren wir wieder mit dem Tragflügelboot?

Amy ruft sie zu sich. Sieh dir das an.

Den hab ich mir schon angesehen, sagt Kate.

Nein, schau mal richtig. Schau ganz genau hin. Dann siehst du, wo die Farben herkommen.

Kate vollführt einen Ungeduldstanz und zieht ein Gesicht, indem sie die untere Zahnreihe entblößt. Dann beugt sie sich noch einmal über den Glaskasten. Amy hat recht. Als sie ganz genau und aufmerksam hinsieht, erkennt sie, dass die Farben an den Flügeln des aufgespießten Schmetterlings aus ganz feinen Härchen bestehen, so dünn, dass man die einzelnen beinahe nicht sieht, und es ist, als sei die Farbe Staub, der auf den Haaren getragen wird wie ein Überzug.

Siehst du's?, sagt Amy.

Ja, ich hab's gesehen. Können wir *jetzt* gehen?

Dreihundert Personen hängen um Mitternacht mit Hunderten von Stundenkilometern in siebenunddreißigtausend Fuß Höhe am Himmel über den Alpen und sehen sich eine Schweppes-Reklame an. Über der Zeitung in ihrer Hand sieht Amy, wie der Deckel von der Flasche fliegt und der Inhalt geräuschlos schäumend hochsteigt und zum Hals der Flasche heraus und an ihr herabfließt. Sie faltet die Zeitung zusammen. Sie löst ihren und Kates Sicherheitsgurt, die Turbulenzen sind ausgestanden. Erst mit dem Flugzeug, dann mit dem Morgenzug; zur Abendbrotszeit sind sie morgen zu Hause. Dieses Wort: Zuhause. Es hat sich von selbst ans Ende ihres Satzes gehängt, hat leise da ausgeharrt wie die Linie eines vertrauten Horizonts. Zum Beispiel (wie Kate sagen würde) ist in dem Wohnwagen ein Geruch, der nur zu Kate und ihr gehört, Amy nimmt ihn bis heute in Kates oder in ihren eigenen Sachen wahr; ob er da ist oder nicht, merkt man auch an den neueren Gerüchen aus dem Haus ihrer Eltern oder aus dem Hotel. Ein Zuhause, vielleicht ist es ja der eigene Geruch, etwas so Einfaches und Unkompliziertes, der Geruch, den man mit anderen, einem Nahestehenden teilt, oder das Kondensat, das sich vom eigenen Atem an den Fenstern bildet, durch die man täglich sieht. Alle Leute in der Maschine reisen irgendwohin, vielleicht nach Hause wie sie. Jeder dieser Menschen kennt von zu Hause einen typischen Geruch.

Jetzt ist auf den Bildschirmen ein Zeichentrickfilm zu sehen, in dem ein Stier alle Stierkämpfer Spaniens austrickst, nur den Zeichentrick-Hasen nicht. Hundert Zeichentrick-Stiere reiben links und rechts in der Maschine die Spitzen ihrer Hörner mit Billardqueue-Kreide ab und bereiten sich vor zum Angriff. Kate sieht zu, hat den Mund leicht geöffnet und einen Ohrhörer auf; sie ist kurz vorm Einschlafen, will aber unbedingt wachbleiben, wie ihre angestrengten Augen zeigen. Ein Rinnsal von Quieksern, die Filmmusik, dringt aus dem Ohrhörer vor ihrem Hals. Die Stewardess hat höflich gelächelt, als Kate sie fragte: Was liegt am Strand und hat einen Sprachfehler? Die Nuschel. Der ist gut, sagte sie ganz bezaubernd und überreichte Amy mit einem Lächeln ihre kostenlose Zeitung. Amy hat sie von vorn bis hinten durchgelesen, hat nichts ausgelassen. Es gibt einen Skandal, weil die Regierung Waffen an ein Land verkauft hat, gegen das sie später Krieg geführt hat. Prinzessin Diana hat bei einem Fernsehauftritt gesagt, sie kämpft weiter. Die Geschworenen bei einem Prozess zu einer Serie scheußlicher Morde in einem Reihenhaus in einer englischen Stadt beraten immer noch. Prekärer Frieden in Bosnien. Prekärer Frieden in Russland. Prekärer Frieden in Israel, prekärer Frieden in Nordirland. Ein Panther wurde gesichtet. Nachbarn verklagen sich gegenseitig wegen der Abmessungen einer Hecke. Autos, Anteile, Gesundheitsfürsorge und Pensionspläne zu verkaufen. Jetzt, nachdem sie die Zeitung ausgelesen hat, tun ihr die Augen weh, hat sie Kopfschmerzen und ist erschöpft. Na, denkt sie, als sie sich die Zeitung zusammengefaltet auf die Knie legt, das reicht wieder für lange.

Die Zeitung rutscht zwischen sie und Kate. Amy drückt den Knopf und stellt ihren Sitz auf Liegeposition, die sich von der Sitzposition nicht wesentlich unterscheidet. Beim Zurücklehnen klimpern die Schlüssel und die restlichen italienischen Münzen in ihrer Tasche. Zu Hause. In Sicherheit. Sie hätte die Wohnwagentür offen lassen können, denkt sie. Sie hätte die Tür sogar weit offen stehen lassen können, es ist nichts Stehlenswertes drin. Sie sieht nach unten, auf Kates Haupt, sieht bleiche Haut unter dem schiefen Scheitel. Der Magen krampft sich ihr zusammen bei so viel Zerbrechlichkeit.

Kate ist noch wach, hat die Zeitung in der Hand, fährt mit dem Zeigefinger unter einem Wort entlang. Amy beugt sich so weit hinab, bis sie Kates Haupt nicht mehr sieht.

Morgen um diese Zeit bist du wieder zu Hause und schläfst in deinem Bett.

Kate dreht sich zur Seite. Was bedeutet dieses Wort? Sie fängt an, es zu buchstabieren, doch dann fällt ihr ein, dass Amy jetzt lesen kann, und sie hält die Zeitung mit dem Finger auf dem Wort hoch.

Nimm den Finger weg. Das Wort ist entweihen, das hat mit Geweihen nichts zu tun. Kate hat den Artikel über den Vandalismus auf jüdischen Friedhöfen in London und im Norden Englands gelesen. Das bedeutet, etwas zu tun, was man nicht tun sollte, sagt Amy. Sie überlegt, wie sie es noch erklären könnte. Es bedeutet, dass diese Vandalen etwas gemacht haben, was man an einem Ort des Gedenkens nicht machen sollte.

Was denn?, sagt Kate. So wie irgendwo Sachen wegnehmen, die einem nicht gehören?

Nein, sagt Amy, es ist eine andere Art Unrecht, eine abstraktere. Es ist kein Schmerz im physischen oder materiellen Sinne, sondern im geistigen. Eher so, wie wenn man … wenn man … ich weiß nicht. Amy zermartert sich das Hirn. Wie wenn man seinen Namen bei jemandem in ein Möbelstück schneidet. Oder jemandem in den Tee spuckt. Oder wenn man das Grab von jemandem zerstört. Das haben diese Leute gemacht.

Kate guckt verblüfft.

Diese Leute, sagt Amy, haben die Gräber von Toten verwüstet, die einer anderen Religion angehört haben als sie. Den Toten tut das nicht weh, aber es beleidigt ihre Erinnerung. Und es ärgert und verletzt und erschreckt andere, die mit den Toten verwandt sind oder die derselben Religion angehören.

Warum denn?, sagt Kate.

Na, weil …, sagt Amy und verstummt. Sie weiß nicht, wie oder wo sie anfangen soll bei so viel Geschichte, die ihr in den Sinn kommt.

Schau, sagt sie statt dessen. Wenn du den Knopf drückst, geht deine Lehne nach hinten. Drück mal. Und jetzt drück mit den Füßen, kommst du bis da runter?

Kate rutscht tiefer, um zu drücken.

Genau so, sagt Amy. So ist es bequemer, nicht?

Ja.

Versuch ein bisschen zu schlafen. Morgen um die Zeit liegen wir zu Hause im Wohnwagen im Bett. Sind wieder in Schottland. Am Donnerstag kannst du wieder in die Schule gehen, wenn du möchtest.

Amy denkt das Wort – Schottland – noch einmal, verwundert über sich selbst, da regt es sich in ihr wieder so komisch. Das muss Wehmut sein. Das muss Heimweh sein, so fühlt sich das wohl an, sie hat sich bei Kate angesteckt. Es überkommt sie wie eine Erleichterung, wie ein Nachgeben, wie der Moment, wenn man weiß, dass der Keim sich endgültig im eigenen Körper eingenistet hat: ein angenehmer kalter Schweiß, ein unspezifisches Kratzen in der Brust, irgendwo an der Lunge, oder im Verdauungstrakt.

Mit einem Mal lachen die Leute rundherum grundlos auf. Kate sieht auf den nächsten Bildschirm, auf dem ein lustiger Film über ein farbiges Rennrodelteam aus Jamaica läuft, das an der Winterolympiade teilnimmt. Als sie Amy ansieht, ist ihr Gesicht ungläubig, verzerrt.

Warum sollte man jemandem in den Tee spucken?, sagt sie. Warum sollte jemand so was tun?

Als sie an ihrem ersten Tag nach dem Urlaub ins Campingplatzbüro geht, warten zwei Überraschungen auf Amy. Die eine ist ein beachtlicher Haufen von Briefen und Päckchen an ihre Anschrift. An der Handschrift sieht sie, dass ihre Mutter die in den Norden weitergeleitet hat. Die Anschrift hat sie offenbar Kate entlockt. Die andere Überraschung ist, dass Angus beschlossen hat, sie freizusetzen, und zwar per sofort.

Aber doch nicht, weil Post für mich angekommen ist, oder?, sagt sie und lächelt.

Angus lächelt nicht. Er zieht seinen Mantel an und gibt vor, auf dem Sprung zu sein. Er weicht ihrem Blick aus, schaut auf seinen Schreibtisch und auf den Boden und, als er die Arme in die Mantelärmel schiebt, zum Fenster hinaus. Ein Ärmel ist umgestülpt, steckt halb innen, und Angus hat Mühe, den Arm hineinzuschieben. Die Verlegenheit des Mannes breitet sich wie Hitze in dem Raum aus.

Wir brauchen momentan einfach keine Zusatzkraft, das ist alles, sagt er. Schiebt seinen Arm noch einmal mit Kraft in den Ärmel und zerrt sich den Mantel über die Schulter.

Aber dieses Jahr war richtig viel los, sagt Amy. Mehr als voriges. Und noch etwas. Ich habe beim Lesen kein Problem mehr. Ich kann jetzt wieder lesen, konnte ich früher auch, es ist wiedergekommen. Nächstes Frühjahr könnte ich ohne weiteres alles übernehmen, was Sie machen mussten.

Angus legt die Hand auf den Türknauf. Es gibt kein nächstes Frühjahr, sagt er. Es gibt hier keinen Job mehr, es gibt für Sie auch im Frühjahr keinen. In absehbarer Zeit nicht. Das ist beendet, aus und vorbei, und wenn ich sage aus und vorbei, meine ich aus und vorbei. Und wenn Sie sich sobald wie möglich eine andere Unterkunft besorgen könnten. Ich hab, es gibt einen Interessenten speziell für diesen Wohnwagen. Der würde gern im Lauf der Woche einziehen. Vierzehn Tage höchstens, hab ich denen gesagt.

Oh, sagt Amy. Verstehe.

Angus ist im Begriff zu gehen.

Was ist mit dem Geld, das ich Ihnen schulde?, sagt sie.

Das bleibt unter uns, sagt er. Sagen wir, das ist unsere Abmachung. Als Beihilfe, wenn Sie von hier wegziehen.

Er hält inne und dreht sich um, sieht sie immer noch nicht an.

Aber das erzählen Sie niemandem, hören Sie?, sagt er.

Er macht die Tür hinter sich zu.

Amy seufzt. Sie schließt die Augen, öffnet sie, schüttelt den Kopf. Sie setzt sich, sichtet die bedeutungslosen Briefe und Päckchen. Stützt den Fuß auf den Karton, der unter dem Tisch auf dem Boden steht. Er hat genau die richtige Höhe.

Es ist ein Brief an Amy von ihrer Mutter dabei. Ein extra Päckchen für Kate, auch von Amys Mutter beschriftet; sie wiegt das leichte Ding in der Hand, überlegt, was ihre Mutter Kate wohl zukommen lassen möchte. Für Kate ist eine Postkarte gekommen mit der Klaue von Amys Vater.

Kate, kleiner neuer Planet, wie findest du den? F.: Wo ist der Zyklop König? A.: Unter Blinden. (Schlag das Wort Zyklop nach.) Du musst uns bald mal wieder besuchen kommen. Alles Liebe von deinem (neuen) alten Großvater.

Amy dreht die Postkarte um. Es ist ein Foto der Hausseite, in der ihr Vater arbeitet; Efeu frisst sich an der Fassade nach oben. Draußen ist es heute gar nicht richtig hell geworden, und in zwei

Stunden ist es schon wieder dunkel. Der triste November, der triste schottische Winter bricht an. Vor den Zugfenstern hatten sie gestern das Wechselspiel von Frost und schwarzem, vom Winter verbranntem Land; grauer Frost bestäubte die Landschaft, machte die Bäume kahl, wunderschön. Amy denkt an die Winterbäume. Sie öffnet nacheinander die Briefe, überfliegt sie, wirft sie in den Papierkorb. Faltet den Scheck, den ihre Mutter ihr geschickt hat, steckt ihn wieder in den Umschlag, in dem er gekommen ist, streicht ihre Anschrift durch, umkringelt den Absender auf der Rückseite. Klebt eine Briefmarke aus Angus' Schublade darauf und verschließt den Umschlag wieder. Zieht 25 Pence aus der Tasche und legt sie in die Büchse, die Angus in der Schublade stehen hat.

Als die Briefe alle erledigt sind, schaltet sie die Wandheizung aus. Sie knöpft sich die Strickjacke zu, zieht den schweren Karton unter dem Tisch hervor, legt die an Kate adressierten Sachen darauf, öffnet die Bürotür, schließt hinter sich ab und wirft den Schlüssel durch. Er landet mit einem feinen Plumps auf dem Linoleum.

Vor dem Wohnwagen lässt sie den Karton dahin fallen, wo das Gras unter Kates und ihren Schritten niedergetreten ist. Sie hebt die Hand, um die Tür zu öffnen; schon sieht die Tür anders aus, schäbig wie das Gras, bedeutungslos. Sie setzt sich auf den Karton, draußen, in der Kälte. Der Karton ist an den Seiten mit braunem Packband verstärkt. Amy stellt sich vor, wie ihre Mutter das Band von einer Rolle zieht und abreißt, wieder neues von der Rolle zieht und abreißt, die Schwachstellen des Kartons exakt überklebt. Sie zupft mit dem Fingernagel an dem Klebeband. Kate kommt bald nach Hause. Es ist nichts zu essen da.

Bei Spar kauft Amy fürs Abendbrot ein. Sie hat ungefähr eine halbe Stunde, bis Kate aus der Schule kommt. Wenn Kate da ist, machen sie einen Spaziergang am Strand und überlegen, was zu tun ist. An der Kasse hat Amy kein Kleingeld, nur einen Zwanzigpfundschein, einen der wenigen, die ihr von der Rolle in ihrer Tasche noch geblieben sind. Die junge Frau hinter der Ladentheke macht ein gelangweiltes Gesicht, wie immer ohne zu lächeln, hält den Geldschein mechanisch ins Licht, bekritzelt ihn mit einem Stift, um zu prüfen, ob er echt ist. Aber als sie Amy ihr Wechselgeld gibt, langt sie über die Theke und ergreift Amys Hand, umschließt sie mit ihrer eigenen, damit vom Wechselgeld nichts herunterfällt.

Angus sagt, da ist ein Anruf für dich! Angus sagt, da ist ein Anruf für dich!

Kate kommt über die Wiese gefegt und ruft es Amy durchs Fenster zu, die sich gerade mit einem stumpfen Dosenöffner an einer Dose Zuckermais plagt.

Es ist am Telefon, sagt sie. Jemand ist für dich am Telefon. Jetzt. Er sagt, ob du dich beeilen kannst, und er weiß nicht, wer dran ist.

Da ist ein Anruf für Sie, sagt Angus, noch immer ohne sie anzusehen, und macht eine Kopfbewegung zum Telefonhörer, der auf dem Schreibtisch liegt. Er steht auf. Ich hoffe, es dauert nicht so lange, sagt er beim Hinausgehen. Ich erwarte selber ein paar Anrufe.

Amy hält sich den Hörer ans Ohr.

Ist da Dr. Amy Shone? Es ist eine hohe, eine englische Stimme, die einer Frau. Sie nennt Amy ihren Namen, den Amy sofort wieder vergisst. Sie nennt ihr den Namen der Sonntagszeitung, für die sie arbeitet. Ich habe Sie über Ihre berühmte Mutter gefunden, sagt sie, ich schwöre ja auf ihre Bücher, ehrlich, ich muss Ihnen sagen, die sind phantastisch. Man weiß immer, dass man etwas Passendes macht, ein leichtes Gericht, das außerdem noch schmeckt, wissen Sie, was ich meine? Natürlich wissen Sie das, Sie sind ja mit der Shone-Küche aufgewachsen …

Oh, klar, sagt Amy. Falls es um meine Mutter geht …

Nein, es geht um Tamsin, meine Assistentin, sagt die Journalistin.

Sie nennt Tamsins Nachnamen, es hört sich an wie Bleagh.

Nein, darüber weiß ich leider gar nichts, ich glaube, ich …, sagt Amy.

Nein, es geht darum, Tamsin war zur selben Zeit am College wie Sie, sagt die Journalistin, sie erinnert sich gut an Sie, bei Ihrem guten Ruf.

Amy nimmt den Hörer vom Ohr, hält ihn über dem Telefonapparat, ist im Begriff aufzulegen. Die Frau spricht immer noch. Ein Glückstreffer, blökt sie Amy in die Hand. Ein Zufall. Amy hält sich den Hörer wieder an den Kopf, holt tief Luft.

… wenn man sich das überlegt, ziemlich erstaunlich. Ich glaube, wir sollten bald mal einen ausführlichen Bericht über die glänzenden Shones bringen, jetzt, wo wir Sie aufgestöbert haben, sagt die Frau.

Dürfte ich Sie fragen, was Sie eigentlich von mir wollen?, sagt Amy.

Und Tamsin hat mir auch diesen letzten Hinweis gegeben, wie gesagt, rein zufällig, sie ist ein schlaues Kind, sagt sie, sie erinnert sich, dass Sie befreundet waren, spricht die Frau weiter, so als ob Amy gar nicht da wäre.

Es tut mir schrecklich leid, aber ich habe ehrlich keine Ahnung, wer Tamsin ist, sagt Amy.

Nein, nicht mit *ihr* befreundet, ich meine, mit Aisling McCarthy befreundet, sagt die kilometerweit entfernte Frau mit unwirklichem, dünnem Stimmchen, verzerrt durch Drähte, durch die Strom fließt, Drähte einer Kraft, die jäh in Amy eindringt, als erleide ihr Körper einen Stromstoß. Sie steht da und atmet. Sagt etwas, aber es kommt kein Ton aus ihrem Mund.

Sie wissen doch?, sagt die Frau, Aisling McCarthy? Ich mache eine wöchentliche Serie zum Thema »Was wurde eigentlich aus«, jeweils eine Doppelseite in Farbe, einmal die Woche, falls Sie's noch nicht gesehen haben, wir haben schon viele Leute gehabt, wir hatten eine Seite über Lyn Paul von den New Seekers, die Blonde, und Kenneth Kendall, und – das Konzept ist, Leute zu suchen, die aus dem Blickpunkt der Öffentlichkeit verschwunden sind, zu recherchieren und zu schauen, was aus ihnen geworden ist, wissen Sie, herauszufinden, wo derjenige jetzt ist, seine Geschichte zu erzählen, und da wir bis jetzt noch niemanden aus Schottland hatten, dachten wir an Clare Grogan oder an Aisling McCarthy, aber Clare Grogan ist ja noch ziemlich oft im Fernsehen, und dann dachten wir, Aisling McCarthy wäre perfekt. Ich hatte, wohlgemerkt, von beiden noch nie gehört, bis Tamsin mich ins Bild gesetzt hat.

Sie wissen, wo sie ist?, hört Amy sich sagen.

Hm, nein, ich dachte, *Sie* wüssten es, sagt die Frau und lacht verbindlich. Ich sag's Ihnen, diese Kolumne ist manchmal ein richtiger Alptraum. Vorige Woche hatten wir Mike Holoway von Flintlock, erinnern Sie sich an ihn? Bis wir den endlich aufgestöbert hatten – grässlich! Er war bei den *Tomorrow People*, wissen Sie noch?

Sie wissen nicht, wo sie ist, sagt Amy. Sie setzt sich.

… wie die sich damals, sagt die Frau, alle an den Gürtel gefasst und sich fortgebeamt haben, und dann saßen sie in ihrem Raumschiff und haben diesem Computerding an der Decke Fragen gestellt, das sagte ihnen alles, was sie wissen mussten, hätten wir hier im Büro auch gebrauchen können, so einen Computer, der uns sagt, wohin der sich gebeamt hatte, Jaunt haben die das genannt …

Ich muss jetzt wirklich auflegen, leider, sagt Amy.

Die Frau wechselt sofort in ihren professionellen Geschäftston.

Also, ich müsste einige Dinge mit Ihnen abklären, Dr. Shone, wenn Sie noch so viel Geduld haben. Also, wir haben bereits mit Simone Weaver vom Royal Court Theatre gesprochen, sie weiß, das brauche ich nicht zu betonen, ebenfalls nicht, wo sie sich befindet, und ich habe mit ein paar Schulfreundinnen von früher gesprochen, einer Amerikanerin, die für die Wiederaufforstung bestimmter Regionen im Norden von Schottland zuständig ist, ganz in Ihrer Nähe, und einer Frau, die vor ein paar Jahren etwas für die Frauenseite des *Guardian* geschrieben hat, als der Film erstmals im Fernsehen lief, ein außergewöhnliches Werk aus der Zeit, bevor Aisling McCarthy jemand war …

Bevor sie jemand war, ja, verstehe, sagt Amy.

… ja, als sie wohl vor dem Haus dieser Frau ohnmächtig geworden war und die sie hereingetragen und ihr Kekse gegeben hat, damit sie wieder zu sich kommt.

Das ist reine Erfindung, sagt Amy. Das hätte sie nie gemacht. Sie ist nie ohnmächtig geworden, in ihrem ganzen Leben nicht.

Und wir haben mit anderen gesprochen, die Aisling kannten, als Sie beide studierten, sagt die Frau, die Sachen über ihren glänzenden ersten Auftritt und ihre verschiedenen Rollen am Arts Theatre, das haben wir alles.

Das ist ebenfalls erfunden. Sie hat keinen glänzenden ersten Auftritt gehabt. Sie war nicht einmal Studentin, sagt Amy.

Ich glaube, Sie werden einsehen, dass Sie sich in dem Punkt irren, Dr. Shone, sagt die Journalistin, denn es gibt ein Foto von ihr, auf dem sie mit den anderen aus ihrem Collegejahrgang zu sehen ist, das verwenden wir sogar in unserem Artikel. Wir haben ein paar tolle Fotos, und gerade erst, genau gesagt vor einer halben Stunde, ich bin sehr zufrieden mit mir, haben wir die Rechtefragen bei diesen kultigen Fotos geklärt, auf denen sie nackt und schwanger zu sehen ist, und das lange vor dem Wirbel um Demi Moore, das passt ausgezeichnet zu unserem Artikel, wir konzentrieren uns nämlich auf das Originelle an der Herkunft aus dem Norden. Nicht mal ihr eigener Bruder weiß, wo sie ist, wissen Sie. Sie leben ganz in seiner Nähe, kennen Sie ihn? Jede Menge schillernder Gerüchte, wo sie sich aufhält, eigentlich ist es fast besser, wenn wir nicht wissen, was aus ihr wurde, dann können wir es als Mysterienstück veröffentlichen. Ich hab gehört, irgendwo in Kalifornien mit ihrem Kind und dem Vater, und Tamsin hat jemanden ausgegraben, der behauptet, sie hätte in einem spirituellen Zentrum im amerikanischen Süden gelebt, das der Ku-Klux-Klan auszuräuchern gedroht hat. Ich hab bei einer Nummer in Hartsville, South Carolina, angerufen, aber die sagen, so jemand ist dort nicht, und als Tamsin das letzte Mal angerufen hat, haben sie einfach aufgelegt, nicht gerade ein spiritueller Umgang mit anderen Menschen, wenn Sie mich fragen.

Verstehe, sagt Amy. Sehr interessant. Daraus lässt sich bestimmt ein lesenswerter Artikel machen. Ist das – gibt es noch mehr Geschichten über ihren mutmaßlichen Aufenthaltsort?

Oh, sie könnte überall sein, sagt die Frau, überall auf der Welt. Aber ich wollte Sie, Dr. Shone, speziell danach fragen, als man Sie zusammen mit Aisling McCarthy verhaftet hat.

Als ich was?, sagt Amy.

Meine Assistentin, also Tamsin, erinnert sich an eine skurrile Geschichte, die mal die Runde gemacht hat, sagt die Frau, nämlich dass Sie und Aisling McCarthy eine Nacht in einer Zelle verbringen mussten, festgenommen wegen eines interessanten Vergehens?

In einer Zelle?, sagt Amy. Ich war nie in einer Zelle und bin nie festgenommen worden, in meinem …

Sie bricht mitten im Satz ab, als die Erinnerung plötzlich auftaucht, und lacht. Nein, nein, wir wurden nicht festgenommen. So kann man das nicht sagen. Sie wollte mit mir wohin fahren, an einen Ort, der in einem Gedicht von T.S. Eliot vorkommt, wenn ich mich recht entsinne, aus irgendeinem Grund hat sie mich wohl aufheitern wollen, wir sind also in den Zug gestiegen und dann kilometerweit Straßen entlanggewandert, die nirgendwohin führten, und als wir schließlich an der Stelle angekommen waren, die wir finden wollten, war das gar kein Ausflugsziel, sondern ein Stützpunkt der Armee oder der Navy, überall Maschendrahtzäune und Stacheldraht, und wir überlegten gerade, ob wir umkehren und wieder nach Hause fahren sollen, als mit einem Mal wie aus dem Nichts aus verschiedenen Richtungen Landrover auf uns zugerast kamen, Männer mit Sonnenbrillen, und ein Amerikaner mit Stahlhelm stieß uns hinten rein ins Auto, und sie fuhren uns auf den Stützpunkt und warfen uns in einen Raum ohne jegliches Mobiliar, da war gar nichts, und sie sperrten uns ein. Und spätabends, es war schon dunkel, luden sie uns in ein anderes Auto und fuhren uns in die Fens, setzten uns irgendwo aus. Wir hatten keine Ahnung, wo wir waren. Ich weiß noch, dass ich schreckliche Angst hatte, ich hatte Angst, weil die unsere Namen aufgeschrieben hatten, und befürchtete, jemand von dem College, an dem ich war, würde das erfahren und mich für unverantwortlich halten oder, noch schlimmer, für eine Linke, und ich würde das Stipendium nicht bekommen, das man mir versprochen hatte. Aber es war warm, es war mitten im Sommer, ich hab im Straßengraben geschlafen in der Nacht, das war aufregend, so was hatte ich in meinem ganzen Leben noch nicht gemacht, Nacht, sage ich, dabei war es bloß wenige Stunden dunkel …

Hallo? Dr. Shone? Die Frau unterbricht sie. Hallo? Hallo, Dr. Shone, sind Sie noch dran?

Amy ist erleichtert. Sie hat nichts ausgeplaudert, kein Wort. Ja, hallo, sagt sie laut.

Die Journalistin hat schon vor ein paar Minuten aufgehört zu tippen. Vielen Dank für Ihre Hilfe, Dr. Shone, sagt sie. Ich glaube, wir haben alles, was wir brauchen. Gut. Und Sie arbeiten jetzt da oben, ja? Dürfte ich fragen, woran? Und, leben Sie allein?

Ich arbeite daran, was es heute zum Abendbrot geben soll. Und ich lebe mit Kathleen zusammen, die bald acht wird. Haben Sie das?, sagt Amy.

… Haha… acht. Eine Frage noch, wenn ich darf, eine Kleinigkeit. Sie verstehen sicher, dass wir uns auch ein bisschen darauf konzentrieren möchten, das Symbol Aisling McCarthy zu zeigen, deshalb wollen wir kurz auf ihre sexuelle Orientierung zu sprechen kommen, taktvoll, seien Sie versichert, Sie stimmen mir doch zu, dass es wichtig ist, diese Dinge zu klären, und es stört Sie nicht, dass ich Sie frage? Sie standen sich ja nahe, nicht?

Sie war meine Freundin, sagt Amy. Wir waren befreundet. Und wir wurden nicht festgenommen oder so was. Das hat nicht stattgefunden.

Klack-klack-klack. Amy legt den Hörer hin. Der Geruch sommerwarmer Haut erfüllt ihren Kopf. Draußen an der Tür steht Angus und sieht zornig auf seine Armbanduhr. Fertig mit Telefonieren, *Doktor* Shone?, sagt er leise, seine Miene verärgert und beschämt. Amy ignoriert ihn, geht über die Wiese davon. Zeitungen werden überall auf der Welt gelesen, denkt sie. Als sie und Kate in den frühen Morgenstunden in Gatwick zwischen den Sitzreihen des Flugzeugs nach vorn zum Ausstieg gingen, lagen überall auf den Sitzen und auf dem Boden Zeitungsseiten. Zeitungen werden weggeworfen, ihr ganzer Sinn besteht ja darin, dass sie nicht dauern; sie werden weggeworfen, werden in Geschäften zum Fischeeinschlagen benutzt oder für Pommes, Seiten mit alten Nachrichten landen in Schuppen und Garagen, werden um öliges Werkzeug gewickelt oder, zusammengerollt, zum Anzünden des Kaminfeuers benutzt. Pommes, sie könnten Pommes zum Abendbrot essen, gleich aus der Zeitung, Kate würde das gefallen. Amy ist ausgesprochen unbeschwert. Sie könnte glatt schweben, statt über Gras, den Campingplatz, die Erde zu gehen.

Wer war das?, sagt Kate, als sie ihr entgegenhüpft. War es meine Großmutter? Oder mein Großvater? War es die Schule? Wer war denn dran?

Niemand, den wir kennen, sagt Amy.

Als sie die Straße zur Pommesbude überqueren, fährt hinter ihnen ein Auto mit so lauter Musik vorbei, dass es ist, als hämmere es von innen gegen die Karosserie.

Die Geschichte hat eine neue Wendung genommen. Sie könnte überall sein, denkt Amy. Überall auf der Welt. Bald.

Es ist sehr kalt heute Abend, das Meer heult und schlägt krachend gegen die Kanten der Felsen, bis hinauf, so scheint es, an den Wohnwagen. Amy hat den Calor-Gasheizer ins Schlafzimmer gerollt und alle drei Heizflächen angelassen, obwohl sie beide schon im Bett liegen. Sie passt auf, dass sie nicht einschläft, solange er noch an ist. Sie wird ihn gleich ausschalten, aber jetzt noch nicht. Er taucht eine Seite des Raumes von oben bis unten in einen orangen Schein.

Amy hat das Kissen zwischen sich und der dünnen Wand und den Mantel über den Schultern. Kate schläft. Einen Arm hat sie über den Kopf gereckt, die Finger des anderen haben sich in den Löchern der gehäkelten Unterdecke verfangen. Im Wohnwagen riecht es noch nach Pommes. Kate hat ihre ohne Zuhilfenahme der Hände gegessen, um zu sehen, ob sie das kann. Sie hat sie mit dem Mund und der Zunge vom Papier gehoben. Es ist spät; sie schläft fest. In dem Licht sehen ihre Schultern mit der darüber gefallenen Decke aus wie Marmor, wie gemeißelte Kunst.

Kate, sagt Amy leise.

Kate rührt sich nicht.

Wessen Kind bist du? Hm? Kate? Wessen Mädchen bist du?

Amy beugt sich über Kate, schiebt sich sacht neben sie, dreht sich zu ihr, atmet ihr ins Ohr. Kate regt sich.

Hast du mich gehört? Wem gehörst du, wessen Mädchen bist du, Kate?

Draußen tosen Meer und Himmel, stürzen herab. Amy wartet auf das Wort, wartet darauf, dass Kate sich regt und zu ihr umdreht, ihr aus der Entfernung des Schlafs die Antwort gibt.

Deins, sagt sie, wie sie es immer tut, und seufzt, schluckt im Schlaf, rollt sich zusammen wie eine Muschel, ein ungeborenes Kind.

Kate ist allein, spielt am Straßenrand. Es ist nicht viel Verkehr, weil Samstag ist, und wenn Autos vorbeikommen, fahren sie ziemlich schnell. Kate spielt neben dem Abwasserkanal. Sie hat ihr Plastikkänguru mitgenommen. Es ist das einzige, das sie von den Tieren noch hat. Die anderen hat sie auf dem Weg in die Schule in die fahrbaren Mülltonnen vor den Häusern geworfen, jedes in eine andere, darunter auch das Pferd und seinen extra Wagen. Sie hat darauf geachtet, dass die Tiere innen neben den

Mülltüten hinunterrutschen, sonst hätten die Leute sie vielleicht beim Reinsehen gefunden. Aber selbst wenn jemand eins gefunden hat, haben sie die anderen nicht gefunden. Die Müllmänner kommen freitags, das war gestern, und die Tiere sind inzwischen auf der Mülldeponie und werden vermutlich vergraben oder verbrannt. Aber das Känguru hat sie behalten. Das gefällt ihr am besten.

Sie lässt das Känguru auf den Stäben des Gullydeckels herumspringen und dann hinauf zum Bordstein und wieder hinunter auf den Gullydeckel. Neben ihrem Bein hat die Bordsteinkante einen Riss, in den bohrt sie mit dem langen Känguruschwanz hinein und kratzt braunen Grieß und Steinchen heraus. Ein Stück weiter vorn wischt sie den Schwanz an der Bordsteinseite ab, weit genug entfernt, dass sie sich nicht aus Versehen daraufsetzt.

Normalerweise geht sie am Samstag vormittags und manchmal auch nachmittags zu Angela und guckt Kinderfernsehen oder einen Film, aber heute sind sie mit Angela nach Dundee gefahren, um ihre Tante und ihren Onkel zu besuchen und dort Weihnachtsgeschenke einzukaufen, dabei dauert das noch über einen Monat. In der einen Woche kam, als sie bei Angela war, nachmittags ein Film, wo zwei Frauen Zwillinge waren, und wenn ein Mann mit dem Schnurrbart die eine geküsst hat, hat die andere das gespürt. Obwohl sie in einem anderen Zimmer war, gar nicht in der Nähe, hat die Frau die Augen zugemacht und gelächelt, so als könnte sie es auch spüren. Dann haben sie gesungen und getanzt, die Arme und Beine ein einziges Gewirr, die eine schwang sich rechts nach oben, die andere hing auf der anderen Seite kopfunter in der Luft, und sie haben zusammen durch die ganze Scheune so was wie Salto gemacht. Der Film war in Schwarzweiß. Angelas Vater mag die schwarzweißen nicht und schaltet sie immer weg, aber als der lief, war er nicht da. Angela sagt, ihr gefallen die schwarzweißen auch nicht, weil die öde sind. Sie hat den Film nicht gesehen, weil sie in der Küche war und ihrer Mutter geholfen hat, die Knöpfe am Hemd ihres Vaters anzunähen. Aber bald zieht Kate wieder woandershin, und dann kann sie das samstags nicht mehr machen. Sie kann sich einfach nicht vorstellen, was sie samstags machen wird oder wo sie es machen wird.

An dem Abfluss hängen lauter Bonbonpapiere, eine zerdrückte Zigarettenschachtel und ein ausgebleichtes Stück von einem Päckchen Ringos. Das Wasser im Abfluss ist schwarz, und oben drauf schwimmt Zeug, Öl vielleicht oder Spucke, und an anderem Zeug klebt schwarzer, zäher Schlick dran, das ist vielleicht auch Bonbonpapier, außerdem klumpiges Zeug, das alles Mögliche sein kann, wer weiß. Man kann nie wissen, was unter der Erde ist. Man weiß nie, wie tief das Wasser in einem Abfluss ist, vielleicht richtig tief. Ein Toter könnte aber nicht in den Abfluss geraten. Nicht mal, wenn derjenige ganz klein ist. Ein toter Vogel vielleicht. Ein toter Vogel käme aber nicht durch die Lücken im Gitter des Gullydeckels, dafür sind die zu schmal. Kate kriegt die halbe Hand auch nur durch, ohne an die Seitenwand zu stoßen, wenn sie sie ganz flach macht.

Ihre Großmutter hat ihr etwas echt Gutes geschickt: einen dicken Umschlag mit einem Indianer-Kopfschmuck drin, keinen gekauften, sondern einen selbstgebastelten, sie hat dafür Federn von echten Vögeln auf ein Stück Stoff genäht. In ihrem Brief an Kate hat sie geschrieben, dass sie die Federn alle in ihrem Garten und im Wald in der Nähe des Hauses gefunden hat. Amy sagt, sie darf zurückscheiben und sich bedanken. Amy sagt, man sagt amerikanische Ureinwohner, nicht Indianer. Sie sagt, die Vögel, von denen diese Federn stammen, waren mit ziemlicher Sicherheit nicht tot, lebende Vögel verlieren schon mal welche, wenn sie mit den Flügeln schlagen, und es tut ihnen nicht weh. Vögel haben bestimmt ganz dünne, enge Knochen. Das Steife in der Mitte der Federn ist genau genommen aber kein Knochen. Ihr Großvater hat ihr eine Postkarte geschickt. Kleiner neuer Planet, hat ihr Großvater geschrieben, Amy sagt, das soll ein Kosename sein, den sich ihr Großvater ausgedacht hat, weil er sie gern hat. Er hat ihr einen Witz über den Zyklopen geschickt. Das ist das Monster, das bloß ein Auge hat und getötet wird, als der Mann aus seiner Höhle entkommt. Es ist eine gute Geschichte, in der der Mann den Zyklopen austrickst, weil er ihm nicht sagt, wer er ist. Kate hat in der Schule ein Buch darüber gefunden, und Amy kann es ihr vorlesen. Es ist zwar gut, dass Amy jetzt lesen kann, aber nicht so gut wie vorher, als Amy nicht lesen konnte und Kate schon. Jetzt kriegen sie Briefe und alles und sogar Anrufe von Leuten, die sie nicht kennen; vielleicht ziehen sie deshalb wieder um. Außerdem braucht Angus sie nicht mehr auf dem Campingplatz. Amy findet es gut, dass sie wieder lesen kann, weiß aber nicht, was sie lesen soll. In einem Karton sind viele Bücher gekommen, in dem großen Karton, der in England war und jetzt bei ihnen im Wohnwagen steht. Das sind Amys Tagebücher von viel früher. Amy sagt, es lohnt nicht, die zu lesen. Kate hat den Karton noch mal aufgemacht und sie sich angesehen. Sie sind hübsch, aber ein bisschen langweilig, und die Schrift lässt sich nur schwer entziffern.

Kate setzt das Känguru auf die Bordsteinkante und schaut ihm zu, als es da steht. Sie schiebt es auf seinen langen Hinterbeinen vorwärts. Schiebt es noch ein Stück weiter und noch ein Stück, bis es kippt und herunterfällt und sie es auffangen muss. In dem Karton ist ein Buch, fällt ihr ein, das ist nicht wie die anderen Bücher. Die Handschrift in dem ist anders, die lässt sich noch schwerer lesen. Der Deckel ist nicht aus fester Pappe und bunt wie bei den anderen. Es ist von außen nicht so schön. Sie hat das Buch gefunden, als Amy nicht da war, und reingesehen und ein ganzes Stück gelesen über Freundinnen, die zum Camping mit einem Zelt aufs Land gefahren sind, und eines Nachts sind sie aufgewacht, haben zur Zelttür rausgesehen, und da waren viele Hirsche, die dicht vor ihrem Zelt Gras gefressen haben. Aber dann musste die eine niesen, und die Hirsche sind erschrocken und weggerannt, in dem Buch stand, die Hirsche wären wie Vögel gewesen, als sie so fortgerannt sind, schon komisch, das so zu sagen, wie in einem Gedicht, so als könnten sich Hirsche in Vögel verwandeln und davonfliegen, wenn jemand sie erschreckt. Das ist eine gute Idee, Vögel machen es ja so.

Das Känguru lächelt aus Versehen, denn der schwarze Farbfleck, der seine Nase sein soll, ist bis in die Furche verschmiert, die der Mund ist. Kate stellt es auf ein Metallteil des Gullydeckels. Es könnte leicht, fast von allein, durch eine Ritze in den schwarzen Modder fallen. Wenn man mit dem Kängurusschwanz an den Seiten des Gitters stochern würde, könnte man das grässliche schwarze Zeug rauskratzen, das wahrscheinlich schon ewig, jahrelang vielleicht, da drin klemmt und zusammengebacken ist. Man wird nie erfahren, wo der viele Dreck und Schmutz und Sand und die Keime und das Zeug, das hier klebt, eigentlich hergekommen sind; das kriegt man nie im Leben heraus.

Kate besieht sich das Pflaster, die winzigen kleinen geschmolzenen und darin einzementierten Steine, wahrscheinlich mit einer riesigen Maschine, einer Dampfwalze zum Beispiel. Das Känguru wartet auf der Bordsteinkante, ist sprungbereit. Mit dem Zeigefinger schiebt sie es sachte weiter, bis es direkt auf der Kante steht, bis es abstürzt. Es fällt durch den Gullydeckel und platscht mit einem dumpfen Geräusch in das schwarze Wasser.

Als sie unten reinsieht, ist das Känguru weg. Es ist komplett in dem Abwasserkanal verschwunden.

Kein Mensch an der Bushaltestelle. Kein Mensch auf der Straße. In der Ferne bellt ein Hund, aber niemand sieht sie, niemand hört sie. Sie beugt sich über den Gully, bis ihr Mund dicht über dem Gitter ist.

Das ist für dich, sagt sie zu dem toten Mädchen, das in dem Abflussrohr wohnt. Das Känguru ist für dich. Du kannst es behalten.

Amy führt das Streichholz beim Anzünden von sich weg. Sie hockt sich in den Schnee und den Sand und schirmt den brennenden Streichholzkopf mit der Hand ab, hält ihn so, dass die Flamme zwar weiterbrennt, aber nicht zu schnell wächst, ihren Fingern nicht zu nahe kommt. Sie zündet die Zeitung an beiden Seiten des Holzstapels an und lässt das abgebrannte Streichholz fallen. Die leuchtende Flamme greift über und breitet sich aus, das nassere Holz beginnt zu zischen. Schon jetzt sendet das Feuer, so klein es auch ist, sichtbare Wärmewellen aus. Schon jetzt hat es ein Lichtloch in das Dunkel gefressen.

Kate schmollt. Ich wollte es anzünden, sagt sie.

Solche Sachen kannst du machen, wenn du groß bist, sagt Amy.

Es ist eiskalt, sagt Kate, echt, es ist echt eiskalt. Sie klopft sich mit den Armen an die Seiten und auf die Brust, wie es Leute im Fernsehen mal gemacht haben. Dreht sich im Kreis, die Arme ausgestreckt und den Kopf in den Nacken gelegt. Immer weiter dreht sie sich, bis sie in den Schnee fällt und auf dem Rücken liegt, atemlos.

Amy stellt sich vor, wie der graue Himmel und das Feuer in Kates Kopf kreisen, an der Oberfläche ihrer Augen reiben.

Es waren einmal, sagte Amy, *vier Brüder und eine Schwester, die lebten im Hochland von Peru.*

Amy hatte ihre neue Sonnenbrille aufgesetzt. Sie sah damit ganz anders aus. Kate lag auf Amys Schoß, quer über dem Sessel, und hielt *Das große Buch der Mythen und Legenden II* so in den Händen, dass Amy über ihre Schulter hinweg daraus vorlesen konnte.

Der älteste Bruder fand, es sei an der Zeit, seiner Familie vorzuführen, dass er auch der stärkste war. Deshalb stieg er auf den Gipfel des höchsten Bergs und warf vier Steine, so weit er konnte. Kilometerweit flogen sie durch die Luft, ehe sie landeten: einer im Norden, einer im Süden, einer im Osten und einer im Westen. »Das Land, das ich mit diesen Felsblöcken markiert habe, gehört mir«, sagte er.

Und der Nordosten und der Nordwesten, der Südwesten und der Südosten, was ist damit?, sagte Kate.

Sei still, sagte Amy. Du wolltest die Geschichte hören. *»Das Land, das ich mit diesen Felsblöcken markiert habe, gehört mir«, sagte er.*

Blöcke oder Böcke?, sagte Kate. Sie zappelte und krabbelte auf Amys Knien. Amy klappte das Buch zu. Kate hörte auf zu zappeln. Amy schlug das Buch wieder auf.

Seine drei anderen Brüder waren eifersüchtig. Sie wollten das Land für sich haben. Der jüngste der vier Brüder war mit Abstand der schlaueste, und er hatte einen raffinierten Plan. »Komm in die Höhle«, sagte er zum Ältesten, »sieh dir an, was ich für dich gemacht habe. Als ein besonderes Geschenk und zu Ehren der brüderlichen Liebe, die ich für dich empfinde, habe ich schwer gearbeitet und viele schöne, genaue Karten des Lands gezeichnet, das du jetzt besitzt«, sagte er.

Das ist eine Falle, sagte Kate.

Ich glaub, du hast recht, sagte Amy. Ja. *Als sein Bruder die Höhle betrat, rollte der Jüngste unter Aufbietung all seiner Kräfte einen riesigen Stein vor die Öffnung und ließ seinen Bruder dort umkommen.*

Konnte er den Stein nicht einfach wegschieben und rauskommen?, sagte Kate.

Davon steht hier nichts.

Wann kommt denn endlich die Schwester von ihnen dran?, fragte Kate.

Ich weiß es nicht. *Die Gefangensetzung seines Bruders verlieh dem Jüngsten der vier magische Kräfte. Er ging sofort zum Zweitältesten und verwandelte ihn in einen Felsen, hob ihn hoch und schleuderte ihn von einer Klippe. Als der letzte noch übrige Bruder das sah, floh er.*

Ich dachte, da steht, sie hatten auch eine Schwester, sagte Kate.

Ja, stimmt.

Sie blätterte vor und zurück. Nein, sagte sie. Über die finde ich nichts, sie wird nicht wieder erwähnt. Aber – und Amy klappte das Buch zu und legte es neben den Sessel – aber die Schwester hat Folgendes gemacht. Hörst du zu?

Ja.

Nachdem sie eine Weile dagesessen und sich den Zank darüber, wem was gehörte und wer stärker oder besser war als wer, angehört hatte, stand sie auf, streckte sich, packte eine Tasche und ließ ihre Brüder sich weiter streiten. Sie marschierte los. Sie wanderte den ganzen Weg bis zum anderen Ende des Landes, wo niemand sie kannte. Sie warf ein Seil in die Krone zweier Bäume, die dicht nebeneinander am Fuße eines sehr malerischen Berges standen, machte sich aus den Blättern ein Dach und hatte so einen Unterschlupf für die Nacht. Am nächsten Morgen fand sie, es gefiel ihr hier so gut, dass sie sich hier niederlassen und leben wollte. Und sie lebte da, unter den zwei Bäumen, und beobachtete jeden Abend still den Sonnenuntergang. Schon bald aber wurde ihr klar, dass sie auf der anderen Seite des Berges etwas oder jemanden hörte.

Wieso konnte sie etwas hören, das so weit entfernt war?, sagte Kate.

Sei still. Sie konnte es einfach, sagte Amy. Sie rief: Hallo? Ist da jemand? Hallo!, rief eine Stimme von weit weg zurück. Schon bald wünschten sie sich gegenseitig gute Nacht, bevor sie schlafen gingen, und guten Morgen, wenn sie wieder aufwachten. Eines Abends, als es wie immer gute Nacht rief, fügte das Mädchen unter den zwei Bäumen noch etwas hinzu. Ist der Sonnenuntergang heute Abend nicht wunderschön?, rief es. Die Stimme von der anderen Seite des Bergs rief zurück: Sonnenuntergang? Du meinst den Mondaufgang?

Nein, rief das Mädchen empört. Es ist die Sonne, und die geht unter. Vielleicht sieht es ja von der *Rückseite* des Bergs aus wie der Mond, aber von vorn ist es eindeutig die untergehende Sonne.

Aber *ich* lebe vorn, rief die Stimme verärgert zurück. Und *du* lebst hinten. Und hier, an meiner Vorderseite, geht absolut und definitiv ohne Zweifel der Mond auf.

In der Nacht konnte das Mädchen überhaupt nicht schlafen. Es wachte auf, wälzte sich herum, wachte wieder auf. Die ganze Woche lang fand es keinen Schlaf, weil es die ganze Woche bei Sonnenuntergang denselben Streit mit der Stimme austrug und ihn nicht aus dem Kopf bekam, wenn es ins Bett ging. Am Ende der schlaflosen Woche war es so müde und zornig, dass es heiser noch einmal rief, es ist die SONNE, ich sag's dir, die SONNE, und ohne zu überlegen, was es tat, einen Stein von seiner Seite des Bergs aufhob und ihn zornig über den Gipfel warf.

Stille. Nichts. Dann sirrte im Halbdunkel des Sonnenuntergangs etwas durch die Luft, kam heruntergeflogen und traf es hart und schmerzhaft auf dem Kopf. Das Mädchen hob es auf. Es war ein großer, rauer Stein. Es drehte ihn in der Hand hin und her. Ich glaub's ja nicht, sagte es sich. Sieh sich einer an, womit die gerade nach mir geworfen hat. Sieh sich einer an, was die sich zu werfen getraut hat. Der Stein hätte mich schwer verletzen können.

Und das Mädchen bückte sich, hob einen noch größeren scharfkantigen Stein hoch und schleuderte ihn über den Berggipfel hinweg nach drüben.

Autsch!, sagte die Stimme auf der anderen Seite.

Ein großer Steinbrocken, ungefähr so groß wie ein kleines Haus, kam durch die Luft auf sie zugesegelt und landete gefährlich dicht neben ihren Füßen. Er schlug ein tiefes Loch in die Erde, Kaninchen spritzten davon, Nachtvögel flogen kreischend auf.

Das Mädchen wartete, bis sich der Staub gelegt hatte. Dann rief es: Nicht getroffen! Haha!

Kate lachte. Die Beine über der Armlehne des Sessels baumelnd, drehte sie sich, den Kopf an Amys Schulter.

Und so bewarfen sie sich, ob du's glaubst oder nicht, sagte Amy, die ganze Nacht durch im Dunkeln mit Steinen und Bergkristallen, mit großen schweren Felsbrocken und mit Ästen und Stücken von Baumstümpfen und mit Moos, verletzten sich gegenseitig und verfehlten sich manchmal. Schließlich wurde es Morgen. Das Mädchen war erschöpft, hatte die Hände zerschnitten und voller klaffender Wunden von den Wurfgeschossen, die es aus der Erde gerissen und vor denen es sich hatte schützen müssen; das Blut lief ihm wie Schweiß den Hals und die Stirn hinab, sein Körper war mit blauen Flecken in allen Schattierungen bedeckt. Und als es von der Erde aufblickte, wo es nach einem anderen Wurfgeschoss gesucht hatte, sah es, dass der ganze Berg verschwunden war. Es war nichts mehr davon da, was sich werfen ließ. Und vor dem Mädchen stand statt des Bergs nun jemand, den es noch nie zuvor gesehen hatte, jemand, der den Boden absuchte, Steine in der Hand wägte, zu kleine wieder fallen ließ. Das Mädchen blickte hinter sich. Da lag ein wirrer hoher Haufen geworfener Steine und Felsbrocken. Und vor ihm, hinter dem anderen Mädchen, lag auch so ein Steinhaufen. Hinter dem Mädchen ging der Mond unter. Vor ihm ging die Sonne auf. Sie standen sich gegenüber und beäugten sich in dem Morgenlicht, das Geröll der Nacht überall um sie herum, und hatten beide für alle Fälle noch einen Stein in der Hand.

Amy verstummte. Kate öffnete die Augen.

Ende, sagte Amy.

Und wenn sie nicht gestorben sind, leben sie noch heute, sagte Kate.

Vielleicht, sagte Amy nickend, wer weiß? Jedenfalls, sagte sie, schlüpfte beim Aufstehen unter Kate durch, streckte die Schultern und Arme und den Rücken, strich die Kissen in ihrer neuen Bleibe glatt, enden die besten Geschichten alle so.

Wie – so?, sagte Kate. Hob vorsichtig die Füße von dem auf der Sesselarmlehne befestigten Stoffüberzug. Über der Geschichte hatte sie vergessen, dass sie nicht leiden konnte, wie der Sessel sich anfühlte. Gähnend machte sie sich, plötzlich müde geworden, auf den Weg zum Bad; sie ging erst in die falsche Richtung, doch dann fiel ihr wieder ein, wo die Tür zwischen Wohnzimmer und Flur war.

Mitten in der Geschichte, sagte Amy, wie alle guten Geschichten. Dein Schlafanzug ist in der House-of-Fraser-Tüte. Putz dir die Zähne, denk dran, die fallen sonst aus. Und wisch das Waschbecken ab, wenn du fertig bist.

Kate machte die Tür hinter sich zu. In der tickenden Stille des komisch riechenden Flurs steckte sie die Finger in den Mund und zog an ihren Schneidezähnen, dann an den unteren und zuletzt an den Backenzähnen. Keiner war lose. Die konnten nicht ausfallen, ausgeschlossen, jedenfalls nicht heute Abend. Amy hatte gelogen.

Sie ging am Rand des Läufers die Treppe hoch, auf dem unbedeckten Holz. Schaffte es bis oben, ohne ein einziges Mal auf den Teppich zu treten, und überlegte, als sie oben stand, welche Tür die ins Bad war. F.: Was passierte mit dem Mädchen, das beim Schlafen einen Fünfzigpfundschein unterm Kopfkissen hatte? A.: Die Feen klauten ihr alle Zähne. Kate lachte. Aber wenn du dir vorstellst, du wachst auf und hast wirklich keine Zähne mehr. Kate hörte auf zu lachen. Wenn man nichts mehr im Mund hat, bloß noch Löcher und Blut.

Als sie Kates Lachen von irgendwo über sich hörte, blieb Amy unten in dem muffigen Zimmer des ungewohnten Hauses stehen und sah zur Decke, überlegte, was so lustig war.

Die Bücher haben Feuer gefangen. Sie fallen übereinander zusammen, jetzt, wo die Seite des Kartons weggebrannt ist.

Amy und Kate verbrennen die Sachen, die sie nicht mehr aufzuheben brauchen. Amy sagt, so kann man Weihnachten genauso gut feiern. Wegen Weihnachten ist außer ihnen niemand am Strand. Der Strand sieht anders aus; überall liegt Schnee. Dieses Jahr war eins der sonnenreichsten seit Beginn der Wetteraufzeichnungen, sagt Kate, und außer in den Schulferien führt Miss Rose auch Buch über die täglichen Temperaturen, um zu schauen, ob dieser Winter einer der kältesten wird. Es liegt so viel Schnee, dass man nicht sieht, wo der Strand aufhört und wo die Felsen anfangen, man kann es nur anhand der Biegung des

Meeres raten. Sie mussten sich eine Stelle auf dem Sand freiräumen, um ihr Feuer zu bauen.

Der Wind peitscht die Flammen durch das Holz. Sie trocknen schon seit Wochen in dem gekachelten Kamin im Wohnzimmer neben den Stäben der Elektroheizung Treibholz speziell für dieses Feuer. Kate gefällt es, dass sie in einem Haus wohnen. Anfangs konnte sie den Geruch nicht leiden, aber den hat sie jetzt anscheinend vergessen. Sie ist begeistert, ein eigenes Zimmer zu haben, auch wenn es nur klein ist. Ich glaub, hier bleiben wir, hat Amy zu ihr gesagt. Ich glaub, hier wohnen wir eine Weile, mal sehen, was passiert.

Heißt das, wir können jetzt eine Katze kriegen?, wollte Kate wissen.

Noch nicht, sagte Amy.

Angus ist mehrmals bei ihnen vorbeigekommen, hat an der Tür geläutet und ans Fenster geklopft, wenn niemand aufgemacht hat. Wenn Amy aufmacht, steht er auf der Fußmatte, tritt von einem Bein aufs andere und pult an seinen Fingernägeln. Ich möchte mich entschuldigen, sagt er. Möchte es wiedergutmachen. Er hat herausgefunden, wo Amy jetzt arbeitet, besucht sie und will mit ihr über die Theke hinweg reden, während sie Tassen auf Untertassen stellt, die Finger über die Tasten der Kasse fliegen lässt und jedes Mal zur Tür sieht, wenn jemand hereinkommt.

Ich kann mich jetzt nicht unterhalten, Angus, ich hab viel zu tun.

Das letzte Mal, als er kam, sah er panisch aus, ganz verloren. Er beugte sich über die Kaffeemaschine und sagte ihr durch die Geschirrtürme hindurch, er habe *Brief Encounter* im Fernsehen gesehen und dabei seien ihm die Tränen gekommen. Amy musste so laut lachen, dass sie sich beinahe den Topf mit dem heißen

Wasser über die Füße geschüttet hätte. Sie setzte den Topf vorsichtig ab und beugte sich vor, als wolle sie ihm ein Geheimnis anvertrauen. Er reckte ihr den Kopf entgegen, um zu hören, was sie sagen würde.

Hör zu, Angus, sagte Amy sanft, du hast da etwas missverstanden. Ich wollte dich niemals verführen oder mit dir vögeln oder dich nur anrühren. Ich bin nicht so.

Angus machte einen Schritt rückwärts, sah sie schockiert und gekränkt an. Weil sie ihm die Wahrheit gesagt oder weil sie in bestem *Brief-Encounter*-Akzent ein unanständiges Wort gebraucht hatte? Amy war sich nicht schlüssig. Jedenfalls war es erfolgreich, Angus hat sich noch nicht wieder blicken lassen, weder an ihrem Arbeitsplatz noch am Haus. Sollte er wieder angetrabt kommen, will Amy noch einmal versuchen, ihm das Geld zurückzugeben, das sie ihm schuldet. Sie hat ein Bankkonto eröffnet und es überzogen, hat die Summe abgehoben. Bis jetzt hat Angus den Scheck, den sie ihm an der Haustür geben wollte, nicht angenommen, und er hat auch den nicht eingelöst, den sie ihm auf den Campingplatz geschickt hat. Wenn der mit der Post geschickte abgelaufen ist, will sie, hat sie sich vorgenommen, noch mal hingehen und das Geld in bar durch den Briefschlitz in der Bürotür einwerfen. Schulden können einen ein Leben lang verfolgen.

Kate hüpft um das Feuer und singt ein Lied, das sie sich ausgedacht hat. Eisig kalt, sehr, sehr kalt, bitterkalt, kalt warm sehr warm, heiß, heiß, kochendheiß, singt sie. Sie bleibt stehen und hält sich die Hände vor die Augen, in die der Wind Rauch getrieben hat. Vorige Woche sind sie endlich mit ihrer Urlaubskamera in die Drogerie gegangen, und als die Fotos fertig waren, waren es fast nur welche von Hunden. Ein Hund am Meer. Ein Hund, der vor einem Laden steht. Die Hinterbeine eines Hunds. Zwei

Hunde, die sich hinlegen. Ein Hund in einem Garten. Ein Hund im Regen. Kate hat die Fotos noch nicht gesehen; Amy hat die besten in einem großen Rahmen rahmen und *Kates Italien* auf einem Schild auf dem Rahmen anbringen lassen, das wird ein zusätzliches Weihnachtsgeschenk. Das Bild liegt eingewickelt zu Hause. Kates anderes Geschenk ist eine Kamera, diesmal eine richtige. Das verdankt Amy auch ihrer Kontoüberziehung. Sie hat ausgerechnet, dass sie drei Jahre und sieben Monate lang einigermaßen stetig arbeiten muss, um es wieder auszugleichen und die Kaution für die Wohnung zu bezahlen. Von der Kamera weiß Kate noch nichts.

Sie schiebt den Kopf unter Amys Achsel. Amy sieht zu ihr hinunter. Asche überall auf ihr: auf ihrem Gesicht, ihrem Haar, ihrem Mund, ihren Augen.

Hast du das andere Buch aus dem Karton rausgenommen?, fragt Kate und entzieht sich.

Welches andere Buch?, sagt Amy.

Das andere, das anders aussah, sagt Kate.

Welches, das anders aussah?, sagt Amy. Das Licht verändert sich ständig, während sich die Flammen durch das Papier fressen. Es wabert, als atme es durch die Papierschichten. Lichtpünktchen steigen in die Luft über dem Feuer auf, sind da, sind weg.

Es ist widernatürlich erregend, Bücher zu verbrennen, klar. Nicht ganz so widernatürlich jedoch, wie es die Verwendung von Büchern als Machtinstrument war, von Büchern, mit denen man aß und schlief, von denen man sozusagen lebte; trotzdem hat dieses Verbrennen seinen eigenen Schauer des Ekelhaften, und es überrascht Amy nicht, wie sehr ihr gefällt, was sie hier tut. Kate war anderer Ansicht. Man sollte Tagebücher nicht verbrennen, die können für die Geschichte mal wichtig sein, sagte sie. Amy hat es ihr zu erklären versucht: Das ist, wie wenn man etwas zum ersten Mal zeichnet oder schreibt und merkt, dass man es so nicht wollte, und deshalb wirft man es weg und fängt von vorn an.

Aber wir könnten sie zum Wertstoff geben, sagt Kate. Sie sind Papier.

Könnten wir. Aber sie sind sehr privat. Und so können wir die ganze Küste mit ihnen beleuchten.

Sogar Kate ist überzeugt, als es ihr so dargelegt wird. Sie stehen bei dem Feuer, der brennenden Enklave im Schnee, Amy passt auf, dass Kate weit genug von den Flammen entfernt ist, und kann sie damit fesseln, dass sie ihr die Geschichte von dem Griechen erzählt, der Bücher über die Tragödie, die Komödie und über Ethik geschrieben hat.

Wie bei ethische Minderheit?, fragt Kate.

Nein, Ethik, verbessert Amy sie.

Was ist Ethik?, will Kate wissen.

Da untersucht man die Regeln oder ein System von Regeln für das Verhalten der Menschen, sagt Amy. Jetzt hör mal zu. Er glaubte, die einzigen wirklichen Farben auf der Welt seien die Farben Weiß und Gold: Gold für die Erde und die Sonne, Weiß für die Luft, das Wasser und für alles andere.

Weiß ist keine Farbe, sagt Kate.

Er glaubte, sagt Amy, die anderen Farben, die es alle gibt, wären bloß ein Farbstoff, den man entfernen kann, indem man die Sachen verbrennt.

Wie denn?

Na ja, sagt Amy, er behauptete, alles kehrt zu seiner Ursprungsfarbe zurück, wenn man es verbrennt: Es wird dann wieder weiß.

Das ist dumm. Was man verbrennt, wird schwarz, sagt Kate.

Amy lacht. Das stimmt. Sie fährt Kate unter die Achseln und schubst sie rückwärts in den Schnee, sagt, wenn sie mit den Armen schlägt und dann vorsichtig aufsteht, sieht sie, was für einen Abdruck sie gemacht hat.

Während Kate im Schein des Feuers den Abdruck eines Vogels oder eines Engels macht, wartet Amy bei den Resten ihrer brennenden Wörter. Das Feuer fällt jetzt in sich zusammen. Bald, denkt Amy, ist nichts mehr davon übrig. Nur noch Asche. Sonst nichts.

Ash

Ich bin also zu Hause und habe keinen Schimmer, wo ich bin. Na ja, ganz stimmt das nicht. Die Stadt ist dieselbe, ein bisschen größer, ein bisschen hässlicher. Wie eh und je breitet sie sich unterhalb der Berge aus, liegt da in Erwartung des Nichts, das sich am Firth tut. Die Luft ist noch klar, riecht nach den Fichten und Kiefern in den Gärten der Frühstückspensionen. Möwen mit ihren spitzen Schnäbeln kreischen noch auf den Dächern. Nichts hat sich verändert, und doch hat sich alles verändert. Daheim, in diesem alten Haus, dem Haus meines Vaters, das für mich neu ist. Es riecht hier anders, so als habe hier ein alter Mensch gewohnt und als sei er hier gestorben, sein Geruch aber nicht weggegangen. Das ist es, du bist zu Hause, sage ich mir immer wieder und öffne die Türen zu mir fremden Zimmern.

Er hat meine vielen Bücher und Sachen in Kartons gepackt und in die Garage gestellt. Kein Platz, sagte er. Er selber aber hat das Haus mit dem erstaunlichsten Zeug angefüllt, dem ganzen Gerümpel, das er wohl auf dem Dachboden gefunden hat, als er einzog. Überall im Haus verstreut, und doch alles fehl am Platz, die Sachen, an die ich mich erinnere, die vielen Kleinigkeiten. Von ganz früher, als meine Mutter noch lebte und ich noch so klein war, dass ich kaum über den Fenstersims hinausgucken konnte und, auf Augenhöhe mit den Ornamenten auf dem Sims, vorsichtig befingerte, was ich nicht anfassen sollte. Der Porzellankrug mit der Aufschrift Boston USA und die Glasente, die wir in Scarborough gekauft haben, überzogen mit einer körnigen Chemikalie, damit sie die Farbe wechselt: rosa bei schlechtem Wetter, blau bei gutem. Jetzt ist sie grau-orange, was das wohl bedeuten mag. Bitte nicht zu oft anfassen, sagte die Verkäuferin in dem Lucky-Duck-Laden, sonst verliert sie ihre Magie.

Die beiden Steinguthasen, in ihrem Steingutbett eingemummelt. Schäbig, dumm, billig aussehend, verloren. Das ganze Zeug, genauso seltsam und vertraut, wie wenn ich auf dem Mond herumliefe und es plötzlich dort sähe. Die Bilder. Sie sind schrecklich. Loch Ness und das Schloss, die kleinen Häuschen im Schnee, die Straße ins Nirgendwo, die Wildkatze, das Wiesel. Sogar die Sachen, die doch eigentlich, würde man meinen, überall reinpassen, die Stühle, die Kredenz, der Videorecorder: alles nur nichtssagender Müll, wenn man es so sieht wie ich jetzt, Strandgut.

Sieh dir die Fotos auf dem Kaminsims an. Die Menschen, die damit aufgewachsen sind, sind inzwischen alle woanders und sammeln ihre eigenen Sachen. Mein Vater ist auch unterwegs und sammelt jetzt rauf und runter in seiner neuen Straße Witwen und Nachbarinnen, die ihn einfach bezaubernd finden und es zulassen, dass er die Hand auf ihren Oberschenkel legt, nicht zu weit oben natürlich, eine freundliche Berührung, wenn er bei ihnen in der Küche sitzt, eine Schüssel Suppe oder eine Tasse Tee vor sich, die Geschichte seines Lebens erzählt und aus dem Augenwinkel die Tochter des Hauses im Blick behält, die sich hinten im Garten reckt und Wäsche aufhängt. Manches ändert sich nie. Der alte Gauner. Sein ganzes Leben lang war er hinter jungen Frauen her. Das ist so ziemlich das Einzige, was wir gemeinsam haben.

Gestern habe ich am Bahnhof dieses Notizbuch gekauft, heute Morgen habe ich den Klapptisch die Falttreppe hinaufgeschleppt, kein geringer Kraftakt. Aber hier hab ich ein gutes Fleckchen gefunden. Kühl und papierfrei. Ich bin ziemlich sicher, hier oben hat nie jemand gewohnt. Abstellraum und nichts drin, rohe Dachschrägen, nacktes Holz. Staubpartikel, die im Licht schweben, und das Geräusch meines Arms, der über den Tisch gleitet, das Geräusch meines Atems. Still und ruhig, allerdings höre ich Vögel und die Krankenwagen, die im Krankenhaus gegenüber mit dem rauchenden Turm eines Schornsteins auf dem Schotterweg ein- und ausfahren. Dieselben Hügel im Hintergrund, bebaut mit Häusern, die noch nicht da waren, als ich das letzte Mal heimkam. Wenn ich mich zur Dachluke hinausbeuge und nach unten schaue, sehe ich die Sonne auf den Schuppen, die Gärtchen hinter den Häusern anderer Leute, das blasse Rasengeviert, das hier dazugehört, klein, als wäre es beim Waschen eingegangen, die alten Rosenbüsche mit den über der Erde sichtbaren Wurzelstöcken. Nicht ein Baum im Garten dieses neuen Zuhauses.

Montag, 6. April 1987. Liebes Tagebuch. Genau genommen wird das kein Tagebuch, Tagebuch ist nicht der richtige Ausdruck dafür. Ich misstraue Tagebüchern von dem Tage an, als ich Amys gestohlen und auf dem Dach gelesen habe. Amy, mon âme, mein Sinnen und Trachten, meine Freundin Amy. Es war schockierend, ihre Version der Dinge zu lesen. Nein, Tagebücher sind dumm. Tagebücher sind nichts als Lügen. Tagebücher, die sind so selbstherrlich.

Aber wir leben schließlich in selbstherrlichen Zeiten, und dieses eine Mal will ich meinem Affen Zucker geben. Außerdem: Wenn man etwas aufschreibt, geht es weg. Ich schleppe das jetzt schon so lange mit mir herum, dass es ein Eigenleben gewonnen hat; es atmet innen gegen meinen Brustkorb, zehrt von mir, holt sich sich alles Gute aus meinem Essen, das ganze Kalzium aus meinen Zähnen. Ich will es los sein.

Und was für eine Geschichte das sein könnte! Eine wunderschöne, romantische Geschichte, voller Leidenschaft. Keine Geschichte für hier, für das provinzielle Schottland, damals nicht und zu keiner Zeit, nicht hier in der anständigen, biederen Hauptstadt der Highlands, wo es, als ich noch zur Schule ging, einen mordsmäßigen Aufruhr in den Zeitungen und den Ratsstuben gab, weil jemand meinte, Theater zu unterrichten, als normalen Bestandteil des Lehrplans, sei nichts Geringeres als Teufelswerk. Land meiner Seele und meiner Bildung: die Highlands. Wo der Seher von Brahan, der Highland-Magier mit seinen unglaublichen Fähigkeiten, einst prophezeite, dass, sollten den Ness zu viele Brücken überspannen oder sollten in der Nation zu viele Frauen an die Macht gelangen, entsetzliches, schreckliches Chaos daraus erwüchse. Ich habe in einem Buch gelesen, dass sie bei der Nachricht vom Überfall Hitlers auf Polen die Arbeiten an der fünften Brücke stoppten. Der Zweite Weltkrieg, und alles weil ein paar Leute im Norden Schottlands mit dem Bau der Brücke begonnen hatten, die eine zu viel war.

Schade, dass an seine Warnungen niemand dachte, bevor sie Thatcher zum zweiten Mal ins Amt wählten. Armer alter Seher, da hat er den schwarzen Regen vorausgesagt, die Schafe, das Blutvergießen bei Culloden, man stelle sich vor, und hatte keine Zeit mehr zu prophezeien, dass innerhalb von bloßen zwei Regierungsperioden ein Wohlfahrtsstaat zerschlagen wird, dessen Aufbau zwei Weltkriege gekostet hatte, weil er da, in ein hell loderndes Teerfass genagelt, schon einen Berg hinuntergerollt wurde, angezündet und auf die Reise geschickt von der Gattin seines Hausherrn. Aber er war selbst schuld, war er doch so dumm, laut zu sagen, was er durch das Loch in seinem kleinen

Zauberstein gesehen hatte: dass ihr Ehemann eine Affäre hatte. Natürlich rächte er sich und verfluchte ihren adeligen Clan, bevor er starb, und sie wuchsen alle zu Idioten heran oder starben bei Wagenunfällen oder stürzten vom Pferd.

Aber die Wahrheit bringt Entsetzliches hervor, das ist vermutlich die gute presbyterianische Lektion, die es hier zu lernen gilt. Stellen Sie sich den Skandal vor, das Unheil, man kann gar nicht ermessen, was für ein Durcheinander wir in der Welt angerichtet hätten, zwei Mädchen, die zusammen fehlgehen, und das in aller Öffentlichkeit in den wunderschönen anständigen Highlands, wo eine Frau, die vor sich hin pfeift, noch so unnatürlich war wie eine krähende Henne. Allerdings hat damals kaum jemand Hühner gehalten, bloß die verrückten englischen Zuzügler, die zurück zur Natur wollten. Sehen wir den Dingen ins Auge: Wir sprechen von einer noch nicht lange zurückliegenden Zeit.

Und wenn es so gewesen wäre, wenn wir so eindeutig, so grell, so öffentlich gefehlt hätten in dem gereiften Jugendalter, in dem wir waren, hätte es jemand gesehen, und nur zu schnell hätten alle gewusst, dass die kleine McCarthy ein bisschen, na ja, Sie wissen schon, merkwürdig war. Und je nachdem, wie kühn unser Fehltritt gewesen wäre, hätte mein Vater schließlich scheele Blicke auf der Straße geerntet und weniger Aufträge bekommen, meine Brüder hätten sich hämische Kommentare, Gejohle und womöglich Drohungen im Pub anhören müssen, und meine Mutter hätte sich immer schneller in ihrem Grab herumgedreht, und vielleicht hätte sogar ich mehr Mühe gehabt, einen Sommerjob zu finden, was zu liberalen Zeiten in einer Kleinstadt gar nicht so schwer war.

Die Regeln kannte ich von Anfang an, die hatte ich mit der Muttermilch aufgesogen. Ich hatte sie schon gelernt, noch ehe ich wusste, was das Wort bedeutete, das stumm mit den Lippen geformte Wort, das ein wohlmeinender und wissender anonymer Seher wie eine Schramme auf meinen Naturkundehefter in der Schule geritzt hatte, als ich elf oder zwölf war, und das sich mir, als ich meinen Hefter aus dem Stapel zog, ins Gehirn einbrannte. Das Wort, das mich mahnte, als ich mir später die Finger verbrennen wollte, und zwar am Herzen anderer Mädchen statt an dem von Jungs, wie es von mir erwartet wurde, die Kleinstadtetikette besser zu beachten. Zumindest so lange, bis ich dort weg war. Kein Wunder, dass ich nicht verstand, was in meinem »Renekloden-Sommer« geschah, nicht schlau wurde aus Amy, die in mein Leben hineinplatzte und mir das Ziel zeigte, auf das ich hinarbeiten musste. Mein wahres Ich.

Nicht dass ich gewusst hätte, was Renekloden sind. Renekloden essen, oder überhaupt Sommerfrüchte, das kam erst, als ich Schottland weit hinter mir gelassen und in den Süden gegangen war, ins Land der Sommerfrüchte, wo sie zu Desserts verarbeitet wurden, wo sich Tropicana in den Obstregalen der Supermärkte stapelten, wo es das ganze Jahr über Erdbeeren und Satsumas gab und billige Marktstände im Freien, die eine enorme Vielfalt boten und selbst im Winter mit Obst beladen waren. Aber sogar schon hier oben, wo alles, was ich empfand, unter dem Deckel blieb und still im Dunkeln reifte, hatte ich immer gewusst, dass ich Mädchen mag. Ich mochte auch Jungs, aber Mädchen mochte ich auf alle Fälle lieber. In dem Sommer, in dem ich Amy kennenlernte, war ich hin und weg von der Amerikanerin, die im Januar an unsere Schule gekommen war. Von heute aus gesehen, musste es natürlich eine Amerikanerin sein, in die ich mich in dem Jahr verknallte, in dem die Liebe meinen Körper zum ersten Mal traf wie ein Fausthieb und ich, nachts allein im Bett, entdeckte, was man entfesseln konnte, wenn man diesen ersten Regungen von Interesse unter der Decke nachging.

Ich war eine Spätentwicklerin. Ich war fünfzehn. Ich weiß noch, ich begann eben erst zu überlegen, wie meine Mutter wohl gewesen war, nicht in der beiläufigen, hinnehmenden Schutzengelart, die mir von Kind an zu eigen war, sondern wie besessen; stundenlang starrte ich auf verblasste Farbfotos von ihr, hielt sie mir unter meiner Gelenkleuchte vors Gesicht, ließ hundert Watt auf die Fotos leuchten, um Dinge zu erhellen, die ich vorher vielleicht nicht bemerkt hatte. Manches wusste ich genau. Sie kam aus Boston, aber ihre Eltern waren Iren. Weil sie Irland so liebte, hatte sie mir einen irischen Namen gegeben. In dem Jahr, bevor sie starb, sind wir alle zusammen dahin in Urlaub gefahren. Es gibt ein Foto, da hält sie mich auf ihrem Knie, wir sitzen auf dem Giant's Causeway. Ich habe ein Kleid mit einem Kirschenmuster um den Saum an und zwei roten kirschförmigen Bommeln am Hals. Sie trägt eine hellblaue Hose mit Gummibändern, die man über die Füße streifte, einen weißen Rollkragenpullover und eine Brille aus den Sechzigern, und der Himmel über uns ist blau mit weißen Streifen. Der Giant's Causeway besteht aus großen, flachen Steinen, die der Riese Finn aufgetürmt hatte, um einen Weg übers Meer zu schaffen. Auf dem Foto sehen wir beide auf etwas, das links von uns ist. Ich halte die Aufnahme dicht unter die Lampe und versuche zu erkennen, was es ist.

Deine Mutter ist zu den Engeln gegangen. Deine Mutter musste fortgehen, sie ist in den Himmel gekommen. Sie hat mich umarmt zum Abschied, warm und süß riechend, und stand dann da, die Arme hingen seitlich herab, und dann gab es ein großes Getöse, Feuer kam aus ihren Füßen, aus den Sohlen ihrer Schuhe, und sie schoss in die Wolken. Der Henkel ihres Kosmetikkoffers und Fetzen ihrer Kleider kamen später herabgetrudelt, versengt in dem heißen Dunst, mit dem sie abflog.

Ich sah die Szene immer in Schwarzweiß, bis heute, hab es mir wahrscheinlich bei der Mondlandung abgeguckt. *Deine Mutter hatte deinen Namen schon Jahre vor deiner Geburt ausgesucht, du brauchtest bloß noch reinzuschlüpfen. Du warst so klein, dass die Nachbarn von ihrer Schwangerschaft erst erfuhren, als deine Mutter mit dir nach Hause kam. Sie ist in den Himmel gegangen, um Gott bei den vielen Tänzen zu helfen, die sie dort veranstalten.* Ich habe meinen Vater nie nach mehr als dem Wenigen gefragt, das er mir immer wieder erzählte. Und als ich dann mehr wissen wollte, na ja, da war sie für ihn inzwischen viele Frauen her. Statt dessen habe ich James und Patrick nach allem Möglichen gelöchert, konnte aber nie sicher sein, ob die beiden nicht einfach Dinge über sie erfanden. Wenn sie nachts im Doppelstockbett leise miteinander redeten oder wenn sie im ungemähten Teil des Gartens im Sommer im hohen Gras lagen, taten sie, was sie immer taten, was vielleicht alle Zwillinge tun, unterhielten sich auf ihre besondere Weise, pflichteten einer der Version des anderen bei, *als erstes hat sie ihren roten Umhang angezogen (wie Wondermouse, ja genau wie Wondermouse), ja, wie Wondermouse, und dann konnte sie fliegen (ja, sie konnte fliegen, und die hatten keine Chance, sie hatte Zauberkräfte und eine Pistole, mit der konnte sie sogar abknallen, was sie gar nicht sah), ja, das war eine richtige Zauberpistole, in der konnte man die Zukunft und die Vergangenheit sehen (ja, und sie konnte uns damit sehen, und weißt du noch), ja, weißt du das noch, als da mal so Schnecken waren und Würmer und die bösen Dinger gekommen sind und uns holen wollten, im Dunkeln (ja, die hat sie gleich abgeknallt), ja, weil sie die ja sehen konnte (sie konnte sehen und hat auf uns aufgepasst), ja, auf uns beide. Und auf Ash auch (ja, auf dich auch, Ash).* Ich, noch klein, nickte und wollte aussehen wie sie, hatte wie sie einen Grashalm zwischen den Zähnen. Aber ich wusste, dass das erfunden war, glaubte kein Wort davon, auch nicht, als wir älter und ihre Geschichten utilitaristischer waren.

Nein, es gab Fakten, und an die hielt ich mich, die besaßen für mich einen eigenen Rhythmus. Sie heiratete meinen Vater 1958, sie starb im Oktober 1968. Sie war Tänzerin, und sie starb an Krebs. Mit fünfunddreißig. Das bedeutet, sie wurde 1933 geboren. Später habe ich mir oft vorgestellt, Amerikanerinnen im Fernsehen wären sie. Wenn sie sprachen wie sie, schockierend ähnlich. Die hübsche Blonde aus *Verliebt in eine Hexe*, die auch eine kleine Tochter mit einem komischen Namen hatte. Die Mutter aus der *Partridge Familie*, so munter, dass ich davon Magenschmerzen bekam, und die glamouröse Frau aus *Star Trek* mit den Haaren in einem Gelbton, der meiner Haarfarbe sehr nahe kam. June Allyson, sie hatte denselben Vornamen, und in *Kleine tapfere Jo* hielt sie die Familie in leuchtendem Technicolor auch nach Beths Tod zusammen. Die Frau, die in *Colorado* auf ihrem grauen Pony neben Clark Gable ritt, den Film habe ich eines Sonntagnachmittags mit meinem Vater gesehen. Obwohl sie dunkelhaarig und exotisch war, war sie hübsch und taff, und sie zeigte den anderen den Weg durch die verschneiten Gebirgswüsten, die Einzige, die genug Mumm hatte und die die Männer antrieb, die zu ängstlich waren, ihr durch den Schnee zu folgen. Und auch sie starb und ließ ihn mit einem kleinen Kind allein, so wie ich zurückgelassen wurde (obwohl es in dem Film ein Junge war und er keine Brüder hatte. Na, um so besser). Und manchmal sah mein Vater ein bisschen aus wie Clark Gable, vor allem am Wochenende, wenn er das Rasieren ausfallen ließ.

Das amerikanische Mädchen, das in unsere Schule kam, war die erste echte andere Amerikanerin, die ich je kennengelernt hatte. Sie hieß Jenny Timberberg und stammte aus Texas, und ihre Familie war in diesen entlegenen Winkel gekommen, weil ihr Vater bei der Ölgesellschaft arbeitete. Jenny benahm sich nicht wie ein Mädchen, sie machte im Unterricht den Mund auf. Sie scherte sich nicht darum, was andere von ihr hielten, antwortete der Lehrerin mit schönstem Näseln und ignorierte die Jungs, die ihren Akzent nachahmten. Sie sprach über Gott, als ob er ihr persönlicher Freund sei. Sie war hellbraun und hatte Sommersprossen, war athletisch nach den Jahren in der Sonne, und wenn sie in der Pause über den Schulhof ging, hatte sie sich immer bei der Freundin, mit der sie gerade sprach, eingehakt. Eines Tages stand sie im Unterricht auf und sprach fünf volle Minuten lang darüber, wie sehr sie Schottlands Berge liebte, wie anregend sie sie fand. Hinterher sah ich zum Fenster hinaus auf die schneebedeckten Gipfel in der Ferne und wusste zum ersten Mal, dass sie nicht bloß die öden Kulissen des Lebens waren, für die ich sie fälschlicherweise immer gehalten hatte, nicht bloß Regionen, in denen Unbesonnene sich am Neujahrstag verliefen und gerettet werden mussten. Hinterher begriff ich, was es mit Wordsworths Gedichten auf sich hatte. *The Solitary Reaper* – mein Buch war mutwillig beschädigt worden, jemand hatte das erste e in *Reaper* mit Tinte durchgestrichen – sieh darüber hinweg, sieh genau hin, es war Jenny Timberberg, die allein auf weiter Flur stand und die Stille des Meeres brach, die ersten Takte von *Don't It Make My Brown Eyes Blue* vor sich hin pfiff, die Hände in den Jackentaschen hatte und an der Mathe-Baracke lehnte.

Seit der Ankunft von Jenny Timberberg jedoch litt meine schulische Arbeit. Ich war nie besonders fleißig gewesen und wohl nur mit Glück und Intuition durchgekommen, ich las unersättlich bis spät in die Nacht und in den frühen Morgen, wenn es für Fernsehen zu spät war. Als ich meine Zeit jetzt größtenteils damit verbrachte, auf Jennys Hinterkopf zu starren und die winzigen Veränderungen ihres Haars zu studieren, wenn sie an die Tafel sah oder tiefernst Kringel auf den Einband ihres Notizbuchs kritzelte, war es sogar mit meinem passiven Lernen vorbei, und ich hatte keine Ahnung, was in Geschichte, Mathe, Deutsch, wo auch immer, vor sich ging. Wahrscheinlichkeitsrechnung hätte sonst was sein können, interessierte mich nicht; Jenny Timberbergs Rücken war voller versteckter kleiner Muskeln, und ich hielt Ausschau nach jedem einzelnen.

Aber es ging übers Körperliche hinaus. Genau genommen war es gar nichts Körperliches. Vor allem wollte ich bloß eine Freundin, das hab ich immer gewollt. Ich hatte natürlich welche, viele sogar, es hat mir nie an jemandem gefehlt, mit dem ich mir die Zeit vertreiben und bekakeln konnte, welche Jungs uns gefielen und welche nicht, wer mit wem ging, wie peinlich es war, nach dem Sport gemeinsam zu duschen, was wir von der neuen Blondie-Single hielten oder davon, dass Kate Bush auf Platz eins stand. Aber ich wollte etwas anderes: jemanden, der mich vor allen anderen unterhakte, jemanden, der mir den Arm um die Schulter legte und mit mir in den Sonnenuntergang schlenderte. Eine Freundin, wie Leute sie in Büchern hatten, im Fernsehen, so wie Männer in allen Filmen Freunde hatten, denen man sein Leben anvertrauen konnte, wenn die Deutschen kamen und einen ausrotten wollten oder wenn das Gesetz das Haus umstellt hatte.

Jenny Timberberg war anders. Sie war anders als alle anderen in der Schule, in der ganzen Stadt. Wir hatten noch andere Amerikaner in der Schule, aus anderen Ölfamilien, aber Jenny war das einzige Mädchen, das den ganzen Weg aus Amerika gekommen war. Sie war einzig. Wir hatten etwas gemeinsam. Ich hatte nur einmal mit ihr gesprochen, sie wusste nicht mal, wer ich bin, ich aber wusste, wir waren seelenverwandt.

Dann war Sommer, der Beginn der Sommerferien. Ich arbeitete in Littlewoods' Restaurant, gab an der Herdplatte die bestellten Gerichte aus, lud Koteletts, Pommes und Erbsen, Steak, Auflauf und panierten Fisch auf Teller. Ich hasste es, hätte viel lieber an der Theke gearbeitet, wo man die Leute durch sauberen heißen Dampf hindurch bediente und beim Heimgehen nach Kaffee roch und nicht nach Fett und Schweiß. Aber die Herdplatte war eine Beförderung nach meinem Samstagsjob als Abräumerin, denn McWilliam hatte Gefallen an mir gefunden. Ich war froh darüber. Es störte mich nicht, dass er mich so ansah. Wenn man vom Abräumen heimkam, konnte man sich zentimeterdick zertretene Essensreste von den Schuhsohlen abkratzen.

Sommer. Ich hatte einen Tag frei, und es war zur Abwechslung mal heiß und klar, einer dieser seltenen, perfekten klaren Tage, sogar warm genug, um die Schuhe und die Socken auszuziehen, zu warm für die Jeans, die ich anhatte. Ich hatte sie mir bis zu den Knien aufgerollt, stromerte durch den großen heißen Garten. Bücher waren überall im Gras verstreut, aber keins vermochte mich zu fesseln, mir schwirrte der Kopf von Träumen. Das Ende des Schuljahrs bedeutete den bestürzenden Verlust des kleinen Alltagswunders, das Jenny Timberbergs Hinterkopf darstellte. Ich hatte vorgesorgt, hatte die Anschrift der Timberbergs herausgefunden, den Namen ihres Vaters (Beau) und ihre Telefonnummer, dies dank James, der im Büro arbeitete, er und Patrick arbeiteten in der Werft wie alle älteren Brüder und verdienten einen Haufen Geld, hundert Pfund die Woche.

Ich sollte eigentlich das Gras mähen oder das Abendbrot für die Jungs machen, aber ich schleifte die alte Holzbank von der oberen Wiese ans hintere Ende des Gartens, der ganz überhangen war von den alten Apfelbäumen des Nachbarhauses. Die Bank hinterließ überall im Gras und zwischen den Gemüsen

Furchen. Später würde ich Ärger kriegen deswegen, das war mir klar. Aber ich schob sie vor die Gartenmauer und legte mich darauf, den Kopf im Schatten und der Rest in der Sonne.

Wir konnten uns zufällig auf der Straße treffen. Ich konnte in der Nähe ihres Hauses herumlungern, bis sie herauskam, ich konnte ihr in die Stadt folgen oder wo sie sonst hingehen mochte, und ich konnte ihr zufällig über den Weg laufen. So eine Überraschung, du hier, wie geht's, hast du, äh, schon mit dem Geographieprojekt für nächstes Jahr angefangen?

Ich konnte anrufen. Ich konnte Mut fassen und anrufen. Hi, ich bin's, Aisling. Aisling McCarthy. Aus der Schule, du weißt schon. Ich sitze in Französisch und Mathe hinter dir. Ich hab gerade überlegt, ob du … (ob du was? Ich wusste nichts über sie, nur dass sie Berge mochte) eine Wanderung auf den Ben Wyvis machen möchtest (viel zu kompliziert, wir müssten uns mit dem Auto mitnehmen lassen und brauchten Stiefel und vielleicht Seile und Eispickel und so. Außerdem war ich nicht sonderlich scharf darauf, auf einen Berg zu *steigen*), ob du … vorige Woche im Fernsehen die Sendung über Berge gesehen hast (ziemlich gut, zumindest machbar, aber – Nachteil – ich musste warten, bis im Fernsehen eine Sendung über Berge kam), ob du …

Ich könnte ihr einen Brief schreiben. Das ginge, fand ich, ich könnte ihr einen witzigen, lustigen Brief schreiben. Der wäre so witzig und lustig, dass sie merken würde, was für ein unterhaltsamer Mensch ich bin, und mich sofort anrufen würde oder, noch besser, mir zurückschreiben, und wir könnten einen Briefwechsel beginnen und uns jeden Tag treffen und uns über die Sachen unterhalten, die wir uns geschrieben hatten. Unsere Briefe wären alles andere als prosaisch, sondern voller Abenteuer, Entdeckungen, großer Erklärungen. Schließlich würden unsere geheimsten Ichs von Brief zu Brief wachsen und gedeihen, und außer uns würde das keiner wissen.

Denkbar, denkbar. So etwas würde ich zwar nie tun, so etwas würde nie passieren, aber es war eine beruhigende Möglichkeit, und so entwarf ich im Kopf meinen ersten Brief, während ich auf meiner Bank lag und durch die Äste in den Himmel blickte, mir das seltene Flirren der Luft ansah und Fliegen und Bienen über den Blumen und den alten Gartenabfällen an der Mauer surren hörte. Ein warmer Tag, ein rarer Tag, das Geschenk eines Tages. Ich musste eingeschlafen sein, und es war so etwas wie ein letzter Schlaf, wenn ich jetzt daran zurückdenke, denn als ich ruckartig auffuhr, sollte sich, obwohl ich das nicht wusste, alles in meinem Leben verändern.

Dann da saß Amy, oben auf einem Baum. Als ich die Augen aufschlug, saß sie da und sah auf mich runter.

In einem Ton wie direkt aus allen Klassikreihen der BBC, die ich sonntagnachmittags je im Fernsehen gesehen hatte, wie aus allen Jane-Austen- und Virginia-Woolf-Büchern, die ich je gelesen hatte, sagte sie:

Das errätst du nie. Ich habe gerade etwas Wunderschönes gesehen. Grad eben hat ein Schmetterling aus deinem Augenwinkel getrunken. *Nymphalis io*. Die sind so weit nördlich ziemlich selten.

Mir klappte die Kinnlade herunter. Ich sah sie an, wie sie da über mir in den Ästen des Apfelbaums saß. Echt?, sagte ich. Echt wahr?

Ich schwöre.

Dienstag zehn Uhr.
Liebes Tagebuch,
ich mag dieses Spiel. Dingen eine Form zu geben, die zu dem Zeitpunkt eigentlich keine Form hatten oder zu haben schienen. Die verborgene Gestalt zu finden, die unsichtbare Gestalt, die schon immer da war. Die Form zu erfinden, als wäre es bloß eine Geschichte, die noch nicht einmal stattgefunden zu haben brauchte. Zufällig, bedeutungslos, die einem gebliebenen Dinge, die im Kopf aufsteigen, wie Treibholz durch die Wasseroberfläche bricht, im Dunkeln immer weiter nach oben aufsteigt, auf Luft trifft und zur Seite kippt, verklumpte Splitter, abgefault von dem toten Gewicht, das sie hinter sich gelassen haben. Unten auf dem Meeresgrund das Wrack und die vielen einzelnen Dinge, die du nie wieder sehen wirst. Das rostende Besteck. Das Jackett, das der Steward trug. Der an die Wand geschraubte vergilbende Hinweis *Zutritt für Unbefugte verboten*, und Fischschwärme schießen blicklos vorüber. Die hunderterlei Sachen, die du dir nicht ins Gedächtnis zurückrufen kannst. Wer weiß? Schädel, Perlen, alte Knochen. Was liegt auf dem Meeresgrund und zittert? Ein nervöses Wrack. Ein Witz aus den Sechzigern, als man neunzehn Nervenzusammenbrüche haben konnte, sie kommen und bringen mich weg, haha. Patricks Lieblingswitz. James' Lieblingswitz war der derbe über die Nonne im Fahrstuhl. Als er den in der Schule erzählte, hat ihm Schwester Am-

brose das Ohr herumgedreht. Amy kannte sich mit Nonnen aus, sie wusste viel mehr als ich, und dabei hatte sie noch nie eine kennengelernt.

WAS AMY MIR BEI DIESER ODER JENER GELEGENHEIT ERZÄHLT HAT

Nonnen dürfen sich untereinander keine Geschenke machen.
Friedhöfe sind eigentlich nette Plätze für ein Picknick.
Es gibt insgesamt sieben heilige Katharinas, und drei davon sind Italienerinnen. Eine von ihnen wurde zur Märtyrerin erklärt, die Katharina auf dem Rad. Genau genommen ist sie aber nicht auf dem Rad gestorben, sondern wurde enthauptet, während sie mit auf dem Rücken gefesselten Händen kniete und alle segnete, die sich ihrer erinnern würden; als sie ihr den Kopf abgeschlagen hatten, schoss reine weiße Milch aus ihrem Hals.
Es muss faszinierend sein, katholisch aufgewachsen zu sein, der Katholizismus ist so herrlich theatralisch, außerdem haben Katholiken das Glück, sich den Wert der Sünde wirklich vorstellen zu können.
Im Griechischen bedeutet das Wort für Schmetterling auch Seele. Psyche. Psyche war die Freundin von Eros, und sie hatte Flügel mit Schmetterlingszeichnungen darauf. Der Kleinplanet Eros ist bemerkenswert erdnah und wurde 1898 entdeckt.
Ich glaube, das Buch wird dir gefallen, Ash. (Im Allgemeinen war es so.)
Der Pelikan pickt sich in die eigene Brust und fügt sich Wunden zu, damit seine Jungen von dem Blut fressen können. Der Phönix lebt 500 Jahre und verbrennt sich dann selbst, damit ein neuer Phönix aus der Asche emporsteigen kann.
Es gibt ein Glasmosaik, auf dem Eva mit zwei Tigern abge-

bildet ist, einer sitzt zu ihren Füßen, einer reibt seine Schulter zärtlich an ihrem unteren Rücken; es hängt im Chorraum der St.-Paul's-Kathedrale.

Das Fieber bei einer Krankheit rührt von der Anstrengung des Körpers bei der Bekämpfung der Keime her, die in ihn eingedrungen sind. Keine Sorge. (Ihr Handrücken auf meiner Stirn zum Test.)

Den Azteken zufolge besteht die Welt aus einer Göttin, die von Göttern in Stücke gerissen wurde; die Erde ist ihre obere Hälfte und der Himmel ihre untere Hälfte; Bäume und Blumen sind ihr Haar, Berge sind ihre Schultern, Höhlen sind ihre Augen.

Du siehst aus wie Frankie in *Das Mädchen Frankie*.

Unheimlich, dieses Letzte; eine der ersten Sachen, die sie zu mir sagte. Wie üblich hatte ich nicht den leisesten Schimmer, wovon sie sprach. Ich lauschte – unweigerlich lauschte ich immer – Amy, die mit klarer, ruhiger selbstsicherer Stimme verrückte, herrliche Zusammenhänge herstellte, die ich nicht nachvollziehen konnte. Dass ich aussehe wie Frankie, sagte sie oben im Baum, als ich mich benommen aufrichtete und in der blendenden Sonne zu erkennen versuchte, wer da sprach.

Sie: dunkel, langes dunkles glattes Haar. Schmal, hübsch, ein voller Mund, braune Augen, tiefliegend, Katzenaugen. Ich: hell, spillerig, dünn, das Haar kurz und derb und gelb, der Mund ein Strich, die Augen graublau, das Einzige, was mir selber an mir gefiel, wenn ich die untere Gesichtshälfte mit der Hand bedeckte und mir meine Augen im Spiegel ansah. Ich: zwar größer, aber noch keine Brust, schlaksig, fester, schmaler Körper, so jungenhaft, dass ich mir Löcher in die Ohren stechen lassen musste, damit man mich in Läden nicht ständig mit mein Sohn anredete.

Sie: ein Mädchen. Ein richtiges Mädchen, Mädchenklamotten, die Art Mädchen, die ich verachtete, mit der ich mich nicht mal blicken lassen wollte, wenn ich tot war, die Art Mädchen, die niemals über ein Tor steigen, niemals einen Baum hinaufklettern würde. Sie: hat mich immer kalt erwischt.

Ja, das meine ich so. Wie ist sie zum Beispiel überhaupt in den Baum hinaufgekommen in dem langen mädchenhaften Rockdings, das sie immer angehabt hat? Und wie schließlich wieder herunter? Ich war doch wohl dabei, als sie runterstieg, ich muss es gesehen haben. Aber ich erinnere mich nicht daran. Vorstellen kann ich es mir leicht, wie sie balanciert, erst anmutig, dann unbeholfen, dann wieder anmutig zwischen den Ästen herumklettert, die Füße fest gegen den Stamm gedrückt und sich vorsichtig, zentimeterweise herablassend, den Ärmel oder den Rock, mit dem sie hängengeblieben ist, von dem Zweig löst und verärgerte leise Geräusche in der Kehle macht.

Ein ganz feines Erzittern der Blätter über mir.

Wie damals, als ich beinahe in dem Baum im Garten des Pfarrers erwischt worden wäre. Die Äpfel seines Baums waren berühmt, ließen sich gut essen und gut klauen; wenn man auf dem Weg hinter seinem Haus welche im Gras fand, waren die immer schon rundherum angebissen, bevor sie auf dem Boden landeten. Wie alt war ich? Neun, und ich wollte unbedingt mit in das Versteck, das sie am Kanalufer gebaut hatten, aber der eine Junge, Colin, er hatte wohl eine Hasenscharte, eine Narbe an der weichen Stelle unter seiner Nase, sagte, Mädchen dürften da nicht rein. (Ein Mädchen zu sein, schlimmer als der Tod: Bei irgendwem gefahrlos im Garten spielen, mit anderen Mädchen und ihren Plastik-Teegeschirren, den Puppen, die sich einmachten.) Ich stand da, ließ die Arme hängen, rührte mich nicht vom Fleck. James sah Patrick an, und Patrick sah zu Boden und sagte mir, ja, verzieh dich lieber, Ash, und die anderen Jungs standen dabei und sahen zu; einer ging immer gleich im Freien aufs Klo und nie heim dafür. Dann hörten wir von der Wohnsiedlung herüber den Eiswagen *Greensleeves* spielen.

Sie darf, wenn sie uns da was kauft, sagte Colin. Wo soll sie denn das Geld herkriegen?, sagte James. Ich kann uns für umsonst Äpfel besorgen, sagte ich. Patrick hob den Kopf und nickte, seine Stirn klarte auf. Sie könnte uns sogar Äpfel von Thains Baum besorgen, sagte er.

Wir waren schon alle über den Zaun, und ich war schon an den Gemüsebeeten vorbei und halb oben auf dem Baum, da drehte ich mich um und sah sie alle rumstehen, und dann hörte ich auch schon Mr. Thain auf dem knirschenden Kiesweg, sah ihn auf seinen langen Priesterbeinen durch den Garten rennen, und fast hätte er James am Kragen erwischt, es fehlte nicht viel, und ich hätte aufgeschrien, ich musste weiter hoch, kletterte so weit in den Baum hinauf, dass ich, als Thain leise fluchend darunter durchging, kehrtmachte und die Abdrücke in der Erde rings um seine Kartoffeln einebnete, seine Glatze von oben sah, und er kam nicht auf die Idee, die Augen zu heben, denn sonst hätte er mich da hängen sehen.

Ich wartete in Thains Baum, bis es fast dunkel war. Hatte freie Sicht bis zu den Garagen. Ich sah Mrs. Taylor durch ihren Garten laufen, und Hughie, einer der taffen Frasers, denen meine Brüder aus dem Weg gingen – er hatte gerade die Schule abgeschlossen und arbeitete auf dem Bahnhof –, traf sich zwischen zwei Garagen mit ihr; ich habe sie beobachtet, sie küssten sich, als nagten sie einer am Gesicht des anderen, und dann drückten sie sich an die Garagenwand, ich dachte, da zieht er sich bestimmt Splitter im Rücken und an den Händen ein oder sie, man zog sich an den Garagen immer welche ein, und dann hat sie ihre Sachen glattgestrichen, und er hat ihre Haare glattgestrichen, und ich glaube, sie haben sich sogar die Hände gegeben, oder er hat eine kleine Verbeugung vor ihr gemacht, wie die Jungs sie vor der Schwester des Direktors machen, wenn sie einem am letzten Schultag das Buch überreicht, und ich habe zugesehen, wie sie wieder durch ihren Garten kam, unterwegs ihr Blumenbeet befingerte. Dann ging die Tür zu. Als es dunkel genug war, habe ich mir die Taschen mit kleinen Äpfeln gefüllt, mir den Pullover in die Jeans gesteckt und mir so viele, wie ich konnte, hineingeschoben. Ich bin am Baum runtergerutscht, wobei im Dunkeln die Äste wackelten, bin den ganzen Weg zum Kanalufer gerannt, hab mich in das plattgedrückte Gras in ihrem Versteck gesetzt und einen meiner Äpfel gegessen, er war hart, grün und bitter. Ich hab den Arm durch die Graswand geschoben und den Butzen rausgeworfen.

Es war spät, ich würde schrecklichen Ärger kriegen: ganz allein im Dunkeln draußen neben dem Kanal. Dafür würde ich wirklich eine Tracht Prügel kriegen, und deshalb bin ich so weit gegangen, bis zum eigentlichen Kanal, bis an den Rand. Wenn ich heimkam, würde mein Vater, den Gürtel in der Hand, auf mich warten und meine Brüder mit ängstlichen Gesichtern hinter ihm stehen und mir hinterher zuflüstern: Hat Thain dich erwischt, ja? Ich balancierte auf den Steinen über dem Wasser und warf einen Apfel rein; das Geräusch, das er im Dunkeln machte, gefiel mir. Ich zog die Äpfel aus meinen Taschen und unter meinem Pullover vor und ließ sie einen nach dem anderen in den Kanal plumpsen. Sie schwammen auf dem Wasser, bildeten Formationen, auf der Oberfläche des Kanals schwimmende Apfelformationen.

Aber als ich heimkam, lag das Haus im Dunkeln. Ich schlich auf Zehenspitzen nach oben, hörte meinen Vater schnarchen, als ich an seinem Zimmer vorbeikam. Vor dem Zimmer meiner Brüder blieb ich stehen. Sie atmeten im selben Rhythmus. Ich sah Patrick, er hatte die Laken von sich geschoben, ein Arm lag über seiner Brust, der andere hing über die Bettkante. In meinem Zimmer machte ich die Tür zu, tief in meiner Kehle schwoll der Drang, aufzuspringen und alle Bücher vom Schrank zu fegen, mit den Schranktüren zu knallen. Ich klemmte die Hände unter die Oberschenkel und setzte mich fest darauf, um mich davon abzuhalten.

War das der Moment, als ich beschloss, einfach jemanden zu erfinden? Jemanden, der sah, dass mein Arm zwischen den Grasbüscheln des Verstecks hervorkam und dass meine Hand den Apfelbutzen warf, aber nichts verraten würde? Jemanden, der am Kanalufer saß und – wie ich – das schwarze Licht gesehen hatte, das der Mond um die Äpfel im Wasser warf? Wenn ich nachts – jede Nacht – zu meinem Zimmerfenster hinaussah, saß sie gegenüber auf dem Pflaster, stocherte mit Stöcken in dem Gullydeckel über dem Abfluss herum. Sie blieb ziemlich lange da sitzen, zumindest so lange, bis ich sie gegen den Hund austauschte, den ich mir an ihrer statt ausgedacht hatte und der unter meinem Bett lebte, mich vor aller Furcht bewahrte, wie es in der Kirche hieß, und der jeden einzelnen Tag vor dem Schultor lag und auf mich und die Vieruhrklingel wartete wie bei dem Jungen und dem Hund in *Lassie*, so treu, dass er keine Leine brauchte, so gut erzogen, dass ich weder zu rufen noch zu pfeifen brauchte; er war da, die Ohren aufgestellt, den Schwanz ebenso. Ich sehe ihn immer noch. Eine schwarzweiße Schnauze, schwarz um die Augen wie eine Maske. Ein schwarzweißer Rücken, weiße Beine, die Schwanzspitze schwarz. Sie sehe ich im Geiste auch immer noch, wie sie da auf der Bordsteinkante sitzt; sie sieht genauso aus, wie ich in dem Alter aussah.

Sechs, sieben Jahre später. Neun, zehn Jahre ist das her. Ich komme gerade von der Arbeit heim, kicke mir an der Hintertür die Schuhe von den Füßen, sehne mich danach, die Strumpfhose auszuziehen und durch mein Zimmer zu schleudern, mir den Schnitzelgeruch von der Haut zu waschen, als – Aisling, könntest du mal rüberkommen? – mein Vater mich ruft. Er ist in der Küche, zeigt einer neuen Frau die Einbaumöbel. Das ist Aisling, sagt er zu ihr, sie ist meine Jüngste. Oh, die ist dir aber wie aus dem Gesicht geschnitten, sagt die Frau und mustert mich nickend von Kopf bis Fuß. Die Frau ist auch seine jüngste, und das mit Abstand, vor kurzem waren sie noch weit in den Vierzigern, aber die hier sieht aus wie Anfang dreißig, noch hübsch, aber auf eine Art, die sich allmählich verliert, weswegen sie wohl für ihn bereit ist. Sie sieht mich mit mitleidigen Kuhaugen an, und das bedeutet, er hat die Frau-gestorben-und-mit-drei-Kindern-zurückgelassen-wir-kommen-zurecht-aber-Gott-manchmal-ist-es-nicht-einfach-Geschichte schon gebracht. Wie mag sie heißen? Allein dieses Jahr haben schon eine Marjory, eine Brenda und eine Moira in unserer Küche an ihren Eheringen genestelt. Nicht lange, und sie wird ihm Tipps geben, wo er Sachen für mich kaufen soll, und es wird die nächsten Monate oder vielleicht Wochen dauern, je nachdem. Manchmal dauert es nur so lange, bis ihre neue Küche eingebaut ist. Ich mustere die Frau genauso mitleidig von Kopf bis Fuß und wende mich zum Gehen.

Hier, Ash, sagt er. Wir rufen sie Ash, erklärt er der Frau. Ja, ganz schön happig, ihr Name, den hab ich noch nie gehört, sagt die Frau. Was ist das mit dir und so einem Doktor?, sagt er zu mir. Hier hat ein Mann geklopft und nach dir gesucht. Was für ein Mann?, frage ich. Ein Doktor irgendwas, ein Mann, der behauptet, du würdest morgen mit ihm wegfahren, so ein gediegener Typ mit so einem Bart, sagt mein Vater in affektiertem Ton, wozu die Frau blöde kichert. Ich zucke mit den Achseln und gehe.

Du bildest dir hoffentlich nicht ein, dass du mit einem Mann, der dreimal so alt ist wie du, irgendwohin fährst, ruft mein Vater mir nach. Denn das fällt flach. Es ist schwer mit Mädchen, sagt er zu der Frau. Ich weiß nicht, ob du weißt, was ich meine, Marlene, aber bei den Jungs hab ich immer gewusst, wie ich mit denen reden soll. Aber hier, na ja. Er sieht mich bekümmert an. Das ist Mrs. MacKay, sagt er zu mir, sie ist hergekommen, um sich unsere Küche mal in Betrieb anzusehen, sie wird dir dasselbe sagen, es ist gefährlich, mit jedem x-beliebigen Mann wegzufahren. Klar ist das gefährlich, Kenny, sagt Mrs. MacKay und nickt.

Ich gebe auf. Das ist eins der Spielchen meines Vaters, mit denen er seine Beute in die Falle lockt. Ich teile ihm mit, dass ich nicht weiß, wovon er spricht, und höre, als ich nach oben gehe, wie er ihr die leichtgängigen Scharniere und den im falschen Schrank versteckten Mülleimer zeigt. Ich mache die Tür hinter mir zu, stelle *The Sounds of Silence* sehr laut, lege mich auf mein Bett und denke an Delphine auf Arbeit. Die hübsche Delphine, die wie ein französischer Filmstar aussieht, ein französischer Filmstar mit Inverness-Akzent, war in meinem Jahrgang an der Schule, bis sie voriges Weihnachten abging, um Vollzeit zu arbeiten; heute Morgen um halb neun war sie so zugedröhnt oder so betrunken, dass sie mit dem Besen im Arm in der Küche herumgetanzt ist und *Some Day My Prince Will Come* gesungen hat, und Janet, die dicke Köchin, die normalerweise immer mies gelaunt ist, hat sie ins Büro geschickt, sich hinlegen, und sie bei McWilliam gedeckt.

Ich bin gerade aus der Dusche raus, da läutet es an der Tür, und Patrick macht auf. Er ruft mich. Da steht eine Frau mit kurzen dunklen Haaren und lächelt hohl, hinter ihr ein Mann mit Bart, und weiter hinten steht, am Nachbarhaus über das

Gartentor gelehnt, das verrückte ernste Mädchen von oben im Baum und spielt mit dem Schnäpper, drückt ihn rein und raus. Ich konzentriere mich wieder auf die Frau, die die Hand ausgestreckt hat, als ob ich was hineinlegen soll.

Ich bin Patricia Shone, freut mich sehr, dich kennenzulernen, sagt die Frau zu mir. Sie nimmt meine nasse Hand und schüttelt sie, behält sie in ihrer. Ich bin so froh, dass du mit uns mitkommst, sagt sie, das ist eine von Amys besseren Ideen, es ist wunderbar, dass wir jemanden dabeihaben, der aus dieser Gegend stammt und uns zeigen kann, was wirklich sehenswert ist. Es ist furchtbar nett, dass du und Amy Freundinnen seid und für David und mich ein richtiger Glücksfall.

Mein Vater kommt an die Tür. Was hast du angestellt, Ash?, sagt er zu mir. Was hat sie angestellt?

Ich bin Patricia Shone, sehr nett, Sie kennenzulernen, Sie müssen Mr … der Vater von Amys Freundin sein, sagt die Frau. Mein Vater sieht auf seine in ihrer liegende Hand hinab, strahlt übers ganze Gesicht. Wir wohnen sozusagen Wand an Wand, sagt sie und lacht auf, eine ganze Woche, unser erster Besuch in Schottland. Es ist so freundlich von Ihnen, dass Sie Ihrer Tochter erlauben …

Ash, sagt das Mädchen am Tor, das immer noch mit dem Schnäpper spielt.

… uns herumzuführen, solange wir hier sind, sagt die Frau.

Wir stehen alle da, und für einen Moment sagt niemand etwas. Kommen Sie doch rein, sagt dann mein Vater. Oh, sagt die Frau, ich komme gar nicht darüber hinweg, wie reizend und freundlich hier alle sind. Sie und der schweigende Mann folgen meinem Vater ins Haus. Das Mädchen streicht mit der Hand über die obere Torkante, wo das Holz Kerben hat. Wir hören sie alle lachen und das Geräusch meines Vaters an der Minibar.

Es wird Spaß machen, sagt Amy ernst.

Du bist verrückt, sage ich. Ich kann nirgendwo mit dir und denen hinfahren, ich *arbeite*. Ich hab einen Job, den kann ich nicht einfach sausen lassen.

Jetzt ist James an der Tür, hinter ihm Patrick. Kommst du nicht rein?, sagt Patrick zu dem Mädchen. Wie heißt du? Möchtest du nicht reinkommen? Wer ist deine Freundin?, flüstert James mir ins Ohr. Er legt den Arm um mich und pustet mir durch mein T-Shirt heißen Atem auf die Schulter, süßen, ich riech's. Patrick legt von der anderen Seite den Arm um mich und sagt zu dem Mädchen: Wir sind hier alle Zwillinge, kannst du uns auseinanderhalten? Er zerstrubbelt mir die nassen Haare, und ich schlüpfe unter den beiden raus. Kommt deine Freundin nicht mit rein, Ash?, sagt Patrick. Ich heiße James, wir sind ihre großen Brüder, du bist aus England, nicht? Das von James.

Das Mädchen sieht nur mich an, so als wäre außer uns beiden sonst niemand da. Ist es da, wo du arbeitest, sehr langweilig?, sagt sie. Oder gefällt's dir?

Ich nicke, ja, schüttele dann den Kopf und sage nein, ich meine, nein.

Na, dann ist doch schon alles geklärt, sagt sie so leise, dass ich die Ohren spitzen muss, um es zu hören. Das Tor geht mit einem Klick hinter ihr zu.

Möchtest du vielleicht eine Tasse Tee, Ichweißnichtwieduheißt?, ruft Patrick über meine Schulter hinweg. Sie heißt Amy, sage ich, während sie zum Haus kommt. Möchtest du Kaffee oder Tee?

Was für Tee habt ihr denn?, sagt sie zu mir.

Was für Tee?, denke ich, als ich sie hineinführe, mich zwischen meinen Brüdern durchschiebe.

Ich habe keine Ahnung, was sie meinen kann.

Mein Vater fragt noch heute nach Patricia Shone, er hat am Sonntag gefragt, als ich heimkam: Erinnerst du dich noch an diese Engländerin, die Mutter deiner Freundin? Das war eine richtig nette Frau, siehst du die manchmal? Die mit dem Doktor als Mann. Die fliegt nicht auf jede Wald-und-Wiesen-Einbauküche, sagte er beeindruckt, nachdem sie wieder nach nebenan gegangen waren. Du darfst mit ihnen wegfahren, sagte er zu mir, dabei stand für mich schon fest, dass ich so oder so fahren würde, wenn auch nur aus lauter Verwirrung: Kein Mädchen, das mich je zu Hause besucht hatte, war so blind und taub gewesen für den Charme meiner Brüder wie sie. Und wenn du hinterher keinen Ferienjob mehr findest, rief er aus seinem Sessel vor dem Fernseher, kannst du jederzeit zu mir in den Laden kommen und für mich arbeiten. Ich stand an der Tür, bass erstaunt. Da hat wohl ein Zauberstab unser Haus berührt, dachte ich und blieb, statt nach oben zu gehen, in der Tür stehen, setzte mich schließlich und sah mir mit ihm zusammen was von den Marx Brothers an, Groucho mit einem Barett auf dem Kopf, wie er auf dem Tisch tanzt, und Harpo, der bei irgendwem im Arbeitszimmer Bücher in ein Kaminfeuer wirft und sich die Hände wärmt.

Dieser erste Sommer also. Amy und ich auf dem Rücksitz des Autos, ihre Mutter und ihr Vater vorn. Die Hinterköpfe ihrer Eltern und ihre so englischen Stimmen, als sie sich über luxuriöse Sachen ausließen, zum Beispiel was sie von bestimmten Büchern hielten und was sie in den Sonntagszeitungen darüber gelesen hatten; es hörte sich an, als fiele es ihnen nicht im Traum ein, ein Buch zu lesen, über das sie nicht vorher etwas in den Sonntagszeitungen gelesen hatten. Wir fuhren die Touristenstraßen ab, wo das Unkraut und der Wiesenkerbel bis an den Teer heranreichen, Straßen, die sich aufwärts und abwärts um Anhöhen winden, einspurig mit vereinzelten Ausweichplätzen, über uns und überall in der Ferne Berge, mit Wäldern, die mal bedrohlich heranrücken und sich plötzlich wieder von der Straße zurückziehen, dem Himmel Platz machen. Knorrige Birken auf den steinigen Feldern zu beiden Seiten. Ich schielte heimlich aus dem Augenwinkel zu Amy, die ordentlich und gelassen dasaß, die Hände auf dem Schoß, die Haare lang und lockig, das Gesicht leer, so mädchenhaft, dass es mich nervös machte, so als sollte ich nicht da sein, als wäre das mit mir ein Fehler. Regen schlug neben meinem Kopf mit langen horizontalen Strichen über das Fenster, das Geräusch der Scheibenwischer kämpfte gegen die klassische Musik aus dem Kassettenrecorder an, das Rascheln ihrer Windjacken, den Pfefferminzgeruch. Amys Mutter, die Tabletten gegen Übelkeit und Pfefferminz lutschte, sie mir aufdrängte (nein, *nimm* eine, unbedingt), auf ihre ganz eigene Art redete, unentwegt lächelnd, alles in die Luft sagte, sich aber einmal zu mir umdrehte, sich über die Rückenlehne nach hinten beugte wie ein Kind und sagte: Was hältst du von meiner Theorie, Aisling, dass meine liebe Tochter Amy, die ich von Herzen gern habe, mein einziges Kind, kurz nach ihrer Geburt gegen einen Wechselbalg ausgetauscht worden ist, und zwar aus einer Rasse, die es nicht schafft, es partout nicht fertigbringt, die eigene Mutter zu lieben oder wenigstens ab und zu mal zu lächeln?

Ich nickte und lächelte höflich und hörte dann damit auf, um nicht Partei gegen Amy zu ergreifen, und sah schnell zum Fenster hinaus.

Es ist nicht notwendig, dass Amy lächelt, wenn sie es nicht will, sagte ihr Vater. Amys Vater hielt, nahm ich an, in der ganzen Welt Vorträge über Bücher. Er sprach nie viel, ich vermutete, dass er wohl dauernd angestrengt über Bücher nachdachte. Amys Mutter belegte Kurse und hatte gerade einen über japanische Blumenarrangements und einen über »die Dichter dieses schrecklichen, schrecklichen Ersten Weltkriegs« abgeschlossen. Sie beugte sich immer noch über die Rückenlehne ihres Sitzes und wartete auf meine Antwort. Ich sah zu Amy, die ausdruckslos zum Fenster hinaus in den Regen sah. Hm, haha, sagte ich.

Würde mir gar nicht so schlecht gefallen, ein Wechselbalg zu sein, sagte Amy. Schließlich ist alles möglich, sogar zweifelhafte Elternschaft in den achtbaren Vororten von Mutter England.

Sie ist so klug, dachte ich, und überlegte, was ich sagen könnte. Es gibt ein Lied darüber, sagte ich, das haben wir in der Grundschule gelernt. Und weil ich zum Vorsingen zu schüchtern war, erzählte ich, was ich noch wusste von der Geschichte über die Mutter, die ihr kleines Kind zurücklässt, Heidelbeeren sammeln geht und, als sie wiederkommt, feststellen muss, dass die Feen es mitgenommen und an seiner Stelle einen hässlichen Kobold dagelassen haben.

Nachlässige Frau, seufzte Amy und sah aus dem Augenwinkel zu mir herüber.

Höchstwahrscheinlich ist das eine Erklärung für die geistig Zurückgeblieben oder körperlich Behinderten aus den verschiedenen Gemeinwesen der Zeit, sagte ihr Vater.

Es ist ein Klagelied, sagte ich.

Ein Klagelied, wie traurig, sagte ihre Mutter. Wie romantisch. Du musst Patricia zu mir sagen, Aisling, und David zu ihm. So nennen uns alle. Amy auch, und sie ist unsere Tochter. Zumindest glaube ich das. Aisling, sinnierte sie, das ist so ein seltsamer Name, irisch sagtest du, nicht? Wie ein kleines Menschenkind, ganz aus Asche gemacht.

Nein, sagte Amy, aus einem viel festeren Stoff. Wie ein Baum.

Sie sah an mir vorbei zum Autofenster hinaus und dann wieder mich an. Gebirge, Ash, sagte sie, und mir dämmerte langsam, dass es etwas bedeutete, wenn ihre Augen so schelmisch guckten, ich war nur nicht sicher, ob sie lachten, weil etwas komisch war, oder ob sie mich anlachten.

Wir fuhren die ganze Gegend ab; Doktor Shone hielt immer wieder den Wagen an und fotografierte die Aussicht, Mrs. Shone kaufte Postkarten derselben Ansicht und anderer dazu, Karten mit Clanswappen und Highlandrindern. Wir fuhren zu dem, was von dem viktorianischen Kurort Strathpeffer noch übrig war, übelriechend und heruntergekommen. Sie liefen herum und unterhielten sich so laut, dass die Leute sich umdrehten. Ich tat, als gehörte ich nicht dazu. Saß da und kratzte meinen Namen in die Mauer eines mit Graffiti bemalten Hauses. Aber als ich hochsah, stand Amy hinter mir und schaute zu, und ich schämte mich. Sie trat näher und strich mit dem Zeigefinger über ein um Initialen gezogenes Herz. Es ist romantisch, nicht?, sagte sie, so als hätte sie meinen Vandalismus gar nicht bemerkt, eher so, als frage sie mich, als sei sie wirklich nicht sicher und wolle es wissen.

Wir gingen in den Wildpark, in dem Amy die Raubvögel am besten gefielen – sie sagte, die seien süß – und ihre Mutter verärgert war, weil die Hirschjungen dauernd vor ihr davonliefen. Wir wanderten auf dem Waldweg im Zentrum des Abenteuerwaldparks, sahen uns den Lichtbildervortrag an und gingen in den Shop. Umwanderten auf dem von der Landschaftsschutzbehörde angelegten Weg einen Loch. Doktor Shone blieb die meiste Zeit im Auto, spitzte die Lippen, las in den trocken wirkenden Büchern über Bücher, die er im Handschuhfach aufbewahrte, und hörte sich klangvolle Violinkonzerte an. Wieder in der Stadt angekommen, zeigte ich ihnen alle Sehenswürdigkeiten. Den verrückten Golfplatz. Die Trampoline. Die Kunsteisbahn. Den Sportplatz, wo im Juni der Rummel stattfand und wo die Wettkämpfe der Schulen ausgetragen wurden. Den Northern Meeting Park, wo an Sommerabenden im Freien *The Kilt Is My Delight* aufgeführt wurde, egal, ob es kalt war oder regnete, und wo jedes Jahr zur Militärparade zwei Fallschirmspringer absprangen. Den Kanal. Die Drehbrücke, die den Verkehr im Sommer ein paarmal am Tag anhielt, wenn sie aufging und die auf dem Kanal verkehrenden Ausflugsboote zum Loch Ness durchfahren ließ. Ich ließ sie über eine Stunde warten, um das zu beobachten. Der Weg durch die Ness Islands, die Stelle, an der ich einmal einen toten Lachs gefunden hatte, das Kriegerdenkmal, die Tennisplätze und die Schaukeln im Bellfield Park. Wir machten einen Spaziergang zur Burg, und ich zeigte ihnen die grünliche Bronzestatue von Flora MacDonald, die endlos Ausschau hält, ob Bonnie Prince Charlie auf dem Fluss zu ihr zurückgesegelt kommt; sie streckt eine Hand über ihren Kopf, so als holte sie aus, um jemanden zu schlagen, oder als wäre sie mitten in der Bewegung bei einem schottischen Volkstanz erstarrt.

Oh, sagte Mrs. Shone. Als du sagtest, wir wollen Flora MacDonald besuchen, dachte ich, wir lernen eine Schulfreundin von dir kennen oder vielleicht eine alte Dame, die uns etwas über die Region erzählen kann, ich hab mir sogar vorgestellt, sie zeigt uns, wie man ein Spinnrad bedient, wie dumm von mir.

Flora MacDonald, sagte ich, ist die Heldin, die Bonnie Prince Charlie bei seiner Flucht vor den Engländern half.

Das war 1066, nicht?, sagte Amy.

Das kann nicht sein, sagte ihre Mutter.

Es war 1314, sagte ich. Sie versteckte ihn in ihrem Haus, steckte ihn in Frauenkleider –

Und sie verkleidete sich als Mann, sagte Amy und nickte.

Ja.

Und sie gingen zusammen durch die Stadt und taten wie ein frischverheiratetes Ehepaar, weil sie testen wollten, ob die Leute darauf reinfallen, sagte Amy.

Und als die englischen Regimenter kamen, sagte ich, und an die Tür ihres Bauernhauses hämmerten, rief Flora ihm zu, er solle wieder ihr Kleid anziehen und durch die Hintertür weglaufen, sie wollte sie vorne hinhalten, und sie war so mutig, sogar die Haustür mit dem Arm zu verriegeln, damit die Soldaten nicht reinkamen, denn die Engländer hatten den Bewohnern der Highlands das Anbringen von Riegeln verboten, und da haben sie ihr den Arm gebrochen, als sie die Tür aufbrachen.

Sehr interessant, sagte Mrs. Shone. Darüber steht hier gar nichts, sagte Doktor Shone und blätterte seinen Reiseführer durch.

Flora wurde wegen Beihilfe ins Gefängnis geworfen, sagte ich. Und wahrscheinlich hat sie nicht mal ihr Kleid wiedergekriegt, sagte Amy. Nein, hat sie nicht, sagte ich, dabei war es ihr bestes. Gibt es hier in der Nähe etwas, wo wir einen Tee bekommen?, sagte Amys Mutter.

Ich ging mit ihnen über die Straße zur Castle Snack Bar. Dort erfuhr ich, wo Jenny Timberberg den Sommer verbrachte; sie bediente uns. Sie erkannte mich nicht, ihr Hals war mit breiten roten Striemen bedeckt, und sie verbrachte den größten Teil der Zeit, die wir da waren, an einem Tisch weiter hinten, wo sich drei Jungs aus der Fünften rempelten und vor Lachen prusteten. Ich sah in mein Glas mit fadem Coke und hätte es fast nicht mitgekriegt, als Amys Vater mich fragte, ob ich ihm sagen könnte, was die *Räumungen* waren.

Ich glaube, wir sollten zu dem Schlachtfeld gehen, sagte Doktor Shone und klappte sein schmales Büchlein zu. Er gab ein großzügiges Trinkgeld, 75 Pence. Ich richtete es so ein, dass ich als Letzte hinausging, und steckte mir das Geld in die Tasche. Ich wollte nicht, dass Jenny Timberberg es bekam.

Wir standen im Sprühregen mitten auf dem Culloden Moor, und Doktor Shone fotografierte erst in die eine, dann in die andere Richtung. Ich hatte sehr schlechte Laune und erzählte ihnen, dass der Herzog von Cumberland, weil er so klein von Wuchs war, sich mit seinem Pferd auf einen Steinbrocken stellte, um die Schlacht besser verfolgen zu können, und dass seine Truppen die Truppen der Highlander massakriert hatten, weil sie besser wussten, wie man Schlachtreihen bildet und schließt, dass man zum Schießen ein Knie beugen und dichte Kleingruppen bilden muss, damit ein Teil der Gruppe nachladen kann, während vorn oder hinten weitergefeuert wird; auf die Weise wurden die Jakobiten praktisch pausenlos beschossen. Mir war gar nicht klar, dass ich so viel darüber wusste. Mir war gar nicht klar, wie zornig ich darüber werden konnte. Ich klimperte mit den 75 Pence in meiner Hosentasche und spie Fakten aus wie Giftpfeile. Die ganze Schlacht dauerte nur vierzig Minuten, sagte ich, und danach waren über tausend Menschen tot, und das war erst der Anfang. Ich erzählte ihnen, wie englische Truppen und umgefallene schottische Truppen danach marodierend in die Stadt und das Umland einfielen und so viele Menschen töteten, wie sie kriegen konnten, vor allem welche, die Schottenkaro trugen, und dass es ein Grab am Fluss gab, wo sie Jakobiten zwangen, sich einer vor dem anderen aufzustellen, und sie erschossen, sie an Ort und Stelle in die Grube fallen ließen. Ich erzählte ihnen, dass die englische Regierung es untersagte, Gälisch zu sprechen und Tartan zu tragen, und dass sie sogar versuchten, Schottenkaros komplett auszumerzen, dabei befand sich sogar auf dem Mond ein Stück Tartan, jetzt, während wir uns unterhielten, von einem der Astronauten vor zehn Jahren dort niedergelegt. Amys Eltern gingen flüsternd an mir vorbei, zum ersten Mal leise. Amys fragender Blick lag auf mir. Nein, sagte ich, das stimmt, das ist wirklich passiert, alles, ehrlich.

Wir betrachteten die alten, mit den Namen der Clans bezeichneten Steine. Ein großes Massengrab, genau genommen, sagte Amys Mutter erschauernd, nachts ist es hier bestimmt ganz schön gespenstisch. Nicht weit oben auf der Skala der historischen Massaker, genau genommen, sagte ihr Vater.

Sein Buch sagte ihm, nicht weit entfernt befänden sich neolithische Grabmäler, und so fuhren wir da hin, und Doktor Shone stellte sich in eins hinein und machte Fotos von Mrs. Shone, mit dem Kopf über dem Stein lächelnd. Ich setzte mich auf den mit Nadeln übersäten Boden unter einen Baum und schaute Amy zu, die sich die Lage der Toten in den Gräbern genau ansah. Sie kam herüber und stellte sich neben mich. Der Tod ist so faszinierend, sagte sie. Ich mag Friedhöfe. Die sind so schön.

In meinem ganzen Leben hatte ich noch nie jemanden so ein verrücktes Zeug reden hören; ich sah sie verächtlich an. Doch als ich weg- und mich umblickte, war die Anlage genau das geworden: schön. Da waren ihre Eltern, die in den Grabmälern herumkrabbelten. Die Vögel sangen über ihnen und uns in den Bäumen, so als wären wir gar nicht da und als müsste nichts etwas bedeuten, und so war es auch. Ich sah Amy noch einmal an, diesmal staunend. Sie putzte ihre Brille. Setzte sie wieder auf und sah mit diesem leeren Blick blinzelnd auf mich herunter. An den Toren zur Hölle sitzen Lemuren, sagte sie. Das sind Tiergeister aus der Unterwelt, und sie stoßen hohe, spitze Schreie aus zur Sühne für die verlorenen Seelen, um Gott oder die Götter zu bitten, Gnade zu üben und sie aus dem Dunkel zu retten, sie aus den Flammen zu holen.

Oh, sagte ich. Genau.

Wir fuhren zu dem Wasserfall bei Foyers, das Mrs. Shone ständig falsch aussprach, wie auf Französisch, als ob es dasselbe wäre wie im Theater. Wir parkten oben an der Straße, man hörte das tosende Wasser immer lauter, je näher man auf dem bewaldeten Abhang hinabstieg. Ihre Mutter und ihr Vater kletterten voran, dann kam ich, dann sie, vorsichtig zwischen Baumwurzeln hinabsteigend. Wir lehnten uns über das Geländer und schauten in das über die Felsen stürzende schäumende Wasser. Amy schob ihr Gesicht dicht an mein Ohr. Wenn ich mich trauen würde, da runterzuspringen, würdest du auch springen?, sagte sie. Ja, klar, brüllte ich zurück, natürlich. Sie legte die Hand an meinen Kopf und schrie mir direkt ins Ohr. Den einen Moment ist man noch hier und in Sicherheit, schrie sie gegen den Lärm an, und den nächsten ist man nichts als Luft und Bewegung, schlagartig ginge einem das Geheimnis auf, und man würde alles begreifen. Ja, aber dann wäre man tot, schrie ich zurück.

Als ich an dem Abend ins Bett ging, konnte ich zum ersten Mal in meinem Leben nicht schlafen. Ich musste dauernd an das Tosen des Wasserfalls denken. Es war ein Lärm, der niemals aufhörte. Das Wasser würde immerzu tosen, toste auch jetzt, mitten in der Nacht, alle Tage und alle Nächte stürzte es sich in der Felsspalte nach unten. Das ließ sich nicht ausschalten, wie man eine Lampe oder einen Fön ausschalten konnte. Das Geräusch in meinem Hinterkopf, das ich mir als bloßes Schweigen gedacht hatte, war dasselbe tosende Geräusch wie das des fernen Wasserfalls. Als ich später doch schlief, träumte ich, das weiß ich noch, sehr lebhaft von Toten, die in runden Steinhäusern lebten, von fischgrätgemusterten Menschen, deren Schädel immerzu lächelten und die sich in ihre Spezialbetten in der Felswand legten und trotz des Getöses direkt neben ihnen fest schliefen, so mächtig waren die Steine, aus denen sie ihre Häuser errichtet hatten.

Aber als ich ihr die Amsel auf der Wiese zeigte, die den Kopf seitlich reckte, und ihr erzählte, dass die Amsel auf Würmer horchte, wurde sie hysterisch bei der Vorstellung, dass überall unter ihren Füßen Würmer waren. Trotzdem, dachte ich mir, könnte ich ihnen den Friedhof zeigen, tote Orte gefielen ihr ja so gut. Ich ging in die Bibliothek und schlug in allen Geschichtsbüchern nach, was sich darüber finden ließ. Ich prägte mir alles über den Eibenhügel, wie er genannt wurde, ein, unter dem, so will es die Legende, Thomas the Rhymer ruht und wo in der Vorzeit ein irischer Zauberer zwei von jedem Vogel und jedem Tier dazu brachte, um den Fuß dieses Hügels zu gehen, als wär's eine Arche, und wie sogar die Wale heraufkamen und um den Tomnahurich herumwanderten. Ich dachte, dass ich ihr die Gräber der Soldaten zeigen könnte, die kunstvollen Engel und die Kelche und Tücher aus weißem Stein (sie würden ihr gefallen, sie waren wunderschön), die wie eine aufgeschlagene Bibel geformten Grabsteine und das Grabmal mit dem Loch im Stein, durch das man, wenn man mutig war, die Hand stecken konnte. Sie war bestimmt nicht mutig genug. Ich dachte, wenn ich sie von ihren Eltern weglotste, könnte ich ihr sogar die Gräber ganz oben auf dem Hügel zeigen, die richtig alten von Anfang des neunzehnten Jahrhunderts und das eine, das ich mir vor Jahren heimlich ausgesucht hatte als Platz, an dem ich meine eigenen Toten besuche.

Als ich nebenan klingelte, schickte Mrs. Jamieson mich nach oben zu den Gästezimmern. Ich klopfte an die Tür mit der angeschraubten Nummer 1. Keine Antwort. Die Tür von Nummer 2 war einen Spaltbreit offen. Das musste Amys Zimmer sein. Sie waren ohne mich irgendwohin gegangen.

Ich stand in dem Geruch von Persil und Raumspray. Eine Strickjacke hing zusammengelegt über einer Stuhllehne, ich hob den von ihrem Handgelenk noch gerundeten Umschlag hoch und hielt ihn mir an die Nase; er roch nach einer Seife, nichtssagend. In den Nachttischschubladen lagen Sachen, weicher Stoff, in der zugeschobenen Lade eingeklemmt; ich traute mich nicht, ihn anzufassen. Auf dem Wasser im Glas schwamm ein feiner Staubfilm, er bewegte sich kaum, als ich näher kam. Neben dem Glas lagen etliche Romane übereinander. Ein in die Jahre gekommener Hardy, *Blaue Augen* (schon gelesen, dachte ich, mit mir zufrieden), darunter etwas Französisches, und darunter ein Buch mit einem unbeschrifteten marmorierten Einband, ein Notizbuch, oder? Ich zog es hervor, hielt es in den Händen, ließ die Seiten, mit blauer Schrift beschrieben, eine nach der anderen auffallen, wobei mein Blick einzelne Wörter auffing: vielleicht, das, berührt, vorzüglich, eintauchen oder eintauschen?, Rabe oder Rate oder Rute?, dann kam, trotz des Pochens in meiner Brust hörbar, jemand die Treppe herauf, oder es wurde irgendwo ein Wasserhahn aufgedreht, und ich klappte das Buch zu und schob es wieder unter den Stapel, richtete die Buchrücken schnell wieder aus (ich war nach dem jahrelangen Stöbern im Zimmer meiner Brüder geübt darin, Sachen wieder genauso auszurichten, wie sie vorher lagen), war schon zur Tür hinaus und zur Treppe hinunter, rief: Mrs. Jamieson, auf Wiedersehen, wartete nicht ab, ob ich etwas hörte, zog die Haustür hinter mir zu, und als ich wieder bei uns drüben war, in meinem eigenen Zimmer, öffnete ich meine Hand und sah nach, was ich gestohlen hatte, einen Streifen gewebte Spitze, so ähnlich wie Makramé, ein Lesezeichen vielleicht, das ich bloß genommen hatte zum Beweis, dass ich es konnte, obwohl ich nicht mal wusste, was es war. Ich hatte keine Ahnung, was ich damit anfangen sollte, versteckte es unter meinem Kopfkissen. Später ging ich hinten raus und steckte es in die Mülltonne unter die oberste Abfallschicht, wie ich es in dem Sommer schon einmal mit *Claudine erwacht* gemacht hatte, damit mich niemand – oder, noch wahrscheinlicher, damit ich mich nicht selber – dabei erwischte, dass ich das las.

Ich klappte den Deckel der Mülltonne fest zu. Dachte, das war's. Ich würde mit denen nirgendwo mehr hinfahren. Ich konnte sie nicht leiden, sie waren verrückt, noch schlimmer, peinlich, und ich konnte Amy nicht leiden, außerdem fuhren sie sowieso bald wieder weg, und ich musste sie nie wiedersehen, alles bestens.

Tags darauf fuhren wir zum Loch Ness.

19.15 Uhr.

Mein Vater ist fischen gegangen. Als er fort war, habe ich meinen Teil vom heutigen Abendbrot zusammengekratzt und auf den Kompost geworfen. Ich hab's nicht runtergebracht. Es riecht nach hier, schmeckt nach hier. Das Mittagessen hab ich schon früher beseitigt, als er ans Telefon musste, was mir die Gelegenheit verschaffte, sonst wäre mir bestimmt übel geworden. Ich hab's vors Haus geworfen und ein paar Stücke altes Holz darübergelegt. Stew. Ich hab seit Jahren kein Stew gegessen. Nicht Stew.

Unten spielt ein Mädchen Klavier. Ich weiß nicht, wer das ist. Ich hab die Tür aufgemacht, da stand sie da. Sie sieht aus wie vierzehn, hatte Notenhefte in den Armen. Ich glaub, jetzt spielt sie Chopin. Sie ist sehr gut. Er hat es stimmen lassen, ich wüsste nicht, dass unser Klavier schon einmal so einen guten Klang hatte. Bist du Ash?, sagte sie. Sie hat mir in der Küche einen Kaffee gemacht, sie wusste, wo die Tassen und die Löffel sind, wo wir den Kaffee aufbewahren, sie setzte sich auf einen Hocker und beugte sich, auf die Ellbogen gestützt, über die Frühstückstheke und sagte: Mr. McCarthy sagt, du spielst in Filmen und Theaterstücken und so mit, wie ist das, laufen die hier? Wir kriegen hier nie gute Filme zu sehen, sagte sie, es ist so ein Kaff, kennst du jemanden, der berühmt ist? Hier kennt niemand jemanden, der richtig berühmt ist. Ihr Name ist Melanie. Sie sagte, sie mag Musik, nein, sie liebt sie. Mozart ist schwer zu spielen, weil man alles ausdruckslos halten muss, so flach irgendwie, da darf man nichts von sich dazutun. Und Bach ist, als würde man im Kopf eine Diskussion abhalten, an der sich viele verschiedene Teile von einem selbst beteiligen. Ihre Klavierlehrerin sagt, Chopin ist, als stünde man im Regen am Mittelmeer, deshalb möchte sie gern hinfahren, bin ich da schon mal gewesen? Sie findet, er ist so, als renne man wahnsinnig schnell, um den Bus noch zu kriegen, und verpasst ihn trotzdem, oder als habe man etwas gegessen, wovon einem ganz komisch wird, so dass man sich übergeben muss und sich hinterher aber wieder gut fühlt. Aber ihr absoluter, absoluter Lieblingskomponist, erzählte sie mir, ist Ravel, der ist große Klasse, obwohl ihre Klavierlehrerin sagt, den kann sie erst richtig spielen, wenn sie älter ist. Sie will Ravels *Pavane pour une infante défante* lernen, kenne ich das? Es dauert vielleicht zehn Jahre, das zu lernen, aber es ist sehr bewegend. Es gefällt ihr, dass das Klavier in der Diele steht, sie findet die Akustik ziemlich gut. Was mache ich denn oben auf dem Dachboden?, sagte sie.

Loch Ness, dunkel und schwer, mit seinen verborgenen Ungeheuern. So tief und düster, dass niemand weiß, was da unten vor sich geht. Ob in der Tiefe heftige Strömungen kämpfen oder regelrechte Stürme toben, man selbst merkt nichts davon, wenn man am Rand steht und Steinchen hüpfen lässt oder von oben auf den Bergen die ruhigen Spiegelbilder betrachtet oder gar auf dem Loch segelt; die ruhige Oberfläche kräuselt sich nur leicht.

Im Loch Ness Monster Exhibition Centre blieb ich still, höflich und distanziert, aber es hatte noch niemand registriert, wie höflich und distanziert ich war. Amys Mutter nestelte an den Ungeheuer-Schlüsselringen aus Plastik herum und schniefte nachdenklich, während sie Postkarten sichtete, Karten mit Schottenkaros am Rand oder mit gezeichneten grünen Ungeheuern, als Montage auf Echtfotos gelegt. Amys Vater in seinem schweren Tweedjackett drückte die Knöpfe auf einem Wasserbecken, dessen Anstrich einen Längsschnitt durch den See veranschaulichen sollte, und beleuchtete aufs Geratewohl Modelle aus Plastik. Ein gesunkenes Boot. Eine Spitfire aus dem zweiten Weltkrieg. Einen Dinosaurier mit langem Hals, auch aus Plastik. Als der Dinosaurier aufleuchtete, lächelte Amys Vater, und als das Licht wieder ausging, zog er mit Daumen und Zeigefinger an seiner Unterlippe und drückte den Knopf noch einmal. Zwei kleine Jungen warteten hinter ihm, dass sie drankamen.

Auf dem Tisch lagen mehrere Exemplare von *Die Geschichte von Loch Ness*. Ich schlug eins auf, schaute über den Rand hinweg dorthin, wo Amy eben gestanden hatte: vor der vergrößerten körnigen Schwarzweißfotografie des aus dem Wasser auftauchenden Kopfes. Wo war sie hin? Dann sah ich sie aus dem Augenwinkel, sie saß in der Cafeteria. Beiläufig legte ich das Buch wieder auf den Tisch, beiläufig ging ich hinüber, beiläufig setzte ich mich ihr gegenüber.

Vielleicht könnten wir, wenn du wieder zu Hause bist, du weißt schon, in England, vielleicht könnten wir uns schreiben, vielleicht schreibst du mir? Schon nach dem zweiten vielleicht hatte ich mich verplappert, aber Amy hörte eh nicht zu, sie guckte in die Luft, so als wäre ich gar nicht da. Ich schaute weg. War zornig. Mir ihr reden war wie mit einem Stein reden. Als redete man einen Felsblock an und erwartete, dass der einem antwortete.

Dann sagte sie: Da drüben, Ash, du gefällst ihr.

Ich wusste nicht, was sie meinte. Erst als ich ihrem Blick folgte und das Mädchen an der Kasse schnell, aber ein bisschen zu spät wegschaute, dämmerte es mir. Amy machte wieder dieses Schelmische mit den Augen, und ich musste lachen, schüttelte den Kopf und lachte, und dann lachte Amy auch, platzte laut heraus, was mich so überraschte, dass ich sie erstaunt ansah.

Ich würde sehr gern einen schwarzen Kaffee trinken, sagte Amy. Hier ist das Geld. Hol dir auch was, ja?

Und?, sagte sie, als ich mit dem Tablett wiederkam. Sie heißt Donna, sagte ich, und ist in derselben Schule wie ich, ein Jahr unter mir, kennt mich aber trotzdem, sagt sie, Mann, Amy, ich kann mich nicht mal erinnern, ob ich sie schon mal gesehen hab. Sie wohnt hier draußen, sie hasst es, es ist echt öde, sagt sie.

Ich drehte mich um und lächelte Donna zu, und sie lächelte ein bisschen belämmert und schüchtern zurück. Ich würde es auch hassen, hier zu wohnen, sagte ich zu Amy durch den aus unseren Plastikbechern aufsteigenden Dampf, und die Röte kroch mir den Hals herauf, der Becher in meiner Hand verformte sich durch den heißen Kaffee.

Faszinierend, ihr habt so vieles gemeinsam, sagte Amy blinzelnd und war wieder distanziert und höflich.

Nicht lange, und Donna und ich waren Freundinnen. Da sie außerhalb der Stadt wohnte, übernachteten wir oft eine bei der anderen, gingen spät ins Bett, sahen uns frühmorgens den Sonnenaufgang und die heller werdenden Wolken an, rückten zentimeterweise immer näher, bis Arm an Arm lag, Oberschenkel an Oberschenkel, bis Hand über Hand strich. Nicht lange, und wir schworen uns ewige Freundschaft, schworen uns, unser Geheimnis ewig zu bewahren; nicht lange, und wir befummelten uns um Mitternacht am Flussufer, nachdem wir uns mit Woodpecker Cider Mut angetrunken hatten. Ich verbrachte die Oktoberferien bei Donna; wir hatten das Haus für uns, sollten zwar für unsere Prüfungen lernen, verbrachten den Nachmittag aber damit, hinter dem Haus zu graben und den toten Hamster zu suchen, den Donnas kleiner Bruder im Monat davor beerdigt hatte. Wir fanden ihn; sie hob den Deckel von der Tupperware-Dose, und der Hamster war verwüstet, wimmelte vor Leben. An dem Nachmittag machten wir fiebrig zum ersten Mal Liebe oben in ihrem Zimmer unter den Postern von Snoopy und The Clash, von Rita Coolidge mit *We're All Alone* aus dem Radio begleitet. Danach hätte ich für Donna alles getan und zuckte nicht mit der Wimper, als sie mir erzählte, sie und ihr Bruder versteckten gern Nadeln in Brotkrumen, verfütterten die am Ufer des Lochs an die Möwen und beobachteten, was passierte, das sei ihr Lieblingsspiel.

Amy verblasste im Süden, nur in der Anfangszeit mit Donna, bevor ich alles andere vergaß, stand ich noch ein-, zweimal in meinem Zimmer und stellte mir vor, in dem Zimmer im Nebenhaus zu stehen, in der aufgeladenen Atmosphäre, die Amy dort erzeugt hatte, einfach weil sie nicht drin war. In dem Herbst schickte sie mir einen Brief, aber auf Lateinisch geschrieben, und ich verstand kein Wort. Ihre Mutter schickte meinem Vater einen Dankesbrief, einen Brief voller entzückends und so-wunderbars und wir-stehen-tief-in-Ihrer-Schulds. Sie legte ein Foto bei, das ihr Mann am Kriegerdenkmal aufgenommen hatte: ich, sie selbst und Amy. Ich schnitt sie aus der Mitte heraus und klebte die beiden Hälften des Fotos über meinem Bett an die Wand: ich und Amy unverbunden nebeneinander.

War das der wirklich schlimme Winter, der mit den Stürmen, in dem Menschen in ihren Autos umkamen, im totalen Schneechaos auf den Straßen rings um die Stadt gefangen? Langsam einschlummerten, in den Schneehöhlen erstickten, die Zündung an, damit es im Auto warm blieb? Ich erinnere mich nicht mehr. Die Fenster des Busses, mit dem ich auf der Straße zum Loch zu Donna fuhr, waren außen vereist, ich kratzte ihren Namen ein, hauchte darauf, sah zu, wie er schmolz. Das Wetter war mir egal. Meiner Erinnerung nach habe ich gar nicht darauf geachtet, mir ging, wes das Herz voll ist, ständig der Mund über, und mein Mund lag oft genug auf einem anderen; ich war überglücklich.

Ist das Ravel, was dieses Mädchen jetzt spielt? Viel zu sentimental für meinen Geschmack.

Hör dir's mal an.

Heute Abend queren die Vögel den Himmel, singen unerkannt im Garten, rufen nach Partnern und rufen nach mehr, als das Dunkel herabkommt. Ich hatte vergessen, wie hier der Frühling anbricht: nicht wie im Süden mit mildem Hauch gar schon an manchen Januartagen, so dass man teils hofft, teils misstraut, schnuppert und auf Vögel horcht, die erst in Monaten wieder da sein werden. Der frühe April mit seinen süßen Güssen. Irgendetwas hat irgendwo nachgegeben, es ist die Zeit dafür.

Am Vormittag schlenderte ich durch die Stadt, war nervös auf den alten Straßen mit Gespenstern in meinem Rücken, in Schaufenstern mein Spiegelbild: Die kennst du doch, wie ich für einen Moment dachte. Der Plattenladen ist noch da, immer noch voller Vierzehnjähriger, die sich zwischendurch dünnmachen und am Hinterausgang rauchen. Das Einkaufszentrum, neu, zumindest für mich, sieht aber schon schäbig aus, nur zur Hälfte mit Läden gefüllt. Benetton. Our Price. Zu vermieten. Das Gelände, auf dem mein Vater sein Lager hatte, wo wir die deformierten siebenblättrigen Kleeblätter fanden, haben sie abgerissen; da ist jetzt ein Parkplatz von British Rail, voll mit Lastwagen. Wo der Laden war, befindet sich heute ein Elektronikmarkt.

Der Secondhand-Buchladen ist noch da. Der Mann erinnerte sich nicht an mich. Er sah noch genauso aus. Sein Laden sah noch genauso aus. Der Fluss sieht auch noch genauso aus, hoher Wasserstand, viel Regen. Ich ging auf dem Heimweg am Theater vorbei, flüchtete mich hinein, als ein Schauer kam. Die Griffe an den Toilettentüren sind auch noch genauso wie früher. Als ich zur Mittagszeit den Hügel zum Haus hinaufstieg, sah ich zwei Mädchen aufs Dach einer Bushaltestelle klettern, mit Schulröcken und Taschen kämpfend. Ich rief hoch, sie sollten vorsichtig sein. Sie riefen runter, ich sollte mich verpissen und mich um meinen eigenen Dreck scheren. Als ich mich umdrehte, ging unter ihnen ein Mann vorbei, und sie hatten schon die Arme gehoben, um ihm etwas auf den Kopf zu werfen, wir haben damals Chipstüten genommen, gefüllt mit Wasser aus Pfützen. Bis zur Ecke hörte ich den Mann hinter mir schimpfen und sie lachen. Lachend ging ich nach Hause, ich hätte ihn warnen sollen, als er an mir vorüberging. Nein, nicht drin. Alles ist anders, alles ist wie immer.

Mein Vater hockt den ganzen Tag zu Hause, das ist neu. Das Haus, klein wie Versäumtes. Zu klein. Ich ging raus zur Garage. Ich fand die ganzen Ponybücher und die Bücher von Laura Ingalls Wilder. Fand das Buch von Spike Milligan; Patrick hatte mir mal Haare herausgerissen, weil ich es verloren hatte. Ich fand einen Karton mit Sachen, der wohl mal im Zimmer der Jungs aufgetaucht war, alte Black-Babys-Spendenkarten mit den Namen unter den Fotos auf gepunkteten Linien: Aloysius, Ringo, Dusty; ich war gerührt, wie viele Mädchen den Namen Aisling trugen. Als ich in die Schule kam, wurde nicht mehr für Kinder in Afrika, sondern für die Holy Childhood gesammelt, und man erfuhr die Namen der Kinder auf den Fotos nicht mehr, so dass eine Übersicht an der Wand aufgehängt und vermerkt wurde, wer am meisten gespendet und gewonnen hatte. Ich fand die Sammelmünzen, die man beim Benzinkaufen bekam, Münzen zur Weltmeisterschaft, zur Mondmission der Apollo. Alte Singles wie *I Feel Fine/She's a Woman*, *I'm an Apeman*, *Beg, Steal or Borrow*,

I'm the Urban Spaceman, Baby, tanz den Twist – ich du er sie ist. Eine Tasche voller Golfbälle, mit Dellen und Rissen, in den Dellen Schmutz, die Jungs lasen sie auf dem Golfplatz auf und verkauften sie den Golfspielern, die sie verloren hatten. Patrick hat mir mal gezeigt, wie man, wenn man das ganze Weiße runterklaubte und dann meterweise das elastische Zeug abwickelte, in der Mitte des Balls das Gift fand. Und wie aufregend das war, wenn man das kleine Säckchen mit dem Gift in der Hand hielt und spürte, wie die Flüssigkeit schwappte. Das Elastikzeug, erst mal abgewickelt, war unbrauchbar und spröde, man konnte sich überhaupt nicht vorstellen, daß irgendetwas daraus Gemachtes auf Stein so hoch springen konnte.

Massenhaft alte Klamotten, von ihnen und von mir; heute sehen sie für mich aus wie Kindersachen, so schmal in den Schultern. Die vielen alten Kataloge und Aufsteller und Kontobücher aus dem Laden. Die zahllosen Teile von Küchen, die er zuletzt nicht absetzen konnte, die Ladeneinrichtung, ausgeschlachtet. Das erklärt, warum seine eigene Küche aus so vielen verschiedenfarbigen Teilen besteht, eine rote Tür neben einer braunen neben einer aus Kiefer, und die Griffe alle in verschiedenen Höhen. So als habe er sich nicht entscheiden können, sie alle haben wollen.

Meine ganzen Bücher. Alle Bücher, die ich bei James und Patrick gestohlen, alle, die ich mir Samstag aus meiner Lohntüte gekauft habe, alle, die ich in den Süden mitgenommen und dann wieder raufgeschickt hatte, noch wie damals in den Kartons verpackt. Alte Schulbücher. Ich fand das Matheheft mit dem verschmierten Umschlag, ich weiß noch, wie ich schwitzend vor Angst schnell alles mit Marker übermalte, als die Hefte eingesammelt wurden, damit der Direktor sie kontrollieren konnte, als sie die Untersuchung wegen der armen, alten Mrs. Humphries durchführten. So alt war sie noch gar nicht, sie sah nur alt aus; Gerüchten zufolge hatte sie vor Jahren in Oxford gleich zwei Fächer mit Auszeichnung abgeschlossen und war deshalb dauernd betrunken. Sie war nett, nur halt dauernd betrunken und einmal zu oft im Unterricht weggetreten. Ich hatte die alten Spuren gut getilgt, sah selber nichts mehr davon. Was kann daran bloß so schrecklich gewesen sein? Ich weiß noch, ich war starr vor Angst, war sicher, erwischt zu werden, erinnere mich aber nicht mehr, wobei.

Ich fand Amys Tagebücher in einem Karton in einem schwarzen Müllsack. Stellte sie aufs Regal, räumte sie aus dem Weg. Hinter den an der Tür gestapelten Küchenteilen fand ich unsere Brettspiele, irgendetwas hatte sich durch den Karton von »Escape from Colditz« gebohrt und ein Nest darin gebaut.

Hier drin ist das reinste Trödelladenparadies. Er hat alles aufgehoben, hat aus ungebrauchten Einbauküchenteilen Schränke gebaut, an beiden Wänden aufgestellt und da alles hineingestopft. Als ich einen aufmachte, fielen mir hundert leere Tupperware-Eisbehälter entgegen, deren Deckel sich überall verteilten. In einem anderen Schrank fand ich eine Plastiktüte, darin abgekaute Bleistifte und Kugelschreiber, Plastikkämme und Haarbürsten, alte Dosenringe, Draht und sogar einen Plastikalligator mit abgekautem Schwanz und ausgebissenen Zähnen. Hinter der Tüte standen aber zwei kaputte Radios aus den Fünfzigern, nett, die hatte ich noch nie gesehen. Auf dem Schrank lag ein Satz steifer blauer Koffer. Ich machte einen auf: Kleidung, Frauensachen, flach zusammengelegt und muffig. Ihre Sachen hatte er auch alle aufgehoben. Behutsam klappte ich den Koffer wieder zu, ließ die Schlösser einschnappen und setzte mich neben dem Angelzeug auf den Boden, machte einen Karton auf und zog das erste Buch heraus, das mir in die Finger kam.

An eins der Mopeds gelehnt, blätterte ich es gerade durch, als er ans Fenster klopfte. Hast du mich nicht gehört?, rief er. Frierst du hier draußen nicht schrecklich? Hätte ich mir denken können, dass du ein Buch gefunden hast. In der Küche steht ein Kaffee für dich. Ohne Zucker. Hab ich mir gemerkt. Ich hab keinen reingetan.

Ich setzte mich auf den Hocker an der Frühstückstheke, klappte das Buch auf und strich es glatt. Er stierte in die kostenlose Zeitung, suchte irgendetwas darin.

Weißt du, sagte er schließlich, ich hab Barbara darum gebeten, die Vorhänge in dem Zimmer hinten anzubringen.

Kurz darauf: Sie ist zu Frasers gegangen und hat sie extra ausgesucht. Dann hat sie sie auf ihrer Maschine genäht, rübergebracht und aufgehängt.

Er hatte immer noch nicht von der Zeitung aufgeblickt. Mm, sagte ich.

Ich hab sie die Bettwäsche und alles aussuchen lassen, damit ich dir dein Bett zurechtmachen kann, wenn du dieses Wochenende heimkommst, sagte er.

Jetzt ging mir ein Licht auf. Es gefällt mir oben, sagte ich.

Aber es ist dein eigenes Bett, es ist *dein* Bett. Es ist ein nettes Zimmer. Es ist dasselbe Bett, das du auch früher hattest, Herrgott. Es ist sauber. Auf dem Dachboden liegt kein Teppich. Muss doch verdammt kalt sein da oben.

Nein, ist es nicht, es ist wirklich schön, mir gefällt's. Ich bleib lieber da, sagte ich.

Ein Schlafsack, ein verdammter Schlafsack, sagte er und schüttelte den Kopf. Du bist schon seltsam. Warst du immer.

Ich behielt die aufgeschlagene Buchseite im Blick. Wer ist eigentlich Barbara?, fragte ich.

Na, Barbara, das weißt du doch. Mit Blick auf die Zeitung. Sie wohnt über die Straße, das große weiße Haus an der Ecke.

Das große weiße Haus, richtig. Ich war nicht klüger als zuvor.

Schweigen. Ich griff wieder nach meinem Buch. *Die Pest zu London*, sagte er. Das ist ein altes. Ich hab's im Krieg gelesen.

Da hob ich nun doch den Blick. Darüber hatte er noch nie ein Wort verloren, nie, zumindest nicht mir gegenüber. Ich wüsste nicht, dass er je davon gesprochen hätte. Dass er überhaupt im Krieg war, wussten wir nur, weil wir als Kinder mal in seinem Zimmer herumgewühlt hatten und einer meiner Brüder unter dem Bett ein Holzkästchen fand mit einer, wie es aussah, Medaille darin.

Himmel, sagte er, das weiß ich noch. Wir hatten welche dabei, die glaubten, sie würden es nicht kriegen, wenn sie sich mit Essig einrieben. Hast du schon mal so was Dämliches gehört? Und andere, die haben sich, wie nennt man das, Glücksbringer auf Zettelchen geschrieben und sie sich um den Hals gehängt, Zauberformeln oder ihr Sternzeichen und so. Und noch andere haben sich Wörter, weißt du, aus Gebeten und so aufgeschrieben und mit sich rumgetragen. Der Karren fuhr herum, mit Toten beladen, und überall waren die Zettelchen dran.

Darüber musste er lachen. Wo war das noch mal, als du es gelesen hast?, fragte ich.

Auf See, wir waren auf See, sagte er. Aber das Beste daran ist, weißt du, Kind, der Mann, der es geschrieben hat, war nicht mal dabei, als das mit der Pest passierte, er war nicht mal dabei, er hat es sich hinterher ausgedacht. Man denkt, es ist ein Dokumentarbericht, man denkt, was man da liest, ist echt, aber hinterher erfährt man, es ist alles, weißt du, erfunden. Ich meine nicht Lügen oder so was, sagte er. Es kommt schon hin, aber er hat es sich ausgedacht. Da käme man nie drauf, wenn man es liest, was? Er stellte seine Tasse in die Spüle und griff nach seiner Jacke. Spül deine Tasse ab, wenn du fertig bist, sagte er.

Hast du viel gelesen, als du … als du auf See warst?, sagte ich.

Großer Gott, klar, wir haben einiges gelesen, den ganzen Shakespeare und alles Mögliche, sagte er. Gab ja sonst nicht viel zu tun. Das hat einen abgelenkt, die Hälfte der Zeit haben wir ja nicht gewusst, wo es uns hinverschlägt. Ich hab viel gelesen, die ganzen großen russischen Bücher. Hoffentlich hast du nicht meine ganze Garage in Unordnung gebracht, ich will nicht hinter dir herräumen müssen, ich hab genug zu tun.

Ich hab zwei echt schöne alte Radios gefunden, sagte ich.

Du bist bis zu den Radios vorgedrungen? Dann sind die Schäden erheblich.

Solches altes Bakelit, das ist heute trendy, sagte ich. Du würdest einen guten Preis dafür kriegen.

Gefallen sie dir?, fragte er. Er öffnete die hintere Tür. Kannst eins haben. Du kannst das eine haben, das funktioniert, sagte er und machte die Tür von außen zu. Ich sah ihm durchs Fenster nach, als er zum Gewächshaus hinüberstapfte, die Paletten mit den Pflanzen in den Händen.

Für einen Moment sah man ihm sein Alter nicht an, er hätte er selbst vor zehn Jahren sein können, hätte einer meiner Brüder sein können, so gerade, wie er sich beim Gehen über die Wiese hielt.

Frühjahr. Ein Nachmittag unter der Woche, also werden es die Osterferien gewesen sein. Wir lagen in meinem Zimmer auf dem Fußboden, unter dem Bett, hatten die Tür zugemacht und den Sessel davorgeschoben; wir hatten die Beine umeinander geschlungen, und unsere Köpfe berührten sich im Dunkeln nur knapp. Donna hatte die Hand unter meinem Shirt, spielte träge mit meiner Brustwarze und fragte mich nach meinen Brüdern aus.

Aber *du* kannst sie auseinanderhalten, ja? Wie denn? Wie machst du das? Gibt's da einen Trick? Donna war fasziniert von ihnen. Ich hab bloß geflirtet, damit er keinen Verdacht schöpft, sagte sie. Ich mag Jim nur, weil er ein bisschen aussieht wie du.

Das war Patrick, sagte ich.

Oh? Na, siehst du. Ist Jacke wie Hose.

Donna war für ein paar Tage bei mir und hatte sie gerade kennengelernt. Sie waren über die Ferien aus dem College nach Hause gekommen und wegen der Schichten auf dem Bau zu komischen Zeiten zu Hause, oft gefährlich nahe. Donna hatte eineiige Zwillinge noch nie so hautnah erlebt und fand es aufregend, wenn beide zugleich in einem Zimmer waren.

Die ganze Mittagszeit über hatte sie neckisch gekichert über Patricks dämliche Witze, ich aber auch. Er hatte sich viel Mühe gegeben, Donna zu bezaubern, und als er hereinkam und sich ihretwegen eine Unterhose über den Kopf gezogen hatte, gab sie sich sofort geschlagen. Ich war stolz und wurde noch stolzer, als er sie damit zum Lachen brachte, dass er ein Fischstäbchen von meinem Teller in mein Wasserglas steckte und einen Witz über ihr natürliches Habitat machte. Nach dem Essen wollte er wissen, ob sie das Spiel Zweiundfünfzig mit Abwerfen kennt. Dann warf er die Karten in die Luft und sagte: Abgeworfen sind sie, ihr braucht sie bloß noch aufzuheben, und wir krochen beide auf dem Boden herum und lachten uns tot, während wir sie wieder einsammelten.

Donna zappelte neben mir unter dem Bett. Mein Bruder sei so witzig, sagte sie. Sei Patrick der Witzige von beiden? Nein, sagte ich, James sei auch witzig, bloß auf andere Art. Erklären konnte ich es allerdings nicht. Und sie sehen auch gar nicht gleich aus, sagte ich, nicht mal aus der Ferne. Ihre Gesichter sind total verschieden und ihre Körperhaltung auch, sie gehen auch beide anders und reden ganz verschieden, und sie fahren sogar anders. Den Unterschied sieht man schon, wenn sie bloß dastehen und nichts machen.

Aber woran denn?, fragte sie.

Ich überlegte, wie ich es der Uneingeweihten begreiflich machen konnte. Angenommen, sie kommen im selben Moment in ein Zimmer, sagte ich, dann kommt neun von zehn Mal Patrick als Erster, verstehst du, was ich meine? Angenommen, sie sitzen beide zusammen mit dir im selben Zimmer, und einer sagt: Weißt du, welches Wasser das beste wäre, das du je getrunken hast? Es wäre das Wasser, das dir jemand gibt, wenn du dich in der Wüste verirrt hast und umkommst vor Durst. Der andere würde sagen: Weißt du, wie man Karikaturen macht? Ich kann's dir zeigen, geh und hol Papier.

Wie üblich hörte Donna mir nicht richtig zu. Sind es die Augen, merkst du es an ihren Augen?, sagte sie.

Ja, klar, an den Augen bestimmt auch, sagte ich. Der Unterschied, den ich im Sinn hatte, über den ich aber nichts sagen wollte, bestand darin, dass James die Karten zwar auch im ganzen Zimmer herumgeschmissen, einem hinterher aber beim Aufheben geholfen hätte. Und das wäre nicht annähernd so komisch gewesen wie bei Patrick, der blasiert von seinem Platz aus zusah.

Ich könnte sie nicht mal auseinanderhalten, wenn sie links und rechts neben mir säßen, nicht mal, wenn sie so dicht neben mir wären wie du jetzt, sagte Donna. Sie drehte sich auf die Seite und zu mir, und ich spürte ihren schweren Atem; sie war Asthmatikerin, und der Staub unter dem Bett machte ihr langsam zu schaffen. Sind sie unzertrennlich?, murmelte sie. So wie wir?

Ich zog sie tiefer unters Bett und drehte mich auf den Rücken, so dass wir an die zusammengerollten Poster und die Reisetaschen ganz hinten stießen, und wir horchten, ob jemand im Haus in der Nähe war, bevor ich sie mein Shirt hochschieben und ihren Mund auf meinen kleben ließ, und jedes Mal, wenn wir innehielten und in der Enge nach Luft schnappten, wanderte meine Hand ermutigend über ihren Rücken.

War es denn so? Meiner Erinnerung nach schon. Uns in stille Ecken zwängend, grabschten wir eine nach der anderen und bemühten uns verbissen, uns nicht zu verraten und keinen Lärm zu machen. Zwei Jahre, in denen wir nirgendwohin konnten und immer nach einem Plätzchen suchten, an dem wir sein konnten; die Toiletten der Pubs, in die wir, noch minderjährig, gingen, aus der Jukebox krächzte Chrissie Hynde, und am Tresen warteten die Jungs, mit denen wir gekommen waren; Mädchen gehen ja immer zu zweit aufs Klo. Der dunkle Parkplatz neben der Teppichhalle hinter dem Busbahnhof, bevor sie mit dem letzten Bus nach Hause fuhr zum Loch Ness.

Wie waren wir? Die reine Unschuld, süß und lieb plus lodernde Anarchie. Der flüchtigste Blick, die zarteste Berührung entflammte uns wie ein Streichholz, war das Versprechen von etwas Größerem, so groß vielleicht, dass es die ganze Stadt zu entzünden vermochte. Was für eine Zeit! *We've only just begun, don't you remember you told me you loved me baby*, von den Carpenters zu schwebenden Harmonien aufgetürmt, die munteren Abba-Liedchen und *A-A-Afternoon Delight*, ohne Vorwarnung abgelöst von X-Ray Spex, der schwarzäugigen Siouxsie, den Jam und den Damned, plötzlich sechzehn, siebzehn sein, zum ersten Mal glasklar sehen. Die reine Unschuld, rohe Kraft, überlegene Ironie bei uns allen. Catherine MacKenzie brachte ihr

Carpenters-Band in die Schule mit, um uns zu beweisen, dass Karen Carpenter »die besten Liebeslieder werden mit gebrochenem A-Arm gesungen« sang. Das volle Tropf-tropf-tropf ihrer Stimme, wie Fett von einem Rost. Der beste Platz war unter der Bühne in der Schulaula, ideal für die Mittagspause oder die angehängte Stunde nach dem Unterricht, man konnte den Riegel hinter sich zuziehen, und kein Mensch wusste, dass man dort war; die ganze Kostümkammer der Theatergruppe als Versteck, ein perfektes, geräumiges, warmes Schlupfloch, in dem man die Unschuld in atemlosem Kombinieren auf die Probe stellen konnte – bis Lorraine Burns mit Paul Black ging und Paul das Versteck dann auch kannte. Zum ersten Mal wären wir fast erwischt worden, saßen notgedrungen über eine Stunde hinter einer dünnen Spanplatte und hörten zu, wie Lorraine und Paul herumpolterten, zitterten beide und bemühten uns, keinen Mucks zu machen, damit sie uns nicht hörten, aber Donna hatte solche Angst, entdeckt zu werden, dass sie, als wir endlich rauskonnten, weinte und schwer keuchte, weil sie fast keine Luft mehr bekam, während ich mir die Lippe innen blutig gebissen hatte. Danach gingen wir uns mehrere Tage aus dem Weg, sprachen nicht miteinander, wagten nicht einmal, die andere anzusehen, wenn wir uns im Flur begegneten, vor lauter Angst, dass alle etwas ahnten, alle Bescheid wussten, und zugleich, glaube ich, waren wir beide über uns selbst erschrocken, weil wir etwas über uns erfahren hatten, was wir eigentlich gar nicht hatten wissen wollen.

Vor ein paar Jahren sah ich Karen Carpenter mal im Fernsehen in einer Wiederholung eines alten James-Last-Konzerts, die spätabends lief, und sie, lächelnd, dünn wie ein Gerippe, sang ein munteres Lied über eine Telefonnummer, an die sich jemand erinnert. Es war ein Schock, die Stimme zu hören, die so voll und stark aus dem Körper einer fast gespenstischen Frau kam.

Lieber Gott, bitte bete für Karen Carpenter und lass sie in den Himmel. In meiner Kindheit landeten einmal russische Kosmonauten zwar sicher wieder auf der Erde, waren aber tot in ihrer Raumkapsel; sie kamen auf die Lieber-Gott-Liste zusammen mit meiner Mutter, meinen Großeltern in Amerika und den anderen geheimnisvollen Großeltern, von denen zu erzählen er sich partout nicht bewegen ließ. Lieber Gott, bitte bete für sie und lass sie in den Himmel. Gott allein weiß, warum ich meinte, Gott solle für sie beten. Lieber Gott, bitte bete für meine Mutter, meine Oma und meinen Opa und für meine anderen Großeltern, für die russischen Weltraumfahrer, für die dreizehn Menschen, die an dem Sonntag in Nordirland getötet wurden, für den Künstler Pablo Picasso, für die hundertachtzehn Menschen, die bei dem Flugzeugabsturz in Heathrow umgekommen sind, für die hundertfünf Menschen, die in der Schweiz umgekommen sind, als das Flugzeug in die Bergflanke flog, und für den Schauspieler, der durch ein Loch im Hals gesprochen hat, weil er Krebs hatte, und gestorben ist, und lass sie in den Himmel. Ich setzte sie alle auf die Liste, aber die Liste wurde mit der Zeit so lang, dass ich nach den unmittelbaren Familienmitgliedern bloß noch »und alle anderen Menschen, die gestorben sind« sagte – ich konnte mir einfach nicht alle merken. Dann sprach ich das Gebet überhaupt nicht mehr. Es gab wieder einen Flugzeugabsturz, bei Paris. Ich sah mir gerade die Nachrichten an, als es passierte, ich zupfte an dem Flicken, den ich mir am Oberschenkel auf die Jeans gebügelt hatte, er hatte die Form einer Sprechblase mit dem Wort »Autsch« darin. Das Flugzeug war an einer häufig für Picknicks genutzten Stelle abgestürzt. Wie wäre das, die dreihundertvierundvierzig Umgekommenen alle oben in meinem Zimmer vorzufinden, wenn ich abends raufging? Dicht an dicht, stünden sie ausdruckslos und stumm da und warteten auf mich, und, ja, die Kosmonauten schwankten ohne Luft mitten drin, nur wegen ihrer großen Raumhelme unter den anderen kenntlich. Ich machte das Licht auf dem Treppenabsatz an, bevor ich hinaufging, sah ganz schnell nach. Das Zimmer war leer.

Ich fragte eine Lehrerin in der Schule, wo wir unsere Gebete beigebracht bekamen und dass wir immer die Wahrheit sagen sollten, weil Lügen unrecht war, und dass wir besser dran waren als andere, weil wir Jesus *und* die Jungfrau Maria *und* den Papst hatten, ich ging hin zu ihrem Tisch, als wir still unsere Aufgabe aus Die Grundlagen des Englischen machen sollten, und sagte: Miss, wenn Adam und Eva nicht gesündigt und den Tod in die Welt gebracht hätten, wären sie dann heute noch am Leben und die anderen, überall auf der Welt geborenen Menschen auch alle? Nein, nein, sagte die Lehrerin, wurde rot und nervös, du weißt, dass es nicht so war, Aisling, aber dann sprach sie nicht weiter und sagte nicht, wie es denn war, sondern zählte weiter das Essensgeld und sagte nur, ich sollte mich setzen. Zu Hause erzählte ich es Patrick. Er lachte. Frag sie mal nach dem Big Bang, sagte er. Frag sie nach den Schriftrollen vom Toten Meer. Ich fragte lieber James. Er nahm meine Hand und strich meine Finger glatt. Schau dir deine Fingernägel an, sagte er. Wer sonst hat dir Fingernägel gegeben, damit du dich kratzen kannst, wenn's juckt? Wer sonst hat winzigen Insekten ihre Flügel und ihr Verdauungssystem und ihre Antennen gegeben? Hör auf, dir Sorgen zu machen.

Diese Frau mit dem mächtigen Vorbau, gemein wie nur was, aus dem schicken Edinburgh in das rückständige Inverness verpflanzt – vierte Klasse Grundschule, das Mundwerk dieser Zehnjährigen, und wie die rochen: unausstehlich! –, sie zerrte Bernard und Mary vor der ganzen Klasse aus der Bank, zerrte ihn an der Schulter hoch und sie am Arm, so dünn, dass ihre Faust ihn ganz umspannte. Händchen halten!, keifte sie. Sie schüttelte die beiden vor allen Kindern. Jetzt könnt ihr sie mal richtig auslachen, sagte sie. Denn sie haben sich wirklich lächerlich gemacht, ihr könnt also lachen, so viel ihr wollt. Und wir lachten, alle lachten wir, und als Mary auch zu lachen anfing, schlug die Lehrerin sie mit der flachen Hand auf den Hinterkopf. Das wird dir eine Lehre sein, sagte sie.

Bei Donna zu Hause hatten sie Plastikmatten über dem Teppich im Flur und auf der Treppe, und man musste die Schuhe ausziehen, bevor man ein Zimmer betrat, außer in der Küche, wo Plastikmatten auf den Teppichfliesen lagen. Das Fleischereigeschäft ihres Vaters befand sich an der Rückseite des Hauses. Bevor er reinkommen durfte, musste er sich im Garten umziehen und duschen, auch im Winter. Donnas Mutter war mir gegenüber sehr misstrauisch, nachdem sie erfahren hatte, dass ich katholisch war; ich habe nie verstanden, warum gerade das ihr Misstrauen weckte, wo es doch Dutzende besserer Gründe gab. Bei Donna zu Hause, im Dorf und am See, konnte man sich schnell unsichtbar machen, dort war es generell sicherer, war gut und dunkel an der Bushaltestelle im Winter, gut und menschenleer nach dem Touristenverkehr im Sommer. Wir wurden leichtsinnig, wurden ein paarmal auch fast erwischt, aber das gehörte letztlich dazu, war Teil der Aufregung; schon bald waren wir richtig clever, flogen schon beim Knarren einer Treppe in verschiedene Zimmerecken, redeten uns geübt heraus. Als der Reiz des Verborgenen aufregender geworden war als alles andere, begann Donna mich zu langweilen, und sie hatte langsam auch genug von mir; als wir nichts mehr gemeinsam hatten als das Adrenalin und die Lügen, da war es fast vorbei.

Donna konnte es nicht leiden, wenn ich las. Sie schlug mir

oft das Buch aus der Hand, das dann durchs Zimmer segelte. Einmal nahm sie ein Feuerzeug und zündete das Buch, das ich in den Händen hielt, unten an. Einmal waren die Ränder eines Buchs beschmiert, das ich aufgeschlagen am Bett liegen hatte, sie hatte überall mit Filzstift ihren Namen hingeschrieben; und als ich ans Ende kam, merkte ich, dass sie auch die letzten Seiten herausgerissen hatte. Ich habe sie deswegen angeschrien. Donna fand es komisch, sie fand es komisch, wenn ich so herumtönte, wie sie es nannte; als es die Befürchtungen wegen des Reaktorunfalls in den Staaten gab, da ging es los, dass ich sie anödete, sagte sie, dieses pausenlose Gerede, als könne ich etwas ändern, wenn ich pausenlos redete, bis alle schon blau anliefen. Ich hatte Alpträume deswegen. Das sehe mir ähnlich, sagte sie, mich wichtig machen wegen etwas, was Millionen von Kilometern entfernt passiert und mit mir außerdem nicht das Geringste zu tun hat.

Heute ist sie Tierarzthelferin. Verheiratet. Keine Ahnung, mit wem. Im Geruch von Desinfektionsmitteln schert Donna einer narkotisierten Katze behutsam den Bauch, zieht über dem Kopf eines verängstigten, geduldigen Hundes eine Spritze auf, bückt sich und erklärt einem Kind mit einem wuseligen Kleintier in einem mit Luftlöchern versehenen Pappkarton, wie es die Tabletten zerstoßen soll. Vermutlich ihrem eigenen Kind. Dünn und böse, ging sie auf mich los mit ihrem hübschen breiten Mund, ganz Unheil und Schuld, hatte Erfolg damit, forderte mich heraus, so wie ich sie herausforderte, na los, mehr, trieb es auf die Spitze und noch weiter. Uns umarmend, verhöhnten wir uns wegen der Jungs, mit denen wir ausgingen, der kann es sowieso besser als du, und zwar jeden Tag in der Woche und im Monat und im Jahr, wälzten einander auf den Rücken, auf den Bauch, ihr pfeifender Atem in meinem Ohr, das verschleimte Geräusch der ersten Liebe. Dieses Atemgeräusch würde ich überall herauskennen.

Oder das eine Mal, als wir zum Zelten Richtung Aviemore gefahren waren, angeblich war ja Sommer, aber wir landeten schließlich in einem Schlafsack, weil wir so froren und uns aneinander wärmen wollten. Mitten in der Nacht wachte ich fröstelnd auf, da hatte sie den Kopf zur Tür des Zelts hinausgesteckt und hob, als sie mich hinter sich hörte, die Hand, damit ich schwieg und gucken kam. Zuerst konnte ich gar nichts erkennen, aber dann sah ich die sich im Dunkeln bewegenden Gestalten. Hirsche, überall um uns herum, die am Gras schnupperten, an der Luft, einer stand direkt vor uns und mahlte ruhig mit den Kiefern, die schwarze Flüssigkeit seiner Augen ruhig, und Donna musste – Heuschnupfen – niesen, sie konnte es nicht verhindern, da waren sie mit einem Schlag alle fort, wie Vögel, huschten in verschiedene Richtungen davon. Am Morgen wusch ich mich im Fluss, die Sonne schien zwar, aber das Wasser war eisig, so kalt, dass es mir den Atem nahm, ich weiß noch, ich dachte, jetzt spürst du das erste Mal, was Kälte wirklich ist, ich trällerte und planschte, Vögel zwitscherten überall, ich betrachtete die über mir in der Sonne säuselnden Blätter, warf Steinchen und Stöckchen ins Wasser, sein Rauschen und seine Kälte kamen mir wieder zu Bewusstsein, und ich fuhr herum, hob große, schwere Steine hoch und warf sie, so weit ich konnte, stand bis zu den Oberschenkeln im klaren Wasser und teilte es mit den Armen, ließ es mir über den Kopf regnen, und hinter mir am Ufer lachte Donna und rief: Du bist verrückt, Ash, du bist total verrückt.

Aber dann war da noch unser letzter gemeinsamer Frühling, als es so kalt war und die Blumen alle mit Verspätung kamen; als die Krokusse erblühten, erfroren sie gleich oder verkümmerten.

Unsere Schuhe hatten weiße Ränder von der Nässe und dem Salz auf den Straßen. Wir gingen in eisigem Nebel am Kanal entlang in Richtung Wehr, sahen zwar den Weg direkt vor uns, aber nicht, wohin wir gingen oder woher wir kamen. Donna, schweigend und schlecht gelaunt, die Hände in die Jackentaschen vergraben, die Schultern hochgezogen und rund, ging einen Schritt vor mir, war kurz vorm Explodieren. Ich wollte helfen, sagte: Trotzdem, du und ich, darum geht's doch, oder, ich meine, ich mag ihn, ich weiß auch, dass du Ian magst und alles, aber du bist es doch, die wirklich wichtig ist, für mich, meine ich, und Donna blieb stehen, sah mich mit weißen Augen an, kehrte sich ab und fuhr im nächsten Moment wieder herum und schlug mich, traf mich an der Stirn und am Auge, fest, schrie: Du bist verrückt, du bist eine Scheißverrückte, du bildest dir ein, die Welt schuldet dir was, du hast den Verstand verloren, vergiss es, du blöde Fotze, Scheiße, du hast keine Chance, und jetzt halt's Maul, halt einfach dein Maul. Ich war verblüfft, war wie in der Schwebe, und dann ballte sich alles zusammen, und ich schlug sie auch, ließ den Arm auf die Hand krachen, die sich gerade erhoben hatte, um wieder mich zu schlagen. Ich traf sie mit solcher Wucht, dass die Muskeln ihrer Hand und ihres Handgelenks erstarrten, sie musste in die Notaufnahme und sie ansehen lassen. Wir fuhren mit dem Bus ins Krankenhaus, setzten uns oben in der ersten Bank so dicht nebeneinander, wie es ging, sie mit der guten Hand warm in meiner in meinem Dufflecoat. Ihre Mutter kam sie abholen. Sie erzählte ihrer Mutter, sie wäre auf Eis ausgerutscht und auf den Arm gefallen. Ich erzählte ihrer Mutter, mich hätte jemand beim Sport mit dem Badminton-Schläger getroffen.

Ich wollte mich nicht heimfahren lassen, ging im Dunkeln allein zu Fuß. Mein Vater war das erste Mal seit drei Tagen wieder zu Hause. Er saß im Wohnzimmer, in seinem Sessel lümmelnd im Fernsehlicht, hatte keine andere Lampe an. Großer Gott, sagte er, als er in die Küche kam. Was ist denn mit deinem Auge passiert? Er wollte mich am Kopf berühren, und ich zuckte zurück.

Ein Schlag mit … Jemand hat mich geschlagen, sagte ich.

Er setzte sich, sah mich an. Na, hoffentlich hast du ihm auch eine verpasst.

Ihr, sagte ich. Ja, hab ich. Und ich bin nicht stolz drauf.

Na, Gott sei Dank, wenigstens das, sagte er.

Ich sah seine beunruhigte Miene und musste lachen. Für was?, sagte ich, dass ich es ihr gezeigt habe oder dass ich nicht stolz drauf bin?

Er lachte auch. Beides, sagte er. Was möchtest du denn zum Essen, Ash? Ich könnte zum Chinesen gehen, wenn du willst.

Klasse, sagte ich.

Aus irgendeinem Grund ging es mir besser. Ich ging mir mein Auge im Spiegel ansehen. Es war nicht ohne, das Veilchen, das sie mir geschlagen hatte. Ich betastete es beeindruckt, scheute vor meiner eigenen Berührung zurück.

Donna hatte ihren Arm eine ganze Weile verbunden, mein Auge war fast eine Woche lang blau, und als wir die nächste Gelegenheit hatten, miteinander zu schlafen, waren wir beide erschüttert, wie gut es war, besser denn je. Ich musste mich zusammennehmen, um still zu bleiben, sah hinterher die tiefen Abdrücke meiner Zähne in meiner eigenen Hand.

Es wurde Frühjahr und allmählich Sommer, und danach würde wieder ein Herbst kommen, und dann würde es Winter werden und die Berge würden wieder hinter Weiß verschwinden. Ich saß auf dem Fensterbrett und sah hinaus. Der ganze Druck war weg. Die geschwollenen Spitzen der Zweige an den Bäumen hatten sich geteilt, die Blätter dieses Jahres begannen sich zu bilden. So ging das vonstatten, ich sah, wie alles sich fügte. Ich verstand.

Ich schleuderte mein Buch quer durchs Zimmer und blickte finster in den Spiegel. Meine Arme sanken neben mir herab, und ich hing da, mir gegenüber. Die quälenden Möglichkeiten. Ich schüttelte den Kopf. Irgendetwas lag vor mir, irgendwo. Wie es erkennen, wie da herankommen? Irgendetwas schlüpfte vorbei, kaum bemerkt, ein vager Umriss glitt die Treppe hinab und durch die geschlossene Haustür: Lebwohl. Seit dem Tag, an dem wir uns im Nebel so verzweifelt ineinander verkrallt hatten, ließ irgendetwas mich nicht in Ruhe, war mir immer irgendetwas oder irgendjemand auf den Fersen, wohin ich auch ging, was ich auch tat – oder war kurz vor mir, äffte meine Bewegungen nach, noch bevor ich sie ausführte. Ich setzte mich im Schneidersitz aufs Bett. Das kleine Kind mit dem aufsässigen Blick starrte mich an. Das Mädchen ließ oben an der hohen Mauer die Beine baumeln, wartete, halb belustigt, halb zornig, darauf, dass ich es zum Runterspringen anstachelte, natürlich würde es auf den Füßen landen, worauf wartete ich denn? Die Augen des Mädchens über dem oberen Rand des Buchs, das ich eben gegen die Wand geschleudert hatte; noch vor zwei Minuten war es da gewesen, und schon verblasste es, verschwand. Das andere, das im Schneidersitz auf der anderen Seite des Spiegels, wartete stumm und nachdenklich, dass ich etwas zu ihm sagte, irgendetwas. All diese Ähnlichkeiten. Wenn ich spätabends allein zu Hause war, kamen die anderen, die, vor denen ich wirklich Angst hatte, und setzten sich unten aufs Bett, die Ichs, die noch kein Gesicht hatten und keine Gestalt, ihre Augen noch unter der Haut verschlossen, ein kleines schwarzes x, wo der Mund sein sollte, wie zwei Stiche, übereinandergenäht.

Dann der Sommer. Die Prüfungen fast vorbei, Gras auf dem Sportplatz, wo nur Schlammspuren gewesen waren, die Klassen halb leer, dann fast kein Unterricht mehr, witzlos, noch hinzugehen so kurz vor den Ferien, wir gewöhnten uns an, im Zimmer des Vertrauensschülers herumzuhängen, wo ich auch an dem Tag saß, als Shona die Zeitung las – sie saß da, und die Sonne fiel durchs Oberlicht auf die eingekerbten Graffiti auf dem Tisch, den wir gestrichen hatten, und Sandra zerrte vor dem Spiegel mit einer Bürste an ihren Haaren herum, und Donna füllte heißes Wasser in eine 5-Minuten-Terrine, und Ruth stimmte ihre Gitarre und klimperte gegen das laute Radio an, und mein Freund Rory säuberte sich mit einem Löffelstiel die Fingernägel, und Susan fischte etwas aus ihrem Schließfach, und Jenny wartete auf den Wasserkessel, um sich einen Kaffee zu brühen, und Neil baute aus schmutzigen Bechern eine Pyramide, und Lorna half ihm dabei, und Alan schrieb etwas an die Tafel, und Shirley und ein paar andere, an die ich mich nicht erinnere, saßen herum, genau wie ich, und lasen, und Shona raschelte mit der Zeitung, hielt sie hoch und sagte laut:

Gott, ist das eklig. Das ist das Widerwärtigste, was ich je gelesen habe. Ich glaub, mir wird schlecht.

Shona und ich, Freundinnen seit dem ersten Tag in der Mittelschule. Ich war dabei, als sich ihre Schwester bei dem schweren Gewitter mit dem Griff ihres Plastikschirms um den Laternenmast drehte und *I'm singing in the rain, just singing in the rain* sang und der Griff abriss und sie in der Pfütze landete. Als Shona sich bei einem Skiausflug das Bein gebrochen hatte, brachte ich ihr Obst ins Krankenhaus, und als ich wegen meiner Mandeln drin war, brachte sie mir welches. Zusammen hatten wir einen Brief an David Soul verfasst, in den sie verknallt war. Ich hatte den Text geschrieben, und sie hatte das Pärchen aus

Love Is oben aufs Blatt und zwischen die Absätze gezeichnet. Im zweiten Jahr wollten wir Karikaturisten werden, wenn wir groß waren, ich den Text, sie die Illustrationen. In den letzten beiden Jahren hatten wir uns, Vertrauensschüler geworden, einen Trick ausgedacht, wie wir rauskamen, wenn uns ein Unterricht anödete, mit einer »Notiz« der Sekretärin nämlich: Bitte, Sir, Aisling McCarthy/ Shona Green möchten ins Sekretariat kommen. Als Shona auf meine Brüder stand, sorgte ich dafür, dass die daheim waren, wenn sie zu mir kam. Als Shonas Mutter im Krankenhaus lag, ohne Bewusstsein war und sie nicht rauskriegten, was sie hatte, ging ich mit Shona, als sie in der Schule auf dem Flur weinte, zu den Toiletten und wusch ihr das Gesicht und wartete mit ihr. Als Robbie mit mir auf die Party ging und auf der Treppe dann mit einer anderen knutschte, verpasste Shona ihm an meiner statt die Ohrfeige und brachte mich heim, beruhigte mich, bevor sie mich reingehen ließ. Solche unsichtbaren Bande verliefen an dem Tag zwischen allen im Raum, waren, so ist es ja immer, wie feine Lichtfäden, die man nicht sieht und die dennoch da sind.

Was ist denn so widerlich?, sagte jemand.

Beim Tennis in Wimbledon, da hatte doch jemand die Affäre mit der einen Frau, richtig?, sagte Shona.

Nein!, sagte Rory. Ist ja widerlich.

Nein, ich meine, eine *Frau* war das. Es sind zwei Frauen, das sind Schwule, ich meine Homos. Aber es kommt noch schlimmer. Hier steht, die haben geheiratet und alles.

Die Empörung war mit Händen zu greifen; jemand machte ein Geräusch wie Erbrechen, jemand anders kicherte. Ich sah nicht auf von meinem Buch. Der Augenblick ging vorüber, wir setzten das fort, was wir gerade machten. Shona las den ganzen Artikel vor. Ich sah nicht auf von meinem Buch. Ich meine, sagte sie, könnt ihr euch das vorstellen? Mit einer anderen Frau? Ich starrte auf mein Buch, sah nicht auf, und meine Ohren brannten, sie wurden immer roter, ich spürte es, und ein leises Stimmchen von irgendwo in meiner Kehle sagte, bevor ich es daran hindern konnte: Na ja, vielleicht, vielleicht mögen sie sich ja.

Meine Ohren brannten, mein ganzer Kopf brannte von dem Raum, den ich um mich eröffnet hatte, aber es war nichts passiert, und so war ich nicht sicher, ob ich es gesagt hatte, vielleicht hatte ich ja geschwiegen, vielleicht war es ja nicht ich gewesen, die das gesagt hatte, vielleicht hatte ich es mir nur eingebildet, und es hatte überhaupt niemand was gesagt, und Shona sagte, laut und klar: Wer mag wen, Ash?

Ich räusperte mich genau im selben Moment, in dem sich Donna mir gegenüber auch räusperte, ich schielte hinüber, aber sie sah nach unten und rührte kräftig in ihrem Suppenbecher.

Die Tennisspielerin ihre Freundin, kann doch sein, sagte die Stimme.

Stille. Das Radio, das weiterdudelte. Die leisen Geräusche von Menschen, die so tun, als hörten sie nicht hin.

Leute können doch mögen, wen sie wollen, das ist absolut okay, sprach die Stimme weiter. Das schadet doch nicht. Und tut niemandem weh.

Ja, aber es ist absolut widerlich, sagte Shona. Lorna pflichtete ihr bei. Ja, sagte sie, und dann auch noch heiraten, iiih, ist ja grässlich! Sie lachte, und Shona sagte: Ja, das ist echt unnatürlich, was?

Nein, ist es nicht, sagte die Stimme, und sie kam aus mir. Nicht unnatürlich, sagte ich, nur unerwartet. Es ist einfach bloß eine andere Art von natürlich.

So einen Blödsinn hab ich in meinem ganzen Leben noch nicht gehört, sagte Sandra und sah sich im Spiegel in die Augen.

Eine andere Art von natürlich, so was gibt es nicht. Entweder ist es natürlich oder nicht. Und das ist es nicht. Und *richtig* eklig ist es, wenn Männer das machen. Das ist echt brutal. Daran will ich nicht mal denken. Das sollte verboten werden.

Neil beobachtete mich durch den Kaffeebecherturm hindurch. Weiß Sandy das auch, Ash? Ich werd's ihm wohl sagen müssen, wär ja nicht fair, ihn im Ungewissen zu lassen. Oder habt ihr zwei ein kleines Arrangement, und es gibt etwas, wovon Sandy uns erzählen sollte?

Alle lachten. Alan sagte: Ich find das toll. Nein, ich mein, zwei Frauen, zwei Frauen, nicht zwei Kerle. Ich bin kein Scheißschwuler. Zeigt mir zwei Frauen, und ich zeig euch, dass ich nicht schwul bin.

Gelächter. Shona, ihr Gesicht der pure Abscheu, lachte nicht, sah mich nicht an. Ich finde das echt widerwärtig. Ich muss kotzen, wenn ich bloß daran denke, sagte ihr Mund, sie blätterte die Zeitungsseite um. Hinter ihr, das sah ich, wenn ich an meinem Buch vorbeilinste, blickte Donna zu Boden.

Dann denk halt nicht dran. Diesmal war es nicht meine Stimme. Jenny Timberberg stellte eine Tasse mit etwas Heißem schwungvoll vor meinem Buch auf den Tisch, pflanzte sich so vor meinem Buch auf, dass ich sie nicht übersehen konnte, und sprach weiter. Willst du Milch rein, Ash?

Sie setzte sich. Ich finde, Ash hat recht, sagte sie und ignorierte Neils Fratzen und Geräusche. Sie schlug mit dem Handrücken von hinten auf Shonas Zeitung. Wenn eine reiche Tennisspielerin, die so spielt wie die, mich heiraten möchte, wäre mir ihr Geschlecht egal, sagte sie und griff nach einer Zeitschrift, blätterte sie durch, summte mit, was aus dem Radio kam.

Eine Pause. Dann – still, vernünftig – das letzte Wort:

So sollen sich Menschen nicht verhalten. Sonst wären wir

nicht so, wie wir sind. Es ist nicht natürlich. Es ist nicht normal. Es ist krank.

Das war Donna.

Ich klappte mein Buch zu. Jenny Timberberg zwinkerte mir zu. Mein Mund lächelte, ich merkte es. Ich sagte, ich glaub, ich geh jetzt mal raus in die Sonne. Blicke flogen durch den Raum, es wurde gegrinst, Augenbrauen gingen hoch, Rory sah mit verlegenem Lächeln zu mir herüber. Als ich die Tür zumachte, blieb ich noch einen Moment draußen stehen. Neils Stimme. Aufpassen, Mädchen, passt auf, wer hinter euch steht. Nein, passt lieber vorne auf. Schallendes Gelächter. Ich nahm mein Buch und meine Tasse Kaffee und setzte mich auf die Mauer.

Meine Hand zitterte so stark, dass ich die Kaffeetasse nicht, ohne etwas zu verschütten, zum Mund führen konnte. Ich ließ meine Jacke von der Schulter rutschen und neben mir auf den Boden fallen, rollte meine Hemdsärmel hoch, knöpfte den obersten Knopf auf, ließ den Kopf in den Nacken sinken, schloss die Augen. Als ich sie wieder aufmachte, saß Ruth neben mir.

Ruth. Ich kannte sie nicht besonders gut, wir hatten kaum miteinander gesprochen. Schmal, dunkelhaarig, blass wie ein zartes viktorianisches Kind auf einem Gemälde. Ihre Mutter und ihr Vater waren wiedergeborene Christen, alle wussten, dass sie sich David Attenboroughs Film *Life on Earth* nicht hatte ansehen dürfen und im ersten Mittelschuljahr in Naturkunde beim Abschnitt Sechs, dem über die Sexualorgane der Pflanzen, vom Unterricht befreit war. Ruth konnte gut Gitarre spielen, sie konnte sogar Songs von Leo Sayer, zum Beispiel den über die Schneeammer – *Spread your tiny wings and fly away and take the snow back with you where it came from on that day*. Sie spielte den Song, wenn man sie darum bat, und sie spielte auch auf Treffen der Christlichen Union Gitarre. Ich wappnete mich, dachte, sie sei gekommen, um mir die frohe Botschaft zu bringen, dass ich gerettet werden konnte.

Ash, sagte sie, ich wollte bloß sagen.

Runde braune Augen, Rehaugen, ängstlich und sanft.

Ich wollte bloß sagen, ich bin deiner Meinung. Ich glaube, du hattest recht, das zu sagen. Ich meine, als du das gesagt hast. Dass Leute mögen können sollten, wen sie wollen. Ich finde, das war richtig. Es war echt mutig von dir, so etwas zu sagen.

Ich lächelte. Ich zitterte und lächelte. Ich machte, mein Kopf noch immer in der Sonne, die Augen wieder zu. Gott, Ruth, sagte ich, ist das nicht ein herrlicher Tag?

Ja, sagte sie.

So ein schöner Tag. Ich mag es, wenn es so heiß ist.

Sie seufzte. Ich auch.

Gespenster, Gespenster und Gespenster. Gespenster und Staub, der Staub von allem, was ich hier oben durcheinanderbringe. Wund, als hätte ich den Staub im Fluge berührt. Staub im Kopf, schwarzer Staub, auf die Stirn geschmiert. Vergiss nicht, Mensch, dass Staub du bist und zu Staub wieder werden wirst. Herzlichen Glückwunsch! Ich bin müde. Ich beende das hier.

Da das Schuljahr fast um war, verbreitete sich das Gerücht nicht so weit und so schnell, wie es unter normalen Umständen der Fall gewesen wäre. Normal. Ein paar kleine Jungs haben mich zwar ein paar Tage später mit Steinen beworfen und mir Schimpfwörter nachgeschrien, aber das muss nichts damit zu tun gehabt haben. Etliche Leute sprachen nicht mehr mit mir. Andere fingen damit an. Sandy, mit dem ich ein paarmal in den Pub gegangen war, rief mich an und sagte, er habe sich schon immer gefragt, warum ich Angst vor Sex hätte. Ich antwortete, dem sei nicht so, nicht dass er je Gelegenheit haben würde, das herauszufinden, und dann legten wir auf. Ich rief Donna an, um ihr den Laufpass zu geben. Sie: Hallo? Ich: Ich bin's, ist okay, es ist Schluss. Sie: Wenn du jemandem was davon erzählst, Ash, bist du tot. Ich: Du bist jetzt schon tot, Donna, bye-bye, und legte auf. Eine Stunde fühlte ich mich echt gut, dann schrecklich; ich weinte mich in den Schlaf. Dann war ich wieder in Ordnung.

Und buchstäblich am nächsten Morgen das nächste Abenteuer. Ein Auto hielt neben mir an, ein 2CV, darin Miss Carroll, Hauswirtschaft, und Miss Robertson, eine der Sportlehrerinnen. Miss Carroll bedeutete mir, ans Fenster zu kommen, sagte: Sollen wir dich in die Schule mitnehmen, Aisling? Sie langte nach hinten, um mir die Tür aufzumachen.

Die schmucke Miss Robertson auf dem Beifahrersitz. Sie ging gern mit Jungs aus der Sechsten aus, suchte sich jedes Jahr einen. Es war auch allgemein bekannt, dass sie am ersten Tag, wenn geduscht werden musste, in den Mädchenduschraum kam, dort stehen blieb und zusah; es gab keine Kabinen. An unserem ersten Tag hatte sie, ihre Äuglein auf uns, eine volle Drehung auf dem Absatz gemacht, der höhnische Ausdruck auf ihrem Gesicht noch deutlicher als sonst.

Und, Aisling, was hast du die letzten Tage so gemacht?, sagte sie von vorn, ohne sich herumzudrehen. Mir ist da neulich was über dich zu Ohren gekommen.

Nicht viel, nichts anderes als sonst, sagte ich.

Ja, anders, sagte sie, das ist das Wort, in die Richtung ging das, was ich gehört habe.

Wir fuhren durchs Haupttor. Miss Carroll bremste abrupt, wir fielen alle nach vorn. Ich lass dich hier raus, Fiona, sagte Miss Carroll. Sie fuhr dann mit mir ans hintere Tor und langte über ihren Sitz nach hinten und machte mir auf, als ich den richtigen Hebel nicht fand. Ich wollte die Tür schon zumachen, da sagte sie: Aisling, ich habe mich gefragt, hast du diesen Sommer schon was vor?

Ja, ich glaub, ich arbeitete im Geschäft meines Vaters, Miss, sagte ich, er hat einen Ausstellungsraum für Einbauküchen, wissen Sie, McCarthys Küchenstudio in der Academy Street.

Oh, richtig, ich weiß, sagte sie. Es ist nur, ich arbeite diesen Sommer auch, in meinem Häuschen in Skye, den größten Teil des Juli jedenfalls, und ich suche eigentlich gerade jemanden, der mir hilft, weißt du, Kochen und so, und beim Streichen helfen, im Garten, solche Sachen, und da fiel mir dein Name ein, aber wenn du schon etwas vorhast …

Ihr langes Haar verdeckte ihr Gesicht. Sie wirkte plötzlich jung. Sie war jung, dürfte etwa in dem Alter gewesen sein, in dem ich jetzt bin. Ihre Hand auf der Tür, im Begriff, sie zuzuziehen. Ich sagte schnell: Das Dumme ist, Miss, ich bin echt eine lausige Köchin.

Na, sagte sie und sah nachdenklich und ernst nach vorn, daran können wir ja arbeiten.

Das braucht anderen gegenüber aber nicht erwähnt zu werden, sagte sie. Eine formlose Abmachung, nur zwischen dir und mir. Ja, Miss, sagte ich. Ich packte das *Penguin Cookery Book* meines Vaters ein. Als der Sommer vorbei war, konnte ich fast alle Gerichte darin kochen. Miss Caroll brachte mir Hummersauce bei, Schweinekoteletts mit Salbei und Äpfeln, Apfeltaschen, Kaninchenauflauf mit Decke, Pfannkuchen, Felsenkekse, alles mögliche Kuchenzeug; sie zeigte mir, woran man erkennt, wenn ein Teig durchgebacken ist, und was man alles aus Heringen und Shrimps machen konnte. Miss Carroll stammte aus Buckie und brachte mir eine Menge über die Zubereitung von Fisch bei und einen Song darüber, was man mit Fischgräten macht: Von allen Fischen aus dem Meer gefällt der Hering mir doch sehr. Blattsalat, griechischen Salat, Thunfischsalat. Ochsenmaulsalat. Wie man mit dem Schnellkochtopf umgeht und die vielen Begriffe aus der französischen Küche. Als der Sommer vorbei war, wusste ich, wie man Ziegel auf dem Dach befestigt und undichte Stellen flickt, ich wusste, wie man Scheuerleisten ausbessert. Ich wusste eine Menge über geistige Ebenen. Ich kannte das Schmelzen, das Unterheben, das Aufschäumen, kannte Miss Carrolls Vornamen: Er war Judith. Ich hatte ihr beigebracht, meinen so zu sagen, dass es klang, wie wenn Wasser auf glühende Kohlen spritzt. Ich wurde lustlos, ich aß zu viel. Nachts lag ich mit offenen Augen wach, während Miss Carroll auf meinem rund gewordenen Bauch schlief, und fragte mich, ob das alles war, was es zu wissen gab.

Ich weiß noch, dieser Sommer war nass und feucht, der graue Himmel hing ständig tief; wenn es mal nicht regnete, sah es aus, als finge es gleich an. Ich sah einem weiteren Jahr in der Schule entgegen, oder ich konnte meinen Vater um einen Job anbetteln oder aber eine der angebotenen Vollzeitstellen in der Littlewoods-Cafeteria annehmen. In der Schule hieß es, ich solle weitermachen und im nächsten Jahr schließen, an die Universität gehen, meine Ausbildung fortsetzen. Ich solle mir überlegen, was ich mit meinem Leben anfangen wollte. Im Herbst, das Laub fiel, das Licht wurde schwächer, warf Miss Carroll mir über den Parkplatz hinweg vielsagende Blicke zu. Ich suchte mir einen neuen Schulweg. Dort eingetroffen, wartete Ruth auf mich, die Traurigkeit um sie wie eine Aura. Herbst, Winter, Kälte.

Dann wachte ich mitten im Februar auf, und ein dicker Briefumschlag lag auf der Fußmatte. Die Adresse auf dem Umschlag war mit Füllhalter geschrieben, eine akkurate, runde Handschrift, hellblau. Das Papier war dick und fühlte sich rau an.

Ich kann es schon auswendig.

ASH: *ash, dt. Esche, ein Nutzholzbaum (Fraxinus excelsior; Gemeine Esche oder auch Gewöhnliche Esche), gehört zur Familie der Ölbaumgewächse; wird wegen ihres festen weißen, elastischen Holzes zu den Edellaubhölzern gezählt und für Werkzeugstiele, Sportgeräte und Biegeformteile verwendet; ein Speer aus Eschenholz – Adj. eschen; in der Mythologie besondere Bedeutung als Weltenesche Yggdrasil, deren Zweige laut der Edda über den ganzen Himmel reichen; ash, dt. Asche, staubig-pulveriger Rückstand verbrannter Materie; vulkanische Asche oder ein daraus bestehendes Gestein; die Überreste des menschlichen Körpers nach dem Verbrennen.*

Traueresche, Eberesche; wie Phönix aus der Asche aufsteigen.

Die kriegerische Buche, die Esche für nichts Böses. (Spenser)
Die Esche ist der größte und schönste Baum von allen. Seine Zweige breiten sich über die ganze Welt aus und reichen sogar über den Himmel hinaus. (Malet's Northern Antiquities)
Lass mich umwinden
den Leib mit meinen Armen, gegen den
Mein fester Speer wohl hundertmal zerbrach
Und schlug den Mond mit Splittern. (Shakespeare)
Von der heißen Asche geriet das Haus üblicherweise in Brand. (Lady Montagu)
Mein Herz ist in mir
wie die Asche im Feuer. (Swinburne)

Der Sterbliche tritt ab, Asche zu Asche, Staub zu Staub. (Tennyson)
Ganze Königreiche, in Asche gelegt. (Addison)
Alle Menschen sind Erde und Asche. (Ecclesiasticus)
O Herr, was sollen Erd' und Asche tun?
Im Lob unsers Schöpfers woll'n nimmer wir ruh'n. (Wesley)
Die sanften blauen Augen – das weiße, aschblonde Haar. (Arnold)
Aus Aschewurzeln die Veilchen erblühen. (noch einmal Tennyson)
Wart, Seele, nur, bis dein Gewand aus Asche fällt! (Elizabeth Barrett Browning)

Aisling – eine Vision, ein Traumgedicht.

Mein fester Eschenspeer,
wirst du aufleuchten wie Funken überm Stoppelfeld?

Ich trug den Brief den ganzen Tag mit mir herum. Am Nachmittag hatte ich mich entschieden. Ich ging zu Miss Carrolls Zimmer, ich hörte sie durch die Tür, sie brachte einer ersten Klasse bei, wie man ein komplettes englisches Frühstück macht. Ich klopfte an die Glasscheibe in der Tür, winkte zum Abschied und war schon um die Ecke und die Treppe runter, bevor sie es nur bis an die Tür geschafft hatte.

Mein Vater war auf Arbeit. Ich legte ihm einen Zettel hin: LIEBER DAD, ICH BIN DANN MAL WEG, ICH BESUCH DICH, WENN ICH DICH MAL BESUCH, ABER NICHT, WENN DU MICH VORHER BESUCHST, ICH MELDE MICH. Ich packte Sachen zum Wechseln in eine Tasche, kriegte noch den Bus zum

Busbahnhof, fuhr mit dem Bus nach Edinburgh und wartete dort auf den Nachtbus, der zu dem Ort fuhr, von dem der Poststempel auf dem Brief stammte.

Lieber Dad, ich bin dann mal weg, ich melde mich. Ich legte den Zettel auf den Kühlschrank, wo ich normalerweise immer die Einkaufsliste hintat. In Blockschrift wie der Zettel damals: Diese Botschaft kommt aus Inverness, 24. Juni 1973, den ich zusammenfaltete und mit einem Stock in eine Flasche drückte, sie zuschraubte, so fest ich konnte, und sie, so weit ich konnte, in den Kanal warf. Ich sah zu, wie sie zur Mitte schwamm, es war der erste Tag meiner Sommerferien, die Tage leer und lang, die längsten Tage des Jahres lagen vor mir, alles war möglich. Vielleicht, dachte ich, landet die Flasche ja in Russland, in Amerika. Vielleicht, dachte ich, findet sie jemand, und das lese ich dann in der Zeitung, wenn ich groß bin oder so alt wie meine Brüder. Wahrscheinlich liegt sie immer noch zwischen den Steinen auf dem Grund des Kanals, zusammen mit den anderen versunkenen Sachen, Glassplittern, rostigen Kinderwagen- und Fahrradskeletten.

Großer Gott! Es ist halb drei.

Überall Tinte an den Fingern von diesem Füller.

Also über die Grenze, im Dunkeln darüber hinweggeflogen. Die Radachse unter deinem Sitz knirschte. Das Meer gewaltig, es rollte irgendwo links von dir die Küste entlang, schwellend in seinem Bett. Ein neues Land, unsichtbar im trüben orangen Licht des Busses, der es mit dir durchquert; das Dröhnen des Motors, ein leises Glühwürmchengesumm in dem weiten dunklen Rund. Die verschiedenen Akzente, mit denen dir an den Tankstellen dein Wechselgeld ausgehändigt wird. Dein gesamtes Geld in kleinen Scheinen, die du jedes Mal glattstreichen musst, wenn du einen aus der Tasche ziehst. Dann wieder mitten in der Nacht und das Gras auf der Böschung neben der Autobahn, farblos.

Der Fahrer hat dich gemustert, als du eingestiegen bist. Hast du nur die Tasche?, sagte er, als er deine Fahrkarte kontrollierte. Er hat sich dein Gesicht eingeprägt, du hast wohl wie eine Ausreißerin ausgesehen. Weiter, als du bisher je allein gefahren bist, es hat dir nicht mal was ausgemacht, dich auf einen Platz im Raucherbereich zu setzen. Die Arme um die Knie geschlungen, die Füße auf den Sitz gestellt. Eine Stadt zog vorüber, noch eine. Du glaubtest, alledem gewachsen zu sein, zu wissen, wohin du unterwegs bist, einfach ein Stück abgebrochen, die Spitze ein bisschen zurechtgeschnitzt, geschmeidig und grün, dann gespannt und im Fluge, einfach abgeschossen und durch die Luft sausend, hierhin oder dahin.

Es ist zehn nach sechs am Morgen. Ich kann nicht schlafen, habe die ganze Nacht nicht geschlafen, meine Haut kribbelt, und mein Körper besteht nur aus Knochen. Die Augen wollten einfach nicht zubleiben. Ich verfluchte den Refrain der Morgendämmerung, dachte dann, wie dämlich das doch war, so als verfluchte man Blumen, weil sie aufgehen. Ich stand auf und sah mir stattdessen das Vergehen der Nacht an. Der Kreuzungspunkt von Dunkelheit und Licht ist blau. Dann folgt – Obacht! – ein tiefes Grau, und schon befinden wir uns im unspektakulären Heute. Schwere Wolken, von denen es in beide Richtungen gehen kann: Es könnte regnen, es könnte aufklaren. Ich höre meinen Vater in der Küche umhergehen. Ich hoffe, ich habe ihn nicht geweckt.

Es ist Donnerstag. Die Hälfte meiner Zeit hier ist schon um. Warum ich auch gekommen sein mag, worauf ich auch warten mag, es ist noch nicht geschehen, zumindest glaube ich das. Passiert ist bisher bloß, dass ich am Kinn Pickel bekommen habe, wie ich sie zuletzt mit fünfzehn an mir gesehen habe. Das muss am Wasser liegen. Der Beweis, dass ich eindeutig hier bin, auch wenn ich die ganze Nacht dort war, zwischen den beiden Orten hin- und herpendle, angespannt und zusammengerollt auf meinem Sitz, der Regen geräuschlos am Busfenster und ihr Brief hellblau und weiß in meiner Innentasche, das steife Randstück, umgeschlagen, scheuert an meinem Hals. Ihr Brief, ohne Adresse, alles Teil des Spiels, das ich – noch vollkommen ahnungslos – spielte. Das lächelnde Mädchen in dem Zirkus mit der Paillettenweste, ihr silberner Zylinder ordinär à la Dietrich schräg auf dem Kopf, als sie mit schwungvoller Geste die Fackel löscht, mit der sie eben die Zündschnur angezündet hat, die die andere – noch lächelt sie aus dem O der Kanone ins Publikum – gleich ins Netz schießt. So herrlich billig. Hierher bin ich gekommen, an der Küste des Landes entlang abwärtsgegondelt, als wär's mein privates Treppengeländer. Ohne Furcht.

Denn indem sie mir meinen Namen nannte, wie sie es tat, indem sie mich wissen ließ, was er bedeutet, schrieb meine Freundin Amy ihren Namen in mich ein wie eine Narbe. Von da an brannte irgendetwas sie immer tiefer in mich ein, jedes Mal, wenn sie in meine Richtung blickte, und jedes Mal, wenn sie es nicht tat, obwohl ich das nicht wusste und nicht wahrnahm. Sollte mein Körper jetzt an irgendeiner Stelle, an einem Arm, einem Bein, egal wo, aufbrechen, würde ich beim Blick auf die Stelle dort ihr A und ihr M und ihr Y finden, viszeral und elastisch, sich mit dem Fleisch dehnend, und beim Blick in die Knochen, auf das Waffelmuster des Marks, ist es auch wieder da, überall in mich eingeschrieben, süß und klebrig, ein Andenken von Amy.

Das Frankenstein-Spiel. Wir stückeln uns etwas zusammen und sind eines Tages beim Heimkommen überrascht, wenn das Ding allein losgezogen ist, einen Spaziergang durchs Viertel machen. Dann schlagen wir zornig und enttäuscht die Tür zu: Wie konnte es nur! Dann werden wir unruhig. Nur wir allein wissen, wie gefährlich unsere Schöpfung ist. Und greifen nach dem Gewehr. Nach den Voraufführungen von *Lipstick Prophecies* und nachdem der Saal jeden Abend voll war, alles Leute, die gekommen waren, um sich das anzusehen, war ich völlig fertig. Ich sagte zu Malcolm, es sei doch unheimlich, einem Publikum dabei zuzusehen, wie es einem selbst zusieht, es sei doch unheimlich, Leuten zuzusehen, die einem gerade die Haut vom Leibe ziehen, ich meine, einem Gott weiß was runterreißen und es mitnehmen, in ihren Köpfen. Darauf läuft's hinaus, sagte er, die Leute grabschen nach Äußerlichkeiten, also nichts, und mehr ist auch nicht.

Erschreckend. Alles legen wir uns zurecht, während wir unserer Wege gehen, wie wir uns auch die anderen zurechtlegen, um unsere Defizite auszugleichen, unsere eigenen Bedürfnisse zu stillen. Wir werden Gespenster dabei, lungern ausgemergelt vor dem Haus herum, das uns ausgesperrt hat, pochen mit eiskalten, steckendünnen Händchen ans Fenster, rufen: Ich bin's, ich bin's doch, lass mich rein, ich hab mich im Moor verlaufen! Erbärmlich. Ich bin zu müde, um das jetzt aufzuschreiben, hat keinen Sinn, ist unsinnig. Wo war ich? In England.

Und nicht bloß in England, sondern im Inbegriff von England. Fahnen flattern an Mauertürmen, das Land von *Blue Peter* und der Königlichen Familie und der Hochglanzwerbung für schimmernde Barbour-Jacken in der Farbbeilage der *Sunday Times*. Der Südosten. Der Hort der Gelehrsamkeit. Die Sonne schien, es war Mitte Februar, und ich hatte die Jacke offen. Die Luft an diesem Morgen war mild wie im April. Das Geld. Die schicken Klamotten. Das Licht. Die teuren Läden. Die Buchläden. Ein Buchladen nach dem anderen, eine Stadt, zu der Buchläden ganz natürlich dazugehörten, als seien sie eine spezielle, hier gewachsene Kultur; bei meinem ersten Spaziergang durch die Straßen hörte ich auf, sie zu zählen. Gebäude um Gebäude hob sich in Schönheit gegen den Himmel ab. Das Land flach, sein Licht und sein Himmel breiteten sich aus, als läge es am Meer; die Straßen voller Leute in meinem Alter, die einander riefen wie seltene Vögel, ich hatte dergleichen noch nicht gehört. Tabithas, Ophelias, Justins und Julians, Jocastas und Finolas, Bücher unter dem Arm im Freien, alle hatten irgendwas ganz Wichtiges vor. Dem Bus entstiegen, befand ich mich auf einem anderen Planeten; ich stand auf dem Kopfsteinpflaster der Straße vor einem Schloss, einem Palast oder – diese Buntglasfenster! – einer riesigen Kirche und sah dem Strom der Fahrräder zu. Eine Midas-Stadt, ich konnte sehen, wie sie Krethi und Plethi in Gold verwandelte, nur weil sie mit ihren Straßen in Berührung kamen. Ich sah ihnen zu, sie glitzerten vorüber. Der jungfräuliche Glanz des Orts. Ich ging auf einer Brücke über einen Fluss, in dem kein Abfall lag. Weiden standen herum. Sie trauerten. Schilder hingen aus, darauf Aufschriften wie Für Unbefugte verboten oder Nur für Mitglieder. Kühe grasten in der Ferne neben einer anderen wunderschönen Brücke. Irgendwo läutete eine vollkommene Kirchenglocke. Ich bekam schlecht Luft. Das Flusswasser sah faulig aus, aber es schwammen Enten darauf mit flaumigen Entchen. Ich hielt mich am Geländer fest, sah unten mein inmitten des Grüns schaukelndes Spiegelbild.

Die Stadt der Bildung. Neues, das ich lernen konnte. Zum Beispiel, dass das Nahe ferner sein kann, als du je dachtest. Dass kalt heiß bedeuten kann. Dass nichts etwas bedeuten kann und etwas nichts. Sogar Wörter müssen nicht unbedingt etwas bedeuten, und sie können, sind sie erst einmal ausgesprochen oder gedacht oder hingeschrieben, sofort das Gegenteil dessen bedeuten, was sie zu sagen scheinen. An den Grenzen, an denen die Gegensätze aneinanderstoßen, entsteht Magie, und es entstehen Kriege. Ich hielt das Spiegelbild, das ich betrachtete, bloß für ein Spiegelbild, für das Spiel von Licht auf Wasser, doch nein. Ich war hier, und sie war es auch.

Als ich Amy schließlich aufspürte, war das mehr Schwein als Schicksal, obwohl es nicht immer leicht ist, den Unterschied zwischen beidem, dem Es-soll-so-sein und dem Verpassten, zu erkennen. Amy war jedenfalls nie auf den hübschen Straßen, durch die ich ging; sie kam nie vorüber, wenn ich auf kalten Mauern saß und nach ihr Ausschau hielt oder in nach Urin stinkenden historischen Gassen herumstand und hoffte, sie irgendwo zu erspähen. Erst als ich eines Spätnachmittags in einem Buchladen auf dem Boden saß, mich auf dem dicken Teppich wärmte, Stadtführer durchblätterte und mir flüchtig die Abbildungen der verschiedenen Colleges ansah, fand ich es weit hinten in einem Buch: ein Gebäude, das wie eine Hochzeitstorte aussah. Die Fotos, die es davon gab, zeigten alle nur Mädchen, so als sei das eine große viktorianische Mädchenschule, das gepflegte Gelände und die Gärten ringsherum ausgebreitet wie ein langer Rock. Ein Mädchen arbeitete konzentriert in einem spartanisch wirkenden Zimmer, zwei plumpe Mädchen gingen einen Weg entlang, die eine hatte einen Anorak an, beide hatten Bücher unterm Arm. Ein Mädchen saß in einer Bibliothek, von Büchern umgeben. Fünf Reihen Mädchen, alle in schwarzen Umhängen mit albernen Kapuzen, lächelten für den Fotografen.

Ich hatte offenbar irgendeinen Laut von mir gegeben; der Mann an der Kasse sah auf mich herab, als hätte ich soeben etwas Unschönes neben seinem Fuß ausgespien. Als er jemanden bedienen musste, riss ich den hinten ins Buch eingeklebten Stadtplan heraus und stopfte ihn mir in die Gesäßtasche, schob mich durch die Tür auf die Straße. Draußen zog ich den Plan hervor und versuchte herauszufinden, wo ich war. Es war dunkel und kalt, es regnete. Ich war ganz schwach vor Hunger. Das Geld war mir vor drei Tagen ausgegangen.

A. Shone. Das war Amys Name, nicht? Ich fand eine Holztür mit ihrem Namen darauf und klopfte.

Neben mir öffnete sich eine Tür, und ein Mädchen kam heraus. Ich glaub nicht, dass sie da ist. Sonst hätte sie inzwischen aufgemacht, du klopfst ja schon seit zehn Minuten. Ich versuche hier zu arbeiten. Soll ich dir ein Blatt Papier borgen? Du könntest ihr eine Nachricht hinterlassen.

Sie war die Erste, die seit über einer Woche mit mir gesprochen hatte, und als ich ihr antwortete, war es ein Schock, meine heisere Stimme zu hören.

Bin gleich wieder da, sagte sie und schloss ihre Tür.

Sie machte wieder auf. Ich hielt mich an der Mauer fest. Alles in Ordnung mit dir?, sagte sie. Du siehst nicht so gut aus.

Als ich wieder zu mir kam, lag ich in einem riesigen Zimmer auf dem Boden, und sie war über mir, ein halbvolles Glas Wasser in der Hand. Mein Gesicht, meine Haare, meine Schultern, alles war nass. Geht's wieder?, sagte sie. Von welchem College bist du denn? Soll ich jemanden anrufen?

Nein, nein. Ich rappelte mich auf, aber der Raum schwankte. Ich setzte mich wieder auf den Boden. Das Mädchen machte mir eine Tasse schwarzen Kaffee. Als sie sah, dass ich die Kekse neben ihrem Wasserkessel fixierte, sprang sie auf und brachte sie herüber, stellte das Päckchen neben meine Hand und trollte sich wieder auf die andere Seite des Zimmers.

Wir saßen jede auf einer Seite des Zimmers, ich aß einen Keks nach dem anderen, bis die Packung leer war, und sie sah mir, mit verschränkten Armen im Schneidersitz sitzend, zu. Das Seltsame in ihrem Zimmer war, dass überall Koffer herumstanden, die Sachen darin über den Boden verteilt, und Bücher in Kartons, als sei sie gerade angekommen oder wolle gerade weg. Ich fragte sie danach. Oh, nein, sagte sie, wir dürfen die ganzen drei Jahre hier wohnen, dürft ihr das in euerem College nicht? Ich sagte ihr, ich sei Amys Schwester, und mein Besuch sollte eine Überraschung sein. Ich bin im ersten Studienjahr; die nebenan ist im zweiten, ich kenn sie nicht.

Sie hielt mir die Tür auf und gab mir das Blatt Papier, mit dem ich die Nachricht hinterlassen konnte, aber als sie die Tür wieder hinter mir zugemacht hatte, fiel mir ein, dass ich nichts zu schreiben hatte. Ich stand eine ganze Weile da, bis ich merkte, dass bei anderen Türen Schreibblöcke und Stifte an den Türknauf gebunden waren. Ich riss einen Stift an seinem Strick ab. Doch mir fiel nichts ein, was ich schreiben könnte. Ich war hier. Rat mal, wer. Wollte dich besuchen, aber du warst nicht da. Zu guter Letzt faltete ich das leere Blatt Papier zusammen und schob es unter Amys Tür durch.

Weiter hinten in dem Korridor waren ein Badezimmer und eine große Küche. Auf der Anrichte lag ein halber Laib Brot, und im Kühlschrank standen zwei offene Dosen Bohnen und eine Schüssel mit braunem Matsch drin. Ich machte die Tür zu, ließ mir ein Bad einlaufen, setzte mich in den Dampf und aß die Bohnen und den braunen Matsch mit den Fingern. So viel hatte ich schon drei Tage lang nicht mehr gefuttert. Über dem Boiler hing Unterwäsche von irgendjemandem in einem Trockenschrank; sie passte. Ich wischte mit der Hand den Spiegel ab. Der geklaute Stadtplan würde mir sagen, wie ich zur Autobahn laufen musste. Ich würde meine Sachen holen und in den Norden zurücktrampen. Oder, noch besser: Ich konnte nach London fahren und mein Glück machen. Ich trocknete mich ab, so gut es mit der Badematte und dem Handtuchspender ging.

Schwein, Schicksal, Schicksal, Schwein. So oder so, kein Entrinnen. Zitternd ging ich durch die feuchten Straßen hinter ihrem College und sah den Zettel an einer Tür, zu der ein paar Stufen hinaufführten. Einen handschriftlichen Zettel. Zuerst ging ich daran vorbei, dann wieder zurück, blieb stehen und las ihn. Darauf stand: Katherine Mansfield. Frauen und Literatur. Offenes Seminar 19.30 in Carmens Zimmer (14). Nur für Frauen. Das ist es, dachte ich, das wird es sein. Meine Finger auf der Klingel neben der 14 und ein wildes Lachen im Bauch, das mir wie Galle in den Hals stieg.

Ein Mädchen mit kurzen orangen Haaren machte die Tür auf. Sie hatte eine grobgestrickte Jacke an, mit Sicherheitsnadeln zusammengehalten, und sie hatte auch eine Sicherheitsnadel im

Ohr. Hi!, sagte sie, kommst du zu Katherine Mansfield? Es ist fast vorbei, aber komm trotzdem rein, ich glaub, es ist noch Tee in der Kanne, der müsste noch warm sein. Wir sprechen heute abend über Ehelosigkeit und alles Mögliche, um uns vorm *Clarissa*-Lesen zu drücken. Ich muss bis morgen einen Aufsatz schreiben, ich mein, tolles Thema, alles rund um Vergewaltigung, aber ich kann mich einfach nicht dazu zwingen, verstehst du, was ich meine?

Ich sah an ihr vorbei, ließ den Blick durch den Raum schweifen. Dunkel, klein, warm, das Fenster völlig beschlagen. Sieben oder acht Personen drängten sich darin, eine las allen Ernstes laut aus einem Buch vor, eine andere strickte. Die Übrigen hörten zu und guckten in die Luft, auf den Boden, sahen die Vorleserin an, bloß – ja, Amy, rutschte von dem Sessel, in dem sie saß, runter auf den Fußboden und bedeutete mir mit einer winzigen Bewegung ihres Handgelenks und ihres Zeigefingers: Setz dich hierher, scht.

Amy, kein bisschen überrascht. Später im Pub (wir gehen hinterher immer in den Pub, als kleine Belohnung fürs Ernstsein, erzählte mir das Mädchen mit den orangen Haaren unterwegs, während ich bestürzt sah, dass sie sich bei mir untergehakt hatte; als alle in ihren Taschen und Portemonnaies nach kleinen Münzen kramten und sich etwas bestellten, bloß ich nicht, merkte sie es und gab mir was aus, fragte: Was möchtest du?) saß sie mir gegenüber, dieselbe Amy wie zuvor, hatte nur die Haare anders, irgendwie zusammengenommen, und die Sachen anders, sogar ordentlicher, alle schwarz, und die Augen waren auch anders, aber wie bloß?, und ihre Gestalt war dünner und schmächtiger als in meiner Erinnerung. Abgeklärt wie eine Katze saß sie da und fragte: Und, wo übernachtest du? So ein *und* zu Beginn eines Satzes von ihr, als wären wir mitten in einem Gespräch, als unterhielten wir uns schon seit Stunden. Ich erzählte ihr, wie toll die Unterkunft war, die ich gefunden hatte, als ich durchs Fenster eingebrochen war; ihre Augen leuchteten auf.

Es wird von niemandem genutzt, da ist niemand drin, alles ist mit Brettern zugenagelt, sagte ich. Es sieht so aus, als wär schon jahrelang niemand auch nur in der Nähe gewesen, überall hängen Lumpen von den Dachsparren, staubig ist es, viel Platz. Ich hatte keine Ahnung, wo ich bin, weißt du, was das überhaupt ist, bis ich drübergestolpert bin, es ist so dunkel da, ich bin durch eine Tür und stand in den Kulissen, glaub ich, heißt das, überall so viel Platz, ich bin dann da rauf und durch einen riesigen Raum gewandert, da war nichts drin, ich hab nur so gebogene halbmondförmige Umrisse vor mir gesehen, und dann wurde mir klar, das sind Balkone, ich wollte ja rauskriegen, wo ich bin, und wäre fast runtergefallen, von der Bühne, meine ich, ich stand draußen auf der Bühne, und, Amy, wie das hallt, jedes Mal, wenn man einen Schritt macht, hört man das Echo, es ist echt dunkel da, kein Wunder, dass ich beinahe runtergefallen wäre, am nächsten Morgen waren da überall so Fasern, richtige Fäden, bloß von dem Staub, der sich um meine Schuhe angesammelt hatte, ich musste sie ganz ausziehen und mit Gras saubermachen.

Ich verstummte und holte mal Luft. Merkte, wie ich errötete.

In einem Theater übernachten, und auch noch schwarz, das sieht dir ähnlich, sagte sie. Amys Stimme manchmal: wie die einer Rose, wenn sie sprechen könnte, so klar, samtig, tiefrot. Allein schon durch ihre Betonung werden die Dinge zu dem, was sie sind, doch, ja, so ähnlich. Bis dahin hatte ich auf meine eigene Stimme noch gar nicht gehorcht. Rau war sie, heiser, unweiblich, mutig und anders. Ich übernachtete in einem Theater, und auch noch schwarz, das sah mir ähnlich.

Jetzt hab ich's, du bist Schottin!, sagte die Studentin neben mir. Sie hatte eine Dauerwelle, die ihr Gesicht klein machte; sie hatte von französischen Schriftstellern erzählt, ihre Namen genießerisch ausgesprochen. Ich hab überlegt, warum ich nicht verstanden hab, was du gesagt hast, sagte sie, und dann bin ich draufgekommen. Ich liebe Schottland! Ich mag die Menschen.

Ja, es ist toll da, sagte ich. Sah wieder Amy in die Augen. Ich hab dir eine Nachricht hinterlassen, wo du wohnst, sagte ich. Ich hab sie unter der Tür durchgeschoben.

Danke.

Da gibt's kein fließendes Wasser, sagte ich, und an den Wänden sind alte Bühnenbilder, dahinter sind Ratten, man hört sie. Aber mir gefällt's, und es ist besser als der Park, bevor ich das gefunden hatte, hab ich zwei Nächte im Park geschlafen, da ist das doch besser, oder?

Ja, ich könnte mir denken, es ist weniger kühl, sagte sie nickend, wandte sich ab und unterhielt sich mit der Studentin neben ihr angeregt über etwas anderes, das ich nicht hörte.

Wir fahren jedes Jahr hin, sagte die Studentin neben mir. Wir fahren nach Gleneagles, das ist phantastisch. Mein Vater sagt immer, Schottland sei sein liebster Freizeitpark, sagte sie lachend und verschluckte sich an ihrem Getränk, stellte es auf den Tisch und fasste sich an den Hals. Grässlich, was?, sagte sie, als sie wieder sprechen konnte. Es gefällt ihm, für Sport ist es einmalig. Edinburgh ist auch sehr nett, da gibt's so viele gute Restaurants.

Das Mädchen mit dem trübsinnigen Blick neben ihr stimmte ihr zu, und sie wollten von mir wissen, was ich mir beim Festival angesehen hätte. Wahrscheinlich so gut wie alles, schließlich kommt sie von dort, sagte die mit der Dauerwelle.

Ich bin nicht aus Edinburgh, sagte ich.

Das Mädchen begann ein Gespräch mit seiner Nachbarin.

Wir fahren jedes Jahr da hoch, aber den schottischen Akzent verstehe ich immer noch nicht, sagte sie. Dabei mag ich ihn. Sie strahlte mich hohl an. Die andere sah mich an, als wäre irgendetwas meine Schuld.

Ich beugte mich über den Tisch. Amy sammelte ihre Sachen zusammen, steckte ihr Portemonnaie in die Tasche. Ich zeig's dir, sagte ich zu ihr, magst du mitkommen?

Bedächtig schob sie ihre Arme in die Ärmel ihres Mantels. Vielleicht nicht gerade morgen, sagte sie, oder übermorgen. Ich muss erst in meinen Terminkalender gucken. Aber ich würde mir dein Theater sehr gern ansehen, ja, danke, dass du mich gefragt hast.

Oh, du machst Theater? Toll!, sagte das Mädchen, das Carmen hieß. Komm doch morgen mit mir einen Kaffee trinken, um elf. Da bin ich in der Kantine.

In der Kantine. Ich war wieder benommen, mir wurde wieder schwindlig.

Carmens Haar wechselte ständig die Farbe; am nächsten Tag war es braun, und sie sah wie aus dem Ei gepellt aus, glasig, wie so viele andere in der Kantine; ich hätte sie nicht wiedererkannt, wenn sie sich nicht mir gegenüber auf den Stuhl gefläzt hätte. Als sie sich eine Zigarette anzündete, schoss die Flamme ihres Feuerzeugs so hoch, dass sie ihren Pony nur knapp verfehlte. Ach, Carmen, immer bis nachts um drei oder länger gearbeitet, um noch etwas zu Ende zu bringen, sie war die Klügste in ihrer Schule, bevor sie hierherkam, wollte eine berühmte Klarinettistin werden, aber dann kam sie hierher, wo so viele andere genauso gut Klarinette spielten wie sie, dass sie damit aufhörte. Ich war auch an einer Gesamtschule, erzählte sie mir und drückte meinen Arm, da haben wir etwas gemeinsam, Ash. Genau genommen hatten wir gar nichts gemeinsam, aber ich mochte sie sehr. Ich bin nachts meistens auf und arbeite, sagte sie, komm mich besuchen, wenn du in der Nähe bist. Erst strahlend, dann dunkel wie eine Glühbirne kurz vorm Kaputtgehen. Mit mir geht's abwärts, weiter nichts, mit mir geht's bloß abwärts, sagte sie unter Tränen, wenn sie eine Arbeit abzugeben hatte oder wenn irgendein Kerl mit labberigen Haaren, mit dem sie schlief, nicht aufgetaucht war oder sie allmählich langweilte; zwei Selbstmordversuche in der Zeit, in der ich sie kannte, beide von ihrem College vertuscht. Es musste Hunderte solcher Mädchen geben, überall traf man auf Mädchen wie Carmen – so strahlend, so angespannt, so zart. Sie stürzte sich von einer Brücke, brach sich den Knöchel, auf dem sie landete, machte die Tür nicht auf, als wir mit Blumen bei ihr aufkreuzten. Vielen Dank, ihr seid lieb, ich schäme mich so, sagte sie durch das Holz. Ich sah sie in diesem ersten Frühjahr, sie kam über die Straße gelaufen, die Arme voller Narzissen, so vielen, dass sie sie kaum alle tragen konnte, sie fielen hinter ihr runter. Schau mal, rief sie mir zu, das ist doch unglaublich, die wollten an dem Stand gerade für heute Schluss machen, da hat mir die Frau alle, die sie noch hatte, verkauft, für fünfzig Pence! Sie gab mir welche ab, eine ganze Menge; ich ging damit zu Amy, wir stellten sie in Vasen überall in ihrem Zimmer auf, sie war ganz rot vor Freude, sagte, ich hab schon überlegt, ob du daran denkst. Es war ihr Geburtstag, ich hatte keine Ahnung. Ich saß in ihrem Sessel und kaute auf den Blütenblättern einer Narzisse herum, und Amy saß unten angelehnt, die Beine hochgezogen, und las. Carmen tat mir immer unwissentlich einen Gefallen.

Nicht bloß unwissentlich. Sie lieh mir auch Geld, als ich keines hatte. Sie kannte die Leute, die mir den Job gaben (eigentlich wollen die sogar lieber Leute, die keinen akademischen Abschluss haben, sagte sie, ihre Augen wie die Punkte des Ausrufungszeichens), sie schien immer jemanden zu kennen, der bei sich zu Hause ein Zimmer frei hatte. Das einz

19.30 Uhr.

Ich musste aufhören. Mein Vater rief mich runter. Als ich in die Küche kam, hatte er ein Frühstück gemacht, das für fünf Leute gereicht hätte: Speck, Champignons, Würstchen, er briet gerade die Eier. Ich konnte nichts essen. Aber beim Geschirrabräumen hab ich den Speck in der Pfanne probiert, und der war köstlich. Ich hab mir ein Würstchen aus dem Abfalleimer gefischt, da kam er gerade rein und hätte mich beinahe erwischt. Er hatte einen Stapel Videos unterm Arm. Was, ähm, magst du heute machen, Kind?, sagte er.

Er ärgerte sich, schleuderte die Videos auf die Anrichte. Dauernd hockst du auf dem Dachboden, sagte er. Du machst hier in meinem Haus Station, und ich weiß kaum noch, wie du aussiehst. Genauso gut könntest du im Flugzeug sitzen und schon um die halbe Welt sein, verdammt.

Schon gut, sagte ich, ich seh mir eins an.

In den Filmen spielte überall John Wayne mit. Acht Stunden John Wayne, der immer jünger wurde, während der Tag vorüberging, angefangen bei dem fetten alten betrunkenen Helden mit der Augenklappe wie ein Pirat, der das Mädchen aus der Schlangengrube zerrt, weg von den Schlangen und den Knochen, bis hin zu dem jungen Mann mit dem scharf geschnittenen Gesicht, auf den die Postkutsche zurast, wie es gar nicht geht. Und der seine eigene Ranch in Brand steckt in dem Film, in dem er mit James Stewart spielt. Die Frau kann er nicht haben, also will er auch das Haus nicht. Dämlich, so was. Wurde dadurch aber bloß noch mehr zum Helden.

Es gießt seit heute früh in einem fort. Jetzt immer noch. Es war gut, Filme anzusehen, während es draußen regnet; der Moschusgeruch, wenn man den ganzen Tag drin sitzt. Die Mittagsnachrichten waren bedrückend: die *Herald of Free Enterprise* ist gekentert, und die vielen Toten in Belgien. Da war es gut zu sehen, wie John Wayne mit allen Schwierigkeiten fertig wird, unbeschadet.

Das eine Mädchen, Melanie, ist wieder da und spielt Klavier. Ich glaube, sie hat etwas mit der Barbara zu tun, die die Vorhänge genäht hat. Sie sagt, sie kommt immer vorbei, wenn sie drüben bei ihrer Großmutter ist. Ihre Großmutter hat zwar auch ein Klavier, beschwert sich aber, weil sie dann das Fernsehen nicht versteht, und Mr. McCarthy stört es nicht. Heute Abend spielt sie Sachen aus ihrem Cole-Porter-Übungsheft. Sie will an die Universität, wenn sie es sich leisten können, sagt sie, sie möchte Anwältin werden, und sie will sich ihren Lebensunterhalt verdienen, indem sie in Cafés und Bars spielt, da sind Sachen wie die von Cole Porter beliebt. Ich hatte doch in London gewohnt, oder, ist das eigentlich toll? Es ist gut, sagte ich, aber einsam und schmutzig und riesig und nicht so gut, wenn man nicht viel Geld hat. Die Wohnung, in der ich wohnte, war eine Bruchbude, und es wurde dauernd eingebrochen. Weil Mr. McCarthy erzählt hat, ich wäre in Oxford gewesen. Nein, es war das andere, sagte ich. Oh, und, war es wie in *Wiedersehen mit Brideshead*?, wollte sie wissen, den hatte sie voriges Jahr gesehen, als er das erste Mal lief, war sie noch zu klein, aber jetzt fand sie ihn richtig gut. Die Leute in dem Film waren alle so schön, ihr gefiel ja Sebastian, es war so traurig, als das passierte. Ich sagte, eigentlich waren da viel mehr ganz gewöhnliche Leute, es war eigentlich wie überall, nur auf engerem Raum. Viele da waren sehr schön oder reich, und viele waren beides oder keins von beidem und hatten deshalb total den Verstand verloren.

Wie denn, dauernd betrunken wie Sebastian?, sagte sie. Nein, so nicht, im Allgemeinen nicht, sagte ich. Es war eher so, dass die Leute da sich für was Besonderes hielten, für anders, besser als andere. Da gab's viele, die mit sich unzufrieden waren, und gleichzeitig viele andere, bei denen so was überhaupt nicht vorkam, egal, was passierte.

Ich erzählte Melanie von einem der Tage, an denen ich die einzige Aufsicht im Lesesaal war. Als Erstes kam der eine Gelehrte an die Auskunft und zeigte mir in der Zeitung ein Foto von Prinzessin Diana. Schauen Sie mal, sagte er, ihre Sachen, da kann man durchsehen. Er klang vernünftig und verständig, wie die Politiker bei Radio Four immer klingen. Eine Schlampe ist das, weiter nichts, sagte er, in der Wimpy Bar kriegt man seinen Burger von Frauen, die sind besser als sie, am Kings Cross würde man bessere Huren aufgabeln. Ich beschloss, einfach so zu tun, als wäre er nicht da. Das klappte auch; er begann so zu tun, als wäre ich nicht da und als hätte er mit allen anderen im Raum mehr gesprochen als mit mir. Als er ging, beugte er sich über den Tisch und sagte: Ich weiß, was Sie sind. Ich weiß Bescheid über Sie. Das merke ich schon daran, wie Sie reden.

Ich war ihn kaum losgeworden, da fiel mir eine Frau auf, die ewig um die Regale herumstrich, Telefonbücher herauszog und sie später wieder reinschob, sie wirkte ziemlich ruhig, führte aber Selbstgespräche. Sie setzte sich und fing über einem Telefonbuch zu weinen an, anfangs war es ein leises Weinen, kleine Schniefer, wurde aber immer lauter. Ich ging zu ihr und erkundigte mich, was los sei, und sie sagte flüsternd, ich möchte ein Kleid, das gibt's bei Miss Selfridge, aber die wollen mir kein Geld geben, und ich kann es einfach nicht haben. Ich gab der Frau mein Taschentuch und sagte, sie solle doch einen Tee trinken gehen, die Frau entschuldigte sich für den Lärm, den sie gemacht hatte, es tue ihr leid, sagte sie, sie habe nicht stören wollen. Dann kam ein gutgekleideter junger Mann herein und machte eine Szene, als ich ihm sagte, das Buch, das er haben wollte, sei ausgeliehen, er hämmerte mit den Fäusten auf den Tisch. Ich musste jemanden anrufen, der mir half, mit ihm fertigzuwerden. Und als ich gerade Schluss machte, schon im Gehen war, beschwerte sich ein Mann an der Auskunft, der eine Asiatin an den Computern gesehen hatte, die wurden ja wohl nicht für solche wie sie bereitgestellt, und wahrscheinlich war sie sowieso zu dumm und wusste nicht, wie man sie bedient. Ich sag's dir, sagte ich zu Melanie, das ist diese Stadt, so schön, wie man es sich nur denken kann, aber an dem Tag hatte ich die Nase voll; ich stand auf der Straßen, gegenüber die herrlichen Fenster einer Kapelle, da fiel Licht durch, das eine satte Farbe ins Dunkel aussandte, ich dachte, wenn ich reingehe und mich hinsetze, kann ich mich ein bisschen ausruhen, wieder runterkommen, den Nachmittag vergessen. Aber ohne Eintritt wollten sie mich in die Kapelle nicht reinlassen. Also bin ich draußen stehen geblieben. All dieser Stein. Ich hätte am liebsten mit einer Spitzhacke drauf eingeschlagen.

Melanie nickte mit großen Augen. Ich arbeite bei B&Q, sagte sie, da kommen immer Verrückte rein, Leute, die einen anschreien, weil man bloß Verkäuferin im Baumarkt ist und sie es können. Und Obdachlose, weil wir abends lange aufhaben. Die kommen rein, wenn es kalt ist und die Männer von British Rail sie aus dem Bahnhof rausschmeißen. Die betteln immer um Geld, ich weiß nie, was ich da machen soll. Einmal war eine Frau in dem Ausstellungsraum, wo wir die Küchen haben, und hat so getan, als würde sie Abendbrot machen, richtig gespielt, wie sie die Sachen aus den Schränken holt, aber nur so getan, denn da war ja nichts drin. Der Manager hat sie aus dem Laden rausgeworfen.

Von den dummen Zerstörungen, die ich angerichtet habe, habe ich Melanie nichts erzählt, nicht von der Zeit, als ich in dem ersten Haus wohnte, wo es wöchentlich eine Versammlung und Pläne gab, wer wann mit Einkaufen und mit welchen Hausarbeiten dran war. Zwei Wochen hab ich's dort ausgehalten. Alle sahen gleich aus, nicht mal das Essen hat mir geschmeckt. Endgültig vorbei war es aber dann wegen dieser Sache immer samstagnachmittags, das hieß laut Plan Workshop Zusammenleben. Da musste sich eine mitten ins Zimmer stellen, und alle anderen saßen an der Seite und riefen, was sie an derjenigen ärgerte oder störte; sie musste einen Schritt vortreten, wenn sie die Kritik akzeptierte, oder einen Schritt zurück, wenn nicht. Ich sah zu, wie die eine Frau ihren Vorwärts-Rückwärts-Tanz auf dem Teppich vollführte, den Tränen nahe. Als ich an die Reihe kam, Kritik zu äußern, wusste ich nicht, was ich sagen sollte, der Mund stand mir offen, und alle sahen mich an. Ich rieb mir den Nacken und sagte: Also mir kommst du sehr nett vor, *ich* hab eigentlich nichts an dir auszusetzen. Jemand hinter mir sagte: Also das hilft uns ja nun gar nicht weiter. Die Frau in der Mitte sah von einem Gesicht zum anderen, wirkte jetzt noch panischer als vor meinen Worten, trat von einem Bein aufs andere und wusste nicht, wohin sie gehen sollte. Ich entschuldigte mich und ging raus, rief vom Münztelefon in Amys College an, bat jemanden, sie in die Telefonzelle zu holen, und fragte, ob ich rüberkommen dürfte. Ja, mach das doch, sagte sie, das wär nett, aber bring dir Beschäftigung mit, ich lese. Ich legte auf, rannte, zwei Stufen auf einmal nehmend, die Treppe hoch, packte alle Sachen, die ich behalten wollte, und ließ den Rest dort. Ja, ich würde zu Amy gehen, sie würde in der gesprungenen Kanne Earl Grey machen und mir eine von ihren Porzellantassen mit Untertasse geben, ich würde ihr von dem Nachmittag erzählen, und sie könnte gar nicht aufhören zu lachen. Wir läsen oder was immer. Dann würde ich mir eine andere Bleibe suchen.

Night and day, you were the one, hm-hm-hm-hm-hm-hm *moon and under the sun.* Amys Studierstuben, sie wurden immer größer. Als ich das letzte Mal in ihrem Zimmer war – aber ich bin noch nicht so weit, dass ich das niederschreiben kann. Das letzte, zumindest das letzte, das ich gesehen habe, war bestimmt eines der größten in ihrem College – Amy war inzwischen an ein gemischtes College gewechselt, das Gebäude war viel älter, viel bedeutender. Ihr Zimmer dort hatte reich verzierte Simse, eine Tür, einen halben Fuß dick, türgroße metallgerahmte Fenster, die auf einen Balkon mit Blick auf die Rosengärten hinausgingen. Ich verstand allmählich, dass sie sich hier gut machte, sie wurde belohnt von denen, die etwas zu sagen hatten. Aber wo sie auch wohnte, ob in dem Zimmer in dem Betonbau aus den Sechzigern mit der Plakette daran – eingeweiht von Ihrer Majestät, Königin Elizabeth, und Prinz Philip – oder in dem mit den Balken im Dachgeschoss des ältesten, prestigeträchtigsten Teils, immer war es Amys Zimmer, trug ihren Stempel, war wie prächtige Prosa, die einem geläufig ist, ein Ort, den man schon einmal gesehen hat.

Ihre Siebensachen, hübsch durcheinandergewürfelt, so als hätten Ibsen oder Shaw die Regieanweisungen geschrieben: das Tablett mit dem Teegeschirr auf faltig hingebreiteter Spitze, die Fransenlampe dort in der Ecke, das Sofa mit der niedrigen Lehne, die türkische Decke auf den Millimeter genau lässig darübergeworfen. Eine Vase mit frischen Blumen auf dem Schreibpult. Eine elegante kleine Glasvitrine mit Jettintarsien, auf der rechten Seite der Bühne, sichtbar mit Notizbüchern gefüllt, wie man sie vielleicht für Tagebücher benutzt, ein im Schloss steckender Schlüssel. (Die Pistolen des Generals hinter der Bühne.) Ich saß unter den Botticelli-Reproduktionen, den goldenen Frauen aus dem Mittelalter mit den nichtssagenden Mondgesichtern, mir gegenüber an der Wand eine Schwarzweißfotografie, eine harmlose, auf Kunst gemachte Rückenansicht zweier kleiner Mädchen auf einem Tennisplatz, ihre Rüschenröckchen hoch genug, dass die Unterwäsche gerade so hervorblitzte; wenn Amy vulgär war, war sie es immer auf geschmackvolle Weise, das Exzentrische blieb stets innerhalb der Grenzen des Korrekten. Man trank seinen Nachmittagstee aus den feinen Tassen, und sie zeigte einem ihre Sammlung pornographischer Postkarten aus edwardianischer Zeit, oder wenn sie einem ihre Sammlung pornographischer Postkarten aus edwardianischer Zeit zeigte, trank man seinen Nachmittagstee aus feinen Tassen, während einem die Karten unter die Nase gehalten wurden. Meine Nase, ich fühlte mich geehrt und war zugleich wütend. Zwei Mädchen in Matrosenjacken, von der Taille abwärts nackt, ihr Schamhaar in einem fotografischen Gewuschel aufgelöst. Ein Mädchen, das, an einen Baum gekettet, die Kette befingert, den anderen Arm um ihren Eroberer gelegt, kurz vor dem Kuss. Ein Mann mit breitem Schnauzbart, nur einen Polizeihelm am Leib.

Ich war doch bestimmt die Einzige, die wusste, dass Amy neben ihrer Anständigkeit und ihrem sicheren Auftreten diese andere Seite hatte, diese seltsame, verrückte, perverse? Die altmodischen Tassen waren am Rand angeschlagen, und sogar dadurch fühlte ich mich geehrt: Aus ihnen trank man den üppigen Schmutz des Historischen. Und die Bücher. Ein geordnetes Chaos von Büchern zu allen Themen: Bücher über Kinderkrankheiten, Bücher auf Griechisch und Lateinisch, Bücher über Hollywood und das antike Rom, stapelweise Romane, englische, amerikanische, französische, deutsche, alles, alles, was man sich nur denken konnte (außer schottische, an Schottisches erinnere ich mich nicht), alte Romane und neue, die trotzdem keine Taschenbücher waren, sondern gebunden, und noch in den Schaufenstern prangten. Fast ausnahmslos sahen die Bücher in ihrem Zimmer aus, als seien sie nie gelesen worden, manche sogar nie berührt, so als habe sich niemand getraut, die Rücken anzufassen und aufzubiegen. Aber Amy hatte sie gelesen, ich hatte sie gesehen, und sie kannte sie, sie wusste Passagen, Absätze, ganze Seiten aus so vielen auswendig.

Um die Ecke, in ihrem Schlafraum, wo das schmale weiße Bett nonnenhaft ordentlich gemacht war, war die Wand fast vollständig mit ausgeschnittenen Engelbildern aller nur erdenklichen Arten bedeckt, dazwischen Fotos von Kinderstars des Films: Elizabeth Taylor mit einem blonden kleinen Mädchen in *Jane Eyre*, Margaret O'Brien in *Der Geheime Garten*, die Brust eingeschnürt, damit sie für ihre Rolle jung genug aussieht (wie Amy mir erzählt hat). Vorpubertäre Knaben im Lauf der Jahrzehnte, knabenhaft aussehende Mädchen aus den Siebzigern, alle waren sie da, alle Engel.

Ich war in Amys Zimmer nie in meinem Element, war wie der an Land geworfene Fisch, der unter Wasser getauchte Vogel, als würde, ja, genau, John Wayne in *Zimmer mit Aussicht* auf Helena Bonham Carter zugehen: Er stößt gegen die Möbel und zerbricht das Geschirr im Esszimmer, seine Arme und Beine sind einfach zu lang, sein Stetson streift ein Bild, und danach hängt es schief. Anstrengend, dieses neue Element, und echte Erstickungsgefahr, vor meinem geistigen Auge sehe ich heute, wie ich tief Luft hole beim Reingehen, wie ich es ja regelmäßig tat, wie ich aufpasse, wo ich mich postiere; nach einer Weile kam ich mir nur noch dann so tölpelhaft und steif vor, wenn ich eine Freundin oder einen Freund am Arm hatte. Ich habe sie Amy immer vorgeführt, damit sie ihr Placet gibt, wie eine Katze den Vogel vorzeigt, den sie gefangen hat, so als wäre sie meine Mutter oder so was: Schau mal, mit wem ich jetzt zusammen bin, schau mal, was ich hier habe. Amy saß da, höflich, distanziert freundlich wie immer, beäugte mich sarkastisch und stellte stets die richtigen Fragen, ob bei Julia (Englischstudentin, große Brille, radikal, hob unentwegt hervor, dass sie Arbeiterklasse war), bei Fiona (aus Edinburgh, Jura, rote Haare, nett, die mir aber schon an unserem zweiten Abend sagte, sie liebe mich, das war das Ende), bei David (arbeitete am Fischstand auf dem Markt, sehr hübsch, roch nach Fisch), Will (sehr reich, ein bisschen langweilig, besaß einen Sportwagen, einen MG, die Küken starben alle bei dem Experiment, das er veranstaltete, und er weinte, dafür liebte ich ihn), Simone (die liebe Simone, lieb und liebevoll, ein heller, flinker Kopf, nichts als Unfug und Abenteuer im Sinn, sie fehlt mir). Bei allen. Und alle waren sie eifersüchtig auf meine Freundin Amy, die Mädchen besonders.

Ich habe mich nie gefragt, wie ich mich fühlen würde, wenn Amy sich ernsthaft auf jemanden einlassen würde, aber das tat sie nicht, natürlich nicht, obwohl sie stets von schwächlichen, klugen Bewunderern umringt war, von Jungs, die Spanisch studierten oder Deutsch, mit hoffnungsvollem Blick Lorca und Rilke rezitierten, wenn sie in anständigen Snackbars mit ihnen Tee trank; die vielen verlorenen bebrillten Knaben, die in ihren Klassikseminaren gehört hatten, wie intelligent sie war, bestanden darauf, nein, nein, ich zahle, wühlten am Tresen mit den Händen in den Hosentaschen, erklärten ihr über den Kaffeedampf hinweg Platon, so als sei Amy auf Erklärungen angewiesen. Amy ließ sie in dem Glauben, behielt unbemerkt die Uhr im Blick, verabschiedete sich höflich. Keiner hatte sie angerührt, da war ich sicher. Aber einmal war ich die Höfliche, die Nickende, musste alle richtigen Fragen stellen, als ich, ohne anzuklopfen, in ihr Zimmer gestürmt war und Amy dastand, den Arm um die Taille eines dünnen blassen Mädchens gelegt.

Sie fuhren auseinander, doch als Amy sah, dass ich es war, schmiegte sie sich wieder an das Mädchen (abschätzige Miene, war sie brünett oder blond? Ich habe sie aus meinem Gedächtnis gelöscht. Gab Amy ihr Unterricht? Vermutlich, vermutlich in allem). Ich setzte mich, und Amy goss, so als käme derlei alle Tage vor, in einem perfekten Bogen Tee in eine Tasse und reichte sie mir. Ich nahm sie, sie klirrte auf der Untertasse. Höflich ging ich nach Hause, verloren, spürte den Abstand zwischen uns nur noch deutlicher. Unantastbar. Solche Wörter benutzte Amy. Geschah mir ganz recht. Solche Wörter benutzte ich. Ich rief sie an, so nervös, dass meine Hand auf dem Hörer abrutschte; Amy hatte inzwischen einen privaten Anschluss in ihrem Zimmer, und es klingelte lange, bevor sie ranging. Also, wer ist deine Freundin?, sagte ich. Sie lachte, sagte: *Du*, Ash, das weißt du doch.

Ich erzählte ihr alles, sie erzählte mir nichts, so war das. Sie hörte neugierig zu, als ich ihr erzählte, wie Simone mich nach der Sperrstunde bei sich reinschmuggelte; das Tor war zu, und es war schätzungswiese schon halb vier, wir passten höllisch auf, um den Nachtpförtner nicht zu wecken, ich half ihr beim Übersteigen der Mauer, und dann läutete plötzlich irgendwo eine Glocke, und der Pförtner erwartete uns auf der anderen Seite, Simone hatte nämlich den Fuß auf den Klingelzug gestützt, und wir hatten das halbe Haus aufgeweckt. Oder das eine Mal, als Simone zum Direktor bestellt worden war, weil die Zahl der Namen unter dem offiziellen Jahresfoto des Colleges nicht mit der Zahl der Gesichter übereinstimmte. *Wer* war die Person, die da neben ihr stand? Zum College gehörte sie nicht. Simone wurde streng getadelt, bekam eine schriftliche Abmahnung. Amy platzte laut lachend heraus, vergnügt und böse, den Kopf in den

Nacken geworfen. Ich erzählte ihr, wie wir übers Steildach geklettert waren, um an die Glocke der Kapelle heranzukommen. Ich: Auf der Glocke steht 1927 drauf. Sie: Wunderbar, und ich wusste, es bedeutete ihr überhaupt nichts, und trotzdem meinte sie genau das, es war wunderbar.

Kann man buchstäblich über alles verschiedener und zugleich derselben Meinung sein, ist so etwas möglich? Wenn ich bei Amy war, sprach ich die Gedanken aus, wie sie mir kamen, sie stiegen auf wie Luftblasen im Wasser und platzten aus mir heraus. Es gab kein Halten, selbst wenn ich es gewollt hätte.

Den Wechsel der Jahreszeiten roch ich regelrecht. Die Sommer waren rousseauhaft üppig, es wurde jedes Jahr wärmer, die Hitze glühte alles aus. Einmal waren meine Finger, als ich sie aus der Jackentasche zog, mit Schokolade beschmiert, ich hätte nie gedacht, dass ein Riegel Schokolade einfach so in der Tasche schmelzen konnte. Früher hatte ich nie kapiert, warum diese verzärtelten Kinder in englischen Kinderbüchern im Sommer Hüte aufhaben mussten. Aber hier war es in einem Jahr im Frühling so heiß, dass die Narzissen in der Sonne verbrannten. Ich durchstreifte die Bibliothek auf der Suche nach Amy. Die Hitze hatte die Mechanik der Normaluhr zerstört, die Uhren waren alle mit den Zeigern auf zehn vor drei stehengeblieben. Ich hatte den ganzen Vormittag Schilder gemacht und an allen Eingängen aufgestellt, die das Betreten des Gebäudes in unangemessener Kleidung untersagten, weil es schon viele Beschwerden über Männer in Shorts und über zu spärlich gekleidete Frauen gegeben hatte, was wohl die Konzentration störte.

Amy saß hoch oben im Hauptmagazin im trockenen Schweißgeruch alter Bücher. Ich konnte sie schließlich überreden, mit mir in den Garten zu kommen. Sie war bestürzt, dass ich an einer für die Öffentlichkeit gesperrten Stelle durch den Zaun schlüpfte. Setzte sich nervös und mit geradem Rücken in den Schatten, passte auf, damit uns niemand dort entdeckte, wo wir nicht sein durften, ihr Buch zugeklappt auf den Knien. Ich lag in der Sonne im Gras, betrachtete die noch nicht aufgerollten Blätter, hörte einen Vogel im Baum singen, hörte die Blätter sich heben. In der Ferne summte die Stadt. Ich warf Kirschen in die Luft, fing sie mit dem Mund auf, spuckte die Kerne aus. Als ich guckte, ob sie mir beim Auffangen zusah, lernte sie Sachen aus ihrem Buch, formte stumm lesend mit den Lippen die Wörter, die der Reihe nach in ihren Kopf wanderten. So wirkte sie kühl, kühl am bisher heißesten Tag des Jahres. Sie bloß zu sehen verschaffte mir schon Kühlung, Stillung. Ich sagte es ihr. Sie lächelte erfreut, so als hätte ich mich ein bisschen danebenbenommen; sogar ihr Lächeln war kühl, schattig.

Einmal sprach sie drei Wochen lang nicht mit mir, nachdem ich das Unsagbare gesagt hatte: dass ich Virginia Woolfs Romane langweilig und unglaubwürdig fand, dass sie keine Handlung hatten. Andauernd dieser Seelentod, dieses sie liebte sie, sie hasste sie, was ist der Sinn des Lebens, mit der Wirklichkeit der meisten Menschen, sagte ich, habe das nicht mal annähernd zu tun; Wirklichkeit heiße für die meisten Leute, den langweiligen oder entsetzlichen Tag durchzustehen und genug Geld zu haben, damit sie am Ende etwas zu essen nach Hause bringen können, da ist keine Zeit dafür, dauernd herumzusitzen und über alles nachzugrübeln. Amy setzte ihre Tasse ab und teilte mir kühl mit, es gebe, obwohl sie nicht erwartete, dass ausgerechnet ich das verstünde, Maßstäbe in der Kunst und in der Ästhetik, die mit bloßer Realität nichts zu tun hätten. Ich sagte, wenn sie mit der Realität nichts zu tun hätten, taugten sie auch nicht viel. Wer hat das mal zu mir gesagt, dass die englische Sprache kaum über Wörter für Zorn verfügt? Bei Amy war Zorn ein Zustand der Wortlosigkeit, der Null-Kommunikation. Sie verschloss ihr Gesicht wie eine Steintür und richtete fast einen ganzen Monat lang kein Wort an mich. Sehr wirklich. Sie war lächerlich. Herablassend und lächerlich. Herablassend und lächerlich und so clever, dass sie dumm war.

Aber als sie einen Monat später plötzlich am Fluss unter den Bäumen neben mir ging, auf einmal da war, wie aus dem Nichts, an meiner Seite, und mir, so als sei nichts gewesen, freudig von einer Tante und einem Onkel und einer Cousine erzählte, die zusammen in den Urlaub fuhren und alle ihr Testament machten, damit ihr Geld, falls ihr Flugzeug abstürzte und sie starben, an keinen anderen aus der Familie ging, war ich so aufgeregt, sie wiederzusehen, dass ich fast kein Wort herausbrachte. Golden brach sich das Licht auf dem Wasser des Flusses, wir gingen neben Touristen einher, wir waren Freundinnen, lachten, und ich wusste, sie schauten auf uns, denn wir gehörten hierher, und sie nicht.

Als Amys Zimmer immer größer wurden, ignorierte sie mich auf der Straße immer öfter. Im Blick ein flüchtiges Heischen um Verständnis, dass sie das tun musste; noch später verschwand auch das – so wie ich. Einmal saß sie mit drei anderen Frauen im Teezimmer der Bibliothek; ich hatte Pause, hatte die ganze Zeit im Turm Bände von einem Regal ins andere gestellt, trug einen Overall und im Gesicht und an den Händen den Schmutz, der von Büchern kommt. Ich zog mir einen Stuhl neben sie, ließ mich mit lautem Seufzer daraufplumpsen. Großer Gott, Amy, sagte ich, das glaubt man nicht, die Kunstgeschichtswälzer sind schwerer als alle anderen, nur noch übertroffen von den gebundenen Zeitungen und den Enzyklopädien. Ich bin fix und alle. Was machen wir heute abend?

Falsch. Falscher Ton, falscher Ort. Die Falschheit legte sich auf mich, während eine auf ihrem Stuhl rutschte, eine sich die Serviette auf den Mund presste, eine die Tasse hob und eine kurz innehielt und dann weitersprach, als wäre ich gar nicht da. Sie debattierten über die problematische Leichtigkeit der Romane von E. M. Forster. Eine aus dem Quartett war meine Freundin Amy. Ich nutzte einen Moment, holte Luft. *So* sprecht ihr also Forster aus, sagte ich. Wie Keets und Yeets, nicht? Kates, Yates. Ich muss eh wieder an meine Arbeit. Ich kann nicht hier rumsitzen und plaudern. Wer würde sonst für euch Damen die Bücher ranschaffen? Ich schob meinen Stuhl zurück und stand auf, lächelte Amy zu, nickte mein Tschüs.

Das war einer der mutigeren Tage. Meistens hatte ich keine Gelegenheit, ihr Kontra zu geben. Meistens ließ sie mich auf der Straße stehen, den einen Moment noch da, im nächsten Luft. Wie gewonnen, so zerronnen.

Wie in dem Traum, aus dem ich erwachte, weil ich das Vaterunser und das Schuldbekenntnis gesprochen habe, O mein Gott, es tut mir sehr leid, Dass ich gegen dich gesündigt habe, Denn du bist so gut, und keuchte, als ob ich gerannt wäre oder starke Schmerzen hätte. Die Farben in dem Traum waren alle ausgewaschen, und dieses unheimliche Nichts, wo einst Klang gewesen sein musste. Zuerst sieht man eine Insel, man sieht sie aus der Luft, so als blicke man aus einem Flugzeug, so dass man sie am Grün und Braun im blauen Pazifik identifizieren kann. Dann verschwindet sie. Wo sie war, ist nichts, nur noch Wasser. Nun läuft derselbe Traum aus anderer Perspektive noch mal ab, diesmal befindet man sich auf der Insel, am Strand, und sieht die auf die Küste zurollenden Wellen, und manchmal hinterlässt man auch Fußspuren im feinen Sand, und dann bemerkt man Leute, die mit ihren Kanus von einem fortrudern, und dann ist man wieder bei ihnen im Boot und blickt wie sie zurück, sieht, an ihren gebräunten Schultern vorbeischauend, wie die Insel in die Luft fliegt, hoch hinauf in den Himmel, in Stücke zerbricht, blitzendes Licht, Hitze, das Boot schwankt heftig, man muss die Augen abschirmen gegen das Licht, man spürt, wie die Hitze an einem vorbeikracht, und wenn das Boot wieder ruhiger wird und man die Augen aufmacht und der Rauch sich verzieht, ist nichts da, nicht einmal Trümmer, auch treiben keine verkohlten Knochen ihrer Bäume auf dem Wasser oder schwarz gewordene Vögel, die vom Himmel gefallen sind, nichts, womit sich beweisen ließe, dass sie da war; nur dieselbe surrende Stille, das verblasste wogende Meer.

Das ist real. Eine Insel ist bei Nukleartests in den fünfziger Jahren einfach verschwunden. Die Atmosphäre verblasster 8-mm-Farbfilme stammt aus unserer Kindheit, von Papa mit der surrenden Kamera. Ein Swimmingpool oder Planschbecken, meine Brüder rutschen auf einer Rutsche ins Wasser, und der eine Film von uns allen, als wir einmal in Yorkshire waren, an einem Strand, sie im roten Badeanzug und mit Sonnenbrille, hält mich an der Hand und winkt in die Kamera. Bei der Party für die Jungs haben sie die alle gezeigt, bei der für mich den Charlie-Chaplin-Film, den mit dem Schiff, wo die Leute alle seekrank werden und über die Reling kotzen, und mit dem Auto, das in ein Loch in der Straße fährt und die ganze Stadt lahmlegt. Patrick hat James Chips in die Limonade getan, und alle haben gelacht, und dann hat James mir meine Coke auf den Schoß gekippt, ein Versehen, und da haben alle nicht mehr über ihn, sondern über mich gelacht. Dafür hat man kleinere Schwestern, außerdem zum Ignorieren, wenn man mit seinen Freunden ausgeht, es sei denn, man will denen vorführen, was für ein taffer Beschützer man ist.

Er ist bestürzt wegen der Zwillinge. Dreimal hat er mich schon gefragt, seit ich hier bin. Ich sage jedes Mal: Das wächst sich aus, kein Grund zur Sorge, lass sie, bis sie von selber so weit sind, lange getrennt sein, das können die nicht, das kriegen die nicht hin. Ich habe Jahre gebraucht, um es zu verstehen, und bin an dem Tag, als ich es verstand, in Tränen ausgebrochen. Sie hätten doch sagen können, es gibt Regeln, Ash, die stehen zwar nicht immer innen auf dem Deckel, es gibt sie aber trotzdem. Monopoly, Frustration, Connect, was auch immer, ich dachte, man würfelt halt und hat Glück oder eben nicht. Als mir klar wurde, dass Patrick vielleicht nett zu mir ist, um einen Vorteil beim Spiel zu haben, oder dass James vielleicht nur nett zu mir ist, um besser abzuschneiden als Patrick, hab ich die Hand unter das Monopolybrett geschoben und es in die Luft geworfen; das Geld, die kleinen grünen Häuser lagen überall. Einen schlimmeren Betrug konnte ich mir nicht vorstellen. Ich war so wütend, dass ich ein paar Runden um den Block gehen musste, die Fäuste in den Taschen geballt, dabei die schlimmsten Schimpfwörter vor mich hin murmelte. Karen Milne lehnte hinter ihrem Haus am Tor, sie sah, dass ich zweimal vorbeikam, dann rief sie, was denn los sei. Sie war neun, ein Jahr jünger als ich, und es war nichts an ihr dran, nur Haut und Knochen und schlechte Zähne, aber sie war drahtig, kräftiger als ich; im Sommer davor hatte sie sich mit mir geprügelt, und die anderen Kinder standen um uns herum und stachelten uns an, und sie hatte mich mühelos geschlagen. Jetzt hing sie über dem Tor und sagte: Wenigstens verhauen dich deine Brüder nicht grundlos, stimmt's, meiner gibt mir und Danny immer Ohrfeigen, bloß weil wir kleiner sind als er.

Nein, das Schlimmste war, dass sie mein David-Cassidy-Poster an die Schuppentür pinnten und mit dem Luftgewehr durchlöcherten. Mir haben sie nie so wehgetan. Sich gegenseitig, na, das ist eine andere Geschichte.

Gerade hat Melanie den Kopf durch die Luke gesteckt. Ob

ich noch hier oder schon weg bin, wenn sie am Montag wieder rüberkommt? Ich sagte, dann bin ich schon weg, aber sie könnte kommen und mir beim Feuer helfen, wenn sie will. Sie hat sich so gefreut und war so verlegen, dass ich verlegen wurde. Ich sagte, es hängt vom Wetter ab. Heute war der Regen manchmal sogar Hagel.

Fast halb elf. Ich werde mich in den Schlaf schreiben.

Drei Tage nachdem ich sie gefunden hatte, kam sich Amy schließlich mein Theater ansehen. Ich fand später heraus, dass Charles Dickens dort früher vor großem Publikum gelesen hatte. Sylvia Plath – ausgerechnet – und Gott weiß wer waren über die Bühne getapst und hatten versucht, ihre Verse richtig hinzukriegen. Ungefähr eine Woche habe ich dort, in einem Hinterzimmer versteckt, unter Leinwandbahnen geschlafen, die steif waren vor Dreck und Alter, habe nachts gezittert vor Kälte, hatte Angst vor den Geräuschen der Ratten, die zwischen den Wänden irgendwelche Sachen herumgezerrt haben. Eine Treppe weiter oben war ein Labyrinth aus Korridoren. Bei einer Erkundung früh am Morgen habe ich sie mal entdeckt, vollgestellt mit Kleiderständern. Tagsüber konnte man sich nicht hintrauen, manchmal waren auch Leute oben in einem Büro, aber ich konnte einige ganz nette Klamotten klauen und gute schwere Mäntel, in denen ich dann schlief.

Ich zog das lose Brett weg und kletterte als Erste hinauf, um ihr zu zeigen, wie, hielt dann von innen das Brett für sie. Es war sehr dunkel, ich tastete nach ihrem Mantel, hakte den Finger durchs Knopfloch und führte sie langsam herum, durch meinen Schlafraum, den anderen, wo es nach feuchten, verfaulenden Kartons roch, und dann hinaus auf die sich überraschend auftuende Bühne.

Amy stockte der Atem, und ich wusste, dass sie genauso überrascht war wie ich, als ich ins Nichts stolperte. Ich ließ ihren Mantel los, ließ sie stehen, damit sich unsere Augen an das Dunkel gewöhnen konnten.

Oh, flüsterte sie, dein Theater ist ein Gespenstertheater.

Ja, sagte ich, glaub ich auch.

Aber die Gespenster, das sind du und ich. Wir gehen hier um.

Sie fasste mich am Arm. Ihr Griff war fest und kam überraschend, ich war überrascht, wie stark er war.

Glaubst du, es hört uns?

Ich weiß, wer uns hört, erwidere ich flüsternd. Pass mal auf.

Ich stampfte fest auf, und die Ratten unter den Brettern und hinter den Mauern drehten durch, wir hörten das Geraschel und Getrippel eines panischen Rattenrennens um den Zuschauerraum, hörten Scharren, das weiter entfernt anderes Scharren auslöste und noch weiter hinten noch anderes. Amy schrak neben mir zusammen, kiekste vor Aufregung und Schreck, ihr Geräusch hallte in dem Rund wieder, und wir horchten auf die Stille danach.

Die kommen aber nicht und beißen uns, oder?, sagte sie.

Nein, sie haben Angst. Wenn sie uns zu nahe kommen, brauchen wir bloß ein Geräusch zu machen, dann rennen sie wieder weg.

So standen wir auf der Bühne und schrien ins Dunkel. Machten Gespenstergeräusche. Brachten uns gegenseitig zum Lachen, horchten auf die Ausbreitung unseres Gelächters. Riefen immer abwechselnd, alles Mögliche, irgendwas. Ich schrie Gedichte, die ich in der Schule gelernt hatte: Gunga Din, das Burns-Gedicht über das Bergtausendschön. Amy schrie was in Sprachen, die ich nicht kannte, lateinische Wendungen, die ich schon gehört hatte, cave canem, o tempora or mores, et in Arcadia ego. Ich sang das komplette *Flower of Scotland* und alles, was ich vom *Scots Wha Hae* noch wusste. Solche kraftvollen, zornigen Lieder!, sagte Amy. Ich sang Annie Laurie, das gefalle ihr besser, sagte sie. Ich sang was von Joni Mitchell, traf aber die hohen Töne nicht und musste sie in tieferer Tonart brummen. Amy säuselte Gedichte auf Französisch und sprach Romananfänge: Die Vergangenheit ist ein fremdes Land. Ich brüllte wie ein schottischer Fußballfan, Scotland für im-mer, England für nim-mer. Amy sang – ich glaube, ich habe sie nur dieses eine Mal singen hören – sagte, ich sing dein Lied, und sang *or at the bright noon tide in so-li-i-tude wan-dered a-mid the-e da-ark shades of the lone-ly ash-grove*. Ich lachte, es war so schmalzig, dann hörte ich zu; sie sang es nur ein kleines bisschen unsauber, verfehlte die Töne genau so, wie es sein sollte, und dadurch klang es irre, unirdisch; ich fand es schön.

Ich stand links auf der Bühne, sie stand rechts, so weit auseinander, wie wir uns im Dunkeln trauten, und wir riefen nach uns in dem prächtigen Verfall, mit der vielen toten Geschichte in der Luft.

Siehst du mich?

Nein, aber ich hör dich. Siehst du mich?

Nein, aber ich weiß, dass du da bist.

Draußen gingen Jahre vorüber. Ein neuer Premierminister arbeitete dafür, dass Reiche noch reicher wurden. Jemand erschoss einen Beatle. Der Papst wurde angeschossen und der neue amerikanische Präsident, der alte Filmstar. In Großbritannien kauften die Leute kein Corned Beef mehr, und ein paar Schiffe gerieten auf See in Brand. Es gab eine neue Krankheit, und das Wort *cruise* hatte mehrere Bedeutungen. Ein als Frau gekleideter Mann war Nummer eins bei *Top of the Pops*; sein Lied handelte davon, dass jemand ihm wehtat. Menschen litten Hunger, und eine Frau stellte einer anderen bei einem Wettlauf ein Bein; ihre Schreie gingen auf den Fernsehschirmen um die ganze Welt.

Fame, I'm going to live forever, baby, remember my name, remember, remember, remember, remember.

Die reichen Achtziger waren in vollem Gange, und wir, zwei Mädchen, hingen in einem verkommenen alten Theater herum, machten blicklos Schritte aufeinander zu und voneinander weg, als käme es nur darauf an, als bedeutete es etwas. Wir machten unsere eigene Geschichte, wir waren Freundinnen.

Amys Stimme im Dunkeln sagte: Wo bist du jetzt, Ash?

Ich lauschte dem Geräusch nach, die Augen offen, sah nichts.

Ich habe immer noch den Feuergeruch an mir. An den Sachen, auf der Haut, bestimmt auch in den Haaren. Süßlich, beißend, ich mag ihn. Jemand könnte ein Vermögen damit machen, dass er den Geruch von Rauch in Parfum oder Aftershave zum Patent anmeldet, kraftvoll, wehmütig und sexy, mit dem sich die Leute im Frühjahr und im Herbst, den Scharnieren des Jahres einsprühen können. Lancômes neues Heat of the Moment. Meltdown von Givenchy. Hell von Chanel.

Wie hieß sie noch mal, Miss Mackie, die sich über den Tisch beugte und es den Achtjährigen ins Gesicht sagte. Wenn ihr sterbt, seht ihr als Erstes Gott, der euch anlächelt. Und ihr seht ihn nur kurz, nur für einen winzigen Augenblick, weniger als eine Sekunde. Und dann verschwindet Gottes Gesicht – Gesicht zur Tafel, Andrew –, und ihr fallt abwärts, so als würdet ihr ganz schnell mit dem Fahrstuhl nach unten fahren, wie mit dem Fahrstuhl bei Benzies, nur dass ihr kilometerweit runterfahrt, bis ins Erdinnere, und es immer heißer wird, und dann fliegen plötzlich Türen auf, und ein gewaltiges Feuer braust heran und verbrennt euch, bis ihr ausseht wie ein Kartoffelchip. Ja. Denn dieses Feuer verbrennt euch auf ewig – was gibt's da zu lachen, Maria? Da gibt nichts zu lachen, wenn eure Haut kocht und lauter Blasen wirft und verdorrt. Oder? Nein. Überlegt mal, wie das wäre. Denkt nur mal dran, wie es schon wehtut, wenn ihr euch bloß ein kleines bisschen am Finger verbrüht habt. Und jetzt stellt euch vor, die viele Haut an euren Armen und Beinen, und überall brutzelt und zischt es. Wie das erst wehtun muss. Und ringsherum ist so ein komischer Geruch, als ob jemand ein Hühnchen viel zu lange im Herd gelassen hätte, und dann wird euch klar, ihr seid das, die so riecht. Euch ist so heiß, ihr habt so großen Durst und bittet um Wasser, aber niemand, kein Mensch gibt euch welches, und ringsherum trinken andere Leute Wasser aus großen kühlen Gläsern, so viel Wasser, wie sie wollen, aber ihr bekommt keins. Aber noch schlimmer, das Allerschlimmste ist, dass ihr Gottes sanftes Gesicht nie wieder sehen werdet, sagte Miss Mackie und schüttelte bedächtig den Kopf.

Ich sah hoch zu Jesus mit seinem netten Bart und mit den Kindern, die sich auf dem Bild an der Wand um ihn scharten, und er sah so lieb aus. Das würde er niemals zulassen. Sie hat das bestimmt falsch verstanden. Später, da war ich zehn, blieb ich eines Abends lange auf und sah allein fern, schwarzweiß, und die Stimme des Mannes schilderte die Hölle. So nannte er es. Im Bruchteil einer langen Sekunde fiel mir alles wieder ein: Menschen, Haut, Knochen, Rauch. Dieser Ort war, was Menschen anderen Menschen antun konnten, Menschen, die genauso waren wie sie oder anders als sie. Ich hielt mir ein Kissen vor die Augen, aber der Mann sagte meinen Namen, und da war ein Swimmingpool voller grauem Zeug. Das ist von ihnen geblieben, sagte der Mann: Asche, eine Grube voller Asche. Ich bin mit geschlossenen Augen aufgestanden, hab nach dem Knopf getastet und den Kanal umgeschaltet. Springreiten, ein weißes Pferd, Flying Wild stand in der Schriftzeile, nahm Anlauf zum Sprung über den großen Wall. Es kam drüber, Gott sei Dank, die Leute klatschten alle. Ich setzte mich wieder hin. Der Mann tätschelte ihm den Hals, und das Pferd schüttelte schaumige Spucke aus dem Maul. Ich dachte an den Tag, an dem sie es mir gezeigt hatte: Du machst das so, du machst eine Faust, drückst sie in den Sand, mit feuchtem Sand geht es am besten, Schätzchen (so hat sie gesprochen, ich glaube, so hat sie gesprochen), und du tust Sand über deine Hand, bis sie ganz bedeckt ist, ja, genau (ihre Umarmung), dann klopfst du ihn fest, so, streichst ihn glatt, bis es richtig rund ist, und ziehst die Hand vorsichtig heraus, lässt sie langsam rausgleiten, genau, und, siehst du, das ist die Tür. Meine Brüder waren mit dem Eimer und der Schaufel fortgerannt. Wer braucht denn jetzt einen Eimer oder eine Schaufel?, sagte sie hinter mir und gab mir durch die Haare einen Kuss aufs Ohr. Ich sah mir die Ausscheidungsrunden und die Runden gegen die Zeit an und dachte ganz fest an die Handhäuser, eine lange Spur hatten wir damit über den gelben Strand gezogen.

Gerade eben. Jahrzehnte her.

Nun denn.

Ich sitze an meinem Tisch in dem Staub und der Kahlheit, und Amys Tagebücher stapeln sich in der Ecke; der Schlafsack ringelt sich auf dem Boden, als läge noch jemand drin. Aber nein, hier sind nur ich und dieses Buch und ihre Bücher und der Mond.

Ich habe das Mondbuch aus der dritten Klasse Grundschule heute Abend wiedergefunden, und wir haben es verbrannt, es muss die dritte gewesen sein, es war die Nonne. Auswahlthemen für Mädchen: Haustiere, Blätter, Brot backen. Auswahlthemen für Jungen: Transport, Fliegen, der Mond. Ich maulte so lange, bis ich den Mond machen durfte, die Nonne war fortschrittlich, sie ließ es zu. Unter das Foto einer Rakete schrieb ich: SIEBENTAUSEND METER PRO SEKUNDE!!! Ich schnitt Sachen aus Zeitungen aus, legte sie in das Notizbuch, das mein Vater mit einer Tapete eingeschlagen hatte, die wie Holz aussah. Im Klassenzimmer machten wir ein Wandfries. Die höckerige Oberfläche des Mondes neben Linda McPhails Fotos von Tierkindern und den Bildern eines Postboten, Milchmanns, Kohlenmanns, die jemand anders gemalt hatte, ein Junge.

Patrick und James und ich sahen uns alles im Fernsehen an, riefen uns gegenseitig die Treppe herunter, damit wir nichts verpassten, bis es so oft kam und es so viele Apollos waren, dass es langweilig wurde. Aber ganz genau erinnere ich mich noch an Kunta Kinte in *Roots* an seinem ersten Abend als Sklave in dem neuen Land, verloren, bestürzt, geschlagen, und er sah hoch in den Himmel und wusste, es war derselbe Mond, den seine Liebste in ihrer Millionen von Kilometern entfernten anderen Welt auch sah. Ich las, dass Bürgerrechtler vor den Toren der NASA standen und protestierten, sie hatten Schilder und Transparente, auf denen *Raketen oder Rachitis?* und *Nahrung für die Hungernden in Amerika* stand. Sogar sie schirmten die Augen ab, um es zu sehen, ich wette, nicht mal sie konnten den Blick abwenden von dem Feuer, das daraus hervorschoss und die Erde erschütterte, auf der sie an dem sonnigen Vormittag standen, als Männer aufbrachen, um auf der Oberfläche des Mondes die Flagge zu hissen, Fußball zu spielen und wie aufgeregte Schuljungs herumzuhüpfen. Der Mond, wie eine alte Uhr, der alte sarkastische Freund, Panda-Augen, nachdem er die ganze Nacht aufgeblieben ist, eine Verbrennungsnarbe im Gesicht, das älteste Gesicht der Geschichte, wirft weißes Halblicht auf die hiesigen Farben. Schleppt das Dunkel im Kreis herum und das Meer rein und raus, hängt mit seiner anziehenden Physis da kalt am Himmel.

Amys Parfum liegt noch in der Luft, wenn sie schon nicht mehr da ist.

Undenkbar, genauso undenkbar wie mit der eigenen Schwester zu schlafen, wenn man eine hätte. Unvermeidlich, dass ich daran dachte und mich ermahnte, nicht daran zu denken, und dann ständig daran denken musste. Unvermeidlich, dass ich eines grauen Tages in der Monotonie des Büchereinräumens in verstaubte Regale auf den Boden sank, die Augen zumachte und mir zum ersten Mal gestattete, es ganz durchzudenken, es in seiner Kiste aus dem Keller holte, vorsichtig den Deckel lüpfte und das wunderschöne Tier, das darin lag, blinzelnd ins Licht blicken ließ. Ich hielt es von mir weg, dann hielt ich es in der hohlen Hand, die Augen geschlossen, und spürte die pulsierenden glatten Konturen, den unschuldigen Ernst, seinen milchigem Atem unter meinen Fingern. Das Fremde und doch Vertraute der Gestalt. Ich. Amy. In eins gefügt. Ich stützte die Füße gegen das Regal vor mir, straffte mich vom Hals bis zu den Zehen, umspannte mit gestreckten Muskeln den Luftraum zwischen italienischer Kunst der Renaissance und orthodoxen Religionen. Zwei Leiber: einer. Sie, ich, ja, darum ging es, darum war es doch von Anfang an gegangen.

Man stelle sich vor: meine Hand in seinem kätzchenhaften Mündchen. Schon bald würde es so groß sein, dass ich den ganzen Kopf hineinstecken konnte. Schon bald tat ich das an den meisten Abenden, dann zweimal pro Nacht, manchmal sogar in Matineen. Ich hätte es von Anfang an wissen müssen: Es war ein Raubtier, es war wild, unkontrollierbar, es würde mich reißen wie nichts mit seinem nach Moschus riechenden Maul. Ich hätte es wissen müssen: Schon vom bloßen Daran-Denken würde ich entzweigehen und bluten.

Meine. Freundin. Amy

: hatte viele Dinge einfach schrecklich gern. Sagte, viele Dinge seien einfach köstlich

: trug an kältesten Winter- und an heißesten Sommertagen feine schwarze Wolle, als verachte sie, was so gewöhnlich war wie eben der Wechsel der Jahreszeiten

: machte ein philosophisches Dilemma aus der Frage, ob sie einen leeren Joghurtbecher in den Abfall werfen sollte oder nicht. Ich kann nicht, sagte sie. Es ist, als würfe man einen Teil des Ichs weg. Es verursacht mir buchstäblich körperlichen Schmerz. Unter ihrer Spüle hatte sie eine Sammlung von Joghurtbechern aus Plastik, ausgespült und ordentlich gestapelt

: sagte, ihre Lieblingsfarbe sei Weiß

: sagte, ich sähe gut aus in Schwarz

: sagte, ihr Lieblingsbuch sei *Die enge Pforte* von André Gide. Das hab ich nie bis zu Ende geschafft, sagte ich; sie lachte. Ich bin so schrecklich gern in deiner Nähe, Ash, sagte sie, du machst alles so erfrischend einfach

: sagte gerade eben in meinem Kopf: Du weißt schon, dass ich nicht so klischeehaft bin, wie du andeutest, Ash

: war einmal im Supermarkt, ich hab sie gesehen, sie mich aber nicht. Ich folgte ihr durch die Reihen, sie griff nach irgendeiner Dose, las das Etikett, überlegte einen Moment und stellte die Dose wieder zurück. Sie strich mit der Hand über die Kiste mit den Kirschen, legte zwei Äpfel in ihren Korb und betastete und nahm zwei Pfirsiche. Ich sah ihren blitzschnell taxierenden Blick über das Mädchen an der Kasse hinweghuschen, sah sie in ihrem Portemonnaie kramen, mit geradem schwarzem Rücken aufs Wechselgeld warten, mit flinkem Schritt sofort hinausgehen. Vor dem Laden stehend, stellte ich fest, dass ich eine Packung Hundert Watt-Birnen in der Hand hatte; ich musste wieder reingehen und mich entschuldigen und sie bei dem Mädchen am Zigarettentresen bezahlen. In meinem Kopf, der Hand die blinde Frucht

: aß, seit sie zwölf war, kein Fleisch mehr und hatte einmal ganz aufgehört zu essen, weil Essen unrein war, und ihren Körper damit so geschädigt, dass sie jahrelang keine Regel mehr hatte – wie die Heiligen im Mittelalter, erklärte sie mir einmal

: sprach nur zu gern über Essen, je süßer und klebriger, desto besser. Doch in all den Jahren, die ich sie kannte, habe ich sie kaum einmal etwas essen sehen; Trauben vielleicht, Joghurt, und solange ich miterlebte, wie sie zu einer erwachsenen Version ihrer selbst heranwuchs, war sie chic, dünn, elegant oder wie ein ausgehungertes Kind, dessen belesener Kopf seltsam übergroß auf ihrem Körper saß (ja, stimmt schon, je nachdem, wie man es sah, so ist es)

: wurde mir gegenüber immer kühler, und das hatte mit Verschiedenem zu tun. Je wichtiger sie wurde, desto seltener sahen wir uns, und desto deutlicher wurde ich die, mit der man sich nicht schmücken kann, die Unsichtbare, Androgyne aus dem Norden. Nun, da sie Fellow war und nach dem Streit, bei dem ich gesagt hatte, Schmerz, Verlust und Sehnsucht seien nicht bloß etwas Romantisches, sondern etwas, worum sich zu kümmern Menschen und manchmal Regierungen verpflichtet waren, und nachdem ich sie angeschrien hatte, sie solle mehr essen, und vor allem, dass ich sie ja kaum noch zu sehen kriege, tja, danach sahen wir uns kaum mehr

: die ich schon eine ganze Weile nicht mehr gesehen hatte, rief mich mitten in der Nacht an und wollte, dass ich zu ihr komme, sagte am Telefon, ob es mich störe, sie brauche mich für einen Moment. Ich rannte die Treppe hinunter. Es dauerte nur ein paar Minuten, bis ich dort war, ich radelte so schnell gegen den Regen an, dass mir das Herz im Leib hämmerte, als ich ankam. Als sie die Tür aufmachte, schlug mir ihr Parfum entgegen wie eine Wand, und der Raum war geschwängert davon. Sie hatte ihr Nachtzeug an und die Haare offen. Sie sah erschöpft aus.

Ich fürchte, weswegen ich dich hergerufen habe, hat sich inzwischen erübrigt, sagte sie.

Ich hatte zwei Wespen aus ihrem Zimmer verscheuchen sollen. Jetzt aber waren beide so gut wie tot; sie zeigte mir eine auf dem Schreibtisch und die andere hinter der Tür, gekrümmt sich quälend, lagen sie auf dem Rücken und zuckten mit den Beinen. Ich hab sie damit besprüht, sagte Amy, aber ich hab die verdammten Biester dauernd verfehlt, und jetzt hab ich fast die halbe Flasche verbraucht und muss mir neues kaufen.

Sie zeigte zur Decke, an den Lampenschirm aus Papier, auf dem das Parfum große Fettflecken hinterlassen hatte. Sie setzte sich. Ich sagte, sie sehe blass aus. Sie erwiderte, sie habe zu viel gearbeitet, habe Schlafstörungen.

Ich wollte gehen, aber sie zögerte, nein, Ash, da ist etwas, das gefällt dir bestimmt. Wenn du schon mal da bist. Der Regen lief mir von den Haaren in den Hals, ein Handtuch wurde mir um die Schultern gelegt, ihr Arm strich über meinen nassen Rücken, du bist ja ganz durchnässt, sagte sie. Gehen wir rüber, das ist ja nicht auszuhalten, sie wies auf die stark riechende Luft.

Aber in ihrem Schlafzimmer war der Geruch auch überall. Sie war wieder ins Bett geschlüpft und hatte die Decke hochgezogen, hatte einen meiner nassen Handschuhe genommen und strich ihn in ihrer Hand glatt, nahm ihn abwechselnd in die eine und in die andere Hand. Ich setzte mich auf das Bett, mein Herz so laut, dass ich glaubte, sie würde es hören. Aber sie übertönte es, hatte etwas gesagt, ich musste horchen und mich konzentrieren. Lächerlich, hatte sie gesagt, und das Wort aber und das Wort Angst. Weißt du, Ash. Was, sagte sie, wenn der Zufall es will und es passiert diese Nacht, wenn, nur mal angenommen, der Mörder, der Vergewaltiger zufällig durchs Fenster hereinkommt?

Ach, der würde durchs Fenster gucken und sehen, dass ich auch da bin. Also, keine Bange, er kommt nicht rein, sagte ich.

Sie schüttelte sacht den Kopf. Die Möglichkeit, dass es geschieht, wird es geschehen lassen, sagte sie und umschlang die Knie mit den Händen. Es zu denken, nur zuzulassen, dass es einem in den Sinn kommt.

Ich sagte, sie sei dumm, außerdem sei das wie bei einem Autounfall oder Flugzeugabsturz oder bei einem Häuserbrand; wenn man dachte, es würde passieren, wenn man sich mit aller Gewalt einbildete, dass es passierte, dann passierte es vermutlich nicht.

Aber was, wenn nur real ist, was wir selber denken? Was, wenn wir etwas auf diese Weise wirklich werden lassen, geschehen lassen? Durch unser Nachdenken darüber?

Du weißt doch selber, dass es nicht so ist.

Aber was, wenn doch? Was, wenn es irgendwo jemand anderen gibt, bei dem ich jetzt sitzen sollte, sitzen könnte? Was, wenn es irgendwo auf der Welt genau in diesem Moment jemanden gibt, den ich verpasst habe, und diese Person trifft zufällig jemand anderen als mich, eben weil es Zufall ist?

Mir kroch die Kälte den Nacken herauf. Tja, sagte ich, immer noch lächelnd, und schüttelte sie mit einem Schauern ab. Genau in diesem Moment hast du aber mich, nicht?

Was, sagte sie wieder, so als hätte ich kein Wort gesagt, wenn unser Leben seine Gestalt, seine bisherige Gestalt bloß aufgrund von sinnlosen Zufällen angenommen hat?

Sie hatte die Hände vor dem Gesicht und meinen Handschuh vor den Augen. Ich nahm ihn ihr ab, stand auf und schob meine Hand hinein. Kalt, nass. Ich war ins Reich des Zufalls verwiesen, wieder einmal die Falsche, und das durch den Menschen, von dem ich mich in dieses Halbleben im Wartestand hatte locken lassen, in dieses fremde Land, in ihr Zimmer mitten in der Nacht – nur damit sie mich an der Schulter fassen und noch weiter wegschieben konnte, in noch weitere Ferne. Ihr Gesicht war wie stets leer, aber ihr Blick war verängstigt wie bei einem

Tier, das auf seine Strafe wartet; sie wartete darauf, dass ich sie ansagte, sie verkündete, aber ich war zornig und sagte deshalb etwas anderes, redete meinen üblichen Text, sagte:

Du bist manchmal ganz schön übergeschnappt. Es gibt tausend wichtigere Dinge auf der Welt, über die du dir Gedanken machen solltest, und davor noch tausend andere.

Irgendwo hörte ich ein Geräusch, eine Tür oder ein Fenster über uns zuschlagen; ich erstarrte. Sie seufzte und schloss die Augen und ließ den Kopf aufs Bettgestell sinken. Sah sogar ein bisschen erleichtert aus. Ja, sagte sie. Es war lieb von dir, Ash, dass du wegen so einer Kleinigkeit hergekommen bist. Es tut mir leid, dass ich dich zu so einer unmenschlichen Zeit beansprucht habe.

Die ausgeschnittenen Engel neben ihr blickten auf sie herab, sahen mich an: billig, verführerisch. Ich machte auf dem Absatz kehrt. Radelte stupide heim über rote Ampeln, ohne zu bremsen, rutschte in der Nässe, war zornig über ihr blasses Gesicht, das mir vor Augen stand, zornig über das in mich wie Tinte oder Blut in Baumwolle einsickernde Empfinden, dass ich es vermasselt, dass ich die falsche Antwort gegeben hatte. Etwas verpasst hatte, das Boot, den Bus, die Pointe verfehlt hatte. Schlimmer noch, als ich nach Hause kam, hüllte ihr Parfum mich ein. Ich schmeckte sie sogar durch meine Zahnpasta hindurch. Ich warf mich regennass ins Bett, machte die Augen zu, und sie war immer noch da, künstlich, zum Verrücktwerden. Das, was sowieso nie passieren würde, raubte mir wie üblich den Schlaf, traute sich mehr im Dunkeln, zerrte spielerisch an mir herum, zerfetzte spielerisch das Fleisch.

Ich schlich mich mit dem Rest des Pulks in den großen Saal. Auf dem Zettel an der Schwingtür stand Textkörper III; ich war also richtig. Ich setzte mich an den Rand neben der Treppe, und als sie hinunterging, um das Podium zu besteigen, schnürte mir ihr Geruch die Kehle zu, sein kostspieliges unsichtbares Versprechen wehte durch die Luft.

Sie trat aufs Podium, ich versteckte mich zur Sicherheit hinter dem Kopf in der Reihe vor mir, obwohl ich wusste, dass sie mich nicht sehen würde, sie war ja kurzsichtig. Ich wusste Dinge, die niemand sonst im Hörsaal wissen konnte, ich wusste alles über sie, jetzt sah ich zu, wie sie etwas tat, was ich mir nicht hatte vorstellen können, sie brachte mit einem kaum vernehmlichen Räuspern die hundert Köpfe im Hörsaal dazu, sich ihr zuzuwenden. Dann ihre Stimme, leise, vernünftig, bald lebendiger, witzig, fast eine Parodie der Stimme, die ich kannte, schwebte sie über den Köpfen und den bereits mitschreibenden Händen in der Luft. Das Mädchen neben mir stieß mich mit dem Ellbogen, fragte, ob ich Papier brauchte, gab mir ein Blatt, das ich in der Hand hielt.

Schimmernd wie Metall, das im Licht gedreht wird, wie geworfene Messer ließ sie Wörter in die Luft fliegen, Namen, Literaturhinweise, lange komplizierte Zitate in ihren jeweiligen Sprachen, ließ wie – wie was?, wie früher im Fernsehen die Tellerjongleure Wörter eins nach dem anderen auf Stabspitzen sich drehen, so viele, man konnte gar nicht glauben, dass sie die alle auf einmal in der Luft behielt; schaut nur, wie gut ich bin, sagte sie damit, und schaut, wie ruhig, nicht eins meiner herumgewirbelten Wörter wird fallen und zu Bruch gehen. Sie schrieb, sie drückte einen Schalter an der Maschine, und die Wörter warfen sich von selbst an die Wand hinter ihr; sie zeichnete Verbindungslinien zwischen ihnen ein. Wörter als Sprechakt. Supremat des Textes. Intertextuelle Beziehungen. Textur des Textes. Geburt des Textes. Reiner Text. Verdorbener Text. Aber der Text stirbt nie, sagte sie, denn er hat – zum Glück – ja gar nicht gelebt!, und machte mit der Hand kleine Anführungszeichen um das Wort gelebt, woraufhin das Mädchen neben mir – wie alle anderen – entzückt auflachte und es notierte. Dann standen alle auf und packten ihre Bücher ein, und als ich wieder etwas sah, war sie gegangen, aber ich konnte nicht sehen, wohin.

Ich weiß aber noch, was sie sagte. Dass Sprache bedeutungslos war, dass Wörter nur wahllose Geräusche waren. Das zwanzigste Jahrhundert, sagte sie, sei mehr als je zuvor das Jahrhundert der Zeugenschaft, denn es sei mehr als je zuvor das Jahrhundert fragwürdiger Bedeutungen. Aber da Sprache insgesamt ein Akt sei, ein Vollzug, da Wörter von Natur aus reine Fiktion seien, konnten Wörter niemals etwas anderes ausdrücken als den Schemen der Wahrheit. *Den Schemen der Wahrheit.* Die Studentin neben mir hatte alles mitgeschrieben, sie hatte *Sprache nicht real* unterstrichen, weiter unten hatte sie ihr Blatt vollgemalt: einen Baum, einen Hund, ein Gesicht, Blumen, ein kunstvolles abstraktes Netz. Sie wandte sich zu mir, als sie ihre Jacke anzog. Das war phantastisch, was?, sagte sie.

Ich schaute auf das Blatt Papier in meiner Hand; auf den Rand hatte ich immer wieder wie ein langes Wort ihren Namen geschrieben, bis unten. Ich deckte es ab, damit die Studentin es nicht sah. Ja, sagte ich, nicht wahr? Das Mädchen musterte mich neugierig. Arbeiten Sie nicht in der Bibliothek? Lassen die Sie in Vorlesungen rein, wenn Sie bloß in der Bibliothek arbeiten?

Am Bahnhof entkernten Arbeiter das alte Café, wuchteten ein Schild mit der Aufschrift QUENTINS BISTRO dahin, wo es hängen sollte. Ein Stapel neuer Stühle aus glänzendem Leichtmetall war am Eingang abgeladen. Ich setzte mich neben der Mauer auf die Erde, legte einen Arm auf das alte abgenommene Schild. CAFÉ SANDWICHES HOT SNACKS ICE-CREAMS. Hielt das Gesicht in die

Sonne. Das Radio der Arbeiter spielte *In the Afternoon* von Steve Wright, die wahnsinnigen Radiostimmen schrien sich gegenseitig an oder johlten, es wurde geklatscht, und die Musik wechselte von trauriger Cleverness zu Pastellfarben, zu Morrissey und Wham!, zu Madonna, die davon sang, wie es ist, zum allerersten Mal berührt zu werden. Das hier, das ist es, rief ein Arbeiter einem anderen zu, das muss ich einfach hören, ich fang jedes Mal wieder zu schwitzen an. Sein Freund sah mit schiefem Grinsen zu mir herüber, kratzte sich die eingestaubte Brust und drehte mit übertrieben freundlicher Geste einen Stuhl für mich um. Ich erwiderte das Lächeln und verneinte achselzuckend, stemmte mich hoch, studierte die Abfahrtszeiten der Züge nach London. Ich ging wieder zu mir nach Hause, hinauf in mein Zimmer. Ging hin und her und zog Schubladen auf und zu, packte Sachen in eine Plastiktüte. Dann setzte ich mich aufs Bett. Nahm die Sachen wieder aus der Tüte raus und legte sie auf den Tisch, wieder in die Schubladen, wieder unters Bett, setzte mich abermals darauf, faltete das Blatt Papier in meiner Hand auf.

Amyamyamy.

Ich wusch mir auf Arbeit die Hände und sah mich im Spiegel. Ich hatte schwarze Ringe unter den Augen. Ich setzte mich wieder an die Ausgabe, spürte den Schmerz um die Augen, als ob ich mich geprügelt hätte. Sah hinab auf die neben mir hängende Hand und ballte die Faust. Fuhr mit Schwung auf meinem Stuhl zurück, wäre beinahe heruntergefallen, was mir einen stummen Tadel von Myra eintrug, der Vierten in der Hierarchie. Ignorierte sie. Ignorierte die biedere Frau, die mir das Buch hinhielt und darauf wartete, dass ich es abstempelte. Die Frau stand mit aufgeschlagenem Buch da, die Verwirrung quälte sie sichtlich. Kurz bevor sie den Mund zum Sprechen öffnete, ihre Mundwinkel zuckten schon, und ihre Lider begannen zu flattern wie ein gefangener Vogel, hieb ich meinen Stempel auf das Stempelkissen und stempelte ihr Buch und schlug es zu, reichte es ihr mit einem Lächeln.

Es war Zeit, etwas daraus zu machen. Die Situation verlangte nach einer großen Geste. Nach Glanz und Gloria. Sie verlangte, dass ich meine Rolle spielte, aufbegehrte als die heroische rebellische Schottin, die zu sein ich geboren war.

Von Stund an stellte ich jeden Tag, wenn niemand aufpasste, ein, zwei Bücher an falsche Plätze ins Regal ein oder, wenn ich ganz mutig war, gleich in ein Regal, in das sie überhaupt nicht gehörten.

Immer noch deutlich den Rauchgeschmack des Feuers in der Nase und im Mund.

Barbara sagte: Ah, wenn das mal nicht die berühmte Aisling ist, aber du bist genau wie dein Dad. Komm rein, ich hab Wasser aufgesetzt.

In ihrem vorderen Zimmer roch es nach alten Äpfeln; ein Wellensittich saß in einem Käfig, klapperte und krächzte. Der Tee war aus Blättern gekocht, die durch die zugeschüttete Milch an die Oberfläche stiegen. Na, sagte sie und lehnte sich zurück, sah mich an, lächelte nicht. Da können wir ja jetzt gemütlich einen kleinen Schwatz halten. Wie lange bleibst du zu Hause? Ach, das ist doch nichts. Und dann geht's übers Meer, was, wie die ganze Jugend, hm? Im Rumtreiben bist du ja ganz groß, wie ich höre. Aber das ist nicht gut. Du solltest dich etwas öfter zu Hause blicken lassen. Bei Jungs ist das was anderes. Aber Väter brauchen ihre Töchter. Du bist doch nicht etwa verheiratet, Aisling? Nein, dachte ich mir. Also dann.

Das Feuer spuckte. Barbara beugte sich nach unten, schob den Schürhaken durch das Gitter und rührte in der Glut. Ich steckte mir die zweite Hälfte des Kekses in den Mund und schluckte sie mit Tee runter, kam mir höflich und böse vor wie eine Zehnjährige. Sie stemmte sich von ihrem Sessel hoch. Ach, die alten Knochen, was, so ein Körper ist doch zu nichts nutze, sagte sie. Sie ging durchs Zimmer und kam mit einer Fotografie in einem Plastikrahmen wieder. Das sind wir, als *wir* in Amerika waren, in dem Jahr bevor er starb, er wollte immer so gern mal hinfahren, gut, dass wir es gemacht haben.

Auf dem Foto stand sie neben einem kleinen grauen Mann, sie befanden sich in, wie es aussah, einem grauen Betonkasten. Siehst du, das ist die Freiheit, wir sind drin, in der Statue, weißt du. Mein Cousin hat es geknipst. Wir sind bis ganz rauf gefahren in den Hut und alles. Solltest du auch mal machen, wenn du Gelegenheit dazu hast, der Ausblick, der ist einfach spektakulär. Nein, bleib du mal sitzen, Aisling, ich ruf Melanie für dich, sie ist ein gutes Mädchen, unsere Melanie, nein, das macht gar keine Umstände, dauert keine Minute.

Mrs. Ross von gegenüber, die war ein bisschen so, allerdings war Mrs. Ross freundlich. Geh weg von dem Kanalufer da, Aisling McCarthy, oder ich sag es deinem Vater. Ich durfte zu ihr kommen, als ich noch zu klein war, um nach der Schule allein zu Hause zu sein, sie merkte sich Geburtstage, wenn mein Vater sie vergaß; deine Mutter und ich waren sehr befreundet, sagte sie immer, da ist es doch normal, wenn ich auf dich aufpasse. Nie Geld in den Mund stecken, sagte sie, man weiß nie, wo das schon mal gelegen hat. Sie war Busschaffnerin, bis die alle entlassen wurden, und sagte es mit Autorität, weil sie wusste, wo Geld überall hingelangen konnte. Davor hatte sie in einer Aspirinfabrik in Glasgow gearbeitet, und das kostete sie schließlich das Leben; durch das Ein- und Ausatmen auf ihrer Arbeit waren ihre Nieren verbrannt. Die kräftigen Jungs bei dir zu Hause und dein hilfloser Vater, Gott schütze ihn, mit denen kannst du doch gar nichts anfangen, und in der Schule erzählt dir kein Mensch, was man wirklich wissen muss, sagte sie; komm am Dienstag rüber, dann trinken wir einen Tee und unterhalten uns von Frau zu Frau, das hätte deine Mutter von mir gewollt.

Ich war aufgeregt. Überlegte, was so besonders sein konnte, dass Mädchen ein Exklusivrecht darauf hatten. Aber ich setzte mich auf die Kante ihres Sessels und spielte die Höfliche, denn ich wusste schon Bescheid und war nicht auf die Aufklärung durch eine alte Frau angewiesen, obwohl sie es nur gut meinte und von den Tagen redete, vom Eierlegen, so als wäre seine Regel haben und Sex haben dasselbe, und sah mich dabei nicht an, sondern blickte zur Decke, und dadurch wusste ich, dass es peinlich und was Privates sein sollte, nur dass ich faktenmäßig mehr von Carolyn MacGilvray gelernt hatte, als die den obszönen *Oor Wullie*-Comic in die Schule mitbrachte, den wir in der Gruppenstunde rumgehen ließen, während wir Gottes Wege sind unergründlich sangen und uns den Hals verrenkten, um die Bilder zu sehen.

Ich zupfte an einem der sauberen Spitzendeckchen, die bei Barbara an den Armlehnen des Sessels befestigt waren. Stand auf und schob die Lamellen der Jalousie auseinander. Von Barbaras Fenster sah man auf die Nervenheilanstalt oben auf dem Berg, die neue Wohnsiedlung, die dicht drumherum gebaut worden war, und auf die Berge, die sich hinter der Stadt drängten. Auf den Gipfeln lag noch Schnee. Ich hörte Barbara im Flur am Telefon. Ja, sagte sie. Deine neue *Filmstar*-Freundin ist hier, sie kam mit so einer, wie heißen die, *Limousine* angefahren, bloß um sich deine Telefonnummer zu holen. Sie sagt, ich soll dich an das Feuer erinnern.

Ich hörte, wie sie auflegte. Setzte mich schnell wieder, damit sie mich nicht dabei erwischte, dass ich etwas tat, was ich nicht sollte, wie zum Beispiel in ihrem vorderen Zimmer zu stehen statt zu sitzen.

Wir schleppten die Schulsachen, die angekauten Spiele, alte Briefe und Papiere aus der Garage raus und trugen alles zum Komposthaufen. Mein Vater guckte zu. Bist du sicher?, sagte er. Willst du die Sachen nicht? Später wirst du sie haben wollen, denk an meine Worte, ganz sicher. Er hob ein Stück Papier auf, das in die Nelken geflattert war. Himmel, sagte er, Inverness Music Festival 1974, Dritter Platz. Das kannst du nicht verbrennen, Kind, ich sag's dir. Wenn du es nicht mehr hast, wirst du es haben wollen.

Melanie beäugte die Bücherkisten in der Garage. Da lässt sie dich nicht mal in die Nähe, rief mein Vater ihr zu. Ich musste mein Boot am Loch vertäuen wegen der Bücher. Die verstopfen mir kistenweise die Garage. Vor ein paar Jahren war das die einzige Post hierher, was, Ash? Briefe hat man keinen einzigen gekriegt, man hatte schon Glück, wenn mal 'ne Adresse bekannt war. Aber die verdammten Bücher kamen alle nach Hause und brauchten Platz.

Sein Blick wanderte über Melanies Rücken und Oberschenkel, als sie sich über eine Bücherkiste beugte, und ich stellte mich so hin, dass ich ihm die Sicht versperrte. Ich hab ihr erlaubt, sich alle Bücher zu nehmen, die sie haben will, sagte ich und kehrte ihm den Rücken zu. Melanie sah sich bei unseren Kinderbüchern um. Guck mal, sagte sie, bei dem sind alle Ecken abgerissen. Und sieh dir das an oder das hier, als ob das ein Hund in der Mache gehabt hätte. Sie blätterte welche durch, starrte mit offenem Mund auf die bis an den Zeilenrand weggerissenen Seiten.

Sag's ihr, mach, sagte mein Vater lachend und verschluckte sich. Dann erzähl ich's ihr, sagte er, kam rüber und legte den

Arm um meine Schultern. Sie hat sie gegessen. Sie hat dauernd Papier gekaut. Man musste die Fernsehzeitung vor ihr verstecken, sonst war sie zerfetzt. Oder *The Press and Journal.*

Wespen fressen Papier, sagte Melanie aus einer anderen Kiste heraus, die bauen sich daraus ihre Häuser. Da bist du also die letzten sieben Jahre gewesen, sagte mein Vater keuchend. Das wird es gewesen sein. Er steckte die Hände tief in die Taschen, ging zum Feuer und schob es mit den Schuhen vom Rand und vom Rasen weg.

Ich bring sie wieder, sagte Melanie. Ich nehm mir jetzt bloß ein paar, ich bring sie wieder, wenn ich sie durchhab. Du kannst sie behalten, sagte ich zu ihr, nimm dir, was du möchtest, hat ja keinen Sinn, wenn Bücher ungelesen in Kisten rumliegen. Nein, nein, sagte sie, ich borg sie mir bloß. Was, wenn du wieder mal Hunger kriegst?

Guck mal, rief sie und kam, die Arme mit Büchern beladen, aus der Garage, was sind das für welche? Sind das Romane? Sind das deine? Sie legte sie ins Gras, griff nach dem obersten. Nein, sagte ich. Sie streichelte den marmorierten Umschlag. Schon das Papier in denen ist so fein, sagte sie, die sind wirklich wunderschön, die lagen in einer alten Abfalltüte. Nein, sagte ich, las sie von der Erde auf, schichtete sie mir auf die Arme und trug sie ins Haus. Legte sie auf den Küchentisch. Wischte bei dem, das zuunterst gelegen hatte, das Gras ab.

Als ich wieder vom Dachboden herunterkam, sah Melanie ins Feuer; sie kam zu mir, blieb neben mir stehen und sagte kein Wort. Es tat mir leid, ich dachte, ich hätte sie erschreckt. Doch bevor ich irgendetwas sagen konnte, fragte sie unvermittelt: Kennst du den Regisseur des Films, bei dem du mitgespielt hast? Sind das so Schwulenfilme, was er macht?

Na ja, sagte ich, dafür ist er berühmt. Zumindest ist das die

Schublade, in die die Leute von den Zeitungen und so ihn stecken.

Ich leite in der Schule den Debattierklub mit, sagte Melanie. Wir diskutieren über solche Sachen, ob man schwul sein kann oder nicht. Aha, sagte ich, und, kann man? Ich weiß nicht mehr genau, wie das Ergebnis war, aber ich glaub, die meisten fanden es in Ordnung, solange es niemandem wehtut. Aber es ist kaum jemand gekommen. Es war eine der am schlechtesten besuchten Stunden. Meine Mutter wollte nicht, dass ich in die Stunde geh, aber ich muss ja, ich bin doch in der Leitung. Vorige Woche waren massenhaft Leute da. Das Thema war: Dieses Haus ist der Ansicht, für Schottland wäre es das Beste, ein unabhängiger Staat zu sein. Wir hatten richtig Probleme, Leute zu finden, die sich gegen den Antrag aussprachen. Außer dem Mädchen, das dann gegen die Befürworter gesprochen hat, haben alle mit Ja gestimmt, dass ein Referendum gut wäre. Vor Jahren, weißt du, gab's schon mal eins, aber das ist nicht durchgekommen.

Ja, sagte ich, ich weiß.

Wir haben es in Geschichte durchgenommen, sagte Melanie.

Übergang, Abweichung. Ich sah ins Feuer und sagte mir zur Melodie von *The Locomotion* im Kopf Wörter auf. Liebe, so-lange es nie-man-dem we-ehtut. Ich pfiff sie. Melanie pfiff mit. Das ist ein Hit aus den Sechzigern, nicht? Wir haben ihn auf Schallplatte. Wann gehst du denn weg? Ich kann's kaum erwarten, hier wegzukommen. Aber nicht aus Schottland. Aus Schottland würde ich nicht gern fortgehen. Nicht für alles Geld. Hast du England gehasst? Ich würd's hassen. Diese vielen Engländer, weißt du, was ich meine?

Ich sah meinen Vater am Küchenfenster. Er beugte sich über die Spüle, wusch oder trocknete etwas ab. In der Zeit, als ich nicht in die Schule gehen konnte und zu Hause den ganzen Tag mir allein überlassen war, durfte ich sogar in seinem Bett schlafen, obwohl ich mich dauernd übergeben musste und mein Bett am Morgen voller Erbrochenem war. Mittags kam er den langen Weg von seiner Arbeit heim und lief gleich die Treppe rauf, die hab ich dir mitgebracht, sagte er, und hielt mir eine Orange hin, eine große, sogar für seine große Hand groß. Er setzte sich ans Bett und schälte sie für mich und sah dann zu, wie ich ein Stück nach dem anderen langsam aufaß, weiter so, alles, du musst es schaffen. Jetzt wird's dir gleich schlechter gehen, sagte er, aber bald danach geht's dir besser. Er nahm die Schüssel und brachte sie sauber wieder, mit einem Rest des trüben, süßlich nach Sicherheit riechenden Desinfektionsmittels darin. Ich lag den Nachmittag über im Bett, erbrach die Orange wieder, fühlte mich besser. Mein Vater kann die erstaunlichsten Sachen, dachte ich, das weiß ich noch, während ich an die Decke stierte. Er schaffte es sogar, dass Erbrochenes gut schmeckte.

Was sollte mit dem ganzen Zeug werden? Die Kleider konnte ich Oxfam geben, die Bücher konnten verschenkt werden, den Rest – alte Postkarten, alte Briefe, alte Lohnstreifen, die nüchternen Details von Tagen, an die man sich nicht erinnerte – verbrennen. Aber das viele Zeug, das einem dauernd im Kopf herumschwirrte? Jetzt sah mein Vater hinter dem Fenster aus wie ein alter Mann, ein x-beliebiger alter Mann, den ich nicht kannte. Hörbar kam das Feuer endlich in Gang. Das Mädchen, das neben mir immer noch redete. Nicht mal einen Body Shop gibt es, sage sie gerade. Nicht mal ein Pizzaland. Es ist so scheiße hier. Man kann nichts machen. Ihre Stimme zupfte an meinem Ärmel. War es so?, sagte sie. Was? Na, phantastisch, sagte sie. Bist du an eine große Theaterschule gegangen und wurdest bei einem Vorsprechen ausgewählt und musstest auf der Bühne singen und so?

Ich erzählte es ihr. Ich bediente gerade einen Mann, er hatte eine große Nase und einen echt schmuddeligen Anorak an, aber mit ihm saß ein Pulk sehr schöner Menschen am Tisch, und einige haben ihm Fragen gestellt und sich seine Antworten aufgeschrieben. Ich war an dem Vormittag müde und hatte ziemlich schlechte Laune, erst hatte mich jemand in der Tube befummelt und dann war ich auf dem Weg zur Arbeit total nass geworden, die Haare klebten mir noch am Kopf. Ich verschüttete seine Pasta über den ganzen Boden, spritzte sie auf seinen Anorak, und er lächelte mich freundlich an und sagte: Hätten Sie Lust, in einem Film mitzuspielen, den ich mache? Die schönen Menschen drehten sich alle um und gafften mich an, nickten und flüsterten miteinander. Aber er kam am darauffolgenden Tag wieder in die Bar und fragte mich noch einmal, obwohl ich ihm schon beim ersten Mal gesagt hatte, wohin er sich verziehen konnte. Dann wurden wir Freunde, der Film wurde gedreht, wir hätten nie gedacht, sagte ich zu Melanie, dass er so vielen Leuten gefallen würde, na ja, ich jedenfalls nicht, und dann hat mich jemand aus Amerika angerufen. So war das, eigentlich reiner Zufall.

Ich ging in die Garage und grub mein Exemplar von *Member of the Wedding* aus. Sagte zu Melanie, das würde ihr bestimmt gefallen; sie legte es auf den Stapel der Bücher, die sie nach Hause mitnehmen wollte. Brauchst du es nicht?, sagte sie, wirst du es nicht mitnehmen müssen? Von diesem Schriftsteller hätte sie noch nie gehört, sagte sie, wie ist er? Sie ist wirklich gut, sagte ich.

Worum geht's denn in dem Film, in dem du schon mitgespielt hast, wo der nette Mann im Anorak Regisseur war, wie heißt der noch mal?, fragte Melanie. Da geht's um eine junge Frau, sagte ich, das ist schwer zu erklären, aber sie ist wunderschön, charismatisch und märchenhaft, attraktiv. Wer spielt die?, fragte Melanie. Was soll das hießen, wer spielt die?, sagte ich und stupste sie; sie lachte. Die Leute wollen, na ja, sie wollen sie alle mit nach Hause nehmen und mit ihr schlafen, und sie lernen sie irgendwo kennen, an der Bushaltestelle und am Bahnhof, in Nachtklubs oder auf der Straße, und nehmen sie mit zu sich, damit sie Sex mit ihnen hat. Aber wenn sie bei den Leuten ankommt, schläft sie immer bloß ein, und sie sieht so, hört sich blöd an, das muss man sehen, wirklich, unschuldig aus und so, als könnte man sie nicht anfassen, dass die Leute, mit denen sie mitgegangen ist, sie alle einfach schlafen lassen, sie legen sich daneben und schlafen auch, oder sie decken sie auf der Couch, egal, wo, mit einer Decke zu und legen sich selber auch hin. Und wenn sie morgens aufwachen, merken sie, dass sie ihnen die Brieftasche gestohlen oder irgendetwas Wertvolles aus der Wohnung mitgenommen hat und gegangen ist. Aber sie lässt ihnen jedes Mal eine Nachricht da, mit Lippenstift an den Spiegel im Bad oder an die Tür des Küchenschranks geschrieben.

Was denn?, fragte Melanie.

Wenn du nicht aufpasst, wirst du jemandem Leid zufügen. Hab den Mut zu träumen. Schon bald wirst du sehr glücklich sein. Du kannst anders leben. Deine Zukunft geschieht genau jetzt. Solche Sachen, sagte ich.

Ja, und dann?

Nichts, das ist der Schluss, sagte ich.

Das ist der Schluss? Sie schreibt diese Sachen, und das ist der Schluss? Aber was wird aus dem, was sie schreibt? Erfährt man nicht, ob das auch stimmt?

Nein, sagte ich, das ist der Haken.

Das ist verrückt, sagte Melanie. Das ist so scheiße. Sie trat nach einem Stein im Gras. Nicht zu zeigen, was daraus wird, damit macht man es doch kaputt, sagte sie.

Das Feuer draußen ist fast niedergebrannt. Hellorange im Dunkeln, so als habe das Dunkel eine Träne in sich, auf deren anderer Seite Licht ist.

Wir waren an einem regnerischen kalten Sonntagnachmittag in der Kunstgalerie, Simone und ich. Ich wanderte durch die stickigen Räume, Simone war sonstwo, ich hatte sie verloren. Im Glas eines großen Gemäldes prüfte ich mein Spiegelbild; an dem Morgen war ich aus dem Schlaf geschreckt, wusste nicht, wo ich war, nachdem ich mich über einen Fluss gebeugt hatte und mein Spiegelbild nicht da gewesen war, sondern nur schaukelndes Wasser und Blätter, wo das Gesicht hätte sein sollen. Simones Einzelbett, zu schmal. Ich kuschelte mich an ihren Rücken, schmiegte meine Beine fest an ihre Beine, sie rückte an mich heran, keine von uns in bequemer Lage. Alles in Ordnung?, fragte sie. Ich hab geträumt, dass ich nicht da war, als ich nachgesehen hab, sagte ich. Sie strich mir nett über den Bauch und den Unterleib. Du bist da, sagte sie und schlief wieder ein, und ich auch.

Aber ich hatte den ganzen Tag lang meinen Blick in den Schaufenstern der geschlossenen Geschäfte gesucht, an denen wir vorübergingen. Da war ich, und da auch. Jetzt war ich wieder da, auf dem großen Gemälde. Ich blieb stehen und schaute. Sah, dass meine Augen in Meer gespiegelt wurden oder, nein, waren es Hügel?, ich suchte nach meinem Gesicht in Wasser, das wie Berge war oder Berge, die weiße Wellenkämme sein konnten. Es ist zu Hause, dachte ich, es ist zu Hause, und mein Herz schlug in meiner Brust, und ich trat zurück, um richtig schauen zu können.

Es war nicht das, was ich erwartet hatte. Keine realistische Landschaft mit Arbeitern, die Netze flickten oder mit Fischkörben hantierten, keine Frauen, die Kelp sammelten. Stattdessen sah ich eine Darstellung zweier Engel, grotesk, groß und reich geschmückt, aber sie waren immerhin Arbeitsengel, trugen ihr Haar hochgenommen und in Flechten um die Ohren gelegt, in einem Stil, wie man ihn von Fotos arbeitender Frauen aus dem Ersten Weltkrieg kennt. Zwei Engel in schwerer Arbeitskleidung, sie schwebten graziös und mit Tempo über das Meer und die Berge. Einer hatte buntere Flügel als der andere, so als sei er von höherem Rang. In ihrer Mitte trugen sie ein Kind, ein Mädchen. War es tot oder schlief es? Weiß gekleidet, die Hände wie zum Gebet zusammengepresst, ruhten seine Beine über der Schulter des vorderen Engels. Der andere hielt den schmächtigen Leib mit Händen, die genauso lang waren wie das Rückgrat des Mädchens. Zwei Möwen flogen hinter ihnen, und unten im Meer steckte vor ihnen eine Robbe die Nase aus dem Wasser. Das Mädchen war zu rein und zu weiß für die Landschaft mit ihren Vögeln und der Robbe; es sah noch engelhafter aus als die Engel. Der Wind, mit dem die Möwen flogen, so rau, dass die Wellen weiße Kronen trugen, vermochte nicht einmal das lange Haar das Mädchens zu heben.

Simone war unten bei den Rüstungen, schlief auf einem Stuhl neben einem Kasten mit mumifiziertem ägyptischem Zeug. Fellfetzen lugten zwischen den Bandagen hervor, der graue Dreck, der den Boden des Glaskastens säumte, war der reine Staub vergöttlichter toter Katzen. Ich weckte sie, sie lächelte, rieb sich die Augen, rückte für mich auf dem Stuhl zur Seite. Das viele tote Zeug, sagte sie, ich konnte mich einfach nicht halten, bin eingeschlafen.

Ich hab was für Amy zum Geburtstag gefunden, sagte ich.

Oh, Amy Amy Amy, sagte Simone, und ihr Lächeln verlosch. Sie stand auf und streckte sich gähnend. Also gut, sagte sie, zeig's mir halt.

Bevor ich sie kannte, war mir schon aufgefallen, dass sie, Simone, immer in den Lesesaal kam und sich an den ersten Tisch setzte, sich aber nie etwas anderes holte als die großen Wörterbücher; und meistens stützte sie bloß den Kopf auf die hochgestellten Arme und starrte ins Leere oder, immer häufiger, in Richtung meines Arbeitstischs. Eines Tages saß sie, als ich die Bibliothek verließ, auf einem Fahrrad, das am Zaun gegenüber lehnte. Dreimal ging ich zu Fuß nach Hause, und sie folgte mir mit einigem Abstand. Am vierten Abend bog ich um eine Ecke, duckte mich hinter einer Mauer in einen Garten und wartete. Als ich den Kopf raussteckte, sah ich sie weiter vorn auf der Straße, verwirrt auf ihren Pedalen balancierend. Als sie sich umdrehte und merkte, das ich sie gesehen hatte, zog sie den Kopf ein und radelte schnell davon. Am nächsten Morgen stand sie oben am Podest, als ich aus dem Haus kam. Was willst du?, fragte ich. Sie klopfte auf den Sitz ihres Fahrrads. Komm, sagte sie. Ich muss dir etwas zeigen.

Ich setzte mich auf den Sattel, sie nahm meine Hände und legte sie sich um die Taille, halt dich fest, sagte sie, und trat stehend in die Pedale, an den Häusern der Reichen vorbei, durch ein Viertel mit Wohnblocks, durch ein schäbigeres Viertel mit Wohnblocks, in dem die Rollläden vor den Geschäften aus Blech waren. Auf einer Schotterbrache hielt sie schlitternd an, ließ das Rad mit sich noch drehendem Hinterrad liegen und ging mit mir zu einem hohen Drahtzaun. Dahinter sah ich Gleise, die teils parallel verliefen, teils sich kreuzten, manche endeten mitten im Nichts. Ein Rangierschuppen stand dort, und ein Zug rollte langsam auf ihn zu. Sieh dir das an, sagte Simone. Wir sahen den Zug auf einer Seite schmutzig hineinfahren und auf der anderen sauber herauskommen. Ich lachte laut auf, sagte: Um mir das zu zeigen, bist du den ganzen Weg hierhergefahren? Ich dachte, es würde dir gefallen, sagte sie.

Wir sahen es uns mehrmals an. Ein Zug fuhr rein, rollte durch und kam nass und glänzend, die Sonne auf den nassen Fenstern funkelnd, wieder heraus. Dann radelte sie mit mir zu sich nach Hause, und wir verführten uns binnen Minuten, stürzten uns, kaum dass sie die Tür zugemacht hatte, zwischen den an der Rückseite hängenden Mänteln aufeinander.

Simones Mutter arbeitete teilzeit als Lehrkraft an einer Universität in den Midlands; an dem Nachmittag las Simone mir den Brief vor, den sie gerade von ihr bekommen hatte. Zwei Dozenten hatten Selbstmord begangen aus Angst, entlassen zu werden; die Philosophie war geschlossen worden, ebenso die Musik. Simone ging im Zimmer hin und her. Wir müssen etwas unternehmen, sagte sie. Noch im Bett fing sie an, ein Stück zu schreiben, mein Rücken die Unterlage für ihren Schreibblock. Es sollte von einem Bergarbeiterstreik handeln, von einem Bergarbeiter aus dem Norden und einer Fernsehreporterin aus London, die sich ineinander verlieben, worauf der Bergarbeiter seine Frau und seine Familie verlässt und der Fernsehreporterin nachreist, aber dann ist es ihr peinlich, als er auf einer schicken Party im Fernsehsender aufkreuzt. Ich war sehr beeindruckt von Simone, fand die Idee glänzend. Ich machte Vorschläge für Zeilen, die für mich genau nach Yorkshire klangen. Ein paar Tage später nahm sie mich abends aufs Dach ihres Colleges mit, erklomm die Schräge und balancierte oben auf dem First, um zur College-Glocke zu kommen.

Man muss sich Dinge aus so vielen verschiedenen Perspektiven ansehen wie möglich, sagte sie, als sie den Arm herabstreckte und mich hochzog. Wir standen auf einem schmalen Sims hinter der Glocke, sie war riesig. Simone holte weit nach hinten aus und schlug mit der Faust daran, erzeugte aber fast keinen Ton, nur ein dumpfes Geräusch, so als hätte sie auf einen Stein gehauen. Geld allein bringt diese Glocke zum Läuten, sagte sie.

Diese Stadt ist am Ende, sagte sie, als wir die Beine über das Collegedach schwangen und ich es vermied, zu dem tief unter uns liegenden Boden zu sehen, da mit der Morgendämmerung hinter dem Glockenturm die Fallhöhe sichtbar wurde und plötzlich auch die Vögel in der Stadt erwachten. Ein totes Land, kaputt, eine kaputte Zivilisation. Du und ich, wir sollten um die Welt reisen, Ash, sie im Sturm erobern. Hier ist alles tot. Die Glocke, der Sonnenaufgang, sogar die Vögel, die in diesen Bäumen singen, alles ein einziges lebloses Klischee. Wir sollten etwas anderes machen. Etwas Echtes.

Sie sah mich an, legte den Arm um meine Schultern, sah mir mit ihrem wilden Blick in die Augen. Du solltest da draußen sein, Ash, und denen zeigen, was du kannst. Du bist voller Kraft. Du solltest etwas Kraftvolles aus deinem Leben machen, etwas verändern. Dir einen Namen machen. Wirst du auch. Ich glaube an dich.

Ja, sagte ich, sah nicht nach unten, schloss die Augen; ja, klar, wir können etwas machen. Wenn ich runterfiele oder, noch schlimmer, wenn ich spränge, risse es Simone mit. Ich hab noch eine Idee für ein anderes Stück, sagte sie. Da sollst du drin vorkommen. Du kannst die Frau spielen, deren Kind Leukämie kriegt, weil sie direkt neben dem Kernkraftwerk wohnen.

Dann ertönte ohrenbetäubend hinter uns die Glocke. Ein-, zwei-, drei-, vier- fünfmal nacheinander, die ganze Welt bebte.

Sie hat Wort gehalten, Simone. Sie hat dieses Stück geschrieben, und wir führten es in einem Doppelprogramm mit dem Stück über den Bergarbeiter und die Reporterin auf, und es kamen Leute und klatschten, und einige sagten, sie seien bewegt gewesen, ein Mann weinte sogar. Wir hatten ein schönes Jahr zusammen, in dem wir lauter solche Sachen unternahmen. Dann habe ich Simones Karriere an der Universität ruiniert.

Aber erst mal standen wir, Simone und ich, an einem Sonntagnachmittag vor einem Gemälde. Du hast recht, sagte sie, deiner kleinen Freundin Amy würde das wirklich gefallen. Sie las laut, was auf dem Schild daneben stand. St. Bride, John Duncan, Leihgabe der National Gallery of Scotland.

Siehst du? Wir borgen uns bloß, was bereits geliehen ist.

Simone schaute sich um, ob irgendjemand uns gehört hatte; sie hatte gerade begriffen, worum ich sie bat.

Allein kann ich das niemals tragen, sage ich.

Nein. Es ist groß. Du wirst Hilfe brauchen.

Und wir können uns hier dann natürlich nie wieder blicken lassen, sagte ich.

Simone sah vorsichtig über die Schulter, ob uns jemand beobachtete. Stieg über die Absperrung und schob die Hand hinter das Bild, wollte tasten, wie es an der Wand befestigt war. Putzte sich Finger und Daumen ab, sah sich noch einmal in dem Raum um. Wer will sich denn hier noch mal blicken lassen?, sagte sie.

Wir borgten uns die Overalls aus dem Putzfrauenschrank in der Bibliothek; sie rochen nach Kiefernraumduft, wir sahen darin aus wie junge Ärztinnen. Am Tag vor Amys Geburtstag konnte sich Simone den Citroën-Van von ihrer Freundin Imogen borgen. Wir zogen das obere Laken vom Bett ab. Im Van, hinter der Galerie abgestellt, gab sie mir die Schraubenzieher.

Es ging leicht, ich kann immer noch nicht glauben, wie leicht. Wir nahmen es einfach mit, mehr war nicht. Wir gingen rein und die Treppe hoch und standen in dem Raum. Von den Wänden starrten uns die Bilder an. Die sind eifersüchtig, die wollen alle mitkommen, flüsterte Simone.

Ich begann an der unteren Hälfte, schraubte die Halterungen ab; Simone stand bereit, als eine ältere Frau die Treppe heraufkam, immer zwei Stufen auf einmal. Die Frau hatte eine Trillerpfeife an einem Band um den Hals hängen. Das geht zurück, sagte Simone freundlich, es ist zurückbeordert worden. Spezialausstellung. Oh, gut, sagte die Frau, da bin ich aber froh, ich mag es nämlich gar nicht, ein sehr seltsamer Mischmasch aus Ästhetik und Absicht. Davon weiß ich nichts, hörte ich Simone sagen, ich weiß nur, es soll dahin zurückgehen, wo es hergekommen ist.

Der Schweiß lief mir den Rücken herunter. Ich wartete mit gespitzten Ohren auf das Schrillen der Pfeife, aber nein, die Frau war gegangen, sie jagte einigen ausländischen Studenten hinterher und schrie sie an, sie sollten ihre Rucksäcke abnehmen. An die oberen Haltungen kam ich nicht heran, ich zeigte es Simone. Sie ging nach nebenan, griff sich einen Stuhl mit dünnen Beinchen, warf ihn sich über die Schulter. Queen Anne, sagte sie, stieg darauf und hatte die Schrauben binnen Sekunden gelöst; das Bild glitt an der Jute herab, und ich fasste an der unteren Ecke des Rahmens zu, es war so schwer, dass es mich fast zu Boden gerissen hätte.

Wir legten St. Bride auf die Seite und warfen das Laken darüber. Trugen sie zur Treppe. Dann waren wir die Treppe hinunter. Simone rief hinter mir der Frau noch einen Gruß zu, sie rief munter Cheerio zurück. Wir luden das Bild in den Van, sie startete den Motor, wir fuhren davon, und das war's. Als es dunkel geworden war, stellten wir den Van am Dienstboteneingang von Amys College ab, schleppten das eingewickelte Bild durch die Gärten und die Feuerleiter hinauf, über das Flachdach; Simone rutschte die Schräge zu Amys Balkon hinunter und stemmte sich gegen das Geländer, um das Gewicht abzufangen, als ich das Bild zentimeterweise hinabließ.

Amy war nicht da, wie ich wusste. Dienstags wurde unter den Blicken der toten bärtigen Fellows im Gemeinschaftsraum immer Sherry getrunken, und sie war dabei, machte den älteren weiblichen Fellows Komplimente zu ihren Kleidern, tauschte mit den jüngeren Gedanken über die französischen Feministinnen aus, theoretisierte mit den Männern. Ihr Adeptengeraune, mal Zustimmung, mal Bedenken äußernd, das Wort Dialektik auf den Lippen, während sie zweifelnd befingerte, was sie sich von dem Tablett mit den salzigen Snacks ausgesucht hatte.

In ihrem Zimmer war es also, wie erwartet, dunkel. Ich sprang nach unten, neben Simone, sie zog den Efeu zur Seite, wir stemmten das Fenster auf. Ich hackte auf dem Rost des Riegels herum und bekam die Balkontür auf. Simone schob St. Bride durch. Mit der Taschenlampe leuchtete sie die Wände des Zimmers ab. Die lebt nicht schlecht, deine Freundin Amy, sagte sie. Wir lehnten das Bild in Amys Schlafzimmer an die Wand, und Simone deckte es auf, riss das Laken herunter. Dort ließen wir es in seinem Goldrahmen, vis-à-vis zu den Engeln, die nun mickrig aussahen.

Wieder bei Simone angelangt, sank ich auf ihr Bett. Sie machte die Tür zu, ließ sich mit dem Rücken dagegenfallen. Wir waren beide außer Atem, weil wir die Treppe hinaufgerannt waren.

Großartig ausgeführt, sagte sie. Mit Stil. Ein Kunstwerk.

Ich schnürte meine Schuhe auf. Mit einem Mal war ich erschöpft. Simone knöpfte langsam ihr Hemd auf. Es muss aber noch einfacher gehen, sagte sie mit nachdenklicher Miene.

Mir fällt nichts Einfacheres ein. Morgen könnten wir uns die National Portrait Gallery vornehmen und den Rothko-Raum in der Tate am Freitag, was meinst du?

Nein, ich meine einfachere Möglichkeiten, es ihr zu sagen. Es ist doch ziemlich eindeutig. Warum geht ihr nicht einfach zusammen ins Bett? Dann wäre es nicht nötig, Kunstgalerien in ihrem Zimmer abzuladen.

Ich stand auf. Aber in Simones kleinem Zimmer konnte man nirgendwo sonst hin, und so setzte ich mich wieder.

Mich stört das nicht, sagte Simone. Interessiert mich nicht. Du weißt ja, was ich von deiner edlen Freundin Amy halte. Ich denke dabei an dich.

Deiner edlen Freundin. Amy mochte Simone auch nicht besonders, sie nannte sie Simple Simone, hatte gesagt, sie bewundere Simones anrührenden Enthusiasmus. Es sei doch bestimmt schön für mich, endlich meinen Zwilling gefunden zu haben. Ich schob mir die Schuhe von den Füßen, fertigte Simone mit einem Schulterzucken ab. So ist es nicht, das stimmt nicht, sagte ich. Wir sind Freundinnen. Das ist alles.

Ja, sagte Simone und seufzte es weg, ich spürte ihren warmen Atem auf meinem Nacken. Und, was machen wir als Nächstes, meine süße Ash, mein kleiner Diebling?, sagte sie leise. Was machen wir jetzt?

Meinst du, wir kriegen Schwierigkeiten? Meinst du, wir hätten es nicht nehmen sollen?

Kunst gehört allen, sagte Simone, ihre Hände zärtlich und fest an meinem Kreuz.

Meinst du, es gefällt ihr? Meinst du, sie freut sich?

Also, ich würde mich freuen, sagte Simone und küsste mich. Küsste mich von oben bis unten und von hinten bis vorne und rechts und links, bis wir übereinanderliegend einschliefen, so dass ich leichten Herzens, leichten Fußes, leichter Finger aufwachte und am nächsten Tag die Treppe hinaufschlenderte und an Amys Tür anklopfte wie ein Page, der weiß, dass ihn ein dickes Trinkgeld erwartet, weil er ein Telegramm bringt, in dem steht: Sie haben eine Million Pfund gewonnen stopp, oder: Sie werden in Hollywood gewünscht stopp, oder: Glückwunsch, es ist ein Junge stopp, oder: Auf der ganzen Welt will ich keine mehr als dich stopp.

Oh, du bist's. Bitte komm rein, hatte sie gesagt und die Tür leise hinter mir zugemacht, war dann zur Zimmermitte gegangen und mit dem Rücken zu mir stehen geblieben.

Hatte entsetzlich höflich gesagt, ich möchte doch bitte das Diebesgut wieder wegbringen. Ob mir klar war, wie leicht sie alles verlieren konnte, was sie sich aufgebaut hatte? Ob mir klar war, wie töricht es von mir gewesen war, sie in eine solche Lage zu bringen? Und könnte ich es bitte, wenn ich so nett sein wollte, mit so wenig Tamtam wie möglich wegbringen und, vor allem, ohne dass mich jemand sah, solange ich mich noch in der Nähe ihrer Tür befand?

Sie hatte es in ganz ruhigem Ton gesagt, doch ringsherum glitzerte die kalte Wut an ihren Wänden, den Sesseln, der Couch, den Büchern in den Regalen. Das Zimmer hatte sich von mir abgewandt, starr vor Zorn.

Es gefällt dir also nicht?, sagte ich.

Schweigen. Ich setzte wieder zum Sprechen an, machte ein Geräusch, das nicht richtig herauskam. Amys Hand, die heruntergehangen hatte, ging hoch, sie wischte sich ein Haar vom Mund, ihr Stichwort, dass sie nun durchs Zimmer gehen, sich an den Schreibtisch setzen, ihren Stift nehmen und den Kopf senken musste. Ich sah die Bewegungen ihrer schreibenden Hand. Wusste, dass sie blaue Tintenflecken an den Fingergelenken hatte, an den Stellen, wo die Haut Falten bildete. Stand weiter da in dem Schweigen, und dieses kleine Bild brannte sich sinnlos in mein Gehirn ein.

Minuten mussten vergangen sein, bevor ich mich wieder traute, meine Stimme auszuprobieren.

Ich kann nicht. Ich kann es nicht allein tragen. Das weißt du. Es ist riesig.

Nichts. Das Rascheln umgeblätterter Seiten. Dielen knarrten unter meinen Füßen, als ich von einem Bein aufs andere trat. In ihrem Schlafzimmer sah ich die fade hölzerne Rückwand des Gemäldes. Sie hatte es wohl unter Aufbietung aller Kräfte hervorgezerrt, mit dem Gewicht ihres ganzen Körpers gedreht und es andersherum wieder hingeschoben, damit sie es nicht von vorn zu sehen brauchte. Doch sogar so, als Bild, das seinen eigenen Anblick nicht ertrug, wirkten Bett und Kamin daneben winzig, der Raum wie eine billige Zelle.

St. Bride. Monströs, größer und schwerer mit jedem Zentimeter, den ich sie schleppen musste, ohne die Dielen zu zerkratzen oder mich im Teppichläufer zu verheddern oder irgendwo dagegenzurempeln. Wenn ich das Gewicht mit der Schulter ausbalancierte, konnte ich, wie ich feststellte, die Unterseite des Bildes über dem Boden halten, und wenn ich mich selber mit Kraft und Schwung darunterschob, konnte ich mir das Ding auf den Rücken wuchten. Amy schien in ein Buch vertieft zu sein, so als geschehe in ihrer Nähe gar nichts. Doch als ich ächzend vorbeitorkelte, hob sie, ohne aufzublicken, die Hand, den Stift in der Luft, und ich musste stehen bleiben und abwarten, was sie wollte.

Ich wäre dir dankbar, sagte sie allerliebst, wenn du dich, bevor du die Tür aufmachst, erst mal vergewisserst, dass draußen niemand ist, der dich rausgehen sehen kann.

Ich stellte St. Bride ab. Gegen die Couch gelehnt, war das Bild grässlich. Im Flur war niemand, und als ich wieder hereinkam, hatte das Bild dem Zimmer eine Atmosphäre von Vorläufigkeit verliehen, es in einen Lagerraum für altes, nicht zusammenpassendes Mobiliar verwandelt. Ich schulterte es abermals, ging damit zur Tür, ließ es zu Boden gleiten und riss mir an einer Halterung den Pullover und die Schulter auf. Fluchte.

Oh, und Ash?, sagte sie, als wäre sie überrascht, dass ich noch da war. Könntest du noch mal wiederkommen, wenn du das hier erledigt hast? Ich muss um drei gehen und unterrichte den ganzen Nachmittag, aber (sie schaute in ihren Kalender), ja, nach neun heute Abend stehe ich zur Verfügung.

Ich machte die Tür zu. Fand Blut von meiner Schulter an meinen Fingern. Inzwischen war ich zornig. Ich stand oben an der Treppe, kippte das Bild auf der obersten Stufe ein wenig. Es fehlte nicht viel, und ich hätte ihm einen ordentlichen Schubs gegeben, und es würde gegen das Geländer schlagen, zerbrechen und hinunterpurzeln.

Oder ich könnte ein Loch hineintreten. Könnte das ganze Glas zerschlagen und die Scherben hier liegenlassen, vor ihrer Tür. Genau! Schon lehnte ich es schräg gegen das Treppengeländer und machte mich zum Sprung mitten hinein bereit. Aber dann sah ich es. Der Mann, der das Bild gemalt hatte, hatte auch einen Rahmen darum gemalt innerhalb des richtigen Rahmens. Der bloße Fuß des einen Engels ragte über den gemalten Rahmen hinaus. Auch die Flügelspitzen der beiden Engel und sogar die Flügelspitzen der Möwen ragten über diesen gemalten Rahmen hinaus, so als wollten alle lässig aus dem Bild hinausfliegen. Ein Engel drehte sich einwärts und blickte zu dem Mädchen, das sie liebevoll und fürsorglich trugen. Das Gesicht des anderen wies nach vorn, entschlossen, hübsch, finster. Sie trugen das Mädchen aus der Welt hinaus oder vielmehr in sie hinein, so als flögen sie jetzt jeden Moment an meinem Kopf vorbei.

Bis zehn nach sieben stand ich wie auf glühenden Kohlen, dann konnte ich nicht mehr warten und hämmerte an die Tür. Amy, mach die Scheißtür auf, brüllte ich oder war ich im Begriff zu brüllen, als die Tür aufging und ich fast hineinfiel und sie mich am Handgelenk packte, mich hineinzog, die Tür schloss, mich zur Couch zerrte. Du Barbarin, sagte sie, ein Bild zu stehlen, so ein wunderschönes Bild zu stehlen.

Ich holte tief Luft, Vorbereitung fürs nächste Brüllen, ich wollte alles herausschreien, was ich während der letzten anderthalb Stunden draußen in der Kälte und im Dunkeln aggressiv in meinem Kopf geschrien hatte. Aber als ich aufsah, strahlte ihr Gesicht und sie sagte: Für mich. Ich fand es wunderbar. Das war der schönste Geburtstag, den ich je hatte. Mit Sicherheit ist es das schönste Geschenk, das mir je jemand gemacht hat.

Sie freute sich so, dass sie mich – ich schwör's – beinahe geküsst hätte. Du bist so mutig, sagte sie, ihr Mund so dicht vor meinem Gesicht, dass ich die Wörter fühlte. Es war so mutig von dir. Wenn man sich vorstellt, dass du es hierhergetragen hast, ganz allein.

Na ja, Simone hat mir geholfen, sagte ich und rückte von ihr ab.

Nein, hat sie nicht, sagte Amy, das glaube ich nicht. Das war alles dein Werk. Du kriegst schrecklichen Ärger, wenn das jemand merkt, nicht? Sie seufzte bewundernd. St. Bride, weißt du, ist genau genommen eine Form von St. Bridget. Die heilige Bridget erschien als Fruchtbarkeitsgöttin, in vorchristlicher Zeit; der katholischen Kirche war sie viel zu mächtig, da haben sie eine Heilige aus ihr gemacht und sie zur Mutter von St. Patrick erklärt. Aber in ihrem Konvent in Irland konnten sie ihren heidnischen Einfluss nicht ausmerzen, andauernd passierten kleine heidnische Wunder: Kerzen, die nie erloschen, Kühe, die ständig Milch gaben. Man wusste immer, wo St. Bridget in Erscheinung getreten war, denn aus jedem ihrer Fußabdrücke sprossen Blumen.

Die verrückte Amy war wieder da, ein gefährlicher Trost. Ich setzte mich auf die Couch, allerdings in sicherem Abstand, falls sie ihre Meinung wieder änderte, und lauschte dem Gesumm ihrer Stimme, so ruhig neben mir wie eine nette Katze, die ihre Pfoten unter sich zieht. Das mit den Blumen, sagte ich, gefällt mir.

Ja, mir auch, sagte Amy, und die Glut rann mir durchs Rückgrat wie jedes Mal, wenn wir einer Meinung waren. Amy wollte eine Packung Kekse aufmachen, die magst du doch, oder? Ja, das dachte ich mir. Aber sie brachte sie nicht auf, reichte mir die Packung, und ich riss sie oben mit den Zähnen ein und gab sie ihr wieder. Find ich toll, wie du das machst, sagte sie. Sie rutschte von der Couch auf den Boden, lehnte sich an, brach einen Keks in zwei Hälften, aß eine Hälfte und gab mir die andere. Ich hielt das Stück von mir weg, so als könnte es mich beißen, könnte jeden Moment explodieren.

Ihr Feiertag ist der erste Februar. In einigen Traditionen ist das traditionell der erste Frühlingstag. Lichtmess. Das passt, nicht? Trotzdem hab ich noch nicht herausgefunden, was das Bild wirklich darstellt. In meinen Heiligenbüchern ist es nirgends erwähnt. Ich hab's heute Nachmittag in den Bibliotheken probiert, aber nichts entdeckt, was auch nur entfernt so aussieht, sagte sie.

Die Glut, die mir wie an einer Zündschnür durchs Rückgrat gelaufen war, hatte sich in mir ausgebreitet, sie brachte meine Knochen zum Schmelzen. Mein Brustkorb, die kräftigen Oberschenkelknochen, die feinen Knöchelchen, die sich durch meinen Hals und meine Ohren zogen: alle verflüssigt. Meine Schulter schmerzte. Kunst sollte nicht so schwer sein, dachte ich, da sollte man nicht so schwer dran zu tragen haben. Der Tag fiel von mir ab. Nur eine Bewegung, und Amy konnte mich haben, konnte das zerfetzte Innere aus mir herausschneiden, wie man einen Fisch filetiert, indem man die Kiemen entfernt und die Mittelgräte herausreißt. Ich machte die Augen zu. Ließ den Kopf zurücksinken.

Weißt du, sagte ich, ich hab so einen grässlichen Traum, dreimal hab ich den jetzt geträumt. Den krieg ich einfach nicht aus dem Kopf. Was träumst du denn?, sagte sie, und ich erzählte ihr von dem Spiegelbild, von der Wasseroberfläche. Ich suche und suche und kann es nirgends finden.

Sieh's doch mal so, Ash, sagte sie. Du hast das Glück, ein Spiegelbild zu besitzen, das seinen eigenen Kopf hat. Andere Menschen sehen sich auf der Oberfläche von Dingen, aber du hast Glück. Nicht nur, dass du über die bloße Spiegelung deiner selbst hinaussiehst, dein Spiegelbild ist sogar frei, dahin zu gehen, wo es will, kann tun, was es will, unabhängig davon, was von ihm erwartet wird. Es ist ein Spiegelbild, das frei wählen kann. Sie muss nicht einmal aussehen wie du, so frei ist sie.

Sie hatte mich an der Angel, ich hing an ihren Lippen. Bist du sicher?, sagte ich. Öffnete die Augen. Die aus dem Mittelalter stammenden Balken an der Decke. Der alte Schreibtisch aus Eiche. Meine kluge, ehrgeizige Freundin saß zu meinen Füßen, sie in ihrem Zimmer: eine Liebesgeschichte. Die Fülle, das alte Holz, der gewonnene Raum. Bücher und Musik, eine in Regalen geordnete Kultur, die Farben geschmackvoll, zurückhaltend. Straßen, gepflastert mit Büchern und Musik und dem Versprechen, das sie enthielten, dem Versprechen, das dieses Zimmer ausstrahlte wie Wärme. Ich sah nach unten, sah ihre Gestalt, sah die Stelle, an der der oberste Knopf ihres ausgeschnittenen Kleids auf ihrer Haut auflag, und ich schaute weg.

Ich wusste, dass dir das Scheißbild gefallen würde, sagte ich.

Wie redest du denn, Ash, sagte Amy sanft, in gespielter Entrüstung.

Sie ermittelten den Van, und Simones Freundin, die ihn uns geliehen hatte, wurde für ein Trimester suspendiert. Mich haben sie nie aufgespürt, Simone hat nichts verraten. Und obwohl sie St. Bride wohlbehalten und sicher dort vorfanden, wohin ich sie am Telefon lotste, an genau der Stelle, wo ich sie deponiert hatte – hinter einer umgestürzten Pappel im Fenn, Kühe grasten gleichmütig ringsherum, und die ersten Blattläuse des Frühjahrs ließen sich auf dem Glas über dem weiß gemalten Mädchen nieder –, und obwohl es am Abend wohlbehalten wieder in der Galerie eingetroffen war, wurde Simone trotzdem rausgeworfen, wurde relegiert (und fuhr nach Coventry, wo ihre Leute lebten, nur um von ihren Eltern wiederum in die Wüste geschickt zu werden, wie sie mir in ihrem Brief schrieb).

Ich zog nach London, wir verloren den Kontakt. Das Letzte, was ich von ihr bekam, war die Postkarte aus Indien mit dem alten Tempel, den die Affen in Beschlag genommen hatten. Liebe Ash, hab einen Pfirsich gegessen, den ich im Rinnstein gefunden hab, und prompt die Ruhr gekriegt. Jetzt geht's mir wieder besser. Es ist so spirituell hier. Wann sehe ich dich wieder? Wann teilen wir wieder kostbare Momente? Alles Liebe, deine Simone xxx.

Ich hingegen? Hing in einer Bildergeschichte fest. Wanderte in einem Schulmädchenstreich herum, von einer anderen ausgedacht. Auf den Blättern des Kalenders in der Bibliothek stand alle Tage eine neue Geistreichelei. April: Wieder irrlichtert die Blüte durch die Bäume am Fluss. Dann August: Die Blätter ein tödliches Grün, ihnen bleibt nichts übrig, als in den Herbst zu fallen. Ich saß die Mittagspause über in der mörderischen Hitze und spürte etwas. Es war eine Spinne, fast zu klein, um sie zu erkennen; sie hatte sich über mir heruntergelassen und zockelte an meinem Gesicht hinab auf mein Schlüsselbein, so als wäre ich gar nicht da. Sprang weiter auf meine Hand. Ich erwog, sie zu töten, hätte sie beinahe getötet, einfach weil sie da war und ich es konnte. Die kitzligen lässigen Spinnenbeine, ich war für sie nicht mehr als eine Landschaft, ich hätte sie sowieso beinahe totgeschlagen, ohne es zu merken. Gelb und im Licht durchsichtig, warf sie sich an einem unsichtbaren Faden von meinem Finger in die Luft. Ich bekam den Faden mit meiner anderen Hand zu fassen und zog sie wieder hoch, setzte sie mir wieder auf den Finger, hielt sie mir vor die Augen. Sie rannte auf meiner Hand herum und sprang wieder ab. Ich zog sie noch einmal zurück. Sie sprang weg, und diesmal ließ ich sie ziehen, sah zu, wie sie auf einem Grashalm landete und einen neuen Treppenabsatz für sich spann, sich wieder in die Luft warf, auf dem Boden landete und zwischen den kurzgeschorenen wolkenkratzerhohen Grashalmen verschwand.

Mehr war letztlich nicht nötig. Ich machte mir nicht die Mühe, zu meiner Arbeit zurückzugehen. Ich ließ alles hinter mir, nicht dass da viel gewesen wäre. Packte nicht mal meine Bücher zusammen, um sie nach Hause zu schicken. Vielleicht kam sie schließlich ja doch und suchte nach mir, und sie führten sie in mein Zimmer, damit sie sich von meinem *Mary-Celeste*-haften Abgang überzeugen konnte. Der Schokoriegel auf der Kommode, einmal davon abgebissen, würde allmählich verderben und an den Bissspuren weiß werden. Sie würde es mit allen Sinnen fühlen, ganz sicher. Würde sich fragen, wohin ich gegangen war. Es würde ihr leidtun.

Und dann bin ich in London. Es ist ein halbes Jahr später. Ich sitze auf einer nassen Bank in einem kleinen Park auf einem Platz mit Stadthäusern und Bürogebäuden, alles vom Regen verdunkelt. Es ist so kalt, dass jedes Geräusch verstärkt wird. In der Luft nur Gehupe und Automotoren, auch wenn ich keine sehe.

Ich habe keine Handschuhe, aber in der Kälte tun meine Niednägel nicht mehr weh. Schmutzige Tauben hüpfen mir um die Füße, sie sind hinter meinem Sandwich her. Eine ist schwarz von Öl. Ich werde mich mit ihr anfreunden. Ich werfe ihr ein Stück Brotrinde hin, und ein Gerangel fängt an, da alle Tauben auf der einen landen, die ich füttern will.

In dem Abfallkorb neben mir steckt eine frische Zeitung, zusammengerollt und nicht zu stark beschmiert. Es hat wieder angefangen zu graupeln. Ich ziehe die Zeitung heraus, falte sie auf und halte sie mir über den Kopf, während ich überlege, wo ich kostenlos eine Weile im Trockenen sein kann.

Beim Auffalten fällt mein Blick auf ein Foto. Ich starre darauf, muss den Blick dann abwenden. Schaue stattdessen auf den Text. In unserer Sonderbeilage Geschichte gedenken wir in den drei folgenden Wochen des vierzigsten Jahrestages.

Er ist jetzt heftig, der Graupel prasselt in schmutzig-nassen Klumpen auf das Zeitungspapier. Ich trete in einen Ladeneingang. Der Artikel handelt von der Stadt, in der ein einziger nächtlicher Bombenabwurf einen so gewaltigen Feuersturm durch die Straßen schickte, dass die Menschen von ihm eingesaugt und wie Luft verzehrt wurden. Er berichtet, dass Menschen, deren Kleider und Haare brannten, in den Kanal sprangen, um sich zu retten, das Wasser jedoch mit Öl von bombardierten Booten bedeckt war, so dass es an den Stellen, wo die Menschen eintauchten, Feuer fing und sie verbrannten, wenn sie nicht ertranken. Fotos zeigen die verkohlten, von der Hitze mumifizierten Leichen, die hinterher aufgereiht wurden. Menschen, die einfach auf der Straße gestanden hatten, waren von den Sohlen ihrer Füße aufwärts verbrannt; das Pflaster, so die Zeitung, war so heiß, dass die Steine schmolzen.

Eine Frau kommt aus dem Laden und stupst mich mit dem

Fuß am Rücken. Sie können hier nicht sitzen bleiben, sagt sie. Gehen Sie weiter. Unter meinen Füßen habe ich Pflastersteine, ich gehe. Ich sitze in der Tube und seh mir das Schwarz vor dem Fenster an. Ich gehe durch den Graupel und den Müll. Bin in der Wohnung, und die Tür ist zu. Der Junge, der hier wohnt und der die kurze Zeit, die ich es ertragen muss, das Zimmer mit ihm zu teilen, mir errötend auf die Brust starrt, wenn wir uns zu den Mahlzeiten zufällig begegnen, er ist unterwegs, sogar er ist unterwegs. Es ist niemand da. Ich höre Stimmen aus den Fernsehern der anderen Leute im Haus, und unten auf der Straße schreit jemand etwas, was ich nicht verstehe. Ich setze mich. Aus der Küche zieht Abfallgeruch herüber. Ich schalte den Fernseher ein, bekomme aber nicht aus dem Kopf, was ich gesehen habe: ein Gesicht, ein Mund, der durch das, was davon verbrannt ist, zu einem Lächeln verzogen wurde. Zwei Münder, zwei Gesichter, zwei Menschen, die einander hielten und so ineinander verflossen, dass man nicht unterscheiden kann, zu wem das Gesicht, zu wem der Arm gehört, ob es überhaupt ein Arm ist; man kann nicht mehr sagen, welches ein Mann war und welches eine Frau oder was sie überhaupt waren, was sie sind.

Mich fröstelt. Es muss kalt sein, es ist kalt, mir ist kalt. Ich zittere. Ich schüttele die Zeitung auseinander und rolle die Seiten zu Bällen, schiebe sie tief in den Kamin. Knülle das Foto der zwei Menschen mit den Händen zusammen und schiebe es ganz nach hinten. Zünde ein Streichholz an. Als ich es an die Zeitung halte, fällt mein Blick aufs Datum, das Datum von heute, erster Februar. In einigen Traditionen ist heute traditionell der erste Frühlingstag. Ich verbrenne mir am Streichholz die Finger, lasse es fallen. Ich muss fest den Teppich stampfen, wo es herunterfiel. Von unten hämmert jemand unter meinem Fuß an die Decke und schreit: Verpiss dich.

Das mach ich auch.

Zum letzten Mal stehe ich wieder vor ihrer Tür, zum letzten Mal. Lege meine Hand auf den Türknauf und drehe ihn, und die Tür geht auf. Ich drücke sie geräuschlos und schlüpfe hinein und mache geräuschlos hinter mir zu, und sie sitzt an ihrem Schreibtisch und notiert sich Sachen aus ihren Büchern. Ich nehme meinen ganzen Mut zusammen, schleiche mich hinter sie und küsse ihren Nacken, den Geruch ihres Haars. Aber sie dreht sich um, als hätte sie gewartet, sie dreht sich so schnell um, dass sie einen Stapel schwerer Bücher vom Tisch auf den Boden fegt, wo sie aufgeschlagen liegenbleiben, sie reißt eine halbvolle Tasse irgendwas herunter und nimmt nicht mal Notiz davon, so fest umschlingen mich ihre Arme, und sie küsst mich so heftig wieder, dass es wehtut. Und wir sehen uns staunend an, sehen, was unsere Hände tun, mit offenem Mund staunend, und ihre Hand striegelt mir am Hinterkopf das Haar, sie zerrt hart und böse, voller Lust, tut mir weh, als sie Wo *warst* du?, sagt, was bildest du dir ein, wo du *gewesen* bist?, und ich werfe ihr einen Blick zu, unwillkürlich, so als verachtete ich sie, was ich für den Bruchteil einer Sekunde auch tue, und sie lächelt, ich lächle auch, und meine Hand ist unter die Wolle geglitten und fasst nach ihrer runden kleinen Brust, sie zuckt zurück, sagt: Du bist so kalt, und ich sage: Nein, das liegt an dir, du bist so heiß, jetzt bin ich diejenige, die zuckt, sie berührt mich an Stellen, von deren Existenz ich noch gar nichts wusste, ihr Mund auf meiner Haut wie heißes Wasser, obwohl sie mich immer noch auf Armeslänge entfernt hält, und so lecke ich an den feinen hellen Haaren ihres Unterarms, an ihren Fingern, blaue Tinte, kriege nur bruchstückhaft mit, was sie sagt, ich weiß nicht, was sie da unten in meinen Oberschenkel sagt, aber dann sagt sie meinen Namen, und es ist ihr Name, den ich sage, ich sage ihn, als kennte ich kein anderes Wort, als gäbe es sonst nichts zu sagen, als sagte er alles.

Es ist die Sexszene. Es ist die Vereinigung. Ist der Moment, auf den wir gewartet haben. Ich habe so lange darauf gewartet, dass ich es kaum ertrage, wenn ich nicht aufpasse, ist es zu schnell vorbei, aber sie beißt in mich, bis alles wieder von vorn anfängt, ich lasse ihr das nicht durchgehen, so wie sie auf mir ist, rolle sie auf den Rücken und tauche unter kilometerlangen Röcken ab und nestele an den Strapsen und Halterungen, nur sie zieht in der heutigen Zeit noch solches Zeug an, nimmt die viele Schnürerei und Schnallerei auf sich, die Rötung der Haut neben der Seide, eine böse Phantasie, aber meine Hand ist durch, da, ich habe sie gefunden, und sie ist bereit, ich habe ihren starken Geruch auf mir und weiß genau, habe es so lange schon genau gewusst, wie sie es mögen wird, und bringe sie mit meiner Zunge dazu, dass sie aus voller Kehle schreit, den Atem anhält, Geräusche der Lust, des Schmerzes, der Angst, der Liebe.

Sie ist in mir. Die Menge macht ohh und ahh. Ich bin in ihr. Die Menge klatscht und johlt, brüllt nach mehr. Wir brüllen. Wir sind heiß und spucken, ein obszönes Feuerwerk, blasen Funken in die Luft, die vor aller Augen die derbsten herrlichsten grellsten farbigen Wörter an den Himmel schreiben. Wie Hunde sind wir zugange, wie Wildkatzen, nur Haare und Fauchen und Zähne und blutige Klauen. Wild, dann zärtlich, unterbrochen und langsamer geworden, und jetzt langsames Kreisen, langsames Abebben, wir sind die lachende Erde und alle ihre Wunder. Der Mittelpunkt der Universums, Planeten ziehen ihre Bahn um unsere Köpfe. Das gesamte Sonnensystem in tröpfelnder Hitze und Licht. Wir sind, womit man ein Feuer entfacht, und wir brennen. Wir sind nichts. Die leeren Hüllen tickender Insekten, leicht wie Luft, ich bin erledigt. Sie hat mich ausgelöscht, und wenn ich nur halbwegs Gelegenheit dazu habe, tue ich das mit ihr auch.

Wir fressen uns bei lebendigem Leibe auf dem Fußboden ihres von Büchern gesäumten Zimmers.

Und es ist genug. Das reicht. Das ist in etwa alles, was ich vorläufig brauche.

Hinterher sind wir still und liegen steif und wund auf dem Boden, und sie sagt: Schau an, in welche Tiefen du mich geführt hast, Ash, und ich lache, und wir ziehen, wieder Freundinnen, ins Bett um, sie breitet die Decke über uns. Diese verdammten Engel überall. Sie sagt, wir können es unser Luperkalienfest nennen. Unseren Wolfshunger, sage ich. Unsere Feier zum St.-Bridget-Tag, sagt sie. Ich wusste, dass du kommen würdest. Ich wusste nicht, dass ich genau so kommen würde, sagte ich, ja, genau, sagt sie, tadelt mich aber für meine ungehobelte Art, kuschelt sich in meine Armbeuge. Und erzählt mir die Legende noch einmal, das ganze Zeug über die Kühe, die Kerzen, die Blumen in den Fußabdrücken. Das Wichtigste daran jedoch ist, dass St. Bridget, als sie starb, in dem Moment, in dem sie vom Leben in den Tod überging, verwandelt wurde. Und zwar in ein blühendes Stück Holz. Und dadurch, sagt Amy mir, heiser von der Kraft der eben genossenen Liebe, ins Ohr, hat die Geschichte keinen Schluss. Sie passiert überall, wo du hinsiehst, auf jedem Zweig, aus dem je ein Blatt bricht.

Endlich. Ich und Amy auf einem Baum. Wir haben uns die ganze Nacht geküsst und den ganzen Tag geküsst. Haben uns geliebt. Haben gevögelt. Hatten Sex. Wir sind ins Bett gegangen und haben geschlafen, zusammen, aneinandergeschmiegt, wie es, fand ich schon immer, immer sein sollte.

Nicht wahr?

Denn das Licht, das wir daraus schlugen, schien die ganze

Nacht lang durch die Schatten im Zimmer. Wenn ich die Augen aufmachte, war es immer noch hell, flackerte vom bloßen Gehen unseres Atems.

Nicht wahr?

Nein. Natürlich nicht. So ist es nicht gewesen.

Das hat nicht stattgefunden, so war es nicht. Nichts als ein Fieberanfall, als Wörterschüren. Die Calcinatio der Alchemisten, die schweißüberströmt Gold aus etwas zu gewinnen trachteten, was nicht da war. Eine kaledonische Erhitzung. Kaledonien!, streng und wild, Wiege der Geschichten aus deiner kostbaren Vergangenheit, die Entstehung deiner Berge, als deine kalte Erde kochte und kaltes Gestein taute und sich auffaltete und schichtete und in neuer Gestalt roh in die Höhe schob. *I can't get no, calefaction.*

Nein. Diese Version der Ereignisse ist einfacher, trauriger, beschämend. Mich fröstelt, nur daran zu denken, und mein Gesicht fängt an zu brennen.

Ich meine, ja, ich war verloren in einer kalten Stadt. Ja, ich sah alte Fotos in einer Zeitung, ja, ich rastete aus, drehte durch, zerkrümelte sie in meiner Hand wie Ton. Ja, ich rannte zurück, vorbei an den Leuten, die in Ladeneingängen und auf den Straßen bettelten, schob mich durch Pendlernadelstreifen, die am Schlund der Tube nach einem Taxi riefen, ja, ich saß in King's Cross auf einer in Beton geschraubten Eisenbank und beobachtete die Stricher und die Leute, die mit Plastikkarten Geld aus Automaten holten, ja, ich streckte meine Hand vor mir aus, und meine Hand zitterte nicht, ich konnte den Namen der Stadt auf meiner Bahnfahrkarte entziffern, und als ich ihn las, konnte ich an nichts anderes denken als an sie in ihrem Zimmer und an die Luft, die um sie war. Ja, ich stieg mit einem Seufzer der Erleichterung aus dem Zug aus, ging mit dem Schritt eines Menschen, der jeden Winkel kennt, die ungefährlichen alten Straßen entlang, die zu nichts führten als zu ihr, stieg feierlich die Treppe zu ihrer Tür hinauf und blieb davor stehen und besah mir den feierlichen Moment, bevor meine erhobene Hand den Rhythmus des durch meine Glieder pulsierenden Blutes aufs Holz klopfte etc. Ja, es war Bestimmung, ja, es war Schicksal, ja, es war alles. Und ja, raten Sie mal. Nichts.

Keine Antwort, keiner da. Das Rucken der abgesperrten Tür, als ich den Knauf ausprobierte. Gut. Kein Problem. Ich würde warten. Ewig, falls nötig. Aber es wurde ein bisschen kalt, auf der Treppe zu sitzen, und da dachte ich, warte ich halt drinnen ewig, ich wusste ja schließlich, wie man hineinkam. Die Feuerleiter rauf, übers Dach, ich wollte im Warmen warten, bis sie zu mir zur Tür hereinkam. Das ist aber eine Überraschung. Du hier. Wo hast du gesteckt. Ich zerrte die Ranken des neuen Efeus zur Seite und schob das Fenster auf, es war mühseliger als beim letzten Mal, aber ich schaffte es und schob mich, die Schultern voran, in den vertrauten Geruch.

Setzte mich im Schneidersitz auf den Boden und behielt die Tür im Blick. Das machte ich ungefähr eine halbe Stunde. Dann stand ich auf, schlenderte herum. Ins Schlafzimmer zu gehen traute ich mich nicht. Ich strich mit den Fingern über die Sachen auf ihrem Schreibtisch, ließ meinen Blick über das Bücherregal wandern. Setzte mich an den Schreibtisch und griff nach ihrem Füller, setzte probehalber die Kappe ab und auf, drehte Auge und Spitze der Feder in dem schwachen Licht hin und her. Draußen klapperten Schlüssel, und ich stürzte durchs Zimmer, damit ich rechtzeitig wieder im Schneidersitz auf dem Boden saß, Gesicht und Augen bereit, kühl auf ihre zu treffen. Aber die Schritte auf der Treppe waren die von jemand anders und wurden leiser. Dann bekam ich von der Sitzhaltung einen Krampf in den Beinen und zog auf die Couch um. Ich besah mir die Deckenbalken, Bretter aus gerilltem schwarzem Holz, so breit wie die Schlafliegen im Zug. Ich streckte mich. Schaute nach unten und sah ihn direkt vor mir, die Notizbücher darin. Gedanken waren aus ihrem Kopf gekommen und durch ihren Arm und die Hand in diesen Schrank geflossen; hinter dem Glas blitzten ihre geheimen Wörter auf, wogten hin und her und versteckten sich wie Schulen winziger exotischer Fische.

Ich beugte mich vor, stützte mich auf die Knie. Stand auf, durchquerte das Zimmer. Ich würde nur mal von außen gucken. Würde nichts anfassen. Ihn nicht aufmachen. Er war sowieso abgeschlossen. Ich balancierte in der Hocke und sah durch das Glas der Tür. Zählte die Buchrücken: sieben. Tippte an das Glas. Legte sacht den Zeigefinger auf den Schlüssel, und die Tür fiel auf, so umstandslos und plötzlich, dass ich das Gleichgewicht verlor und auf dem Hintern landete.

Na ja, nein. Genau gesagt musste ich den Schlüssel ganz schön fest drehen, genau genommen war das Schloss ganz schön hakelig. Aber ich bekam es auf, und ich las sie. Natürlich las ich sie – wer hätte das nicht getan? Ich zog eins heraus und wog es in der Hand. Schwer und kühl. Ich nahm sie mit hinaus aufs Dach, außer Sichtweite und aus dem Wind; lehnte mich an den Wassertank, ich glaube, das war es, hatte hohles metallisches Gepolter im Rücken, während ich eines nach dem anderen las. Ich fing mit dem an, an dem sie derzeit noch schrieb, und arbeitete mich durch die Jahre rückwärts. Als ich beim Letzten angelangt war, war es so dunkel, dass ich fast nichts mehr erkennen konnte. Die letzten Seiten des Letzten, über ihr jüngstes Ich, las ich auf dem

Gelände der Tankstelle. Ich hatte nicht genug Geld und war entsprechend charmant zu dem Mann hinter der Ladentheke, und er gab mir eine Gallone in einer Plastikflasche und sagte, ich dürfe sie ihm auf dem Heimweg bezahlen. Ich bin so dumm, sagte ich, nie guck ich auf die Tankanzeige, andauernd passiert mir das, und Streichhölzer brauche ich auch noch. Eine tödliche Kombination, hm, frotzelte er, ich lachte, Rauchen ist nicht gut für Sie, sagte er, wie alles, was Spaß macht, was? Haha, sagte ich. Obacht, sagte er, er als sie mir gab, Sie haben sich geschnitten. Tatsächlich, ich hatte lauter Kratzer auf der Hand und am Handgelenk, das war wohl passiert, als ich durch den Rosengarten ging.

Als Grundgerüst der Pyramide benutzte ich die dicken Wälzer von ihrem Schreibtisch, die Wörterbücher, die Einführungen. Ich stapelte sie alle innen an der Tür auf. Den ganzen Proust aus einem Regalfach, die ganzen Woolf-Tagebücher in teurem Hardcover aus einem anderen; aus allen Ecken des Zimmers schleppte ich Bücher heran und warf aufs Geratewohl ein paar Romane dazwischen, Bücher, die sie, wie ich wusste, besonders mochte: *Hiroshima, mon Amour, Fragmente einer Sprache der Liebe*, ich spritzte das Benzin an die Tür, schüttete die letzten Tropfen über ihnen aus. Als ich das Fenster hinter mir zumachte, gingen das Zimmer und die Nacht in Licht auf.

Ichfixiert. Das ist unser Erbe. Wir glauben, das Recht zu haben, nicht anders zu sein. Manchmal überfordert es einen, zu überlegen, wie man bloß irgendwie anders sein könnte. Ich tat das Erste, was mir in den Sinn kam. Im Rennen hörte ich, wie die verzogenen Fenster barsten, und war so zufrieden mit mir, dass es wehtat, als ich atmete. Ich hatte das Haus abgefackelt, bevor mir dämmerte, dass ich ja jemanden hätte verletzen können, jemand anderen als Amy heißt das. Ich war auf der Ausfallstraße aus dieser selbstgefälligen Kleinstadt, Amys Tagebücher unterm

Arm, der Feueralarm jaulte hinter mir, Benzingestank an den Händen.

Ich hatte herausgefunden, dass ihre Handschrift mit den Jahren jünger wurde, was rührend war.

Ich hatte herausgefunden, dass sie sehr schön schrieb.

Ich hatte zahllose triviale Fakten erfahren, Hunderte von vergessenswerten Details, hatte die feinsten Kräusel auf ihrer Oberfläche gesehen. Hatte die Namen von Menschen gelesen, von denen ich nie gehört hatte, und auch welche, die ich kannte, und hatte jedes Flackern ihrer Aufmerksamkeit um diese Menschen verfolgt.

Vor allem aber hatte ich etwas über mich herausgefunden, und das war schließlich mein Hauptinteresse bei der Lektüre.

Nicht ein Wort, nicht ein Gedanke, nicht eine Silbe. Nicht ein einziges Mal wurde ich erwähnt. Ich war nicht da, nirgends. Sie hatte mich ausgelassen.

Nun drehte ich mich um, und der Himmel hinter mir war erleuchtet. Der Anblick! Der Geruch im Wind! Die verkohlten Seiten. Der historische Brandort. Ich hatte das bewerkstelligt, ich.

Wenn sonst schon nichts, das würde in ihr Tagebuch kommen.

Die Zeitung brachte eine Aufnahme des Gebäudes, das eigentlich ausgesehen hätte wie immer, wäre da nicht der schwarze Brandbiss in der Mitte gewesen – wie ein Marmeladebrot in einem Comic. Die bis auf Stümpfe niedergebrannten Dachbalken ragten in die Luft. Leichtverletzte. Wie durch ein Wunder keine Todesopfer. Irreparabel. Böse und destruktiv. Erbe. Vier Jahrhunderte. Der Angreifer hatte buchstäblich Hunderte von wertvollen Büchern zerstört, darunter frühe Bände mit philosophischen, medizinischen und mathematischen Abhandlungen aus der Spezialsammlung der Bibliothek. Viele Originalausgaben aus den letzten drei Jahrhunderten waren vernichtet worden, als von oben herabstürzende Dachbalken sich brennend durch die Böden der darunterliegenden Stockwerke fraßen. Gemälde und Artefakte von unschätzbarem Wert waren ein Raub der Flammen geworden, darunter – eines der außergewöhnlichsten – eine Locke von Charlotte Brontës Haar, die ihr nach ihrem Tod abgenommen und bis heute bewahrt worden war. Zahllose andere Kostbarkeiten waren durch den Rauch und das Löschwasser unrettbar beschädigt. Eine Bekennermeldung einer politischen Gruppe war nicht eingegangen. Die Polizei warnte vor möglichen Nachahmungstaten.

Der Junge, der mit in meiner Wohnung wohnte, war ausgegangen und hatte sechs Flaschen mexikanisches *Day of the Dead*-Bier im Kühlschrank deponiert. Ich trank fünf davon, schnipste die Flaschendeckel auf den Küchenboden. Dem macht das nichts, dachte ich, als ich die dritte öffnete; er wird sich freuen, dass ich ihm etwas schulde. Ich setzte mich vor dem Kühlschrank auf den Boden, und als die Angst sich im Bier auflöste, brachte ich einen Trinkspruch auf meine Tat aus. Ein Prosit auf die Bücher, die in den Himmel gekommen waren. Ein Prosit auf das Büschel berühmten Haars, grau und eingestaubt und jetzt weggebrutzelt, ein letztes Mal lebendig geworden unter einem loderndheißen Kuss. Ein Prosit auf die Farbigkeit und den Rauch und die Flammen, die über die heitere Gemütsruhe von Amys denkmalschutzwürdigem Museum kamen, auf das Biegen und Bersten der Dinge, auf die bis auf die Knochen weggebrannten Möbel und auf den zerlaufenen und zu Asche gewordenen Füller. Auf den Duft in den zerplatzten Parfumflakons, die in die Luft sprühten wie Flammenwerfer. Auf die Mauern, feuernass. Auf die üppigen Samtvorhänge, lichtzerfetzt. Auf das geschwärzte weiße Bett. Ich trank auf die unbekümmerten Gesichter der Engel in den Flammen. Trank auf meine Freundin. Auf sie, keine, die ihr gleicht! Auf dem Etikett der Flasche in meiner Hand waren tanzende Skelette und rote Teufel abgebildet. Ich stieß mit der halbvollen Flasche mit den leeren an; sie kippten um. Die Vergangenheit war vergangen. Ich würde etwas aus mir machen. Jetzt konnte ich es. Jetzt hatte ich Feuerwerk im Kopf, eine Feuerzunge. Jetzt konnte ich in der Sprache aller Tiere reden.

Von dem, was dann war, weiß ich nicht mehr viel, weiß nur noch, dass ich auf dem klebrigen Linoleum herumkroch und in der Sprache der Tiere redete. Dann schlief ich ein, wo ich war, und wachte dort wieder auf, auf dem Fußboden. Der ganze nächste Tag ging darüber hin, dass ich mich in die schmutzige Toilette übergab, schwach wie Gras. Am Ende des Tages erbrach ich Blut. Der Junge kam rein, um nachzusehen, wie es mir ging, er machte mir einen grässlichen milchigen Tee, setzte sich ans Ende des Bettes, sah besorgt aus, sah mir auf die Brust. Ich ließ ihn anfassen. Das war die nächste falsche Entscheidung, das Nächste, was ich falsch machte. Es ist immer eine schlechte Idee, mit jemandem zu schlafen, den man eigentlich nicht mag, auch wenn man sich vorübergehend besser fühlt. Viel tiefer kann man nicht sinken. Aber das ist eine andere Geschichte.

Verlassen und verloren. Im Wind flatternd wie ein leeres Hemd auf einer Wäscheleine, eine leere Haut. Betäubt, wie ein Kätzchen am Rand der Autobahn. Wohin du auch schaust, es ist an den grauen Himmel oder den blauen Himmel oder den schwarzen Himmel über den Häusern, es ist oben an die Geschäfte, dort, wo eigentlich ihr Name stehen sollte, es ist in jedes ausdruckslose Gesicht geschrieben, das auf der Straße an dir vorbeigeht: Du bist niemand für die, die für dich alles ist.

Aber das hielt nicht lange an. Romantischer Scheiß. Es war bald vorbei.

Und als ich wieder besser darüber nachdenken konnte, leidenschaftslos, war es die reine Enttäuschung. Wie anal, wie banal ihre wunderschönen Worte im Grunde doch gewesen waren. Seitenweise Meinungen und Spekulationen über Kollegen und Hochschulpolitik, wer welchen Job wollte, wer sich wo über Hegel und Derrida und Cixous und Kristeva geäußert hatte, wer wem gegenüber welche ziemlich clevere Bemerkung gemacht hatte, wer welchen Aufsatz abgegeben, wer was publiziert und wer wen herabgesetzt hatte und was für Klamotten sie dabei getragen hatten. Außerdem unablässig Vermerke über ihre Kalorienzufuhr und über ihr jeweiliges aktuelles Arbeitsgebiet. Kram über Querverweise und Register. Kram über Kopfschmerzen und Ekzeme (der Arzt hatte ihr Hydrokortison verschrieben, sie ermahnt, Brot zu essen). Haufenweise sub-erotischer Kram über jemanden, den ich nicht identifizieren konnte. Ein Stück über das attraktive Machtspiel des Unterrichtens. Ein Stück darüber, wie hübsch Simone war. Und eine eindrucksvolle kleine Phantasie über irgendein Mädchen aus der Küchenmannschaft: *ihre dünnen Handgelenke und ihr blasses Gesicht über dem fleckigen weißen Overall, die stumme Unverschämtheit ihres abgewendeten Blicks.*

Wörter und Zeilen, die mir bis heute ungerufen in den Sinn kommen. Ich schlug ein Tagebuch auf, und der Eintrag auf der ersten Seite war ein Zitat: *Nichts lohnt den Besitz mehr als das, was man nicht besitzen kann.* Das stand in einem der frühen Tagebücher, sie hatte es ringsum mit hübschen Schnörkeln eingerahmt. Und, aus einem späteren: *Ich spiele sehr gern. Ich mag die Achsenverschiebung, die schon ein winziger Blick, eine Berührung oder ein Wort mit sich bringt.* Achsenverschiebung habe ich später nachgeschlagen. Und einen Absatz, das weiß ich noch, habe ich mir besonders gründlich angesehen. Zwanzig Wörter. *Ich lese gerade Blaue Augen. Die Fabel lässt ziemlich zu wünschen übrig, aber die Heldin ist köstlich unbestimmt und schwach.* Ich erinnere mich sogar an die Unterstreichung unter dem köstlich: blau, fest und energisch. Als ich diese Worte leise murmelnd in dem schwächer werdenden Licht auf dem Dach las, waren sie der einzige Hinweis darauf, dass ich jetzt vermutlich gerade von dem einen Mal las, als sie mit ihren Eltern im Urlaub war, im schottischen Hochland.

Man weiß nie, welcher Ton oder Geruch oder welches Wort, welches kleine Detail dank seines Widerhakens beim Lesen haftengeblieben ist. Es wäre gut, könnte man sein Gedächtnis einfach mit dem Staubsauger reinigen. Ich dachte, dies zu schreiben wäre so, dachte, ich könnte alles niederschreiben und dann den Deckel zuklappen, und es wäre vorbei, erledigt. Aber es hat die bösen Träume wiederkommen lassen. Den von voriger Nacht zum Beispiel, in dem sie vor mich hintritt, und mein Gesicht ist nass, und sie küsst mir jedes Tröpfchen vom Gesicht ab, sagt, sei vorsichtig, dein Gesicht ist voller Edelsteine, du könntest dich schneiden, lass mich sie nehmen, ich verspreche dir, ich bewahre sie gut für dich auf. Sie klaubt sie der Reihe nach mit der Zunge ab, und als sie geht, sieht man hinter ihren Zähnen funkelndes Licht.

Schreib es in den Sand und lass das Meer es auswischen. Schreib es auf ein Blatt Papier und halt ein Streichholz an die Ecke. Schreib es in ein Buch und klapp den Deckel zu. Vergrab es im Garten oder schick es mit der Post an einen Ort, den es nicht gibt. Ich habe die Tagebücher nur dieses eine Mal gelesen, das war alles, und es steht in meiner Macht, sie nie wieder aufzuschlagen, sie in einen Karton zu packen, ihn mit Klebeband zu verschließen und hinter mir zu lassen. Was das hier betrifft, das ist fast fertig. Ich habe meine Beichte abgelegt. Vor einiger Zeit war ich unheimlich und egoistisch-blind verliebt. Zum Glück wurde niemand ernstlich verletzt.

Also.

Oder vielleicht ist es viel einfacher als die ganze Hitze und der Lärm. Vielleicht sind wir uns bloß auf der Straße begegnet, und diesmal habe ich sie angesehen, als ob sie Luft für mich wäre, als sähe ich sie nicht, und wir sind aneinander vorbeigegangen wie Leute, die sich überhaupt nicht kennen. Vielleicht haben wir uns eines schrecklich heißen Tages zufällig auf der Straße getroffen und Höflichkeiten über das Wetter ausgetauscht, haben mit den ausweichenden Blicken von Menschen, die eigentlich kaum etwas gemeinsam und einander gar nicht mehr viel zu sagen haben, aneinander vorbeigesehen zu den Leuten, die auf dem Markt Obst kaufen, und zu den anderen Leuten, die unterwegs waren, um im Kundenzentrum ihre Stromrechnung zu bezahlen, haben gesagt: Heiß, was?, ja, wirklich, na, bis irgendwann mal, ja, Wiedersehen. Alles in dem einen trivialen Wort enthalten. Das wäre zivilisiert, man könnte es die englische Art nennen.

Wie auch immer, ob so oder so. Der Amy-Teil hiervon ist abgeschlossen.

Sein Boot ist kleiner, als ich gedacht hatte, ist eigentlich bloß ein Ruderboot mit einem aufgesetzten Heckmotor. Der Name *June* steht auf der Seite, auf beiden Seiten. Den Schriftzug hab ich selbst gemalt, sagte er, als er merkte, dass ich hinsah.

Er steuerte uns hinaus in die Mitte des Loch und schaltete den Motor ab. Stille, Benzingeruch und die Geräusche und der starke Geruch des unter uns fließenden Wassers. Er befestigte die

Fliege und die Gewichte; seine Finger waren zu dick, aber mich wollte er es nicht machen lassen. Die hat dein Bruder gemacht, sagte er und hielt die Fliege hoch. Erinnerst du dich an den einen Kasten an der Wand im Wohnzimmer? Der ging bei dem Umzug zu Bruch. Am Ende der Leine sind sie sowieso besser. Dafür sind sie ja auch gemacht.

Nein, nein, um Gottes willen, Kind, so geht das nicht, sagte er. Er nahm mir die Angel aus der Hand. So, sagte er. Aber so hatte ich sie doch, sagte ich. Ja, aber du hast sie falsch gehalten, du kriegst keinen Zug drauf oder jedenfalls nicht mit der ganzen Länge, wenn du das so machst. Wie, so? Na, so wie du sie gehalten hast. Und jetzt gib Ruhe. Du wirst gar nichts fangen, wenn sie dich kommen hören.

Kilometerweit weg vom Land, auf unsicherem Grund, und die Mücken sammeln sich auch schon. Toll. Zu früh, zu früh am Morgen für mich, ich fühlte mich wie verkatert, fand es komisch, wieder in der Nähe dieses Loch zu sein; als ich das letzte Mal hier draußen war, haben Donna und ich aufgeregt nach einem Versteck gesucht, da passt es jetzt perfekt, kommt genau richtig, als mein Vater anfängt, auf mich einzureden. Du gehst doch noch zur Messe, oder? Es täte mir leid, falls nicht. Es täte mir leid, wenn du das alles wegwirfst. Seinen Glauben braucht man. Der hilft einem. Deine Mutter wäre enttäuscht. Anständig erzogen, hab ich dafür gesorgt. Für sie. Nach anderen Frauen hab ich nicht mal den Kopf umgedreht. Niemand hat je den Platz deiner Mutter eingenommen. Von dem Augenblick an, als ich ihr den Ring an den Finger gesteckt hab, gab es für mich niemanden außer deiner Mutter.

Ich konnte es nicht unterdrücken, platzte laut heraus vor Lachen. Das Lachen tat mir hinten im Hals weh. Er lachte verwirrt mit.

Oh, ja, treu, sagte ich. Treu, klar, das warst du bestimmt.

Von dem Augenblick an, als ich ihr den Ring angesteckt hab, sagte er noch einmal. Er hantierte mit der Rolle. Sah über den Loch und schüttelte den Kopf. Sagte: Ich habe nicht erwartet, dass du verstehst, wie das war.

Ja, das stimmt, sagte ich. Du bist der Mann, der geliebt und verloren hat. Und ein gekränkter romantischer Mann, es gibt nichts auf der Welt, was ihm gleicht.

Er stand auf, fuhr mich an; das Boot schwankte gefährlich. Ich glaube, er schrie, es war sehr laut. Woher willst du das wissen? Wie zum Teufel willst du das wissen? Woher zum Teufel willst du wissen, wie das war? Gab's in deinem Witz von einem Leben auch nur irgendetwas, das so war wie das, was ich hatte? Na? Du hast kein Recht. Das waren die glücklichsten Jahre meines Lebens. Meines ganzen Lebens.

Er setzte sich wieder. Ich schob meinen Stiefel, so tief ich konnte, in eine Delle am Boden des Boots, wo die Planken sich bogen. Eine Planke hatte zu reißen begonnen. Früher hat er mich nie zum Fischen mitgenommen. Zum Fischen nahm er immer nur die Jungs mit, mich nie.

Was dich betrifft, sagte er, eins sage ich dir. Für dich schäme ich mich. Deine Mutter würde sich auch schämen. Was du gemacht hast.

Ich wusste nicht, wovon er sprach. Was ich gemacht haben sollte. Was hatte ich denn gemacht? Jetzt hatte er wieder den vernünftigen Ton angeschlagen, mitteilsam, hochherzig. Zu meiner Zeit ist ein Mädchen in deinem Alter zu Hause geblieben. Zu meiner Zeit war das der Sinn, welche zu haben. Aber du lebst dein Leben. Gehst einfach und lebst es. Hast Spaß daran. Und alles andere interessiert dich einen Dreck.

Ganz schön üppig, dachte ich, so was von ihm, und war in

Gedanken gerade bei der Zeit, als ich mir mein Ei selber kochen und zum Wasseraufsetzen über meinen Kopf hinauflangen, mich auf einen Hocker stellen musste, um das Gas anzuzünden oder die Pfanne auf den Kocher zu stellen, weil sonst niemand da war, und bei den vielen Synthetikfrauen, die durch unsere Essecke marschierten mit ihren traurigen, erregten Augen, aber davon sagte ich nichts, ließ Stille sich um seine vernünftige Stimme ausbreiten. Ich spürte seinen breiten Rücken, von meinem nur Zentimeter entfernt, und da kam noch etwas, was er gesagt hatte, laut krachend in meinem Kopf an: Ich würde also nie wissen, wie es war, jemanden so zu lieben? Der Witz, der mein Leben war, Witz, das hatte er gesagt? Schämen. Er hatte eindeutig schämen gesagt. Schön, wenn er sich schämte – ich schämte mich auch. Schämte mich immer noch für gestern Abend, als seine Augen auf diesem Teenager geruht hatten, und wollte es schon sagen, tat es dann aber nicht, ließ das Bild sich weiter in mein Gehirn einbrennen zum Beweis dafür, dass ich im Recht und er im Unrecht war, hörte ihn leise ein verärgertes Geräusch machen, zog die Schultern hoch und rutschte bis ans äußerste Ende der Planke, auf der ich saß. Er stieß einen verstimmten Seufzer aus. Ich seufzte auch. Saß da und starrte wie versteinert vor mich hin. Er starrte ebenfalls wie versteinert vor sich hin, ich spürte es. Ich sah über das Wasser zu den Bergen und den Bäumen und dem aufklarenden Himmel, dem Licht über dem Wasserspiegel des Loch. Ein Vogel sang, dieselbe karge Tonfolge, dann wieder und wieder, und die Berge reckten sich rings um uns grün und braun bis ins Wasser.

Wir saßen an diesem wunderschönen Ort in unserem Boot, uns gegenseitig den Rücken zukehrend.

Dann wurde meine Angel mit einem Mal fast aus dem Boot gerissen, die Rolle surrte wie verrückt, und das ganze Boot wurde durchgerüttelt. Kind, Kind, du hast einen! Mein Vater kam von hinten mit den Armen um mich, rief: Mehr Schnur, mehr Schnur, das ist ein großer, Himmel, das ist eine Schönheit, verlier ihn jetzt bloß nicht, ganz genau, genau so, du schaffst es. Die Angel spannte sich wie ein Flitzebogen über mir, was, wenn sie bricht, wenn sie reißt, sagte ich, nein, nein, sagte er lachend, gib ihm alle Schnur und zieh sie zurück, mit ihm mitgehen, ja, genau so, du bist ein Naturtalent, genau richtig, geben und nehmen, bring ihn ran, sachte, sachte, genau so.

Ich zog den zappelnden und schlagenden Fisch neben das Boot. Mein Vater holte ihn mit Schwung herein, und ich zuckte zurück, als er auf den Boden klatschte. Er schob seine Finger unter die Kiemen und ließ ihn dann silbrig und rosa von seinem gestreckten Arm herunterhängen. Das kalte Auge des Fischs war weit offen und blutig, und Schleim und Blut liefen ihm vom Hals herab. Das ist ein Vierzehnpfünder, sagte er, jede Wette. Siehst du das, siehst du den Schwanz? Wie der sich auffächert? Das ist ein wilder. Die gezüchteten haben kleinere, nicht solche wie der hier.

Er hielt den Lachs hoch. Du hattest beim Fischen schon immer Glück, Kind, sagte er. Jetzt sieh dir den an. Ist der nicht schön?

Patrick hinten im Garten mit einem Stock, einer Schnur, einer Scheibe Weißbrot und einer Pappschachtel aus dem Co-op. Was machst du?, fragte ich. Er wickelte die Schnur um den Stock und klemmte ihn so unter die Schachtel, dass sie auf einer Kante stand. Dann legten wir uns hinter dem Zaun auf die Lauer, und als der Vogel heranhüpfte, um sich das Brot zu holen, zerrte er an der Schnur, und die Schachtel fiel über den Vogel. Er ließ mich oben durch den Deckel gucken, wo die Laschen nicht ganz überlappten, und ich sah die Amsel, ein Auge, das mich ansah, ein gelber Ring um das Schwarz, bevor Patrick mich fortzog. Man hörte, wie sie mit den Flügeln, dem Schnabel und dem Kopf an die Seiten der Schachtel schlug, und dann hörte man, wie still es wurde. Manchmal sterben die vor Angst, sagte Patrick, die sterben an einem Herzanfall. Ich dachte an die vielen Vögel, die überall über die Gärten hinter den Häusern flogen, einem hatte ich direkt ins prähistorische Auge geblickt.

Meistens fing er Amseln und Stare und hielt sie eine Weile in der Schachtel auf der Wiese gefangen, bis er sie wieder freiließ. Wir wollten einen Hund, durften aber nicht. James sagte, das sei, weil unser Vater einen hatte, als er Kind war, und sein Vater ihn dazu brachte, den zu töten. Wir hatten die Schallplatte, auf der Hank Snow *Old Shep* singt. Shep rettet sein Herrchen vor dem Ertrinken im Weiher, und als Shep dann zu alt ist, hält ihm sein Herrchen das Gewehr an den Kopf, kann es aber nicht, er will wegrennen, will lieber selbst erschossen werden. Einmal saßen wir alle vor dem Plattenspieler und hörten uns wieder mal den Song an, und ich guckte rüber zu Patrick und James und sah, dass beide weinten, aber so taten, als wäre nichts los. Wenn man den Plastikarm auf der Platte liegenließ, spielte der Plattenspieler dieselbe Platte immer wieder. Man könnte sich umbringen, sagte Patrick, und dein Lieblingslied spielt nach deinem Tod immer noch. Aber das würde man nicht mehr hören, sagte ich. Genau darum geht's, Dummerchen, sagte Patrick. Woher wollt ihr das eigentlich wissen?, sagte James. Er schaltete den Fernseher ein. Robinson Crusoe, in Schwarzweiß brachen sich die Wellen am Strand.

Einmal, als wir Ferien hatten, verlangte mein Vater von den Jungs, dass sie mich an dem Tag mitnahmen; sie wollten mit dem Fahrrad auf der Straße Richtung Nairn fahren, hatten geglaubt, die sechzehn Meilen bis zum Strand oder bis zum Spielsalon würden sie locker schaffen, und ich strengte mich an, damit ich nicht zurückblieb. Wir waren kaum aus der Stadt raus, als es zu regnen anfing. Es schüttete; sie schoben die Räder über ein Feld und wollten sich unter Bäumen unterstellen. James entdeckte den Schuppen. Durch die Fenster sahen wir Werkzeug und eine Werkbank. Die Tür war offen. Da drin war Platz wie in einer Scheune, und auf einer Seite lag ein Berg Sägemehl, der bis ans Dach reichte. Warum oder wieso weiß ich nicht mehr, ich weiß nur noch, dass ich nicht spielen sollte, sondern mir die Augen zuhalten. Patrick fing an. Er zog seine Sachen aus und stand da wie eine Statue, die Faust an der Stirn, klein und geringelt und kompakt hingen seine Genitalien herab, weißer als sein restlicher Körper und glatt wie Porzellan, so glatt wie seine Brust. Dann zog James langsam den Pullover aus, schob sich die Shorts langsam über die Knie, stieg heraus und stand da, die Arme an den Seiten baumelnd, er war behaarter als früher, behaarter als Patrick, sein Körper pummelig, sein Gesicht ernst; wenn ich jetzt daran denke, steht er da wie eine Abbildung in einem Medizinbuch.

Ich musste mir das Mitmachen erkämpfen. Wenn ich auch mitmachen wollte, sagte James, müsste ich meine Sachen oben anbehalten. Er hätte *sein* Zeug doch auch ausgezogen, wandte ich ein. Mädchen müssten zurückhaltender sein, sagte Patrick. Außerdem hätten die ja nichts vorzuweisen, es wär sinnlos, dass ich es mache. Ich ging um den Sägemehlberg herum, zog nacheinander meine nassen Sachen aus und legte sie auf einen Haufen. Stellte mich da hin, wo sie gestanden hatten, genau an dieselbe Stelle, genau da, wo ihre Fußabdrücke noch im Sägemehl waren. Sie guckten schüchtern weg. Ich streckte die Arme aus, wie es die Assistentinnen im Fernsehen machten, wenn der Zauberer David Nixon auftrat, aber sie guckten immer noch nicht. Ich wackelte mit dem Hintern. Tänzelte herum und summte die Striptease-Melodie, aber sie zogen so düstere Mienen, dass ich lachen musste. Ich fiel hin vor Lachen, wälzte mich auf dem Boden des Schuppens. Nahm Anlauf und rannte auf den Hügel, sprang hoch, bis ich die flache Hand ans Dach drücken konnte. Da machten sie endlich mit. Als wir fertig waren, gab es keinen Hügel mehr, Sägemehl lag überall auf dem Boden des Schuppens und hatte sich über die Werkbank und das Werkzeug verteilt. Ich musste buddeln, bis ich meine Bluse fand. Wir zogen unsere Sachen wieder an, Patrick schob gerade fluchend die Beine in seine nasse Hose, als der Mann von seiner Mittagspause wiederkam und uns mit viel Geschrei rauswarf.

Am ganzen Körper Sägemehl. In den Ohren, den Haaren, an den Sachen; kleine gelbe Kringel, papierdünnes Holz. Auf dem Weg nach Hause holte der Wind es aus den Haaren und den Sachen meiner Brüder und wehte es über die Straße, als sie vor mir radelten. Als ich mir nach dem Abendbrot das Gesicht wusch, lag Sägemehl auf dem Badfußboden. Süß, wenn man es an die Nase hielt. Süß und rau auf der Zunge, wenn man probieren wollte, wie es schmeckte.

An dem Abend steckte James den Kopf zur Tür herein, als ich im Bett las. Falls sich mal ein Junge an dich ranmacht, Ash, sagte er, sagst du es uns einfach, wir kümmern uns darum, wir machen den zur Schnecke. Du sagst es mir einfach, hörst du?

Mein Vater sagte: Erinnerst du dich noch an den Abend, als du dir die Augen aus dem Kopf geweint hast, weil die eine Irin beim Eurovision Song Contest gewonnen hat?

Der Fisch lag im Boot auf dem Boden, mein Vater hatte einen Schluck aus seinem Flachmann getrunken und bot mir auch einen an. Brennend rann mir der Schnaps durch die Kehle bis in den Magen. Nein, sagte ich lachend und verschluckte mich fast, daran erinnere ich mich überhaupt nicht. Nicht mal an den Song.

Ich konnte dich nicht beruhigen, sagte er. Bei Gott, ich dachte, du stirbst. Es war die eine Irin, die jetzt die religiösen Sendungen macht. Wenn du sie hören würdest, würde es dir gleich wieder einfallen. Sie kam, nachdem sie gewonnen hatte, noch mal auf die Bühne und sang den Song, da hab ich rübergeguckt, und dir sind Tränen übers Gesicht gelaufen, ich sagte: Was ist denn?, ich dachte, dir ist nicht gut, du bist vielleicht krank, ich sagte: Tut dir was weh? Du hast immer weiter geweint, ich konnte dich nicht beruhigen. Ich hab dich in dein Bett getragen, wollte den Arzt anrufen, da hast du gesagt, ich hab kein Bauchweh, es ist der Song. Der Song? Welcher Song?, hab ich gesagt, und du, der von dem Mädchen. Ich konnte mir keinen Reim drauf machen, ich dachte, du bist vielleicht sauer, weil Großbritannien nicht gewonnen hat. Ich hab versucht, dich zum Lachen zu bringen, sagte, mach dir nichts draus, wir gewinnen nächstes Jahr, und am Montag kauf ich dir die Platte mit diesem schrecklichen Song, und wir schmeißen sie zum Badfenster raus und sehen zu, wie sie auf den Steinen zerbricht. Und du: Nein, Dad, nein, ich mag den Song, der gewonnen hat, ich mag ihn doch. Ich hab mich zurückgelehnt und mir gedacht, das schlägt doch alles, sie heult, weil sie etwas mag.

Nein, sagte ich noch einmal. Daran erinnere ich mich überhaupt nicht.

Er sagte: Die glauben, vor zehntausend Jahren war hier unten drunter ein Dschungelparadies, weiß du das? Hab ich in der Zeitung gelesen. Wissenschaftler haben Proben aus dem Untergrund des Loch genommen, sie glauben, es war ein tropisches Paradies, wo Trauben und alles Mögliche gewachsen sind.

Wir sind, sagte er, nach Syrakus eingelaufen, und die Amerikaner sind in Palermo gelandet. Es war Mitternacht, halb eins vielleicht, ich war zwar noch jung, aber solche Salven hatten wir schon früher gehört. Da waren diese Lastensegler im Wasser. Die Amerikaner, verstehst du, haben sie losgejagt und runtergehen lassen und sind vor lauter Angst vor der Flak abgehauen, die lagen fünf, sechs Meilen vor der Küste, diese Lastensegler, vollgepackt mit Männern, hingen die im Wasser fest. Sie haben zu uns hochgerufen, wir sollen sie aufnehmen, haben gewinkt. Wir konnten nicht anhalten, man kann ein Schiff nicht einfach so anhalten, haben ihnen gesagt, wir nehmen sie auf dem Rückweg auf. Der Totenacker, so wird es genannt. Der Ätna, wenn der ausbricht, fällt alles auf den Totenacker, deswegen heißt er so. Bei Gott, an dem Tag hat der Name genau gepasst! Zweihundert, drei-, vielleicht sogar vierhundert Amerikaner, und alle in Kampfmontur, mit der ganzen schweren Ausrüstung, sie wollten, dass wir sie aufnehmen. Tja, und als wir zurückkamen, sechs Stunden später vielleicht, halb sieben in der Früh, nebenbei ein herrlicher Morgen, war kein Einziger mehr am Leben, die Gleiter waren alle gesunken. Eins sag ich dir, Kind, darüber erfährt man im Fernsehen nie was. In den ganzen Dokumentationen, alles über den *Weltkrieg*, hörst du davon kein Wort. Kein Mensch verliert ein Wort darüber. Dreihundert, vielleicht noch mehr, alles unsere Jungs. Oh, es war Hochsommer, wir hatten die Zeit unseres Lebens, im Hafen schwimmen, in der Sonne liegen, vom Schiff ins Meer springen. Einmal sind wir gerade auf einer Seite runtergesprungen, da haben die Deutschen eine Bombe abgeworfen, die ist auf der anderen Seite des Schiffs ins Wasser eingeschlagen und hat uns nicht erwischt. Aber danach wollten, haha, die Offiziere nicht mehr in die Schiffsmesse runterkommen, falls wir doch mal einen Treffer abkriegen. Dann sind wir rauf zur Bucht von Neapel. Und danach änderte sich der Kriegsverlauf.

Mein Vater, sagte er, war im Ersten auch in Italien. Bei Ypern bekam er Gas ab, wurde aus dem Heer entlassen, meldete sich wieder, wurde in Italien angeschossen, aus dem Heer entlassen, meldete sich noch einmal. Er wollte nicht nach Hause. Er war der Wildhüter des Gutsherrn, und der war ein deutscher Sympathisant; er hat die Männer alle von seinem Grund vertrieben, als sie nach dem Kampf heimkamen.

Er sagte: Das kleinere Haus passt besser zu mir. Wo ihr jetzt alle ausgeflogen seid. Die Vögel müssen das Nest verlassen. Mir hat's jedenfalls nicht leidgetan, aus dem anderen auszuziehen. Einmal bin ich morgens aufgestanden, da hatte irgendein Dreckskerl eine tote Ratte in den Müllkübel gelegt. Einmal haben welche einen Zettel unter der Tür durchgeschoben, dass sie die blöden Fenier sowieso alle abfackeln. Die Johnstones waren das, glaub ich, ist ein ziemlich komischer Haufen, die Johnstones. Ach, darüber mach ich mir keine Gedanken, auch nicht übers Geschäft, war sowieso ein Klotz am Bein. Ohne bin ich besser dran. Hat Jahre gedauert, das aufzubauen, und dann endet es so, sagte er mit einem Fingerschnipsen, mit einem Mal ist Schluss. Irgendwo macht ein anderes auf, und die haben sogar einen Parkplatz, da bleibt für dich nichts übrig. Hygena wurde aufgekauft. Wrighton wurde aufgekauft. Heute ist alles anders. Electrolux, Whirlpool, die großen Firmen haben die gesamte Weiße Ware aufgekauft. Geh in einen x-beliebigen Laden, dann siehst du's. Billig produzieren und aggressiv verkaufen. Es ist nicht mehr dasselbe. Man fragt sich schon, was das alles soll, Kind. Und worum es eigentlich geht, ich sag's dir. Jahre deines Lebens steckst du da rein, und was kriegst du dafür?

Das Erste war, sagte er, sie ist in der Dusche gestürzt. Sie hat gesagt, der Boden wäre rutschig gewesen. Ein Monat, bloß ein Monat, und man konnte fast durch ihre Haut durchgucken, so dünn war sie geworden. Als sie das Morphium gegen die Schmerzen bekam, hat sie mir gesagt, ich sähe blau aus. Ich würde nach Blaubeeren schmecken. Sie hat gesagt, es wäre ein Mann im Zimmer und ein Vogel. Sie hat dauernd den Kopf weggedreht, damit er sie nicht mit den Flügeln berührt.

Er hielt den Flachmann verkehrt herum übers Wasser und schüttelte; es kam nichts mehr heraus. Schraubte den Verschluss wieder zu. Sagte: Als ich sie das allererste Mal sah, hatte sie ein Handtuch um den Kopf geschlungen, sie hatte sich die Haare gewaschen. Ich hab damals bei McIvor gearbeitet, hab oben in einer Wohnung in der Telford Street die Küche eingebaut, da seh ich eine Frau mit einem Handtuch um den Kopf, die mir von unten aus dem Garten nebenan zuwinkt. Ich winke zurück und denke, ich probier mein Glück, sie sah ziemlich gut aus von da oben, beug mich zum Fenster raus und rufe: Hallo, ich hab Sie gerade winken sehen. Sie: Winken? Ich hab nicht gewinkt, und sie hatte einen Akzent, ich hab bei diesem ersten Mal, als ich sie gehört hab, nicht gewusst, wo sie her ist. Doch, sag ich, Sie haben gewinkt, so. Und sie: Oh, nein, das war kein Winken, ich wusste ja nicht mal, dass da oben jemand ist, ich hab eine Fliege verscheucht, so, und sie fängt an zu lachen, da hab ich sie eingeladen, klar, und ihr Haar, die Farbe, so wie deins war es, aber lang, sie hat das Handtuch abgenommen, und ihr Haar fiel runter und legte sich um ihre Schulter, bei Gott, hab ich an dem Abend zu ihr gesagt, als wir zum Tanzen gegangen sind, wenn ich gewusst hätte, dass Sie blond sind, hätte ich Sie noch viel früher eingeladen, kein Witz. Sie war eine gute Tänzerin, weißt du, Himmel, konnte die tanzen! Gab niemanden, der so tanzen konnte wie sie.

Mehr sagte er nicht. Er hatte sich wieder umgedreht, so dass ich sein Gesicht nicht sah. Ich weiß, sagte ich, ich weiß genau. Hast recht, Dad.

Ich sitze hier oben und überlege, wann das Haus wohl erbaut worden ist, woher die Ziegel und der Stein kamen, wer die ersten Menschen waren, die hier Stühle und Tassen und Teppiche hereingetragen haben, und wer die nächsten und danach wieder die nächsten. Ob der Boden darunter sich noch daran erinnert, wie es war, Licht und Gras zu sein. Ob sich die Straßen und die Pflastersteine, die Häuser und Bürogebäude und Läden und Straßenlaternen, die vielen Dinge, die eine Stadt ausmachen, allesamt wieder herausziehen und wie ein Teppich zusammenrollen lassen. Anlässlich eines Tanzes zum Beispiel, für den wir zu sehr Menschen sind, um die Schritte zu kennen. Ob Schlachtfelder sich daran erinnern, was auf ihnen geschah. Ob neue Gebäude irgendwo die Gedanken, den inhaltlichen Kern der alten bewahren, die vor ihnen an der Stelle standen. Ob übermorgen etwas von mir in diesem Raum zurückgeblieben sein wird, in dem ich nie zuvor war, oder bloß abgestoßene tote Haut und der Staub, den mein Hiersein während einiger weniger Tage einmal im Frühling aufgerührt hat.

Nö. Es ist gut zu wissen, dass Dinge einfach verschwinden, sich in Luft auflösen können. Es ist gut, dass Spuren hinterlassen schwer ist oder dass sie, falls es doch welche gibt, nicht immer lesbar sind. Das eröffnet ein Land der Freiheit. Wir klammern uns immer an das, was wir kennen, woran wir uns erinnern, so als sei das die Kraft, die uns zu dem macht, der wir sind. Vielleicht wäre es besser, wenn wir uns an das klammerten, was wir nicht wissen, vielleicht steckt da eine bessere Kraft drin. Es gibt so viel mehr, was wir nicht wissen. Verglichen damit ist unser

Wissen wie, na ja, keine Ahnung. Wie ein Blatt, verglichen mit einem ganzen Wald voller unbekannter Pflanzen und bisher unerforschter Bäume voller kreischender, heulender, schwatzender, stiller, kriechender, fliegender vielfarbiger Lebewesen. Wie ein Sandkorn, verglichen mit dem Ben Wyvis. Ein Tropfen im Ozean. Ein Klischee.

Und mein Vater, an eine Resopal-Arbeitsplatte gelehnt, rings um ihn die glänzenden Küchen, die Oberflächen ohne einen Kratzer, die leeren Schränke, die nur darauf warten, sich danach sehnen, gefüllt zu werden; hinter ihren Türen nichts als neu riechende Luft, unbeschmutzte Fächer, ein bisschen Staub vom Lagern. Schreiber. Hygena. Kandya. Jonelle. English Rose. Grovewood. Peerless. Prestige. Hochschrank. Hoher Wandschrank. L-förmige Arbeitsplatte. Externer Schubladenschrank. Spülenschrank. Wörter, die aus dem Nichts ein Zuhause heraufbeschwören können. Jünger, den Bleistift keck hinters Ohr geklemmt, der Laden hell ausgeleuchtet, mit Neonlampen an der Decke, den Schlips gelockert, den oberen Hemdenknopf offen und das selbstsichere Verkäuferlächeln im Blick der Frau gespiegelt, die er bedient, während ihr dickbäuchiger Mann gelangweilt im Hintergrund steht, am Griff eines in die Wand eingebauten Dosenöffners dreht und sich ansieht, wie die kleinen Zähnchen herumfahren.

Ich wartete am Ufer, als er das Boot vertäute. Die Wirkung des Whiskys ließ nach, er pfiff vor sich hin.

Was ist denn nun mit dieser Barbara?, fragte ich.

Mit Barbara? Was soll mit ihr sein?, sagte er. Schwerfällig setzte er sich neben mich, packte den Fisch sorgfältig in seine Tasche.

Du weißt schon. Hast du, na ja, hast du ihr ihre Küche schon gemacht?

Oh, nein, sie braucht keine neue, sie hat ihre schon vor zehn Jahren machen lassen, als sie die neue Elektrik im Haus gelegt haben. Dann kapierte er, sah mich von der Seite an und platzte laut lachend heraus. Ach, du kleiner Schlaukopf, sagte er, du kleiner Hosenscheißer. Er lachte lange. Och, nein, sagte er, Barbara ist nicht mein Typ. Du kennst mich doch, ich mag sie etwas jünger als Barbara.

Du gefällst ihr schon, glaub ich.

Ach, das wird schon so sein, sagte er, stimmt, ja, ja. Er stand auf, schlang sich die Tasche über die Schulter und zog seine Jacke glatt, sah übers Wasser. Er lächelte.

Den ganzen Heimweg über lächelte er. Du kleiner Schlaukopf, sagte er immer wieder. Ob ich ihr ihre Küche schon gemacht hab? Ob ich ihr die Küche gemacht hab? So was hab ich ja noch nie gehört.

Ich bin dreizehn, und ich lehne mich eines Abends im zeitigen Frühjahr, an einem Abend wie diesem, im Zimmer der Jungs zum Fenster hinaus und schaue über die Berge. Vögel singen überall am Himmel. Meine Brüder sind nicht da. Unten im Garten hängt mein Vater eine Ladung Wäsche auf die Leine; das muss gewesen sein, nachdem er die neue Wäschespinne angeschleppt und einen ganzen Sonntagnachmittag damit verbracht hat, Beton zu mischen und die Stahlstütze damit mitten auf dem Rasen einzusetzen. Die Nachbarin von nebenan ist auch gerade in ihrem Garten; sie nimmt ihre Wäsche ab. Sie kommt an die Hecke und ruft rüber. Er ruft zurück, geht hin und spricht kurz mit ihr, sie lachen und gehen wieder zu ihren Wäscheleinen. Während ich zusehe, schlägt er ein Hemd aus, hell blitzt es auf im schwächer werdenden Licht. Er zieht an den Beinen der nassdunklen Jeans, streicht sie glatt. Die Klammertasche hat er an einer Gürtelschlaufe seiner Hose hängen, und auch am Revers seiner Arbeitsjacke stecken Wäscheklammern. Mrs. Short geht über ihren Rasen ins Haus, die Arme voll mit trockenen Sachen. Mein Vater beugt sich über den Wäschekorb. Er hängt die Unterhosen ordentlich alle auf eine Leine. Hängt die Socken paarweise auf. Klammert das Geschirrtuch mit dem Tukan drauf kopfunter an. Der Himmel ist jetzt tiefrot, ringsherum verglüht der Tag. Mein Vater guckt hoch und sieht mich, lächelt und ruft: Komm runter, Kind, und häng den Rest hier für mich auf. Geht nicht, sage ich grienend, ich habe gerade zu tun.

Ich stehe da, lehne mich, das Kinn auf die Hände gestützt, zum Fenster hinaus und sehe ihm zu, und die Wörter, die ich denke, sind: Ich weiß nicht, was ich ohne meinen Dad machen würde, ich weiß es echt nicht.

Ich bin also zu Hause. Bin zu Hause und bin fort. Möwen, so groß wie kleine Hunde, stapfen wie eh und je über die Dächer, raufen am Flussufer wie eh und je um alten Fisch und um Pommestüten oder landen und stehen ausdruckslos auf den Steinen, die den sie schäumend umfließenden Fluss brechen. Der Fluss grau und schnell zwischen den grasbewachsenen Uferhängen und den Kirchen und Geschäften, vorbei an den niedrigen alten Häusern, die seit der Zeit der Jakobiten dort stehen, vorbei an den Büroblocks des Highlands and Islands Development Board; er lässt die Old High Church und das Caledonian Hotel, das Schloss und den Kilt Shop hinter sich zurück, eilt unter den Brücken durch, teilt sich an ihren Pfeilern, drängt sich von den Bergen durch die Stadt und hinaus in den Firth, dann in das breite Wasser, das an der Küste des letzten Stücks Land entlangschießt und über das Land hinaus. Der Rauch von Frühlingsfeuern wirft ein graues Tuch über die abendliche Stadt, aus Schornsteinen und von den Feldern steigt wie angehaltener Atem Rauch in den Sonntagshimmel auf, während die Stadt sich in ihrer Biegung auf einen weiteren Abend einrichtet, die Vorhänge an den Grundstücksvillen zugezogen werden, die Kirchtürme längs des Flusses zur Silhouette verblassen, der ausgewaschene, verwitterte, von Vögeln vollgeschissene Stein der Straßen und Geschäfte und Häuser in dem schwindenden Licht, in der schwachen Straßenbeleuchtung eines weiteren vergangenen Tages noch einmal die Farbe wechselt.

Dunkel werdende Landschaft. Hügel im Norden, Hügel im Süden, ich kenne ihre Namen nicht. Berge, die im Hintergrund am Himmel hängen, gespensterweiß nach den letzten Schneefällen, und wieder bricht die Nacht herein über den Drumochter, das raue baumlose Tor zu den Highlands. Bricht herein über die Cairngorns, die Wälder am Loch an Eilein, die Touristenchalets bei Aviemore, den Kopf des deutschen Soldaten, an der Straße bei Tomatin vom Wind in den Fels gegraben. Nacht über dem Loch Linnhe, dem Loch Lochy, Nacht über all den Orten, an die ich mich nicht erinnere oder deren Namen ich nie kannte, und über den anderen auch. Burg Urquhart, Glen Urquhart, Glen Moriston, Fort Augustus, Fort William, Fort George, Fortrose, die Black Isle, Beauly, Muir of Ord, der Norden. Sie löscht die zwei Fahrbahnen aus, auf denen die Autos ihre Lichtstrahlen gen Norden und gen Süden richten, und die dunkleren Touristenstraßen, General Wades alte Straße; die stummen Clansnamen, geschnitten in die Steine bei Culloden, dunkel; Dunkel über den Rothirschwäldern, den Forellenflüssen, den Felsen und Kiefern und dem tief in den Bergen vergrabenen Rauchquartz. Wind und Land und Wasser und die sturmzerzausten Gebirgskämme hoch im Himmel, der lange Lairig Ghru füllt sich mit Dunkel, und keiner ist da, es zu sehen; Regen fällt unbezeugt über Hügeln und Flüssen, Schafe reiben sich an Zäunen, ihre Füße in struppiger Heide; Nacht. Die Scheidelinie zwischen Bergen und Himmel ist aufgehoben. Es dunkelt über dem stillen Loch Ness, über Foyers, wo der Wasserfall ist, und über Dores, wo der nette Pub ist und der Kiesstrand, über Abriachan und der Straße nach Westen, über den Schleusen und ihren Wehren und über dem Rückgrat des Kanals, über der Stadt und allen Häusern. Auch über diesem und über diesem Fenster: hier.

Glen Urquhart, Glen Moriston, Glen Livet, Glen Morangie, Glen Campbell, Glen da Jackson, *Will Ye No Come Back Aglen*. Das ist mein letzter Eintrag. Eintrag, was für ein Wort. Aber genau das sind Tagebücher ja, ein Hineingehen, eine Landschaft, in die du dich einträgst. Als ob das, was du tagsüber jeden Tag machst, von Bedeutung sei; seht her, ich bin noch da. Das habe ich getan. Das habe ich geglaubt. Das werde ich morgen mit meinem Tag anfangen und am Tag darauf und nächste Woche und nächsten Monat.

Ich bin keine Anne Frank; ich gehöre zu denen, die Glück hatten. Ich muss nicht mit der Geschichte klarkommen, Gott sei Dank, und die Welt braucht dieses eine Ein-Leben-in-seiner-Zeit auch nicht. Auf meiner Ebene ist es bloße Wichserei. Eine lange, langatmige, solipsistische, aufgeblasene Wichserei.

Obwohl es nie ein Tagebuch war. Miserable Idee. Und zugleich ist es eines, so miserabel es ausgefallen sein mag. Ich drücke mit dem Stift auf die vielen vollgeschriebenen Seiten darunter und überlege, was wohl alles fehlen wird, was ich wohl alles nicht weiß und nie gewusst habe. Die Dinge, die wir mit Freuden vergessen oder nicht sehen; die ganzen Ichs, die verschwinden, und kein Mensch denkt daran, davon zu berichten, niemand verlangt eine Nachforschung. Stattdessen blinde Besessenheit von etwas oder jemandem; es ist dekadent, ist der Luxus der Adoleszenz, man quält sich selbst, um die echten Qualen nicht zu sehen. Ich habe mich in dieser Besessenheit gewälzt, habe sie gefressen, mich in ihrem und meinem Moschus gesuhlt und trotzdem nicht begriffen, welchen Sinn es hat. Schön, zugegeben. Ich würde nicht wollen, dass es seine Bedeutung für mich komplett verliert. Was würde ich ohne sonst nachts anfangen?

Bald werde ich also dieses Buch abschließen. Wiedersehen. Vielleicht stecke ich es mit den anderen Tagebüchern in einen

Karton. Das wäre gut; sie würden irgendeinen Hybriden hecken, ein mit großen Sprüngen dahinsatzendes kehlig sprechendes Wesen, das furchtbar höflich ist und durch die Länder der Welt streift, verzweifelt nach einem Platz sucht, wo es hingehört, oder nach jemandem, an dem es sich reiben kann, der sich seine Geschichte anhört. Oder vielleicht ist es doch besser, ich verbrenne es. Der Bericht über eine Woche, zu Hause in den Highlands verbracht, als ich himmelschreiende sechsundzwanzig war und nicht viel passierte.

Zwar senkt sich jetzt die Nacht herab, aber ich starre mit aller Kraft zum Fenster hinaus, dorthin, wo ich lebe, und am deutlichsten ist trotzdem immer noch das Bild in meinem Kopf. Was über die paar Kratzer, die das bereits Gesehene auf der Retina hinterlassen hat, und was über die bereits in die Oberfläche des Bewusstseins geritzten Striche hinaus wirklich da ist, lässt sich nur schwer ausmachen. Die neuen Körperzellen reproduzieren anscheinend noch Jahre nach dem Biss die Form der Zähne, die sich vor so vielen Jahren in dich schlugen. Der Körper bewahrt, was ihn geschmerzt hat, der Körper ist die Stelle, wo sich deine Erinnerungen in den besten Sessel pflanzen und am Fernseher von dem Programm, das du dir gerade ansiehst, zu dem umschalten, was sie wollen, und dann sitzen sie da und atmen die Gerüche früherer Abendessen aus, Kartoffelbrei mit Hack, als du klein warst, mm, weißt du noch?

Heute Nachmittag habe ich einen Spaziergang gemacht. Ich habe den Tomnahurich bestiegen, von ganz unten am Berg mit den frisch ausgehobenen Gräbern, wo sie die Erde unter leuchtendem Kunstrasen verstecken, um die Trauernden nicht zu erschrecken, und wo die Blumen auf den frischen Erdhügeln gerade zu verwelken beginnen. Bin an den toten Soldaten vorbeigegangen, die Grabsteine für die Toten des Zweiten Weltkriegs ein bisschen weißer als die für die Toten des Ersten; im Schwarz der Erde darunter rosten die glänzenden Knöpfe, die Uniformen verfallen zu Staub. Vorbei an den Steinen aus den Fünfzigern und Vierzigern, vorbei an den schwarzen Granitsteinen der Protestanten und den reichverzierten der Katholiken mit den weiblichen Engeln und den steinernen Bibeln, hab hier und da die Hand auf die aufgeklappten Seiten gelegt. Sonntag, es waren viele Leute mit Blumen da, aber je höher ich kam, desto weniger wurden es, bald ging außer mir niemand mehr den Weg zurück in die Vergangenheit. Durch die Dreißiger und die Zwanziger und weiter hinauf, an 1915 vorbei, an 1903, bis ganz nach oben, zum vorigen Jahrhundert. Ich setzte mich, wo ich mich immer hingesetzt habe, auf die Granitsteine am Rand des Grabes. Lehnte mich an den Stein. Damals hatte ich meistens ein Buch dabei oder meinen ausgedachten Hund (und ihn losgeschickt, Knochen suchen, haha), später aus der Kiste, die auf der Kommode hinter den Geburtsurkunden steht, stibitzte Zigaretten. Zündete die Streichhölzer bloß an, damit ich sie ausblasen konnte. Kratzte mit dem Streichholz in den Lettern auf dem Stein herum und pulte die Flechten heraus. Im Gedenken an Margaret Ethel Inkster / 1839–1877 / Geliebte Frau von John Inkster / Kaufmann in dieser Gemeinde.

Die Wörter sehen nicht blasser aus als vor zehn Jahren. Der Tag, frisch und klar, der klare Geruch von spitzen Fichten und Farnen, von Erde und altem Laub. Die hohen Bäume alle immergrün oder bereit für neue Blätter. Unter mir der ganze Friedhof, grün und hart wie ein feuchter Stein; weiter hinten gleitet der Kanal auf seiner ausgehobenen Bahn dahin, genau dort, wo es der Seher von Brahan vorhergesagt hat. Ich sehe Schiffe mit eingerollten Segeln rings um den trockenen Fuß des Tomnahurich, sagte er, und Hunderte von Jahren später sagte Thomas Telford genau dasselbe, nur dass er vermutlich deutlich mehr Geld damit gescheffelt hat.

Ich rutschte hinunter, setzte mich zu Margaret Ethel Inksters Füßen. Klein und dunkel war sie in ihren schweren viktorianischen Kleidern, ihrem Tweed und ihren Tüchern und Röcken. Sie muss recht wohlhabend gewesen sein als Gattin eines Kaufmanns, der vielleicht mit Wolle handelte oder mit Schafen oder ein Geschäft mit Importwaren betrieb. Ein nettes Lächeln, so dachte ich über sie, als ich vierzehn war. Entscheiden wir im Zweifelsfall zu ihren Gunsten, sagen wir, sie hatte feine Fältchen um den Mund, auch ein paar Altersfalten, und sie gab den armen Kindern, die vor ihrem Laden spielten, immer Bonbons aus dem Glas, wenn sie versprachen, ihre Gebete zu sagen. Nein, lassen wir das mit den Gebeten weg, machen wir sie zu einer Frau, die insgeheim ihrer Zeit voraus war. Unten am Fluss schlug sie mit den anderen Frauen ihre nasse Wäsche auf die Steine. Rollte Zeitungen zusammen, um den Kamin anzuzünden, hielt kurz inne und betrachtete das Papier in ihrer Hand, das Bild eines Schiffs, eine Anzeige für die Schiffe im Westen, die nach Amerika fuhren, und dachte an die Leute, man sah sie noch in der Stadt, müde vom Gehen und nichts zu essen. Und als sie selbst noch Kind war, spielte sie Reifentreiben unten am Fluss, und ihr Großvater erzählte ihr Geschichten über die alte Sprache und über die Leute, die vertrieben und deren Häuser niedergebrannt worden sind, und wie tagelang der Rauch auf dem Berghang zu sehen war; manche ritzten ihre Namen in das Fensterglas, als sie, überall Schnee und kein Dach überm Kopf, sich in der Kirche versteckten. Und er zeigte ihr die Barken, die sich durch den neuen Kanal schoben, und erzählte ihr noch einmal, dass sie schon begonnen hatten, ihn auszuheben, als er vor vierzig Jahren noch Kind war.

Wer weiß, wie sie war? Wahrscheinlich war sie nicht so, überhaupt nicht. Ich saß auf ihrem Grab und fasste den Entschluss, nicht nach den Überresten meiner Mutter in Boston zu fahnden und auch nicht nach denen ihrer Mutter und ihres Vaters, wer immer die waren. Wozu das jetzt.

Auf dem verblichenen Schwarzweißfoto, auf dem sie so hübsch lächelt, ist sie ein junges Mädchen, jünger als ich jetzt, sitzt in einem sommerlich gemusterten Kleid im Gras, hält das Kleid um die Knie fest und beugt sich nach vorn demjenigen entgegen, der das Foto macht, so dass sie das Viereck ausfüllt, als hätte sie mit Absicht diese Position eingenommen, es passt alles ganz genau. Bei näherem Blick stellt man fest, dass der Stoff ihres Kleids ein afrikanisches Muster hat, mit lauter exotischen Tieren, Vögeln, Blumen; man entdeckt eine Gazelle, einen stolzierenden Pfau, einen früchtetragenden Baum, alles über ihren Körper verteilt. Sie lächelt an einem schönen Sommernachmittag, der Augenblick hält an. Ihr Gesicht ist Schatten und Licht.

Das ist besser als ein Name auf einem Messingplättchen an einem Ort, an dem ich nie gewesen bin und den ich nie gesehen habe. Und Margaret Ethel Inksters Gebeine, das schmale Fleckchen reicht doch für ein letztes Abschiednehmen; so dachte ich mit vierzehn, und damals musste sie genügen, und das dachte ich auch jetzt, als ich von dem kalten Granit aufstand und vorsichtig zwischen den alten, kaum kenntlichen Gräbern hindurchging und dabei hoffte, auf niemanden draufzutreten, bis ich zu der Stelle kam, an der man die beste Aussicht hat. Viel gab es nicht zu sehen. Weit hinten am Craig Phadraig glitzerten Autos zwischen den Bäumen, Leute waren auf Fahrrädern unterwegs, und kleine Gestalten führten ihre Hunde am Kanal aus, die Hunde rannten voraus, blieben stehen und beschnupperten etwas oder umkreisten einander mit aufgestellten Schwänzen und kamen zurückgerannt.

In der Sonne war es sogar heiß. Warm, aber lange würde es nicht warm bleiben. Die Sonne fiel durch die kahlen Äste auf die Wölbung moosgrünen Grases, die Margaret Inkster ist; ich ging zurück und zog meine Jacke aus, breitete sie auf der Wölbung aus und legte mich darauf, den Blick in den Himmel, dachte an Margaret mit ihrem netten Lächeln unter mir, sie hätte nichts dagegen, und falls doch, konnte sie jetzt nicht viel daran ändern. Ich riss einen Grashalm heraus und schob ihn mir zwischen die Zähne, er war innen süß. Ich überlegte, wie sich sagen lässt, wie etwas ist. Wie ist es? Was gleicht es? Ich lag da, und mir gefiel die Vorstellung, dass morgen und am Tag darauf und am übernächsten auch, zumindest für eine Weile, alles gleich bleibt und Autos diese Straße entlangfahren und Leute mit ihren Hunden auf dem Fußweg am Kanal entlanggehen.

Wie ein Blatt sich öffnet, sich ausrollt und man die Adern darin verfolgen kann. Wie ein Blatt in der hohlen Hand liegt. Wie leuchtend seine Farbe ist. Wie die dreißig Sekunden, die es nur dauert, dass Tausende von Menschen bei einem Erdbeben umkommen oder Gas aus einer Fabrik ausströmt und Tausende von Menschen vergiftet und erblinden lässt. Wie das, was mir, als ich in der Hartwell Street wohnte, der Handwerker von seiner Tochter erzählt hat, sie hatten gerade festgestellt, dass in ihrem Kopf etwas nicht in Ordnung war, sagte er, sagte das Wort Tumor, als sei das ein Wort in einer ihm unbekannten Sprache, das er unbedingt richtig aussprechen wollte, sie war zweiundzwanzig und verlor ihren Geruchssinn, war wütend, weil sie so fett wurde von den Steroiden, es ist ungerecht, dass sie stirbt, sagte er und hackte mit seinem Meißel auf den Kamin ein, hielt inne und sah nach unten, sah sich um, und alles andere ist für sie auch so verdammt traurig, wissen Sie, was ich meine? Wie der alte Mann, der im Zug der Frau ihm gegenüber seine Sammlung von Dampflok-Fotografien zeigte, ganz stolz, als wären es Fotos seiner Familie, und ihr war es peinlich und sie tat, als schliefe sie, als sie ihn vom Speisewagen zurückkommen sah. Wie die Fähre, die vorigen Monat sank und alle Passagiere mitnahm, oder wie das Raumschiff explodierte und die Kinder der Lehrerin mit ihren Fähnchen dem Rauchring winkten, dem an den Himmel gezeichneten Kopf eines großen urzeitlichen Vogels. Wie die Decke des Reaktors glatt weggerissen wurde und hinterher Hunderte von Kilometern weit nichts als verbrannte Erde war, komplette Dörfer weggeblasen, und dann die Nachrichten im Fernsehen, dass die Rentiere in Norwegen davon krank geworden waren. Wie genau in diesem Moment irgendwo auf der Welt, nicht weit von hier, denn nichts auf der Welt ist ja eigentlich weit von hier, Menschen sich in einer Reihe vor einer Grube aufstellen müssen und erschossen werden oder am Straßenrand, weil sie andere Dinge glauben oder einer anderen Nationalität angehören oder eine andere Hautfarbe haben oder so was oder weil es um Geld geht. Wie Leute den ganzen Tag lang an Computern mit Geld spielen, das nicht existiert, wie es Leute gibt, die 75 000 Pfund für Seidenkrawatten ausgeben können. Wie es Leute gibt, die sich keinen Laib Brot kaufen können und Formulare ausfüllen müssen, mit denen geprüft wird, ob sie einen Anspruch auf das Brotgeld haben. Wie damals, als Carmens Freundin, wie heißt sie noch, die Abtreibung machen lassen musste, und Carmen sie am nächsten Tag mit vier Pfannkuchen mit Eis darauf weckte, ihr ein Bad einließ und ihr die Handtücher auf dem Heizkörper wärmte; was soll man sonst tun? Ich wusste nicht, was ich noch hätte tun können, sagte sie hinterher. Wie das, was sie erzählte, als sie Temazepam nahm und die ganze äußere Welt durch ein stecknadelkopfgroßes Loch in ihrer Stirn in ihren Schädel gerast kam und sich darin ausdehnte und sie das Gefühl hatte, ihr Kopf müsse sich dehnen wie ein Ballon und würde bei der kleinsten Berührung platzen; die Angst vor den scharfen Zähnen von Bürsten und Kämmen ist ihr geblieben. Emotionen, in Tranquilizern gesammelt. Wie das mit James, als ich ihn das letzte Mal sah; daran will ich gar nicht denken. Gott, ja, wie damals, als die Kinder auf dem Pausenhof einen großen Kreis gebildet hatten und schlagt euch schlagt euch schlagt euch schrien und ein Mädchen aus der Klasse über mir sagte, es seien meine Brüder, ich glaubte ihr erst, als ich die T-Shirts sah, die mit den braunen Streifen, sie hatten sie beide an, scheußlich waren die, sie boxten sich und traten sich, und zum allerersten Mal wusste ich nicht, wer wer war, bis Patrick, er hatte offenbar gewonnen, sah aber auch furchtbar ängstlich aus, und James so gedemütigt, bis der Hausmeister sie trennte und zum Direktor schleppte, beide an den Schultern schüttelte, und sogar da schielte Patrick noch besorgt zu James, und sogar da nickte James noch, obwohl es ja schon alle gesehen hatten, ja, hast gewonnen, und sein wehes Lächeln kroch heran. Wie die ewigen Witze: Treffen sich zwei Jäger. Beide tot, oder wie der Witz, der so überhaupt nicht lustig war, dass wir alle umgefallen sind vor Lachen: Batman und Robin gehen die Straße lang, und Batman fällt hin, und Robin lacht, und Batman: Warum lachst du?, und Robin: Weil das lustig war, wie sie mich mit dem gepiesackt haben, um mich zum Lachen zu bringen, wenn ich gerade weinte oder wütend war und auf keinen Fall lachen wollte, aber es ging nicht, irgendwann konnte ich nicht mehr anders. Wie das eine Mal, als das Telefon läutete und jemand sagte, es sei für mich, die Beatles wären dran, es wäre Paul, er wollte nur mal hallo sagen, und mich fragte, wie's mir geht und was mein Lieblingssong ist, ich: Yellow Submarine, und dann kam das Piepsen;

erst Jahre später habe ich kapiert, dass das nicht die Beatles waren, sondern einer meiner Brüder. Ja, so war das auch.

Ich drehte mich auf dem Gras um und legte den Kopf auf meinen Unterarm. Drehte mich, und die Sonne sandte das Spektrum durch meinen Pony, meine Wimpern. Wie in der Sonne, wenn man schwitzt, der Herzschlag sich beschleunigt und die Farben der Dinge sich ändern. Eine Hostie durch die Wolken, man stelle sich vor, die Sonne auf der Zunge. Segne mich, Vater, denn ich habe mich gesonnt. Wie wenn man das erste Mal jemanden küsst, der Augenblick vor der Berührung, dann der Augenblick der Berührung, die weich-rauen Münder von Jungs, die glatten, drängenden Münder von Mädchen und Frauen. Der erste richtige Kuss, der, auf den du gewartet hast, wie du hinterher merkst, denn du bist regelrecht aufgeladen, und deine Fingerspitzen sind erleuchtet. Wie Donna und ich, Hochsommer, in dem verrosteten alten Wohnwagen, den ihre Eltern am Loch stehen hatten, um Gäste unterzubringen, als wir so scharf aufeinander waren, wir knackten das Schloss, machten die Vorhänge zu und zogen unsere Sachen aus, rissen sie uns vom Leib, sie hatte noch eine Socke an, ihr Mund überall auf mir, wir waren kilometerweit weg von allem und konnten so laut sein, wie wir wollten, und dann merkten wir, dass wir den Wohnwagen zum Schaukeln brachten wie in den Filmen immer, das war komisch, heute ist das so verschwommen wie eine Erkältung, die einen Tag später wieder vorbei war, aber an ihre Schultern erinnere ich mich noch, an die Krümmung ihres Ellbogens und an die Bewegung ihres flaumigen Unterarms, an die Angst und dann die reine unschuldige Freude, die von meinem Gesicht zu ihrem und wieder zurück gespiegelt wurden; Licht drang nachts um zwei durch den Spalt im Vorhang, es wurde gar nicht richtig dunkel, in den hohen Bäumen über uns schrien Vögel, und das

Geräusch von Wasser, das an den Rand des Landes schwappt, ging die ganze Nacht. Ihre schönen festen Hände auf mir. Ja, wie wenn man jemandem furchtsam, furchtlos die Hand auflegt. Die Hand eines anderen furchtlos auf dir. Du deinerseits schockiert lächelnd über die schiere Kraft, die ein anderer eben durch dich hindurchgejagt hat. Wie wenn du ein Blatt in den Mund nimmst. Mitten auf der Waterloo Bridge stehen und die Häuser am Fluss betrachten. Dir an einem verregneten Nachmittag mit deinem Vater Filme ansehen, kein Wort zu sagen brauchen. Wie singen und die Straße entlangtorkeln. Wie die Tage, an denen du beim Radfahren den Wind im Rücken hast. Heiße Tage. Wie damals auf Kreta, als wir bei der Frau auf dem Hausdach geschlafen haben, weil das Hotel belegt war, überall Steine und Ginster wie Schottland bei Hitze, nichts als den Himmel über uns, und als wir Namen für die Sterne erfanden, die uns nicht einfielen, vom Lärm der Glöckchen geweckt wurden, die die Ziegen um den Hals hatten, die Frau trieb sie von ihren Jungen weg den Berg rauf, pflockte sie dort an. Wie wenn man bis über die Taille in warmem Wasser steht und hineinpinkelt; wie einmal von Simones Menstruationsblut etwas ins Meer suppte und die um ihre Beine schwimmenden kleinen Fische darum kämpften, wer es fressen durfte.

Die Sonne war weitergewandert, es war kühler, und ich stand auf, zog meine Jacke an und stieg den Pfad hinab, ging nach Hause. Wie das eine Mal, als. Wie das eine Mal. Wie. Es ließ sich nicht anhalten. Den ganzen Weg bergab ging mir das dürre Laub nicht aus dem Kopf, das ich überall aufgewirbelt hatte. Es gab kein Ende, und es gab keine Näherung. Man sagt, etwas ist wie etwas anderes, und im Grunde hat man, weil es ja nur ein Vergleich ist, bloß gesagt, es ist anders.

Als ich heimkam, hatte er meinen Fisch ausgenommen und

fürs Abendbrot vorbereitet. Er war weggegangen, an den Fluss vermutlich, um, sobald es dunkel geworden war, ein bisschen schwarz zu angeln. Auf dem Dachboden hatte er ein paar Sachen für mich auf den Tisch gelegt, sie waren mit einem Fünfzigpfundschein eingewickelt, darunter ein Blatt Papier, auf dem stand: DIESMAL BIN ICH WENIGSTENS VORGEWARNT UND KANN DIR EINE KLEINIGKEIT MITGEBEN. Ich faltete den Geldschein und den Zettel zusammen und steckte sie in die Tasche. Das Rezept und die anderen Sachen lasse ich wohl hier.

Bratpfanne hernehmen.
Sonnenblumenöl hineintun, bis Boden bedeckt ist
Mittl. Zwiebel oder so schneiden, klein,
in die Pfanne & mit Deckel drauf bräunen.
Steckrübe würfeln (klein)
& 1 große Karotte.
Zur Zwiebel dazugeben, 5–10 Min. garen.
Hack auf Brett zerkleinern
& salzen & pfeffern
& mit Gemüse mischen. Deckel drauf &
Braten, bis das Rote weg ist
1–2 Oxo in einem halben Liter aufkochen.
In Kasserolle oder Pfanne geben
Hackfleischgewürz dazu
Dann
Deckel drauf
Pfanne ¾ Std. simmern lassen
bis braun.
Deckel drauf & für 3/4–1 Std. in Herd
bis braun bei 180–200 C.
Wenn in Pfanne, öfters umrühren, damit nichts anbrennt.

Wenn gar
1–1½ Esslöffel
Co-op Bratensauce.
Gründlich durchmischen.

GEBET AN DEN HL. JOSEF

(gedruckt in Italien)
Oh, hl. Josef, der du bei Gott so viel vermagst und stets bereitwillig Gehör findest vor seinem Thron, auf dich richte ich mein ganzes Sehnen und Trachten. Oh, hl. Josef, bitte hilf mir durch deine machtvolle Fürsprache und erlange für mich von deinem göttlichen Sohn allen geistigen Segen durch Jesus Christus, unseren Herrn. So dass ich, der ich hier unten deine himmlischen Kräfte beansprucht habe, dem Vater, der wie kein anderer liebt, meinen Dank abstatten und ihm huldigen kann. Oh, hl. Josef, unermüdlich sinne ich über dich und den in deinen Armen schlafenden Jesus nach; ich wage mich nicht zu nähern, während er an deinem Herzen ruht. Drück ihn in meinem Namen und gib ihm von mir einen Kuss auf seinen schönen Kopf und bitte ihn, den Kuss zu erwidern, wenn ich meinen letzten Atemzug tue. Hl. Josef, Schutzheiliger der Sterbenden – bete für mich. (Dieses Gebet wurde im fünfzigsten Jahr unseres Herrn und Heilands Jesus Christus gefunden. Im Jahre 1505 sandte es der Papst an Kaiser Karl, als er in den Krieg zog. Wer dieses Gebet liest oder hört oder es bei sich trägt, wird keines plötzlichen Todes sterben und nicht ertrinken, auch wird Gift bei ihm nicht wirken, auch wird er dem Feinde nicht in die Hände fallen oder in der Schlacht überwältigt werden. Man spreche es neun Morgen lang für alles, was man begehrt. Von einem Versagen ist bisher nichts bekannt.)
IMPRIMATUR. 25. September 1950
Hugh C. Boyle, Bischof von Pittsburgh

Das Gebet muss ihr gehört haben, bestimmt hat sie es irgendwo im Haus liegenlassen. In das Beutelchen sind vermutlich die Überreste von etwas – oder jemandem – eingenäht. Ich kann das nicht mitnehmen. Ich komme mir schon anmaßend vor, wenn ich es bloß lese. Es bloß in der Hand halte.

Die Frau rief aus New York an. Ihr Name sei Jay, sagte sie, und es würde mich jemand vom Flugzeug abholen. Mein Akzent gefalle ihr, der klinge so unschuldig, sagte sie. Bis jetzt habe niemand ein vollständiges Drehbuch, nicht einmal sie, also keine Panik, ihr schwebe bei dem, was sie erreichen wolle, etwas Distanziertes vor. Wir würden mit einer coolen Improvisation anfangen, um das Distanzierte noch etwas mehr herauszuarbeiten, und sie wollte es irgendwie schräg haben, damit es wie Heimkino aussah.

Ich legte auf und kam wieder hier herauf. Setzte mich auf den staubigen Boden und tat, als riefe ich Malcolm an. Sein Telefon läutete, er nahm ab, seine Stimme tief und ironisch in meinem Kopf. Ash, sagte er, meine schöne Grauzone, du bist's. Wie geht's? Bist du schon in der Neuen Welt?

Nein, ich bin noch in der Alten. Du klingst so weit weg, sagte ich.

Bin ich ja auch. Du genauso.

Also, wie ist es denn dort?, fragte ich. Wir sterben hier alle schon vor Neugier.

Sehr komisch. Tja, ob du's glaubst oder nicht, es ist großartig. Mir geht es viel besser. Kannst du dir ja vorstellen. Und die Klamotten gefallen mir. Und du, du bist im trüben eisigen Norden, nicht? Wie sieht's bei dir aus, meine Liebe?

So redet er: *meine Liebe*. Er ist so englisch.

Alles in Ordnung, sagte ich. Na ja, eigentlich ist es etwas verwirrend. Alles voller Geister hier. Und, Malcolm, hast du den Anruf eben mitgekriegt? Hast du gehört, was die Frau gesagt hat? Das hört sich alles ganz schön dämlich an. Ich weiß nicht, was ich machen soll.

Nein, sagte Malcolm, ich hab gar nichts gehört. Bezahlen die dir die Fahrtkosten? Na, dann ist es entschieden. Schick mir eine Postkarte mit der schönen Brücke, von der die Dichter alle schreiben. Wie du mit Geistern fertigwirst, weißt du ja, oder?

Erst beschwören, dann betören?

Das finde ich an dir so bezaubernd, dauernd diese unschuldige Sexualität, sagte er. Nein, Geister brauchen nur eine gute Geschichte. Gib ihnen ein Zuhause, dann sind sie glücklich.

Zumindest glaube ich, dass er das gesagt hat. Du klingst schwächer, sagte ich in die Leitung.

Ihr schrecklichen Schotten, ständig watet ihr in der Vergangenheit herum und sucht nach alten Forellen, die ihr kitzeln könnt.

Nicht kitzeln, sagte ich, in die Finger kriegen kommt eher hin. Hallo? Malcolm, bist du noch da?

Bist du noch da?

Grad noch so, sagte ich. Sind die Wunden verheilt?

Ich hör dich nicht.

Die Wunden? Verheilen die langsam?, schrie ich.

Was für Haie? Wer spricht hier noch mal? Ah, ja, die Frau mit dem schönen Gesicht. Hör zu, Schatz, falls du noch dran bist. Amüsier dich gut in Übersee. Fahr mit leichtem Gepäck. Am besten nackt.

Da würde ich etliche Köpfe verdrehen, rief ich. Aber er redete selber noch, seine Stimme, so weit weg, kam und ging.

(Irgendwo) lass fahren, sagte er. Streu (irgendwas) alle Winde und so weiter. Atme leicht bis …

Den Rest hörte ich nicht mehr. Dann hörte und fühlte ich gar nichts, nichts außer dem Geräusch der in meine Nase einströmenden Luft und der kalten Luft in meiner Kehle. Ich hörte es mir also an, und Zeit ging darüber hin, und als ich die Augen wieder aufmachte, war es jetzt.

Die simpelsten Dinge. Das Ein der Luft, das Aus. Es ist wie – wenn du alles andere anhalten kannst und bloß darauf horchst, findest du auch genau die Stelle, an der du den Rest der Welt zuerst berührst, genau die Stelle, wo sie zuerst in dich eindringt. Wenn nichts anderes da ist als das, kannst du dir Raum geben. Und spürst die Bewegungen der Lunge in deinem Brustkorb wie das Auf- und Zugehen von Flügeln.

Kommt ein Pferd in eine Bar. Fragt der Barkeeper: Warum so ein langes Gesicht? Nein, kommt ein Mann in eine Bar und bestellt ein Bier und einen Kurzen. Er ist in einer Stadt, in der er nicht zu Hause ist, er ist in die Bar gestolpert, um aus der Nacht und aus dem Regen zu kommen, eine Weile im Trockenen zu sitzen, bevor er zu seinem Zug geht. Er schaut in den Spiegel hinter der Theke und sieht sich ein Bier und einen Kurzen bestellen. Dann wird ihm klar, dass es gar kein Spiegel ist, sondern eine Durchreiche in die andere Bar. Da drüben sitzt einer, der sieht ihm so gleich, dass sie Brüder sein könnten, und starrt ungläubig zu ihm herüber. Der Mann ist so überrascht, dass ihm das Glas, das er sich an den Mund hält, aus der Hand rutscht und auf dem Tresen zerbricht. Tatsächlich, dem anderen Mann ist genau dasselbe passiert.

Als er in seinen Zug einsteigt, ist er so betrunken, dass er gar nicht aufhören kann zu lachen. Er wirft sich auf einen Sitz, sieht sein Double in der dunklen Fensterscheibe und lacht auch darüber. Von allen Seiten des Waggons sehen Leute zu ihm her. Es ist ihm egal. Die haben keine Ahnung. Er hat Essen im Bauch, den Kopf voll Whisky-Klugheit und in der Brieftasche in seiner warmen Sakkobrusttasche einen fleckigen Bierdeckel mit der Handschrift seines Bruders drauf.

Sie haben so viel getrunken, dass er mit Sicherheit danach riecht. Wenn ihm jemand ein Streichholz an den Mund oder an die Nase hielte, würde er mit Sicherheit Feuer speien. Er schließt die Augen und denkt an etwas, was sein Bruder zu ihm gesagt hat oder er zu seinem Bruder, das war so witzig und clever und dumm, da geht nichts drüber. Seine Augen füllen sich mit Wasser. Er legt den Kopf auf dem Tischchen auf die Arme und würgt süßes chemisches Lachen in die Wolle seines Pullovers.

Und ein alter Mann sitzt in einem Boot auf dem Wasser. Er hat den Motor abgestellt, das Boot schaukelt hin und her im Rhythmus des sich unter ihm bewegenden Wassers. Frühlingswinde wiegen ihn. Es ist früher Morgen, noch die Farbe vor dem Sonnenaufgang. Es ist kalt. Das Haar des Mannes ist weiß und wird ihm aus der Stirn geweht, seine Stoppeln sind rau und grau. Er wartet; mit etwas Glück hat er schon bald den Mund eines Fischs am Ende seiner Schnur.

Der kleine Fisch, der als Köder an seiner Schnur hängt, ist schwarz, dann scharlachrot, dann golden, während er sich unter ihm im Wasser bewegt. Er ist ein hübscher Bursche, er weiß es. Ist neunzehn, und bei seinem Lächeln schmilzt die Butter. Er denkt an Mädchen. Er trägt eins im Herzen, eine absolute Schönheit. Er wird es wissen, sobald er sie eingefangen hat.

Und es ist Hochsommer. Die Sonne ist gerade aufgegangen. Zwei Freundinnen schauen zu, wie sie steigt. Sie haben die Nacht im Schutz eines trockenen grasbewachsenen Grabens zugebracht und sind eben aufgewacht. Bald werden sie aufstehen und die Glieder und den Rücken strecken und über das Feld laufen, bis sie eine Straße finden. Eine wird einen Van anhalten, der Brot in die umliegenden Dörfer ausfährt. Sie werden in den Van einsteigen, eng zusammengequetscht auf dem hohen Sitz neben dem Schaltknüppel und der Handbremse. Der Mann wird sie zu einem Bahnhof fahren, wo sie zwei oder drei Stunden später in den ersten Zug einsteigen. Davor jedoch wird jede aus dem Augenwinkel zur anderen schielen: wie sie da sitzt in der warmen Luft, die durchs Fenster hereinkommt, und wird denken, sie sieht aus wie ein anderer Mensch, die Haare überall, das Gesicht mit Erde beschmiert.

Aber im Augenblick liegen sie noch in dem trockenen Graben, mit einer Jacke vor der leichten Kühle der Nacht geschützt. Die eine hat den Kopf auf der Brust der anderen liegen.

Ich hör dein Herz, weißt du, sagt sie.

Du hörst was?, sagt die andere und wird jetzt vollends wach und merkt verblüfft, wie eng sie beieinanderliegen, so eng, dass sie nicht weiß, wo sie ihre Hände hintun soll; jede Stelle, wo sie sie hinlegen könnte, ist gefährlich. Aber ihre Freundin rührt sich nicht, sie bleibt so, das Ohr an sie gedrückt.

Es klingt wie ein Zug, der über eine Weiche fährt, sagte sie durch mein Hemd gedämpft. Es klingt wie ein Pferd, das im Kanter läuft. Es wird schneller, sagte sie lachend; dann hörte sie auf, horchte, ernst geworden. Warte mal. Ich kann hören, was es sagt.

Sagt?, sagte ich. Was? Was sagt es denn?

Sie horchte. Hob für einen Augenblick den Kopf von mir, und dann horchte sie wieder.

Es sagt die Worte mach weiter, sagte sie.

Dann wollte sie, dass ich herausfand, was ihres sagte, und ich legte das Ohr auf ihre Brust und horchte.

Was sagt es?, sagte sie.

Es ist wie, wie – sagte ich und verstummte, mir fiel kein Vergleich ein, es war Amys Herz, es war wie nichts anderes. Doch sie verstand mich falsch; das ist gut, sagte sie, wie, das ist ein gutes Wort, und sie schaute so erfreut, dass ich es nicht verderben wollte und nichts weiter sagte, und dann standen wir auf und liefen durch das Gras und über die Felder, bis wir an eine Straße kamen und mit einem Van weitertrampten, im Geruch von Benzin und Schweiß und frischem Brot, aus dem Radio des Mannes dröhnte der Song *Haircut One Hundred, where do we go from here, is it down to the lake I fear*, und das flache Land breitete sich um uns aus wie eine überflutete Wüste, wir warteten an dem frühmorgendlichen Bahnhof auf den ersten Zug, mach weiter, schlug es in mir wieder und wieder im selben Takt, und ich fasste Mut und wischte ihr mit dem Zipfel meines Hemds den Schmutzfleck vom Kinn, nahm ihr Gesicht in meine Hände und drehte es zu mir wie bei einem Kind und steckte den Zipfel meines Hemds in den Mund und rieb ihr mit meiner Spucke einen Fleck, Gras und Staub, von der Haut. Wir saßen auf einer dieser alten Messingbänke, die grün angestrichen worden waren, als die vielen kleinen Bahnhöfe renoviert wurden, damit sie aussehen wie in den Adaptationen von Romanen aus edwardianischer Zeit, die sonntagabends im Fernsehen laufen, und sagten nichts, nicht laut jedenfalls, und man hörte kilometerweit den Sommer ringsum.

Das war was. Das hat mir damals gefallen. Doch, ja.

Schon nach einer Woche liegt ziemlich viel Staub auf der Oberfläche dieses Tischs. Schreib die Buchstaben deines Namens mit dem Zeigefinger hinein, hol tief Luft und puste ihn weg.

Mein Vater kommt zur Hintertür herein. Vielleicht hat er etwas gefangen. Ein Stück von der Tragfläche des Flugzeugs, das im Krieg dort abgestürzt ist. Eine Weinrebe, von deren Ranken die Trauben tropfen. Einen Fisch, den er in der Speisekammer auf die Zeitung auf dem Boden legen kann.

Vielleicht geh ich ja mal runter und seh's mir an.

Danksagung

Dank dir, Xandra.

Dank an das Eastern Arts Board und das Scottish Arts Council.
Dank an Bridget, Catherine, Kasia, Kate, Sheila, Bernard und Philippa.
Dank an Lennie und Sarah bei Virago.
Besonderen Dank an Catherine.
Dank an Mr. Crisp von der Kitchen Association und an Belinda Arthur.

Dank dir, Sarah.